DERNIER ÉTÉ SUR LA CÔTE

ROSALIE LOWIE

DERNIER ÉTÉ SUR LA CÔTE

Roman policier

NOUVEAUX AUTEURS 2

Éditions Les Nouveaux Auteurs
16, rue d'Orchampt 75018 Paris
www.lesnouveauxauteurs.com

Éditions Prisma
13, rue Henri-Barbusse 92624 Gennevilliers Cedex
www.editions-prisma.com

À Fred,

« On ne peut jamais s'envoler vers ce qu'on a perdu. »
La Petite Fille de Monsieur Linh,
Philippe Claudel

1

Wimereux. Station balnéaire de la Côte d'Opale
Premier jour, le 4 juillet. Sept heures quinze

Clac, clac…

Clac, clac…

Un bruit pouvait se répéter à l'infini. Devenir insupportable. À s'en prendre la tête à deux mains. À s'en boucher les oreilles. À s'en taper le crâne contre un mur. Un minuscule bruit de rien du tout. Qu'on ne remarquait pas en temps normal. Mais qui dans un silence implacable s'avérait pire qu'une torture pour les nerfs.

Clac, clac…

Clac, clac…

D'ailleurs, était-ce ce bruit sec et cinglant ou bien le souffle d'air frais sur son front qui l'avait réveillé ? Difficile à dire. Car le rectangle de peau constellée de taches de son sous ses mèches de cheveux roux était glacé. Un frisson le fit aussitôt tressaillir.

Et toujours ce *putain* de bruit.

Clac, clac…

Clac, clac…

Une senteur d'algue salée affleurait à ses narines. Il frissonna à nouveau.

La fenêtre était sans doute restée entrouverte, laissant s'engouffrer un vent de mer, matinal et iodé. Celui sans doute de la marée montante. Le rideau de toile épaisse, tristement opaque, claquait son affreuse rengaine. Alors qu'un calme silencieux enveloppait la pièce et la rue. Même les mouettes la mettaient en veilleuse. C'était dire.

Les sens doucement en éveil, les yeux clos, il grimaça. Les tympans irrités par l'agaçant *clac-clac*, qui n'en finissait pas de résonner entre les parois de son front, puissante caisse de résonance.

Le corps nauséeux et les articulations roides, il pesait une tonne. Un poids mort lesté d'un chapelet de plombs n'aurait pas fait mieux dans le fond abyssal de l'océan.

Étendu sur le dos. Sur les draps. Sur le lit.

Il prit conscience de son corps nu, dans un état de semiléthargie. L'esprit s'éveillait alors que la chair engourdie restait profondément endormie. Une sensation de mauvaise nuit où l'on sortait plus fatigué qu'à l'amorce du sommeil.

La tête au bord du lit, penchée en arrière. Les cervicales hypertendues le tiraillaient et lui lançaient une bordée de picotements acérés. Puissante décharge électrique. À la limite du tolérable. D'autant que le sang affluait, remontait, bourdonnait une mélopée lancinante. Il devait changer de position. Sinon, il était bon pour arborer un fichu torticolis conjugué à une migraine carabinée toute la journée.

Mais avant tout mouvement, il lui fallait ouvrir les yeux. Malgré des paupières plus lourdes que deux enclumes d'acier. Il força et les entrouvrit enfin, fit la mise au point. La cornée violemment agressée par une lumière aveuglante. Il faisait jour. Une atmosphère laiteuse distillait un voile éthéré éblouissant. L'état cotonneux qui l'absorbait dans les os et les muscles se diffusait autour de lui étrangement. Comme un trop-plein de fumée par les interstices d'une porte.

La pièce était à l'envers.

Étrange. Troublant. Il haussa un sourcil intrigué.

Le plafond beige se déroula lentement, planté d'un abat-jour en métal en son centre, dressé vers le ciel, puis l'œil glissa sur le mur opposé au lit. Tout était à l'envers, la peinture des voiliers au large du cap Blanc-Nez et le canapé fleuri. Quelle sensation surréaliste, vertigineuse ! Ça lui ficha le tournis et lui retourna le ventre. Hum... Il cligna des yeux, secoua doucement la tête pour reprendre ses esprits et réajuster son estomac.

Il réalisa alors qu'il n'était pas dans le bon sens, lui non plus, sur le lit. La tête aux pieds, les pieds à la tête.

Vraiment bizarre, songea-t-il alors que le claquement l'insupportait de plus en plus. Que faisait-il *ainsi* ? Il n'avait plus trace des souvenirs de la veille. De sa soirée et de sa nuit. Et... D'ailleurs, que faisait-il *ici* ? Il n'y passait jamais la nuit. Uniquement ses fameux « cinq-à-sept » éparpillés à différents moments de la journée. Mais jamais la nuit.

Clac, clac...

Clac, clac...

Mais avant tout, il lui fallait fermer la fenêtre pour faire cesser ce bruit horripilant, qui allait finir par le rendre dingue.

Il se redressa lentement. Le corps ankylosé. Les cervicales douloureuses. Une vilaine migraine flottait, secouant un liquide visqueux qui obscurcissait l'eau claire d'un étang.

Sa cervelle tanguait en apesanteur, se cognait contre les os de son crâne. À l'instar d'une méchante gueule de bois. La bouche pâteuse. Un arrière-goût nauséeux dans la poitrine. Comment était-ce possible ? Lui qui ne picolait pas plus que de raison. Sa dernière cuite remontait à son enterrement de vie de garçon et, alors, il s'était fait emberlificoter par des amis trop enthousiastes, sans savoir dire non aux multiples sollicitations qui prenaient l'apparence d'autant de chopes de bière.

Alors qu'il parvenait enfin à s'asseoir, en grimaçant d'effort, une vision d'horreur lui sauta au visage.

Insoutenable.

Suffocante.

Un haut-le-cœur en fond de gorge.

Il poussa un hurlement rauque. Puisant au tréfonds de ses tripes. Un cri primal qui brisa le silence.

Raidissant d'effroi son corps, à la limite de s'en briser les os, une décharge d'adrénaline lui laboura le ventre. L'effroi lui enjoignait de fuir. Immédiatement. Déguerpir au plus vite pour effacer l'épouvante de ce spectacle macabre.

Il allait basculer du lit quand il se statufia en découvrant les draps en coton maculés de sang. Et dans sa main droite le couteau.

2

La course possédait cette vertu mirifique de libérer l'endorphine dans le corps. Un élixir de plénitude distillé dans les veines. Un shoot de bonheur apaisant instantanément l'athlète après l'effort.

Marcus Kubiak n'était pas peu fier de sa performance matinale.

Une forme d'enfer ces derniers temps. L'entraînement finissait par payer. Il parvenait à enfiler le parcours ardu de la baie Saint-Jean avec aisance et élégance. Il s'estimait prêt pour le trail de la Côte d'Opale en septembre. Le quatorze kilomètres tout du moins. Démarrer modestement sans avoir d'ambitions sportives démesurées était son credo.

Ces dunes ensablées, pointues, percées de touffes d'oyats, cisaillaient les mollets, coupaient le souffle aux premières enjambées. Cependant, la vue éblouissante sur la Manche opaline, en contrebas, valait tous les efforts du monde. Invitant au voyage sur la ligne d'horizon où se découpaient les blanches et crayeuses côtes anglaises. Les foulées se déployaient au rythme du roulis de la mer et des cris des mouettes. Les fréquents coups de vent rajoutaient de la difficulté. Freiné dans la montée des dunes où les baskets s'enfonçaient dans le sable, où chaque pas ramenait en arrière. Mais même là, il avait progressé. Il gardait un rythme soutenu. Ses muscles reprenaient galbe et tonus, ses poignées d'amour fondaient. Il regagnait en souffle, en endurance, en confiance.

Le circuit, un sentier de randonnée, décrivait une boucle d'une dizaine de kilomètres. Depuis la pointe aux Oies, falaise au nord de Wimereux, vers Ambleteuse. Il longeait la mer par la dune bordière, enjambant parfois d'étroits couloirs de sable nu, appelés du nom évocateur de « sifflevent ». La baie de la Slack, avec la rivière du même nom en son lit, s'étalait à flanc du petit village de pêcheurs aux maisons blanches tuilées de rouge. Le circuit filait alors sur la rive pour remonter le cours d'eau et pénétrer dans les dunes de l'arrière-pays où une végétation broussailleuse poussait sur une terre sablonneuse. Troènes à fleurs jaunes, argousiers aux baies orangées, aubépines à fleurs blanches, sureaux noirs, arbustes épineux… Une bande de sable tortillait tout le long, déroulant une succession de cordons dunaires, alternant crêtes, souvent dénudées, et creux protégés des vents et des embruns salés. Croisant par endroits des pannes dunaires humides à la faune florissante.

Mains sur les hanches, en sueur, Marcus reprenait son souffle sous le porche de sa maison. Une des plus petites du chemin des Oies. C'était une ancienne cabane de pêcheur aux murs blancs, aux fenêtres bleues agrémentées de canisses de chaume, héritée de ses grands-parents paternels. Une énorme bouée jaune échouée à l'entrée, en bord de route, indiquait le numéro 7. À côté d'une boîte aux lettres plantée de biais sur un poteau. L'étroit portail s'ouvrait sur un jardinet et un minuscule perron à trois marches.

Après un rapide coup d'œil discret en direction de la rue afin de s'assurer qu'il n'y avait personne, il extirpa une clé sous une pierre, au pied du perron. Il déverrouilla la porte, s'engouffra à l'intérieur. Un chat gris en profita. Il sortit, lui filant entre les jambes. Marcus pesta. Ces sempiternels crocs-en-jambe allaient finir par le faire valdinguer un de ces quatre.

Meublée simplement, la bâtisse n'était pas bien grande, mais confortable et fonctionnelle. Au rez-de-chaussée, un salon s'ouvrait sur un coin cuisine américaine, une remise, une buanderie. À l'étage, une mezzanine constituée de deux chambres et d'une salle de bains.

Marcus attrapa une bouteille d'eau sur le comptoir-bar de la cuisine. Il se dirigea à l'arrière et fit glisser la baie vitrée. L'air frais malgré juillet lui piqueta le visage, encore rougi par l'effort. La terrasse en bois offrait une vue imprenable sur les dunes, la mer. Entre-deux, le golf de Wimereux verdoyait avec ses creux, ses bosses, ses golfeurs qui taquinaient la balle ou le tee.

Accoudé à la rambarde, il sirota son eau par petites gorgées. Le regard perdu dans le lointain d'une mer frisottant de houle et d'écume. Il essuya du revers de la main l'humidité sur ses lèvres.

Marcus songea qu'il était un flic apaisé.

Presque heureux. Même s'il manquait des ingrédients à sa vie, à son cœur.

Ces derniers mois avaient débosselé son existence cabossée. Il était alors émietté par la perte brutale de sa femme, Géraldine. Fatigué par le manque d'envie de poursuivre le chemin. Désabusé par un boulot pour lequel il avait du mal à renouer avec les raisons profondes qui lui avaient fait le choisir. Seule la beauté de la Côte d'Opale, sa nonchalance provinciale rythmaient, il y a peu, ses journées et ses nuits.

Mais l'affaire du printemps dernier[1] lui avait rendu la niaque, avait réactivé son sens de l'engagement dans la police. Il s'était remis en marche. Rechargé d'une nouvelle énergie qu'il pensait à tout jamais éteinte.

Le succès de l'enquête y était pour beaucoup. Il ne s'en attribuait pas le mérite à lui seul, bien évidemment. Il était collectif à plus d'un titre. Même s'il avait fait office de chef, en intérim.

Néanmoins, le respect, teinté d'admiration, dans le regard des collègues, de son supérieur, du maire avait ravivé la flamme dans sa poitrine. Bizarrement, ça lui avait manqué. Lui, qui s'était juré qu'on ne l'y prendrait plus, devait se rendre à l'évidence, il aimait son boulot. Profondément. Défendre la veuve et l'orphelin, protéger, sauver les victimes, arrêter les méchants, leur mettre les bracelets, les jeter derrière les barreaux. Les motivations de son enrôlement dans la police ressortaient, lui faisant l'effet d'une bouée enfouie trop longtemps au fond du lac dont la corde lâchait brusquement. Une explosion à la surface. Avec une éclaboussure de gouttelettes translucides au-dessus de l'eau qui s'écartait par circonvolutions.

Il se sentait bien, ici, dans cette maison, ce poste de police, cette station balnéaire, ce petit coin de France. Après avoir posé ses valises, trois ans auparavant, l'envie de les défaire – *pour de bon* –, de ranger les piles de slips et de chaussettes

1. Référence à *Un bien bel endroit pour mourir*, du même auteur.

dans les placards, était une évidence. Reconstruire sa vie ici. Ou seulement la poursuivre. Sans le boulet attaché à la cheville depuis la perte effroyable de Géraldine. Sans l'amertume dans la gorge. Sans l'aigreur dans l'estomac. Sans la douleur terrible dans le cœur. La tristesse cédait la place à la mélancolie. Une nostalgie bienveillante fleurissait, teintée de tièdes touches orangées. L'album photo de son amour défunt (moins brûlant au bout des doigts) était enfoui dans le tiroir de la table de chevet. Il restait encore les affaires personnelles dans les cartons, les tableaux de Géraldine, en vrac, entassés dans la chambre d'amis. Il lui faudrait faire le tri. Celui qu'il s'était toujours refusé à envisager. C'était nécessaire, inévitable. Pour pouvoir avancer, laisser le passé derrière. Mais, à présent, il se sentait bien dans cette maison.

Enfin, c'était le sentiment nouveau qui étreignait Marcus.

L'équipe du poste était atypique, mais attachante. Soudée, professionnelle. Pépé Maclean, vieux briscard, rassurait par sa sagesse, son flair redoutable. Tout en distillant avec parcimonie ses calembours millimétrés ou sa mauvaise humeur de grincheux. La lumineuse et futée Mylène Lambert s'était imposée comme la fine gâchette du service. Elle avait immobilisé le malfrat avant de sauver la victime d'une mort certaine en mars dernier. Ensuite, Suzie, la plaque tournante du poste, assistait les officiers avec zèle, dévouement, les materNant de pâtisseries concoctées par ses soins. Hugo Gressier, le petit nouveau, avait rejoint le groupe après l'arrestation de Stevie Vasseur. Encore un peu tôt pour se faire un avis, mais sa réputation de bon policier l'accompagnait. Enfin, il y avait le chef, Karim Zalesny. Professionnel usé avec *une* obsession : *prendre sa retraite*. Passer la main à Marcus, fichtrement à la hauteur depuis la dernière grosse enquête.

Zalesny le poussait sur tous les fronts, pendant que lui prenait de plus en plus de recul (*soi-disant*) dans son bureau, porte fermée.

Par conséquent, Marcus regrettait son arrogance des premiers temps sur Wimereux, après les glorieuses années vécues à la Criminelle lilloise. Forcément raillait-il alors, la province c'était pépère, guère excitant, il ne s'y passait pas grand-chose. Le sentiment amer d'avoir descendu plusieurs paliers d'un coup dans l'ascenseur social après le prestige lillois. Baliverne. Au vu des événements du printemps, un sourire piteux lui étirait le coin des lèvres. Qui l'eût cru ?

Sa venue sur le littoral ne l'emballait pas au début. Il devait se l'avouer. C'était par pure thérapie qu'il avait accepté la mutation. S'exfiltrer de Lille. De cette ville où tout lui rappelait Géraldine. C'était devenu irrespirable, suffocant, oppressant. À se tirer une balle dans la cervelle. Faire tout cesser. La douleur dans le bide, dans le cœur, dans l'âme. D'une balle, trois coups ! Pan ! Les premiers temps, même la vue exceptionnelle sur la mer, depuis la terrasse, ne parvenait pas à lui rendre le souffle. Ni l'envie.

Marcus songea qu'il était *enfin* un flic apaisé.

Il manquait juste la flammèche qui briserait sa solitude d'homme, qu'il avait cru déceler récemment en la jolie frimousse de cette journaliste. Mais ce n'était sans doute pas le bon moment. Ni pour elle. Ni pour lui. D'un soupir philosophe, sans réelle amertume, il balaya ses pensées et le souvenir fugace de son sourire enjôleur.

Il fila sous la douche. Tiède et revigorante. Après s'être frictionné avec une épaisse serviette en coton, aspergé d'eau de toilette, Marcus enfila des vêtements décontractés. Il avait posé un jour de RTT et comptait bien le mettre à profit en enfourchant son vélo électrique, flambant neuf. C'était sa nouvelle lubie. Se déplacer en mode écolo dans Wimereux et vadrouiller le week-end sur le littoral. Le programme du jour était de rouler sur les chemins de randonnée vers Wissant, autre station balnéaire, plus au nord. Une quarantaine de bornes aller-retour.

Alors qu'il attrapait son casque de vélo et ses clés de maison, son téléphone portable vibra sur la console dans l'entrée.

Il marqua une hésitation.

Non… Pas le boulot… Pas maintenant… Il connaissait trop la rengaine de ses moments avortés où une urgence ou une pseudo-impérative nécessité le rappelait au poste de police. Et ces derniers temps avec Zalesny qui n'avait de cesse de se défiler et de lui refiler tout le travail, la répétition avait une saveur exaspérante.

Étirant le cou, il reconnut le numéro de téléphone. Il parut soulagé. Un sourire revint se poser sur ses lèvres alors qu'il appuyait sur le smartphone pour enclencher la communication.

– Salut mon pote !

Aucun bruit à l'autre bout. Marcus tendit l'oreille.

– Allô ? répéta-t-il à plusieurs reprises.

– Marcus…, finit par bredouiller une voix atone, quasi inaudible, au bout de secondes qui lui parurent interminables.

– Oui.

– …

– Que se passe-t-il ?

– Marcus…

Très vite, Marcus perçut l'angoisse à l'autre bout du fil. La voix d'ordinaire joyeuse et boute-en-train était en panique. Il cala l'appareil entre l'épaule et l'oreille, soudain attentif.

– Que se passe-t-il ? dit-il à nouveau.

– J'sais pas… Putain… J'sais pas… Mais c'est la *merde*… Marcus… C'est la *merde*…

– Calme-toi, fit Marcus, alors que son ami paraissait terrifié. Explique-moi ? Quelle merde ?

– Putain…, bafouilla-t-il, en se mettant à chialer bruyamment. C'est un cauchemar… Un *putain* de cauchemar…

– Mais de quoi parles-tu ? Et calme-toi.

– Non, impossible… J'peux pas m'calmer… C'est horrible… Mon Dieu… Putain… Mais qu'est-ce que j'ai fait…

Les sanglots redoublèrent, la voix se brisa en mille morceaux. Marcus comprit qu'une chose terrible s'était passée. Il inspira doucement, comme pour mieux encaisser ce qu'il s'apprêtait à entendre.

– Où es-tu ?

– Dans… Dans mon studio, parvint-il à murmurer entre deux renâclements. Putain… J'ai tué… J'ai tué quelqu'un…

3

Il était des moments rares dans la vie où une décision grave devait se prendre en une poignée de secondes. Infinitésimales. D'un claquement de doigts. D'un souffle qui balayait les grains de sable du haut de la falaise. Pfuitt. Une fois envolés, dispersés, impossible de les rattraper ou de faire machine arrière. C'était irréversible.

Marcus marqua un temps d'arrêt, qui lui parut une éternité. La respiration suspendue, un froid glacial s'engouffrait dans ses veines. Et ses neurones turbinaient à plein régime, à la recherche de la bonne solution. Mais dans ce genre de situation terrible, y avait-il de *bonnes* solutions ? Sans doute pas.

Le téléphone toujours vissé à l'oreille, il se gratta le cuir chevelu.

– Marcus… Aide-moi…

L'intonation était suppliante. Pénétrante. Méconnaissable. Celle d'un adulte redevenu un gosse, brutalement. Au moment où la vie douce et bienheureuse basculait dans l'horreur. Un coup de frein sur la pédale alors que la voiture s'encastrait dans le mur. La conscience surpassait le corps, le dévorait avidement de l'intérieur, monstrueux charognard. L'aspirait violemment. On savait alors que plus rien ne serait jamais *comme avant.*

D'un soupir, il prit sa décision. Le regard noir résolument dans le vide de ses pensées emmêlées.

– Écoute-moi. J'arrive. Tu ne bouges pas. Surtout, tu ne touches à rien. Tu m'entends ?

– Oui.

– Tu ne fais rien. J'arrive dans cinq minutes.

– Putain… Marcus… J'vais vomir… Elle est devant moi… C'est horrible…

– Ferme les yeux et respire calmement. OK ?

– OK.

– Tu as fermé les yeux ?

– Oui.

– Respire. Vas-y, je veux t'entendre respirer.

– OK.

– C'est bien. J'arrive. Je raccroche maintenant.

– D'accord.

Aussitôt, il reposa le casque de vélo, attrapa ses clés de voiture et sortit de la maison. Propulsé par la panique, Marcus dévala les trois marches du minuscule perron, tourna à gauche vers le Carport collé à la maison et s'engouffra dans sa Golf blanche. Il mit le moteur en route. Toujours sans voix. Son cœur se gonflait sous sa poitrine étriquée alors que ses pulsations retentissaient bruyamment. L'inquiétude enflait. Son esprit turbinait à plein régime.

Que s'était-il passé ? Qu'allait-il découvrir ?

Les mots résonnaient encore, macabres. *« Putain… J'ai tué… J'ai tué quelqu'un… »*

Un regard d'acier trempé rivé sur le bitume, il roulait un peu trop vite. Il le savait. Mais l'urgence de la situation le nécessitait. Les doigts cramponnés au volant à s'en écorcher la peau, il réalisa qu'une bulle de souffrance le tenaillait. Lui d'ordinaire si maître de ses émotions. Plus il y pensait et plus l'angoisse s'insinuait dans ses veines. Distillait un venin nauséeux.

En sortant du chemin des Oies, il prit la direction du centre-ville de Wimereux. Après avoir descendu plusieurs rues en enfilade, il arriva en bas de la rue Pilâtre-de-Rozier, laissa l'hôtel *Saint-Jean* sur sa gauche, traversa la rivière et bifurqua à droite sur le quai Alfred-Giard.

Le poste de police se dressait sur la place de la Mairie.

Il était encore tôt, ce matin. À peine sept heures trente. Il n'y avait personne. Ou presque. La voiture de Pépé était déjà là. Une vieille Volvo bleue. C'était justement lui qu'il voulait voir.

Il se stationna à côté, coupa le moteur et fonça dans le vieux bâtiment en pierre grise.

Un calme olympien régnait dans le poste. Une puissante odeur de café embaumait l'atmosphère. Occultant même celle, sempiternelle, du renfermé mêlé d'humidité poussiéreuse, qui imprégnait les murs et le mobilier. D'ailleurs, une pleine cafetière venait de s'écouler et fumait sur la table haute de la salle de pause. Marcus grimaça. Il aurait bien bu un petit noir bien serré. De celui qui secouait les esprits, remontait d'un bloc les intestins et faisait tressaillir, une fois ingurgité d'une traite. Un violent coup de fouet salutaire. Mais le temps était compté.

– Hum..., couina Pépé Maclean en dressant un œil suspicieux. T'en tires une tronche, mon vieux. On dirait que t'as vu un mort vivant.

– Tu n'crois pas si bien dire, répondit Marcus.

– Tu devrais arrêter le sport, ironisa-t-il. Ça te monte au cerveau. Je peux te proposer une bonne clope bien nicotinée ou un café qui t'arrache la tronche. Ton palpitant fera un triple salto arrière qui te remettra droit dans tes bottes. Et du vermillon aux joues aussi, car t'es tout pâle.

– Arrête ton cirque, Pépé. J'ai besoin de toi.

– Aïe ! grimaça-t-il. J'sais pas pourquoi, mais ça ne me dit rien qui vaille.

Il écrasa le gobelet entre ses doigts et le lança dans la poubelle au pied de la table, d'un geste habile et précis. De taille moyenne, trapu, des épaules de Viking, Maclean secoua sa tignasse frisée. C'était un flic à l'ancienne. Un vieux briscard. Des yeux bleu vif perçaient sur son visage ridé et ciselé par des années d'alcoolisme. Mal fagoté. Il semblait toujours avoir enfilé à la va-vite des vêtements chiffonnés. Un pantalon noir élimé, à la coupe improbable, une chemise grise froissée retroussée aux manches.

– C'est quoi le problème ? demanda-t-il.

– J'ai besoin de ton objectivité pour compenser ma subjectivité.

Haussant un sourcil d'incompréhension, Maclean maugréa :

– C'est du charabia… Ou alors une devinette ?

– Ni l'un ni l'autre, rétorqua Marcus. Viens et suis-moi. Nous n'avons pas une minute à perdre.

– Ah…

– On prend ma voiture.

*

Une fois à l'intérieur, Marcus démarra. Sombre, sans desserrer les mâchoires. À ses côtés, Maclean l'observait du coin de l'œil, à la recherche d'une entame de discussion. Un truc clochait à n'en pas douter. Lui rongeait son frein à attendre une explication. Voyant que son collègue ne pipait mot, il ne tint plus. Il devait assouvir sa curiosité, comprendre sa présence dans cette bagnole alors qu'il aurait dû rester au poste de police, à attendre ses collègues en bossant sur les dossiers en cours. D'ailleurs si leur chef, Zalesny, passait et ne trouvait personne, il n'apprécierait pas ce manque flagrant de professionnalisme. En même temps, la probabilité de sa venue de si bon matin était totalement farfelue. Il devait tout juste s'extirper de son lit. Et encore rien n'était moins sûr.

– Tu n'étais pas en RTT aujourd'hui ?

– Si, mais je remets ça à plus tard.

– Ah… Où va-t-on ?

– Rue Notre-Dame.

– C'est précis, soupira Maclean. Mais le reste paraît bien flou. Tu ne voudrais pas m'en dire un peu plus ?

Pas de réponse, Pépé soupira d'agacement. Puis, en se contorsionnant maladroitement, il sortit un paquet de cigarettes de sa poche de pantalon. Il se grilla une clope, entrouvrit la fenêtre côté passager. La première bouffée provoqua une légère quinte de toux, rauque et graveleuse. Il se racla la gorge puis souffla des ronds de fumée blanche vers l'extérieur, l'air de celui qui s'impatiente en silence. Marcus tolérait qu'il fumât dans l'habitacle, mais il ne fallait pas non plus exagérer et lui recracher la fumée au visage. Maclean faisait gaffe, même si là, ça aurait peut-être déclenché une réaction salutaire chez son collègue.

Ils roulaient sur le quai Alfred-Giard, le long du Wimereux, la rivière qui avait donné son nom à la station balnéaire. Rive gauche avec une vue imprenable sur la mer qui s'agitait sous le vent. Ils prirent encore à gauche, rue Napoléon, puis la quatrième à droite, rue des Anglais et débouchèrent sur la rue Notre-Dame. Une petite ruelle, parallèle à la digue, bordée de villas cossues.

Au milieu d'une rangée de maisons mitoyennes, Marcus stationna la Golf blanche le long du trottoir. Il coupa le contact, se tourna vers Maclean. La tension était palpable sur son visage blême. Sa main tremblait autour des clés. Soudainement attentif, Maclean attendait, le sourcil suspendu à ce qu'il allait lui dire. Enfin.

– Il semble qu'une personne soit morte assassinée dans l'appartement du deuxième étage…

La bouche arrondie, Pépé n'en crut pas ses oreilles. Ça lui en avait même coupé la chique, lui qui d'ordinaire était difficile à surprendre.

– Tu… Tu déconnes ?!

Ça n'était pas vraiment une question, plutôt l'expression de sa sidération. À la façon d'un truc coincé dans la gorge qu'il aurait éructé d'un coup sec, après une bonne claque dans le dos.

Marcus ne parut pas entendre, tout à sa concentration d'expliquer ce qui lui semblait encore bien obscur. Mais l'angoisse s'était amplifiée depuis l'appel. Un mauvais pressentiment se faisait sentir.

– Je ne sais pas ce que nous allons trouver en ouvrant la porte, poursuivit-il. Mais le type qui dit avoir fait ça est comme mon frère…

Pépé Maclean le regardait attentivement. Sa cendre grossissait au bout de sa cigarette et se mettait à pencher dangereusement, à la limite de se briser sur son pantalon. Subitement écartelé entre la confiance sans faille que lui offrait son collègue et sa vocation de flic intègre chevillée aux tripes. Le numéro d'équilibriste lui pesait. Il écrasa sa cigarette dans le cendrier d'un geste nerveux. Puis renifla en fouillant le regard noir de Marcus, s'interrogeant sur la raison de sa présence, ici, à ses côtés.

– C'est quoi ce plan ? bredouilla Pépé. On est flics. T'as oublié ce détail ?!

– Non, rétorqua Marcus. Je suis flic et je ferai le job quoi qu'il advienne. Mais...

– Mais ?

– Je veux être le premier sur les lieux et enquêter en toute impartialité.

– Tu ne peux pas être impartial, Marcus, au vu de ce que tu me dis...

– Si, je te le promets. Et si jamais je n'y parvenais pas, tu seras là. J'ai besoin de toi à mes côtés sur cette enquête.

– Ça pue tout ça, siffla Maclean en détournant le regard vers la fenêtre entrouverte de l'appartement du deuxième étage.

– Tu agirais pareil dans la même situation, insista doucement Marcus afin d'achever de le convaincre.

À ces mots, Maclean entrevit le sourire de ses filles, Julie et Laure, rutilant dans son crâne, aussi fugace qu'intense. Il sut qu'il avait raison. Ça ne devait pas empêcher de faire correctement son travail d'enquêteur. De dénouer le vrai du faux. D'étayer les preuves et les faits. De confondre le coupable. Mais ça ne le simplifiait pas non plus.

– OK, je suis d'accord.

– Merci, Pépé.

Après un ultime regard en guise d'accord tacite, ils sortirent du véhicule. L'air restait frais en ce début de juillet.

Des tresses de nuages surfaient sur le ciel gris-bleu, transpercées de timides faisceaux de soleil. Le temps ne serait pas au beau fixe aujourd'hui. L'humeur maussade, les deux flics hésitaient sur le trottoir. Marcus se surprit même à transpirer d'angoisse alors que Pépé se frottait un menton mal rasé entre ses doigts jaunis par la nicotine.

– Tu as appelé Gautier Léon et l'équipe scientifique ?

– Pas encore.

– Là, tu déconnes vraiment ! le houspilla Maclean. Je ne marche pas dans ces conditions.

– On va les appeler, bien évidemment, répondit calmement Marcus. Je veux juste être le premier sur les lieux. Me faire mon idée, avant qu'ils ne sortent l'artillerie lourde et ne passent la scène de crime au crible. Tu comprends ?

– Putain de plan foireux, gémit-il en enfonçant ses mains dans ses poches. Ce qui déforma plus encore son pantalon. Ça craint… Dans quoi je m'embarque…

– Allez, on y va.

*

L'ensemble de maisons mitoyennes en pierre beige usée et rincée par les vents marins se dressait devant eux. Les flèches des toits pointées vers le ciel. Dans l'esprit des jolies villas wimereusiennes, larges de deux fenêtres aux volets en bois de couleur vive. Toutes sur le même modèle, mais à chacune sa couleur. L'appartement qui les intéressait était situé au deuxième étage de la villa rouge, qui portait le nom évocateur de « L'Écarlate ».

Les deux policiers enfilèrent des gants en plastique que Marcus avait pris soin d'apporter avec lui.

Il ouvrit la porte d'entrée commune aux trois appartements. Le couloir exigu donnait sur un escalier raide aux marches inégales. Le bois grignoté par les allées et venues couinait sous les semelles. Il n'y avait aucun bruit. L'obscurité flottait. Pépé alluma. Et ils montèrent prudemment en scrutant le parquet. Surtout prendre garde à ne pas altérer d'éventuels indices.

– La porte d'entrée n'est pas verrouillée ? s'étonna Maclean.

– Il a une fâcheuse manie de ne jamais fermer à clé et l'ensemble de la maison lui appartient.

– Alors, pourquoi choisir le deuxième étage au lieu du rez-de-chaussée ?

Marcus haussa les épaules. À bien y penser, il n'avait jamais trop évoqué cet appartement et l'objet de son existence. Il y était déjà venu, une ou deux fois, prendre un café. Du coup, il avait vaguement en tête les lieux, son agencement et sa décoration. Sa mémoire visuelle de flic serait précieuse pour se rappeler l'avant. *Mais l'avant quoi ?*

La boule d'angoisse revenait dans sa poitrine alors que son cœur s'accélérait. Ce n'était pas l'ascension de cet escalier qui l'essoufflait, mais bien l'atmosphère pesante. Pire qu'un huis clos hitchcockien. Dans son dos, Maclean transpirait la nicotine à grosses gouttes. Le souffle bruyant. L'arthrose douloureuse. La crainte aussi de s'être fichu dans de sales draps. La crainte du parjure qu'on regrettait à peine les mots sortis de la bouche. Mû par une force incroyable, irrationnelle. De celle, où un esprit surnaturel contrôlait un corps revêche à s'exécuter, l'obligeant à faire ce qu'il ne voulait pas faire.

En arrivant sur le palier du second et dernier étage, Marcus marqua un temps d'arrêt, examinant le sol, le mur et la porte entrouverte. Un filet de lumière s'échappait alors qu'un étrange claquement résonnait à intervalles réguliers.

Clac, clac…

Clac, clac…

Marcus tendit l'oreille, toujours aucun autre bruit. En revanche, une odeur désagréable lui chatouillait les narines. Incommodante.

– Ça pue ! grimaça Pépé à voix basse.

– Du sang, chuchota Marcus avec une certitude, celle de renifler la mort.

Les images de vieilles scènes de crime à Lille et sa banlieue lui revinrent en mémoire. Elles ne s'effaçaient jamais du crâne même si, bien enfouies dans un minuscule recoin, elles s'étaient atténuées. Un détail réactivait le tout. Déroulait le fil des mauvais souvenirs. Soulevait les pierres.

De la pointe de son index, Marcus poussa la porte. Doucement.

Il n'aurait su dire ce qu'il vit en premier. De la fille poignardée, le dos contre les oreillers et la tête de lit capitonnée ou de son ami recroquevillé sur lui-même au bout du lit. Tous deux nus dans une mare de sang et de draps froissés. Et tellement silencieux.

Portant instantanément la main à sa bouche, Marcus accusa le coup. Il était horrifié. C'était bien pire que ce qu'il s'était imaginé. Insoutenable.

Dans son dos, Maclean, stoïque, respirait bruyamment.

4

Clac, clac…

Clac, clac…

Il ne frissonnait plus. Un voile de gel recouvrait son corps, cisaillait ses muscles et s'infiltrait dans ses veines. Le thermomètre devait avoisiner les – 20 °C. Ça n'était pas possible autrement. Engourdi par un froid de mort où les sensations n'étaient ni palpables ni réelles. Saisi d'une profonde léthargie polaire et forcément fatale.

Même les paupières closes, il ne voyait qu'elle. Elle flamboyait dans ce bain de sang. Les cheveux blonds en étoile, avec des entailles béantes sur le ventre et la poitrine. Cette vision d'horreur ne le quittait plus. Il ne voyait qu'elle. Elle était absolument bouleversante.

Étrangement, il n'entendait rien autour de lui. Ses tympans paraissaient avoir été soufflés par une détonation fulgurante. Un oppressant silence abstrait qui survenait après une intense scène de guerre.

Et l'odeur de sang acre et forte l'entêtait, poussant sa raison vacillante au bord d'un précipice vertigineux.

Il allait mourir de froid dans ce lit d'agonie.

*

– Tu m'entends ? répétait Marcus en posant un index prudent sur le bras de son ami. Dis-moi ce qu'il s'est passé ?

– Laisse tomber, fit Maclean, crispé. Il est en état de sidération psychique. Tu n'en tireras rien. J'appelle l'équipe scientifique et une ambulance. Il a besoin d'être pris en charge par un toubib.

En effet, Jonas Becker était totalement apathique. Le corps nu replié sur lui-même et la conscience absente, à des années-lumière du drame qui s'était déroulé dans cette jolie villa de bord de mer ou alors en totale connexion. Avait-il seulement perçu leur arrivée ? Rien n'était moins sûr. Ses yeux exorbités semblaient avoir vu le diable en personne. Perdu sur le fil des ténèbres.

– C'est… C'est un carnage, gémit Marcus, qui peinait à retrouver son aplomb, ses idées et sa mécanique d'analyse de flic.

Une main tremblante sur le front, il cherchait à tempérer l'anxiété qui affluait de partout et l'empêchait de réfléchir méthodiquement. L'émotion était trop puissante. Elle bouillonnait. Obstruait sa respiration. Brouillait sa vue. Découvrir ainsi son meilleur ami, son frère de sang, dans la position d'un tueur, était terrifiant. Insoutenable. Pourtant, Marcus Kubiak était rompu à toutes les situations. Lui l'ancien grand flic de la criminelle lilloise. Mais celle-ci, tellement impossible, fissurait sa cuirasse de dur à cuire. Il devait ralentir son rythme cardiaque, faire ressurgir son sang-froid, son sens méticuleux de l'analyse, son flair infaillible. Distancier ses émotions de la réalité. Néanmoins, avec toute cette hémoglobine et cette fille poignardée à plusieurs reprises, Marcus peinait à redevenir lui-même.

– On va prendre des photos et examiner la scène de crime, proposa Maclean, en prenant la situation en main. Avant que la cavalerie n'arrive.

– Bonne idée, soupira Marcus.

Par prudence, Pépé désarma Jonas Becker, même s'il semblait bien inoffensif à présent. Délicatement, il se saisit du couteau maculé de sang que Jonas tenait encore dans sa main droite. Il força un peu, car les doigts enroulés autour du manche étaient raides. Puis, par acquit de conscience, il s'assura que la jeune femme était bien morte en vérifiant un improbable pouls sous la gorge. Les blessures et le sang épars ne lui donnaient *a priori* aucune chance de survie. Il dénombra cinq entailles profondes depuis la poitrine jusqu'au ventre. Bizarrement aucun signe de lutte. En dehors de quelques légers stigmates de crispation sur le visage, la gorge et les membres. Les coups de poignard avaient à peine perturbé un profond sommeil. Elle n'avait même pas ouvert les yeux.

D'un froncement de sourcil, Pépé se dit alors qu'il y avait un truc qui clochait.

Puis, il se détourna de la victime, observa le meurtrier à l'autre bout du lit. Prostré, le regard absent, la brutalité du crime lui avait fait perdre les pédales. Ça arrivait parfois quand la violence ressentie était soudaine et intolérable provoquant un grave traumatisme psychique. Cependant, ça arrivait aux victimes. Plus rarement aux agresseurs.

– On va lui passer une couverture sur les épaules. Il devient bleu.

À l'aide de son smartphone, Marcus mitraillait la pièce sous tous les angles. Il prenait des notes sur son calepin, évitant de réfléchir, s'imprégnant au maximum des moindres détails. Les vêtements épars sur le sol, jetés à la va-vite. Deux coupes et une bouteille de champagne vide sur la table basse en zinc. Une lampe bousculée et tombée de la table de chevet. Une soirée coquine qui dérapait. Enfin il imaginait bien les choses ainsi.

Il referma la fenêtre, où l'épais rideau de toile claquait toujours sa lancinante mélopée agaçante. Puis se dirigea vers la salle de bains. La porte entrouverte ne laissait filtrer rien de particulier au premier abord. Étincelante de propreté, elle paraissait même ne pas avoir été utilisée. Une brosse à dents et un dentifrice dans un verre en plastique. Une serviette propre pliée sur le rebord du lavabo. La cuvette des toilettes était refermée. La poubelle était vide.

– Tu connais la fille ? demanda Pépé.

– Non, jamais vue.

– C'est quoi ici ? Un lupanar ?

Il inspectait méticuleusement la pièce, autour du lit. Un stock de préservatifs dans leurs étuis multicolores emplissait le fond du tiroir de la table de chevet.

– Sa garçonnière en effet, fit Marcus, revenu dans la chambre. Il farfouillait à présent dans un sac à main abandonné sur le canapé. Jonas aime les femmes et les aventures sexuelles.

– Sa femme est au courant ?

Aussitôt, Marcus se figea. Le doux visage de Lotte Becker lui apparut, un astre solaire, lumineux, merveilleux. Avec ce sourire qui lui mangeait la moitié du visage sous son carré mi-long blond. Et ses yeux bleu délavé qui vous transportaient de douceur. Soudain, son cœur se tordit. Comment allait-il lui apprendre une telle horreur ? Elle s'effondrerait.

Mortifiée par la brutalité de ce crime odieux. Perpétré par son homme, son amoureux, son roc depuis plus de vingt ans.

– Oui, ils sont pareils. Plus ou moins. Enfin pas autant. Mais elle le laisse faire. Ils s'aiment énormément et ils ont trouvé cet équilibre dans leur couple.

– Y en a, tout de même, qui sont barjos ! ponctua Maclean.

– Chacun son truc.

– Tu ne serais pas en train de me bâcher en me rappelant mes travers d'ancien alcoolique ?

Marcus grimaça d'embarras. Il était à cent lieues de vouloir faire remonter à la surface ses anciens démons. Même si le sujet était toujours évoqué sans détour et avec franchise, il préférait éviter de remuer le passé douloureux de son collègue. La lutte contre l'alcool n'était jamais finie. On ne guérissait pas. On faisait avec. On apprivoisait l'abstinence, chaque jour. On se forgeait une discipline de fer ou un chemin de croix.

– Elle se nomme Flavie Robert. Elle est née à Reims. Elle a trente-cinq ans et une adresse à Avignon.

Marcus venait d'extirper une carte d'identité d'un portefeuille en cuir.

– Même quand tu dis son prénom, ton pote ne réagit pas, maugréa Maclean en lorgnant du coin de l'œil Jonas Becker, toujours aussi inerte. Qu'est-ce qui a bien pu se passer ici ? Pourquoi a-t-il fait ça ? Avec cette sauvagerie ?

Maclean n'attendait pas vraiment de réponse à ses questions. Il exprimait à voix haute l'angoissante incompréhension qui peuplait le quotidien d'un policier. Machinalement, il s'apprêtait à prendre une cigarette, mais renonça aussitôt en voyant les gants en latex sur ses doigts jaunis. Ça n'était pas bien sérieux ni professionnel. Malgré une envie incisive de nicotine, il repoussa à plus tard l'idée de s'en griller une et d'apaiser, du même coup, ses esprits chahutés.

– Je ne m'y ferai jamais… Être confronté à tout ça… Quel métier de dingue nous faisons !

– Tiens, fit Marcus, absorbé par son investigation. Il y a aussi une carte d'adhésion à un club de yoga. Une adresse à Wimereux. Rue Jeanne-d'Arc.

– C'est la perpendiculaire au quai Hazebrouck ? Vers la digue nord.

– En effet.

Soucieux, Marcus continuait d'éplucher le portefeuille en quête d'indices sur l'identité de la victime.

– Une carte de sécurité sociale, une carte de mutuelle, une carte bleue, un ticket de caisse daté d'hier soir, vingt-deux heures cinquante-sept…

– Ah… Intéressant.

– Une vodka et une bière. Ça vient du bar wimereusien *Les Bains de Minuit*.

– On va aller s'y rencarder.

– Deux photos aussi, poursuivit Marcus en les observant attentivement l'une et l'autre.

Sur la première, un homme blond d'une quarantaine d'années et un petit garçon, tout aussi blond, devant le pont d'Avignon. Le père et le fils sans doute tant la ressemblance était frappante. Sur la seconde, un type grisonnant et barbu, un peu plus vieux, avoisinant la cinquantaine, sur la digue de Wimereux. Il grimaçait un sourire carnassier avec le soleil en pleine face. Mais aucune date. Il les tendit à son collègue afin qu'il les mémorise à son tour puis les remis à leur place.

– Sinon, pas plus dans le portefeuille.

– Et dans le sac ? demanda Maclean.

– Une pochette avec des produits de maquillage, tout ce qu'il y a de plus classique. Un trousseau de clés. Un smartphone.

– Tiens, fit Maclean, qui fouillait à présent les poches du pantalon de Becker. Son smartphone à lui, mais bizarrement aucun portefeuille.

– Sans les codes d'accès, impossible de consulter les appels téléphoniques ou les SMS. On va devoir attendre que l'équipe scientifique les débloque.

– Elle était vraiment mignonne, murmura Maclean en jetant un dernier regard à la victime. Comment peut-on massacrer une telle jeunesse ?

*

La sirène de l'ambulance retentit dans la rue Notre-Dame. La camionnette de l'équipe scientifique lui filait le train à vive allure. Par la fenêtre du deuxième étage de la villa rouge, Marcus aperçut Gautier Léon, le responsable de la police scientifique locale, assis sur le siège passager.

*

Ils furent très vite à l'étroit dans la chambre, une fois que les blouses blanches eurent investi les lieux. Ils étaient trois avec leur chef, un athlétique métis, toujours tiré à quatre épingles quelles que soient les circonstances. Même si, à cet instant, sous la combinaison blanche, ce n'était pas la première impression qui sautait au visage.

Un vieux type, roux, bedonnant, le médecin et un ambulancier, grand échalas aux jambes encombrantes, à la glotte protubérante, les suivaient. Aussitôt, ils firent mine d'aller examiner Jonas Becker.

– Non, messieurs. On ne s'approche pas du lit et on ne touche à rien ! rappela Gautier Léon sèchement, l'index menaçant. On va faire quelques prélèvements sur le type avant de s'occuper de la victime. D'autant qu'il a l'air totalement sonné. Vous pourrez l'embarquer ensuite.

Ils obtempérèrent à regret. Rongeant leur frein, à l'entrée de la chambre.

– Eh les jeunes, faites-moi aussi de splendides photos de cette hallucinante scène de crime ! ordonna Léon. On va faire des envieux sur la Côte d'Opale.

Ses deux assistants se mirent aussitôt à l'ouvrage. La trentaine tous les deux. Une brunette au visage constellé de taches de rousseur et un binoclard au sérieux frisant la sinistrose. Munis de leur mallette d'expert du crime, ils s'affairaient à délimiter, collecter les preuves, faire des relevés, poser des plots jaunes numérotés. De façon méticuleuse. Rien n'était laissé au hasard. Ils auscultèrent Jonas Becker, toujours plus stoïque qu'une statue de marbre, à la recherche de traces ou d'indices sur ce qui avait pu se passer, refaire le scénario du meurtre.

Léon s'approcha de Marcus et Pépé, en supervisant du coin de l'œil le travail de son équipe. Il aimait plaisanter ou cancaner, mais jamais avec le boulot. Sa réputation était en jeu ainsi que celle de son laboratoire d'analyses scientifiques, qu'il dirigeait depuis une dizaine d'années.

– Je le connais ce type. C'est un notable de Wimereux. Il est régulièrement présent aux vœux de la mairie. Ça va lui plaire ça, à monsieur le maire. Un crime passionnel *bien gore* à deux pas de la sacro-sainte digue, de la plage, où les gosses font des pâtés de sable ! Un sale coup de pub pour sa chère station balnéaire. En plein été.

– Jonas Becker, précisa Maclean, en roulant une cigarette entre ses doigts. Il avait ôté ses gants en latex et se désespérait de s'en griller une rapidement.

– Oui, Becker ! C'est ça ! s'exclama Gautier Léon, se frappant le front du revers de la main. C'est le responsable ressources humaines de l'usine de cartonnage. Trop de pression sans doute, il a dû faire un burn out !

– Irrésistible ! ricana Maclean.

Le manque de nicotine enflait. Il tanguait d'une jambe sur l'autre, prêt à sonner le départ à son collègue. De son côté, Marcus, qui ne voulait surtout pas évoquer le lien d'amitié avec le tueur potentiel, prit sur lui de ne pas réagir à cet humour de mauvais goût.

– Tu pourrais nous débloquer rapidement le smartphone de la victime ? Ça nous permettrait d'investiguer cette piste dans l'attente de votre compte-rendu…

– Je me demandais combien de temps tu résisterais à tes insupportables travers de flics ? Décevant, t'as même pas tenu dix minutes. Va falloir nous laisser bosser avant de tirer des conclusions.

– On sait tout ça, soupira Maclean. Allez, arrête de faire ta diva… Et donne-nous de la matière !

– Vous êtes chiants, les mecs ! Je vous appelle dès qu'on a fini.

Gautier Léon s'était renfrogné, subitement absorbé par le travail de ses assistants. En sbire omnipotent, il scrutait chaque geste.

– Tu peux toujours essayer son année de naissance.

– Quoi ?

– Pour débloquer son téléphone. Enfin si tu la connais. Et maintenant, laissez faire les professionnels.

Marcus Kubiak tapa la date mémorisée de la carte d'identité : « 1982 ». Estomaqué, il redressa un visage béat vers Maclean, à la porte, sur le point de sortir.

– Putain, ça fonctionne !

– Les gens sont tellement prévisibles. Ils ne vont pas chercher bien loin.

Il n'en fallait pas plus pour que le responsable de la police scientifique irradie de fierté. Il s'approcha de la victime tandis que Marcus détournait la tête pour qu'on ne remarque pas son air vexé. Il aurait pu au moins y penser. Ça n'augurait rien de bon dans son travail d'enquêteur. Il allait devoir se ressaisir et oublier que son ami Jonas était au beau milieu de ce merdier.

– Allez, on bouge ! fit Pépé, sa clope aux lèvres.

Avant de partir, Marcus se tourna vers le vieux rouquin. Pépé dressa des yeux exaspérés au ciel.

– Docteur, un truc me chiffonne. Jonas Becker semble être notre coupable. Tous les indices de la scène de crime le démontrent de façon ostensible. Il est en état de sidération psychique depuis que nous sommes arrivés ici. Néanmoins, il m'a appelé un peu avant. Il était paniqué (*et le mot est faible*) par ce qu'il pensait avoir fait.

Le toubib écoutait attentivement, en se frictionnant la nuque.

– La sidération psychique concerne surtout les victimes, logiquement, dit Marcus. Alors comment peut-on expliquer que ça lui arrive ? S'il est bien l'agresseur qu'on suppose.

– Trop tôt pour le dire, répondit le toubib, mais je prends la question. Nous allons le mettre en observation à l'hôpital et je vous confirmerai s'il s'agit bien de ce traumatisme.

– Il faudrait qu'on puisse l'interroger, poursuivit Maclean.

– Ça peut durer quelques heures ou plusieurs jours. Je vous appelle dès qu'il est à nouveau connecté avec la réalité.

– OK, merci.

– N'oubliez pas d'appeler le commissariat de Boulogne-sur-Mer. Ils doivent mettre en place un système de surveillance devant sa chambre à l'hôpital. Faudrait pas qu'une fois revenu à lui, il trucide quelqu'un d'autre.

– Bien sûr, rétorqua Marcus Kubiak, amer. La remarque était de bien mauvais goût.

5

– Tu es mon unique, murmure maman, du miel dans la gorge. Mon bel ange, ma merveilleuse tourterelle.

Je ne me lasse pas de l'entendre dire des douceurs à mon égard. Je me berce de son regard inondé d'amour et d'espérance. J'ai à l'époque quatre ans, les cheveux bouclés, les joues écarlates et les prunelles scintillantes. Je ne la quitte pas des yeux, en serrant fort contre ma poitrine, ma poupée de chiffon. Héloïse. Vêtue d'une robe bleue, avec un tablier en dentelle, et les cheveux aussi frisés que les miens. La voix de maman ronronne sa ritournelle de bonheur, où je resplendis, astre de feu, et où tout semble conçu pour moi. Nous ne sommes pas riches, mais je suis son trésor. Une princesse dans une vie simple, un quartier populaire, parmi des gens modestes aux mains rugueuses et aux bras accueillants.

L'idée d'être une princesse me réchauffe le cœur, même si dans les dessins animés ou les livres illustrés, les princesses vivent dans des palais majestueux. Mais déjà, un voile de mélancolie glisse sur son visage clair. Le soleil dans ses yeux n'irradie jamais bien longtemps. Une tresse de nuages grignote les rayons et le gris ternit la lumière de son cœur.

J'ai tellement envie de croire que je ne suis pas ordinaire. Différente des autres fillettes à l'école.

Je ne la quitte pas des yeux, accrochée à ses moindres mouvements. Surtout ne pas la perdre. Plus vive qu'un feu follet, elle tournoie. Les arabesques de ses bras s'entortillent dans une danse où ses mains gracieuses s'étirent et s'arrondissent. Sa beauté est merveilleuse.

– Il faut aller chercher ce dont tu as besoin. Ne pas s'arrêter à l'évidence. Ou aux premiers obstacles.

J'ai tellement envie de croire que je ne suis pas ordinaire. J'ai tellement besoin qu'elle m'aime.

Les palais des princesses suintent la solitude aussi. La tapisserie se fissure, le plâtre se craquelle. L'odeur de renfermé âcre prend à la gorge. Je grimace, me ratatine dans un coin de ma chambre, les genoux repliés contre ma poitrine de petite fille. Le morceau de bois serré dans ma menotte. Dans l'autre, ma poupée molle.

Je vais l'attendre là.

Le silence n'existe pas en fait. On a beau chasser le moindre bruit, en retenant sa respiration, tout est amplifié. En nous. La salive avalée, les dents qui s'entrechoquent, le craquement d'un os, le souffle ralenti, le flux veineux dans le crâne. Et hors de nous. Un crissement de souris derrière un mur, le bois qui se tend et claque, un radiateur qui ronronne, la rue qui bruisse de vie même quand la nuit est noire. Ce silence est angoissant quand on n'a que quatre ans.

6

À l'angle de la rue Jeanne-d'Arc et du quai Hazebrouck, la villa « Bella Luna » se tenait majestueuse, le long de la rivière Wimereux, avec une vue imprenable sur la digue nord et la Manche. Sa position de premier plan l'amenait à affronter régulièrement de violentes tempêtes et des crues les jours de grandes marées. De style anglo-normand, l'architecture conjuguait la pierre grise au rez-de-chaussée et les colombages à l'étage, alternance de pans de bois marron et de peinture ocre. La blancheur des nombreuses fenêtres à petits carreaux éclairait un ensemble assez sombre. Un morceau de Normandie échoué sur la Côte d'Opale.

Devant la palissade en bois numérotée, Marcus Kubiak confirma qu'ils étaient bien à l'adresse indiquée sur la carte d'adhésion au club de yoga. Pépé Maclean écrasa dans le caniveau sa deuxième cigarette, fumée coup sur coup. Il empestait la nicotine, mais son teint était rasséréné. Il avait pris sa dose.

– Ça ne serait pas le type de la photo ? fit Marcus.

– Ça m'en a tout l'air.

Un homme élégant, les mains dans les poches, les observait à la fenêtre du salon. Il vint ouvrir la porte d'entrée.

Devant eux se tenait un homme au visage émacié, plutôt avenant. Poivre et sel. Des cheveux ras autour d'une barbe de trois jours. L'œil vif et affûté perçait de fines lunettes rondes. Une tache rosée ou bien une vieille cicatrice sur la tempe gauche. Il était vêtu d'une chemisette blanche en lin froissé et d'un pantalon de toile bleu ciel.

On aurait dit le sosie de Steve Jobs.

De plus près, Marcus lui donnait entre cinquante-cinq et soixante ans.

– Bonjour messieurs.

– Bonjour, nous sommes officiers de police. Mon collègue Pierre-Philippe Maclean et moi-même, Marcus Kubiak.

Son visage se crispa d'inquiétude.

– Que puis-je pour vous ?

– Vous êtes monsieur ?

– Melvil Lemarchand. Pourquoi ? Il y a un problème ?

– Vous connaissez Flavie Robert ? fit Marcus.

L'amertume affluait dans sa bouche. Il détestait, pardessus tout, ce qu'il allait devoir faire. Annoncer l'irréversible, le définitif. Briser une vie en quelques mots.

– Oui, c'est ma compagne…, bredouilla-t-il, perdant soudainement de sa superbe.

– On peut entrer s'il vous plaît ? proposa Marcus en pénétrant dans la maison, sans y être invité. Et discuter à l'intérieur.

– Oui, bien sûr. Allons dans le salon.

L'intérieur était lumineux. Murs et plafond blancs, un parquet clair, une décoration épurée de bord de mer. Très peu de meubles. Quelques luminaires stylisés. Un large canapé blanc crème, gonflé de coussins ethniques, et son *alter ego* en fauteuil semblaient faire la une d'un magazine spécialisé, sur un épais tapis à bouclettes gris perle. Une déco savamment orchestrée, un cactus dans une panière en rotin, des immenses statues africaines filiformes posées sur une console en bois blond, des masques, des miroirs en vis-à-vis sur les murs, deux tables basses gigognes avec des bougies. Marcus analysait tout.

– Je vous en prie, asseyez-vous, fit Melvil Lemarchand en prenant place sur le fauteuil, pendant que les policiers s'installaient sur le canapé. Il est arrivé quelque chose à Flavie ?

Marcus se racla la gorge encore une fois avant de se jeter à l'eau. Maclean posa son regard acéré sur le clone de l'inventeur d'Apple. Il voulait pouvoir percevoir le moindre frémissement de paupière ou tremblement de doigt. Son expérience lui dictait de toujours rester sur ses gardes. Ne jamais s'attendre au prévisible, mais plutôt se préparer à l'inverse.

– Flavie Robert a été retrouvée morte ce matin. Je suis vraiment navré, monsieur Lemarchand.

Un silence écrasant plomba l'atmosphère, faisant même vaciller la lumière.

Melvil Lemarchand s'affaissa sur le fauteuil. Blême, son visage se tordit de douleur. Son regard s'éteignit, soufflé par la brutalité de l'annonce. Ses mains grenelées se mirent à trembler sur ses genoux serrés. Des sanglots remontaient dans sa gorge, coulaient aux coins de ses yeux gris.

S'il joue la comédie, songea Pépé*, il va nous décrocher le premier prix d'interprétation à Cannes.*

Cet instant dura une éternité. Marcus eut la sensation que l'âme de la jeune femme blonde flottait au-dessus de leurs têtes. Une ombre fantomatique s'étirait, s'arrondissait, se cabrait dans une ultime voltige avant de disparaître dans une volute de fumée.

– Que s'est-il passé ?

Marcus lui relata les faits, sans s'appesantir sur les détails. Sans même évoquer la présence de Jonas Becker. Il se devait de lui expliquer ce qu'il savait du drame, mais il souhaitait d'abord l'interroger et connaître ainsi un peu plus qui était la victime.

Lemarchand grimaçait d'horreur. Il se prit la tête à deux mains et sanglota, comme un gosse.

– Vous vivez ensemble ?

– Oui.

Il renifla bruyamment dans un mouchoir en tissu.

– Vous ne vous êtes pas inquiété qu'elle ne soit pas rentrée hier soir ? se hasarda Maclean, sceptique.

– Non, pas vraiment…

– Ça lui arrivait souvent ?

– Une fois en passant.

– Je peux vous demander pourquoi, monsieur Lemarchand ? questionna Marcus, impassible.

Il s'essuya les yeux avec son mouchoir en boule et posa un regard glacial sur eux. Sa paupière gauche tressautait.

– Nous sommes un peu en froid ces derniers temps…

– Quelle en est la raison ?

– C'est compliqué à expliquer en deux mots…

Il se frotta la barbe. Il semblait chercher par où commencer, tout en se donnant une pseudo-contenance.

– On désire… On désirait un enfant et ça ne fonctionnait pas… Flavie était déboussolée…

– Déprimée ?

– Oui, en quelque sorte. Cet enfant était très important pour elle. Pour nous. Mais surtout pour elle. Moi, Flavie me suffisait.

– Elle dormait où quand elle ne rentrait pas ?

– Je ne sais pas, avoua-t-il à regret. Chez une copine j'imagine.

Marcus laissa passer un silence. Lemarchand se moucha. Sa paupière tremblait toujours.

– Pensez-vous qu'elle ait eu une liaison avec quelqu'un ?

– C'est possible…

Extirpant son calepin de la poche de sa veste, Maclean choisit de changer l'axe de l'interrogatoire, afin de le laisser respirer un instant. Et remonter à la surface de ces sables mouvants dramatiques.

– Pouvez-vous nous parler de votre rencontre ?

– Bien sûr, dit-il, alors qu'un éclat de nostalgie éclairait son visage. On s'est trouvés par hasard à Avignon, devant le Palais des papes. C'était il y a trois ans, un samedi après-midi de mai. Un coup de foudre en plein soleil, moi qui ne pensais pas une telle chose possible. J'ai succombé à son charme malgré nos vingt ans d'écart… Même si aujourd'hui ça ne veut plus dire grand-chose une telle différence d'âge.

– Vous étiez en vacances ?

– Quasiment. J'avais pris une année sabbatique à L'Isle-sur-la-Sorgue.

– Et elle ?

– Elle vivait là-bas depuis plusieurs années. Six ans, je crois.

– Que saviez-vous d'elle alors ? insista Marcus, qui percevait la retenue dans les propos de Lemarchand.

– Elle est… était rémoise d'origine. Ses parents habitent sans doute toujours là-bas. En fait… Elle ne m'a jamais vraiment parlé d'eux, ni de son enfance. Elle est partie faire des études d'institutrice à Paris. Elle y a rencontré son mari puis ils sont partis vivre à Avignon.

– Ils ont divorcé ?

– Non.

– Ils ont eu un petit garçon ? questionna Marcus en se remémorant la deuxième photo trouvée dans le portefeuille rouge.

– Oui. Il doit avoir cinq ans.

– Quand avez-vous vu votre compagne la dernière fois ? reprit Pépé.

– Hier soir, nous avons dîné ensemble à la maison.

– Et ?

– Elle devait ensuite aller boire un verre avec quelqu'un.

– Vous savez qui ?

– Non, sans doute une copine.

– À quelle heure est-elle partie ?

– Vingt et une heure quinze, me semble-t-il.

Marcus prenait aussi des notes. Scrupuleux. Attentif.

– Quel était son état d'esprit ?

– Agité. Elle avait les nerfs à fleur de peau.

– Vous vous êtes disputés ?

– Non, pas vraiment. On n'a quasiment pas échangé trois mots pendant le repas.

Les deux policiers se regardèrent un bref instant puis se levèrent de concert. Il était temps de mettre un terme à ce premier échange avec le compagnon de la victime. Lemarchand leur emboîta le pas, presque soulagé de les voir partir. Son visage marqué par la douleur avait pris dix ans d'un coup.

– Je peux vous demander ce que vous faites dans la vie monsieur Lemarchand ? fit Marcus en se retournant à la porte d'entrée.

– Je suis commerçant. Je tiens deux magasins. Une boutique de vêtements pour femmes, *Les Belles Fringues*, rue Carnot à Wimereux et une autre, pour hommes, *L'Idéal Masculin*, rue Saint-Jean au Touquet.

– Et qui s'en est occupé pendant votre absence ?

– Les gérants. Alix Moucron et Régis Dupain. J'ai pris un peu de recul avec les affaires ces dernières années, après avoir bossé sans relâche.

– Bien, monsieur Lemarchand, nous vous remercions. Ces échanges ont été instructifs. Nous sommes conscients que c'est pénible, mais c'est important afin de comprendre ce qu'il s'est passé et de confondre le meurtrier.

Il secoua machinalement la tête, en signe de compréhension.

– Nous vous tenons au courant de l'avancée de l'enquête, le rassura Maclean.

*

En refermant la porte d'entrée sur les deux policiers, Melvil s'appuya contre le mur et se laissa glisser au sol, fébrile, à bout de souffle. Le sourire rayonnant de l'amour de sa vie lui brûlait la cornée. Son cœur était pulvérisé en mille morceaux. Sa Flavie chérie. Sa beauté. Son adorée. Un torrent de larmes ressurgit dans sa gorge et inonda son visage plus pâle qu'un linge trop savonné. La morve coulait de son nez. Les sanglots lui déchiraient la poitrine. Il enfouit son visage dans ses bras, sur ses genoux. Il pleura comme jamais dans sa vie d'homme.

*

Dans la voiture, Pépé se grilla une cigarette. La fenêtre côté passager à moitié ouverte avalait le ruban de fumée. Soucieux, Marcus démarra le moteur. Un soleil éclatant éclairait l'atmosphère. La douceur de juillet se glissait dans les mailles d'une brise tiède de mer qui chassait les nuages bedonnants. La marée haute amorcerait bientôt sa descente, aspirée par le centre de la Terre. L'envolée bruyante des mouettes, des goélands éclabousserait le ciel. Puis, les premiers touristes matinaux débouleraient sur la digue, dans les belles cabines de plage bleu et blanc, alors que les commerçants des baraques à churros et glaces à l'italienne ouvriraient leurs auvents, installeraient leurs machines à sucrerie. Depuis peu, le manège avait pris ces quartiers d'été, près de l'aire de jeux en digue nord. De l'autre côté, les claquements des mâts des bateaux retentissaient, près de l'école de voile. Les restaurants mettaient en place leur terrasse, entre les palissades en bois ou en plastique translucide faisant office de coupe-vent.

– Ton impression du bonhomme ?

– Il a du blé, répliqua Maclean en expirant des ronds de fumée blanche. Une maison qui respire l'opulence.

– Troublante son histoire de brouille avec la victime. Non ?

– Mouais, conclut-il, et sa paupière qui danse le madison.

– Hum…

– En même temps, on voit le mal partout, nous les flics.

À cet instant, le smartphone de Maclean retentit. Ou plutôt le tube coréen *Gangnam Style* que lui avait collé sa fille Julie parce qu'elle trouvait hilarante la tête de son père à chaque sonnerie. Il bondit puis gesticula. Il l'extirpa d'une main de la poche difforme de son pantalon, tout en tenant de l'autre sa clope rougeoyante. Faire cesser urgemment cette musique insupportable sans se brûler. *Arggg*… Il grimaça en voyant d'où provenait l'appel.

– Ma petite Suzie ! fit-il en décrochant d'une voix mielleuse.

Mais elle hurlait déjà à l'autre bout du combiné, qu'il décolla prestement de son oreille pour se protéger des terribles décibels.

– Elle est en colère, crut-il bon de préciser, parce que j'ai déserté le poste de police ce matin…

– Bah, ça lui passera, fit Marcus d'un haussement d'épaules. On va faire un briefing en arrivant et mettre l'équipe au parfum. Dis-lui de réunir tout le monde dans dix minutes, le temps qu'on arrive.

Pépé finit par pouvoir en placer une, expliquer sommairement les raisons de son départ précipité et passer les consignes. Aussitôt, elle se confondit en excuses. Suzie Loison était ainsi, pleine et entière, mais surtout totalement dévouée à son travail, à l'équipe de policiers et à sa ville. La cinquantaine épanouie, veuve, sans enfants, elle reportait toute sa vie, son affection et ses talents de pâtissière sur eux. Ce qui n'était pas pour leur déplaire, même si les kilos parfois étaient tenaces à éliminer. Marcus en savait quelque chose, il en avait pris cinq depuis son arrivée sur le littoral, trois ans plus tôt. C'était d'ailleurs une des raisons de sa récente reprise du footing. En plus de vouloir retrouver la forme, courir après les truands, sans cracher ses poumons au bout de cent mètres. Sans se ridiculiser.

– Elle sonne le rassemblement, conclut Pépé d'un sourire amusé.

Il mit fin à la communication.

– Ouf, elle ne m'en veut plus ! Sinon, j'aurais été privé de pâtisserie. Bon, tu m'diras, ça aurait été salutaire pour mon tour de taille.

– J'irai voir Lotte Becker après…

– Nous irons la voir ensemble.

Il cligna un œil complice.

– Tu ne fais rien sans moi, souviens-toi. Comment as-tu dit déjà ? « J'ai besoin de ton objectivité pour compenser ma subjectivité. » Alors je serai ta conscience pendant cette enquête, mon vieux, ou sinon je balance tout à Zalesny, notre chef bien-aimé. Et ça va le mettre en rogne… Une sacrée rogne ! Ça serait dommage ! Toi le flic prodige…

– Parfois, tu débites un monceau de conneries à la minute, soupira Marcus. Néanmoins, il savait que son collègue disait vrai.

7

Dix minutes plus tard, au sein d'un vieux bâtiment, situé sur la place de l'Hôtel-de-Ville, Marcus Kubiak s'apprêtait à démarrer le briefing avec l'équipe au complet. Assis sur un coin de table, il attendait d'avoir l'attention de tous.

Dans la minuscule salle de réunion, deux affiches écornées de la police et un large plan rectangulaire de la ville étaient scotchés aux murs beiges. Un néon blafard grésillait au plafond alors qu'une minuscule fenêtre à barreaux laissait filtrer la clarté ensoleillée. Malgré l'aération et de récents travaux, l'odeur de renfermé prenait toujours à la gorge. D'où la présence d'un brumisateur diffuseur d'huiles essentielles sur la table, apportée par Mylène Lambert, qui pensait avoir *enfin* déniché la solution. Marcus trouvait détestable cette senteur puissante qui se surajoutait aux mauvaises odeurs, mais le collectif demandait un savant dosage de consensus. Du coup, la fenêtre était systématiquement ouverte.

Autour de la table avait pris place Maclean, coincé entre Suzie Loison qui servait un café noir et Mylène Lambert qui disposait des macarons de toutes les couleurs sur un plateau en plastique. Maclean salivait et peinait à se concentrer sur l'aspect professionnel de la réunion. Son ventre émettait d'horribles gargouillis. Il ne déjeunait plus depuis belle lurette, profitant pleinement chaque matin des gourmandises concoctées par la secrétaire du poste. Heureusement, car même ainsi il avait déjà enflé, mais c'était bien le cadet de ses soucis. Se sevrer de son alcoolisme était son obsession et son unique lutte du reste de sa vie. Alors la clope et la bouffe… Il pouvait bien périr en enfer, ça lui était égal et au moins il en aurait bien profité de son vivant. Dans ces moments-là, il occultait sa vie de famille. Un vrai désastre. Et puis, ça ne servait à rien de se lamenter. Ça ne lui ramènerait pas son ex-femme. Il attrapa un macaron au café qu'il engloutit aussitôt. Puis, un autre à la pistache. Son regard en disait long sur le bien-être ressenti.

– Oh Suzie !? Mortels, ces macarons…

Aussitôt, elle rougit d'embarras, même si elle détestait le voir jurer pour un oui ou pour un non. Des formes généreuses, coiffée d'un chignon châtain classique, Suzie arborait des lunettes de vue rétro, orange vif, assorties à ses boucles d'oreilles. De son côté, Mylène, la trentaine fluette, affichait une fragile blondeur scandinave, un teint diaphane et des yeux gris à la limite de la transparence. Elle dénotait au premier abord, sous des dehors délicats. Mais au bout de quelques instants de présence et de sa voix étonnamment haut perchée, elle captait l'attention en dégageant une grande vivacité d'esprit.

Le petit nouveau, Hugo Gressier, s'était positionné de l'autre côté, à califourchon sur une chaise, les bras croisés sur le dossier. Ce jeune policier, sympathique, avait rejoint l'équipe depuis trois mois et la greffe prenait plutôt bien. À peine un mètre soixante-dix, le corps sec, musclé par des années de sports de combat. Les cheveux mi-longs blonds coiffés en arrière. Un visage buriné par la vie de bord de mer, avec une peau malmenée par une acné mal soignée. Mais qui lui donnait un côté baroudeur, non dénué de charme.

Même Karim Zalesny, le patron de la police, était là. Debout, appuyé contre le mur, en costume clair, les mains dans les poches, il avait fière allure. D'origine algérienne par sa mère, valenciennoise par son père, il arborait élégamment ses soixante-cinq ans sous de rares cheveux gris. Il comptait les mois qui lui restaient pour jouir d'une retraite qu'il estimait âprement méritée. Être avec Brigitte son épouse adorée, jouer au golf. En retrait depuis quelques mois, il laissait toute la place à celui qu'il estimait être son successeur, Marcus Kubiak. Tout le boulot aussi. Il se gardait juste le volet mondanité ou représentation auprès des élus ou des pontes de la police, afin de laisser le temps à son poulain de s'aguerrir à dépatouiller les situations politiques et médiatiques délicates. Et, là, il subodorait le pire… Il voyait déjà monsieur le maire défaillir ou s'époumoner en dénouant son nœud papillon devant ce *nouveau* drame qui frappait la station balnéaire. À l'arrivée des hordes de touristes venus de Lille, des Hauts-de-France, de la Belgique, des Pays-Bas, d'Allemagne et d'Angleterre. À quelques jours des festivités du 14 Juillet. Ça allait faire un foin de tous les diables, c'était inévitable.

Marcus sirotait son café. L'amertume de ce matin de juillet ne le quittait plus. S'avouer que jamais plus rien ne serait comme avant. Cette tristesse l'avait dévasté à la mort brutale de sa femme, Géraldine. Cette vague s'engouffrait à nouveau en lui, malmenant son cœur meurtri. Même s'il voulait entretenir l'idée fragile que tout n'était peut-être pas d'une évidence si criante. La voix paniquée au téléphone de son ami résonnait sans fin entre les parois de son crâne et son corps nu prostré sur le lit le hantait.

Maclean l'encouragea du regard. Sous ses dehors de gros nounours grincheux et glouton, il était fin psychologue. Même si pour lui couper l'appétit, il fallait se lever tôt. Du revers de la main, il frotta les miettes accrochées à ses lèvres. Mylène leva les yeux au ciel d'un air de reproche.

Puis, Marcus relata les événements survenus dans la villa « L'Écarlate » de la rue Notre-Dame et le supposé schéma du drame. Jonas Becker avait tué de cinq coups de couteau Flavie Robert sur le lit de la chambre du deuxième étage. Son geste brutal l'avait sans doute ébranlé puis plongé dans un état de sidération psychique.

– Jonas Becker ? Le responsable ressources humaines de l'usine de cartonnage que j'ai interrogé en mars dernier ? s'enquit Mylène, en marquant un étonnement peu feint.

– Le même, répliqua Maclean la bouche pleine.

Saisi d'un regret, il venait d'enfourner un nouveau macaron.

– Mais à poil et muet comme une carpe.

– Un mobile supposé ? demanda Hugo Gressier.

– Non, rien qui tombe sous le sens. Flavie Robert avait visiblement une aventure avec Jonas Becker, qui a mal tourné.

Marcus leur montra quelques photos de la scène de crime prises avec son smartphone. Le choc des images leur sauta au visage. Les faciès effarés grimaçaient d'horreur, les jurons fleurissaient en bouche. Ça leur coupa définitivement l'appétit. En dehors de Pépé, imperturbable, qui avalait son énième macaron, malgré une sensation de satiété qui affleurait. La main à plat sur le ventre.

– Pourvu que ça ne fasse pas la une des journaux ! gémit Zalesny.

Aussitôt, Marcus aperçut le minois radieux de Zoé Rousseau. Métamorphosée en ange enrubanné de brume blanche, elle voletait dans l'atmosphère pesante de la salle de réunion, glissait devant les pupilles luisantes de ses collègues. Son imagination lui jouait des tours. Il balaya d'un mouvement de tête cette étrange vision, préférant ne pas commenter la remarque de son chef. Même si ça tombait sous le sens. *Nord Actu*, *La Voix du Nord* et *La Semaine dans le Boulonnais* allaient en faire leurs choux gras. Tous les ingrédients – *tout du moins en apparence* – étaient réunis. Le drame passionnel à deux pas de la mer, une belle villa, des personnalités locales, un cadre d'une grosse entreprise, un commerçant ayant pignon sur rue et une jolie blonde déprimée en victime.

Il exposa ensuite l'échange avec le compagnon, Melvil Lemarchand.

Pour finir, il proposa un plan de bataille, en répartissant les tâches. Le temps d'obtenir les conclusions de la police scientifique, ils devaient investiguer plusieurs pistes.

– Suzie, tu nous dresses un topo complet sur Melvil Lemarchand. Je te transmets les photos. Tu nous prépares des dossiers à chacun et tu assures la permanence au poste pour les affaires courantes.

– C'est comme si c'était fait ! dit-elle, enthousiaste.

– Mylène et Hugo, allez interroger les deux gérants des boutiques Lemarchand, passez aux *Bains de Minuit* voir si vous pouvez nous dégoter des infos sur la soirée d'hier et allez aussi sur la scène de crime vous figurer de premières idées.

– OK, répondirent-ils en chœur, en se redressant d'un bond, prêts à s'élancer sur le terrain.

– De notre côté, on va aller voir la femme de Becker. Pépé va enquêter sur Jonas Becker et moi je vais fouiller le passé de la victime. Avec un peu de chance, nous pourrons bientôt interroger notre principal suspect s'il sort de son état d'apathie aiguë. On va éplucher le smartphone de Flavie Robert aussi et j'espère bientôt celui de Becker.

Tourné vers Zalesny, Marcus Kubiak cherchait son assentiment. Plus par principe et éviter de le froisser, car finalement c'était lui qui était censé orchestrer le boulot. Il dodelina de la tête d'un air entendu et conclut.

– Parfait, je te fais établir au plus vite une commission rogatoire. Vous irez fouiller la maison du suspect. Cette affaire semble d'une évidence plus que limpide. Un meurtre passionnel. Une victime à la morgue et son meurtrier quasiment sous les barreaux. CQFD.

8

– « Ta conscience et ton ombre je suis », ironisa Maclean de l'air de maître Yoda, tout en filant le train à Marcus Kubiak dans son bureau ; ce qui décrispa le visage de son collègue.

– Si tu n'existais pas, il faudrait t'inventer !

– Exact. J'ai eu beau le répéter à mon ex, elle ne m'a pas cru. À présent, elle roucoule dans les bras de son expert-comptable et lui compte les poils sur le torse au lieu de se tordre de rire avec moi. C'est à n'y rien comprendre !

– Il ne doit pas être si rébarbatif que tu sembles le dire...

– Tu plaisantes ?! Il a une tête à déprimer un régiment de clowns, même si Julie me serine qu'il est cool ! Il les a embobinées, tout simplement. Il les a droguées. Il leur a jeté un sort. Enfin un truc du genre. T'as déjà vu, toi, un expert-comptable « cool » ? Impossible, ça n'existe pas. Chiant oui, mais pas cool...

– Et ce soir, on dort ensemble alors ? poursuivit Marcus, amusé face à sa mauvaise foi éhontée. Dans la mesure où on ne se quitte plus.

– Faut pas exagérer, non plus ! claqua Pépé en manquant de s'étouffer. J'vais pas border le futur chef de la police.

Un trop-plein de macarons remonta en fond de gorge. Une série de haut-le-cœur le fit frissonner. Il fallait toujours qu'il se goinfre, plutôt que de savourer. Son ex-femme lui reprochait déjà d'engloutir son repas avant qu'elle n'ait eu le temps de tripatouiller le sien du bout de sa fourchette.

– Bon, on le regarde ce smartphone avant d'aller voir Mme Becker ? le bouscula gentiment Pépé.

Il huma son paquet de cigarettes, impatient de s'en griller une.

– Allez c'est parti ! fit Marcus.

Il passa des gants, extirpa le smartphone d'un étui plastique et tapa le code.

– Va falloir le recharger.

– J'en ai un du même style. On va le mettre en charge en partant.

Marcus consulta d'abord les SMS. Pépé regardait pardessus son épaule. Il empestait le tabac froid. C'était écœurant, songea Marcus, en prenant sur lui. Les historiques des conversations n'étaient pas conservés ou seulement partiellement. Un message laconique la veille avec Melvil Lemarchand afin de convenir de l'heure du dîner, « 20 h à la maison ». Une série de SMS avec Jonas plus explicites. Elle voulait le voir absolument, lui non, car leur relation prenait une tournure gênante pour lui. Quelques SMS insistants plus tard, il avait fini par accepter un verre à vingt et une heures trente au bar de la rue Carnot. Un dernier verre. Deux autres conversations avec un certain Gabriel qui s'acharnait. Il voulait la voir et lui parler. Il disait être descendu quelques jours à l'*Hôtel du Centre*, rue Carnot, et son message datait d'hier midi. Elle lui disait de lui foutre la paix (*c'était direct*), en précisant ne plus (*jamais*) vouloir le voir. Le dernier échange datait d'hier à quatorze heures vingt-cinq, avec un numéro non identifié (*mais qui ne lui était pas inconnu*) où Flavie Robert avait écrit : « Je n'en peux plus, il me fait peur... » La réponse disait : « Parle-lui. Tout doit pouvoir s'arranger. On se voit samedi pour boire un thé. Bisous. »

– Je peux utiliser ton ordinateur ? J'aimerais vérifier un truc, fit Maclean, l'air concentré, en s'installant derrière le bureau encombré, sans vraiment y être invité.

– Vas-y, fit Marcus. Fais comme chez toi.

Aussitôt, il tapota sur le clavier de ses deux index boudinés, renseigna son nom, mot de passe et se connecta sur sa session.

Pendant ce temps, Marcus vérifiait les échanges. Le constat restait le même. Elle effaçait chaque jour ses appels et ses SMS. Il n'en restait que trois en absence du fameux Gabriel. Dans l'album de photos, tout avait été supprimé. *Idem* pour les mails en réception et en envoi.

Indéniablement, Flavie Robert était une jeune femme précautionneuse de biffer toutes traces de ses communications. Pourquoi ? Vis-à-vis de son compagnon avec qui elle était en froid ? Vis-à-vis du dénommé Gabriel qu'elle se refusait à voir ? Vis-à-vis de Jonas qui semblait vouloir faire cesser leur relation ? De qui avait-elle peur ? Indéniablement, on percevait une menace sous-jacente. Et ses craintes étaient avérées fondées, vu l'atrocité du crime dont elle avait été victime. Marcus grimaça, le regard perdu dans le vague. Ce numéro de téléphone lui disait quelque chose. Où l'avait-il vu ? Sa mémoire visuelle lui faisait rarement défaut. Il lui fallait juste patienter et laisser les souvenirs se réactiver.

– Putain ! s'exclama Pépé, en tapant du poing sur le bureau.

– Quoi ? fit Marcus, en sursautant, toujours en prise avec les réminiscences de son esprit.

– C'est son mari.

– Quoi ?

– Gabriel Robert est son mari. Ils sont encore enregistrés tous les deux dans l'annuaire avec une adresse à Avignon.

– Bien, siffla Marcus, sidéré par cette information loin d'être anodine. L'ex, le compagnon et l'amant. Ça fait un mélange détonant dans notre enquête.

– Mignonne, la Flavie, mais au beau milieu d'une triangulaire amoureuse explosive. Elle aurait dû suivre mon exemple, le célibat, ça conserve son homme !

*

Rue Carnot. D'attrayantes boutiques s'alignaient de part et d'autre de l'artère principale de Wimereux, qui en était aussi son centre névralgique. Les policiers Mylène Lambert et Hugo Gressier marchaient côte à côte, saluant d'un sourire ou d'un mot aimable les passants croisés en chemin. Ils apprenaient à se connaître tous les deux. Lentement. Simplement. Sans forcer les choses. Échaudée par son ancien collègue, Stevie Vasseur, en qui elle avait mis toute sa confiance et qui l'avait trahie, Mylène était devenue prudente. Ou plus exactement, elle se préservait avec le petit nouveau. Elle connaissait son fâcheux penchant à s'attacher et à laisser parler son cœur. C'était aussi une des raisons qui lui avait fait refuser les promotions dans des grandes villes, confrontées à une violence urbaine plus marquée. Ses missions de proximité dans cette localité de bord de mer lui seyaient à merveille.

– Alors, tu te plais avec nous ?

Elle l'observait du coin de l'œil. Il avait calé son allure sur la sienne, raccourcissant sa foulée.

– Ouais, fit-il en souriant. L'équipe est sympa et pro. C'est cool !

– Tant mieux. T'es de quel coin ?

– Équihen-Plage. J'ai grandi dans une quille en l'air.

– Ah oui ?! s'extasia Mylène.

Les coques des vieux bateaux étaient retournées et plantées à flanc de falaise dans cet ancien village de pêcheurs ou légèrement rehaussées par un mur de béton d'un mètre. La coque, devenue le toit, était alors recouverte de goudron noir qui assurait une parfaite étanchéité. Une porte et des fenêtres étaient découpées sur les côtés. D'une originalité qu'on ne trouvait que dans les dessins animés à l'époque.

– Un truc formidable quand tu es gosse, avec une vue de dingue sur la mer. Tout riquiqui, mais insolite. Je vois encore la tête de mes copains à l'école quand je leur en parlais. Mes parents ont fait partie des premiers à développer ces nouveaux hébergements de vacances pour les touristes en mal de singularité.

– Toute la famille tenait dedans ? s'étonna-t-elle.

– Non, c'était notre chambre à mon frère et moi. Et c'était vraiment génial. On était dans le jardin, à côté de la maison. L'impression de faire du camping en permanence.

Hugo lui décocha une œillade amusée qui s'infiltra instantanément par tous les pores de la peau, les os, jusqu'à effleurer son cerveau. Elle tressaillit. *Bordel*, comment faisait-il un truc pareil, songea Mylène, ébranlée. Ça n'était pas la première fois qu'il lui balançait ce regard et ce sourire. D'un naturel absolument renversant. Sans calcul ni tentative de charme. Mais avec cette capacité unique à être connecté à l'autre.

Ils s'arrêtèrent devant *Les Belles Fringues*, la boutique de Melvil Lemarchand. Située en plein milieu de la rue Carnot. Une large devanture élégante, en bois, dans les tons verts et ocre. Style chic et bohème. Les vêtements n'étaient pas vraiment bon marché, mais on ne les retrouvait pas dans les enseignes habituelles, ce qui permettait aux clientes de se démarquer des autres femmes.

– Entrez, je vous en prie, on vient tout juste d'ouvrir.

Une brunette filiforme se tenait sur le pas de la porte. La trentaine mignonne. Ce qui frappait instantanément chez elle était sa maigreur, mais elle était joliment galbée, même plutôt musclée. Ses immenses yeux cernés contrastaient avec sa fine bouche rouge baiser. Des piercings aux oreilles brillaient sous des cheveux bruns savamment décoiffés. Et enfin, son look vestimentaire en décalage avec l'ambiance du magasin. Une robe en dentelle, à mi-cuisse, sous un blouson en cuir cintré, des collants vert pomme et des Doc Martens aux pieds. Elle aurait fait fureur dans des endroits plus branchés.

– Vous êtes Alix Moucron ? questionna poliment Hugo.

– Non, c'est la patronne. Je suis Liane Morlaix. Je suis vendeuse ici et je bosse avec elle. Elle est dans l'arrière-boutique.

– Vous pouvez lui dire que nous souhaiterions lui parler ? Nous sommes officiers de police.

– Hum… Vous, je n'vous connais pas, mais j'ai reconnu madame, répondit-elle laconique, en pointant du menton Mylène.

Elle s'exécuta aussitôt, la démarche chaloupée. Son prénom lui seyait à merveille, fine, mais solide. Elle s'engouffra dans la pièce du fond, en ressortit quelques instants plus tard à la suite d'une élégante femme brune. La trentaine affirmée. L'allure souple et savamment travaillée. Des vêtements coquets. Des matières raffinées aux coupes parfaites. Tout à fait en lien avec les tenues « bobo-chic » qui s'alignaient sur les portants de la boutique.

Étrange cette combinaison improbable du classique et du branché. Les contraires souvent s'attirent.

– Hugo Gressier, dit-elle en présentant son collègue, Et je suis…

– Oui, bonjour, la coupa Alix Moucron, d'un sourire de circonstance. Je vous ai déjà croisée. Que puis-je pour vous ?

À sa manière de s'exprimer, Mylène comprit que la gérante était une femme de caractère. Toute en retenue. Rien ne semblait laissé au hasard chez elle. Plutôt cérébrale. Une personne calculatrice. Aux antipodes, là encore, de sa vendeuse, plus spontanée, animale.

– Nous enquêtons sur un meurtre qui vient de se produire.

Elle s'était exprimée sans la quitter des yeux pour analyser sa réaction.

Liane Morlaix couina dans son dos, alors que sa patronne ne cillait pas. Imperturbable. Dans un contrôle extrême de ses émotions et de son corps. Réalisant qu'elle était observée, elle détendit les muscles de son visage et arrondit un sourcil de stupéfaction.

– Flavie Robert a été tuée. Il s'agit de la compagne de votre patron. C'est bien ça ?

– Oui.

Elle semblait néanmoins encaisser le choc de l'annonce, d'une façon surprenante, détachée, différente d'une personne lambda, mais ça sonnait vrai.

– C'est horrible ! bafouilla Liane Morlaix, une main pâle sur une bouche carmin, tordue d'effroi.

En revanche, elle était bien plus expressive, à la limite d'en faire des caisses. Sans doute sa manière de se démarquer, d'afficher son style branchouillé. L'âme humaine était troublante, ses réactions tout autant. Le travail d'enquête s'avérait ardu, palpitant, mais ardu. Savoir dénouer le vrai du faux. La sincérité du mensonge.

– Comment est-ce arrivé ? s'enquit la gérante, en passant un bras autour des épaules de sa vendeuse.

– Je ne suis pas habilitée à vous en dire plus, madame, répondit Mylène, en constatant un agacement, infime, mais perceptible, dans sa prunelle noisette. L'objet de notre visite est d'en savoir un peu plus sur la victime. Pouvez-vous nous parler d'elle ?

D'un soupir empreint de réflexion, elle cherchait par où démarrer.

– Melvil a pris une année sabbatique, il y a trois ans. Il souhaitait faire une pause dans sa vie. Un bourreau de travail, ne comptant jamais ses heures, ne prenant jamais de congés. Cette coupure lui était nécessaire et, entre nous, c'était bien compréhensible. Il est parti à Avignon durant toute une année.

– Pourquoi Avignon ?

– Je ne sais pas trop, dit-elle d'un haussement d'épaules. Je crois qu'il avait vu un reportage sur cette ville emblématique. La Cité des papes. Sans doute aussi le soleil de Provence. Et il est revenu avec Flavie à son bras. Elle était… gentille. Et il est… enfin il était très amoureux d'elle…

Les deux dernières phrases furent prononcées du bout des lèvres. Il lui en coûtait de l'énoncer à haute voix.

– Vous connaissez M. Lemarchand depuis longtemps ?

– Oh oui, siffla-t-elle avec fierté. Depuis quinze ans. J'ai débuté comme vendeuse. Son ancienne vendeuse, plutôt celle de ses parents, est partie en retraite. Je suis arrivée au bon moment, si on peut dire. Puis, il m'a confié la gérance au bout de cinq ans, au moment où il souhaitait s'agrandir et acheter une boutique pour hommes au Touquet. D'ailleurs, il a procédé de la même façon, tout d'abord il a assuré la gestion du magasin avec un vendeur, Régis Dupain, puis il lui a confié la boutique au bout de quelques années. Ensuite, il a pris la cogérance des deux boutiques. Nous bossons ensemble sur le choix des collections, même s'il nous lâche la bride depuis un moment. Depuis sa rencontre avec Flavie, ça s'est encore accentué. Nous sommes quasiment autonomes avec Régis. Je crois... Enfin il me semble qu'il avait besoin de vivre un peu plus sa vie d'homme. De passer à autre chose. C'est terrible pour Flavie. Et pour lui aussi. Il doit être effondré.

– C'est monstrueux, bafouilla Liane émue. Elle était sympa, Flavie. Ils avaient l'air si heureux ensemble.

Alix Moucron resserra doucement son étreinte autour de Liane. Avec tendresse. Surprise, Mylène les observa du coin de l'œil, en feuilletant son calepin.

– Comment qualifieriez-vous votre relation avec Flavie ?

– Courtoise.

– Mais encore ?

– On se côtoyait de temps à autre, fit-elle d'un air vague, tout en réconfortant Liane. On se voyait dans le cadre du boulot. Toujours ensemble, collés l'un à l'autre. Quand on voulait parler à Melvil de la boutique, elle était là. Elle écoutait, sans donner son avis. Ça ne l'intéressait pas, mais elle était là.

– Un couple fusionnel, renchérit Liane Moraix.

– Pas vraiment une amie ? insista Mylène auprès d'Alix Moucron.

– Non, une relation de bon voisinage par la force des choses. Mais plutôt une gentille fille. Un peu fragile peut-être.

– Vous saviez qu'ils étaient en froid ces derniers temps ?

– Qui ? sursauta la gérante. Melvil et Flavie ?

– Oui.

– Non, finit-elle par dire. Mais, à bien y réfléchir, c'est vrai qu'elle passait peut-être un peu moins de temps avec lui.

Cet échange était instructif. Un bon nombre d'informations avaient été glanées. Ils allaient en rester là à ce stade de l'enquête. Mylène se tourna vers son collègue pour voir s'il souhaitait poser une question. Il secoua la tête.

– Une dernière chose, madame Moucron, vous dites que Flavie Robert était fragile. Qu'entendez-vous par là ?

– Eh bien, fit-elle en se mordillant la lèvre, gênée de rentrer sur le champ privé ou d'avoir l'air de commérer. Elle… Elle avait quitté son mari, *en quelque sorte* abandonné son petit garçon, pour vivre sa passion avec Melvil et le suivre ici. Elle avait du mal à assumer ses choix. Enfin, ce n'est que ma perception. Elle ne m'a jamais rien dit.

– Vous en aviez discuté avec votre patron ?

– Non, bien sûr que non ! s'horrifia-t-elle et ce fut le seul moment où Mylène eut le sentiment qu'elle surjouait. C'est mon boss ! Sa vie privée ne me regarde pas.

– Merci mesdames.

Sur le trottoir, les policiers les saluèrent, avant de repartir vers le poste de police, en remontant la rue Carnot. Un soleil plus ardent luisait dans un ciel sans nuages. Un air de vacances flottait sur les pas-de-porte des échoppes, teintait d'un léger hâle les visages, fleurissait les robes, les shorts et les chemises.

– Elles couchent ensemble, conclut Hugo d'un clin d'œil malicieux.

– Tu as sans doute raison. Pourtant, l'accord est loin d'être évident au premier coup d'œil. L'improbable combinaison doit s'expliquer par une alchimie amoureuse.

– Et une bonne dose de sexe !

Elle lui balança un coup de coude pour le faire taire et se mit à rire de leurs âneries. Ils poursuivirent en silence, mais avec une certaine complicité. Mylène se dit alors qu'ils allaient faire du bon boulot ensemble. La mayonnaise entre (nouveaux) collègues prenait. Ça ne lui déplaisait pas. Elle aimait bosser en confiance, enrubannée dans des relations bienveillantes. Sans tension ni animosité.

9

Après son accident, papa n'a plus été le même. Une chute idiote dans les escaliers où il a fini par se tordre le cou, la moelle épinière et plein d'autres choses. Son cri sourd, douloureux, résonne encore dans ma tête. Je suis en haut, à ses côtés. J'ai juste grimacé, en plissant les paupières d'embarras, la tête enfoncée dans les épaules. Les émotions sont compliquées à gérer pour moi à cette époque. Des écailles de tortues sur le cœur, rien ne transperce la cuirasse, ça me va bien. Je ne pleure pas, même si je me coupe ou si je tombe. Une vraie dure à cuire, la fierté de sa maman.

J'ai six ans. Maman n'arrête pas de dire que papa est un bon à rien. Tout juste utile à rapporter sa maigre solde à la maison. À présent, il ne ramène plus que des ennuis.

– Il n'aurait pas pu se finir, cet emmerdeur, râle maman en lui donnant la becquée.

En fait papa n'est pas mon vrai papa, mais elle trouve que c'est mieux de l'appeler ainsi. J'aimais bien le son de ce mot dans ma bouche.

Dans un fauteuil roulant, le corps avachi, penchant un peu sur la droite, il a l'air hagard. En plus de la paralysie physique, il en a pris un coup sur la cafetière. Ses neurones ne sont plus bien connectés. Elle lui enfonce une cuillère de soupe dans la bouche. Ça coule sur son menton, dans son cou et elle soupire de plus belle. L'exaspération enfle. Après, il faudra le débarbouiller et lui torcher les fesses une fois qu'il aura déféqué et pissé dans sa couche.

– À présent, il ne nous sert plus à rien, ma princesse, qu'à nous pourrir la vie... Mais rassure-toi, j'ai plus d'un tour dans mon sac. Je connais un monsieur avec de l'argent qui me tourne autour. Un veuf sans enfants. Une aubaine. Je vois bien son manège. Je vais le ferrer en douceur. Et nous aurons une vie merveilleuse avec lui. Une belle maison, de jolies robes, des voyages autour du monde...

J'aime tellement quand maman a des paillettes dans les yeux et qu'elle me parle ainsi. Je pourrais l'écouter des heures durant. Un conte merveilleux.

– Mais ton père ne nous simplifie pas l'existence, ma chérie. Il nous entrave les pieds et nous ligote les mains.

Je suis une petite fille sage et docile, alors je fais ce qu'il y a à faire. Un mercredi après-midi, où maman est à son travail de secrétaire à la banque, je prends l'oreiller en plumes d'oie, je l'appuie de toutes mes forces sur le visage de papa. Il bouge, mais je tiens bon. J'ai la force de ma détermination. Je compte jusqu'à cent en regardant, stoïque, la fissure dans le mur au-dessus de la tête de lit. Une minuscule araignée tisse un début de toile alors qu'il est saisi de convulsions. Puis, à cent, je retire doucement l'oreiller de son visage rouge et congestionné. Ses doigts sont rétractés. Je le remets sous sa tête. Elle pèse une tonne. Je vais m'asseoir sur son fauteuil roulant en attendant le retour de maman. En silence. Puis, je fredonne une comptine pour faire passer le temps.

Un, deux, trois, nous irons aux bois,
Quatre, cinq, six, cueillir des cerises,
Sept, huit, neuf, dans mon panier neuf,
Dix, onze, douze, elles seront toutes rouges.

Maman rentre. Son regard va de papa, inerte à jamais sur le lit, à moi qui balance mes jambes l'une contre l'autre. Après la stupéfaction, une fierté la saisit. Et la satisfaction merveilleuse de pouvoir revivre.

10

Au premier étage de la villa « Saint-Augustine », Lotte Becker était effondrée. Sur l'immense sofa mandarine. Assis à ses côtés, Marcus, la gorge nouée de la voir pleurer, lui tenait la main. Il se sentait tellement démuni auprès de cette amie de toujours.

En retrait, Maclean était silencieux.

L'une des plus jolies villas de la digue appartenait à la famille bruxelloise de Lotte. Datant de 1903, sa pierre beige était colorée de carreaux de faïence bleus et jaunes, avec une superposition harmonieuse de baies vitrées et de balcons en bois. Tout était conçu pour jouir de la lumière incroyable de la côte, de la mer aux tonalités opalines, en s'abritant des vents et pluies fréquents.

Les murs peints à la chaux et le parquet vieilli formaient un écrin accueillant la clarté laiteuse de cette matinée de juillet. D'ordinaire, Marcus se sentait chez lui, ici, dans cette maison. Mais à cet instant, l'harmonie était brisée. Tranchée net d'un coup de ciseau sur le ruban soyeux de l'amitié. Mal à l'aise, il cherchait ses mots. Il souhaitait réamorcer la communication.

Le visage ravagé sous ses cheveux blonds, les larmes noyaient le bleu pâle de ses yeux. Sa main devenait froide, il la caressa pour la réchauffer et lui passa une couverture sur les épaules, elle se mit à trembler.

Marcus était déboussolé, mais il lui fallait reprendre ses esprits, rapidement, arrêter de larmoyer et focaliser sur l'urgence de la situation. Comprendre ce qui avait bien pu se passer dans cette chambre de la villa « L'Écarlate » de la rue Notre-Dame. Il ne parvenait pas à admettre que Jonas ait pu endosser le costume d'un assassin. Les images de la scène de crime lui revenaient par flashs nauséabonds. Il en oubliait même la pauvre victime. Ça n'était ni professionnel ni moral. Il devait se ressaisir. Il le savait, mais quelque chose en lui paraissait bloqué.

Soudain, Lotte renifla en redressant un regard soucieux, saisi d'un souvenir. Une fulgurance. Elle tendit le bras vers la table basse, prit une enveloppe blanche et la lui tendit.

– J'ai reçu ce torchon, bredouilla-t-elle. Je voulais t'en parler.

– C'est quoi ? demanda Marcus, intrigué.

– Une lettre anonyme pour me balancer que Jonas me trompe avec Flavie Robert. Enfin me trompait…

Il enfila des gants, retira délicatement de l'enveloppe une feuille de papier blanc de format A4, des plus banales. Puis, il lut les dix mots tapés à l'ordinateur : « Ton mari te trompe avec cette salope de Flavie Robert. » Laconique, mais percutant. Il la glissa enfin dans un plastique transparent. Il la ferait analyser et, peut-être, des indices ou des empreintes seraient mis à jour.

Exaspéré par le tour que prenait l'interrogatoire, Maclean soupira en s'approchant. Il s'installa dans le fauteuil capitonné Chesterfield, face au canapé. Marcus s'enlisait dans ses émotions, s'engluait dans ses sentiments. Ça ne pouvait plus durer. Ça n'était pas sérieux. Ça les décrédibilisait. Pépé rongeait son frein depuis trop longtemps. Il devait remettre Marcus en ordre de marche, l'obliger à faire son boulot d'enquêteur. Ou sinon, il verrait Zalesny si les choses s'embourbaient ainsi. Le visage de la victime assassinée l'obsédait. Ce crime ne pouvait pas rester impuni. Tout aussi bien, ça aurait pu être une de ses filles. Il était révolté face à la maltraitance faite aux femmes.

– Quand avez-vous reçu ce courrier ?

– Je ne sais plus bien, il y a deux ou trois semaines... Il était glissé sous la porte d'entrée.

– Quelle a été votre réaction ?

Lotte haussa les épaules afin de montrer son peu d'intérêt. Marcus écoutait attentivement, tout en couvrant sa main de la sienne, pour lui insuffler un peu de chaleur, tant elle restait glacée.

– Nous sommes très libres dans notre couple, répondit-elle sans aucune gêne. Nous avons des aventures sans lendemain chacun de notre côté.

– Vous étiez donc au courant que votre mari avait une liaison avec Flavie Robert ?

– Bien sûr, Jonas me raconte tout. Ça pimente notre relation.

– Ce n'est pas risqué, ces nombreuses relations extraconjugales ?

– Risqué pour quoi ?!

À peine avait-il posé la question qu'il s'en mordit les doigts, en visualisant Flavie poignardée.

– Votre couple ?

– Nous sommes sûrs de nos sentiments.

– Des risques de maladies ou de grossesses non désirées ?

– Vous savez, monsieur le policier, il existe des moyens modernes de se protéger. Si telle est votre question.

Aucun étui ni préservatif usagé n'avait été retrouvé dans la chambre ou la salle de bains de la villa de la rue Notre-Dame. Il y avait un truc étrange si Jonas Becker prenait systématiquement ses précautions. L'autopsie permettrait de démontrer si la victime avait eu des relations sexuelles avant d'être poignardée.

– Depuis combien de temps durait cette relation avec cette femme ?

– Un mois, mais il voulait arrêter. Elle était trop compliquée. Elle voulait lui parler tout le temps.

– Et ? insista Maclean qui ne voyait pas où elle voulait en venir.

– Jonas ne cherchait que des histoires de cul, dirait-on de façon triviale, mais ça a au moins le mérite d'être clair. N'est-ce pas ?

– Oui.

– Alors les états d'âme de cette femme lui pesaient. Elle lui envoyait des SMS souvent pour le voir, lui parler… À la limite de le harceler. Bref, il souhaitait arrêter. Il devait le lui dire hier soir.

– Elle n'a pas apprécié sa décision, reprit Maclean, un brin provocateur. Ils se sont querellés. Ça a dégénéré…

– Non ! cria-t-elle, le teint empourpré par la colère. À quoi jouez-vous ? C'est odieux !

– Pépé, voyons…, bredouilla Marcus, embarrassé.

– Je fais mon métier, madame Becker. Pas toujours très plaisant, mais une jeune femme a perdu la vie. Alors, forcément, je dois mettre les pieds dans le plat.

– Je comprends, répliqua-t-elle froidement. Je suis navrée pour cette femme, mais mon mari n'est pas un assassin.

– Voyez-vous quelque chose d'anormal dans cette relation ? En comparaison des précédentes j'entends.

Elle adoucit son regard bleu pâle, en prise à d'âpres réflexions. Les larmes mouillaient son visage, mais sa voix restait déterminée, incisive.

– Oui, deux choses. Il n'a jamais découché pour une de ces femmes. Et Jonas n'est pas un meurtrier. Il est incapable de faire du mal à une mouche. Alors un meurtre, c'est tout bonnement impossible.

*

Dans la voiture en route vers Le Touquet, Mylène fixait le bitume en silence. Les images de la scène du crime l'avaient secouée. Tout ce sang sur les draps, les oreillers, la descente de lit. Effroyable. Glaçant. À vomir. La forme du corps de la victime encore dessinée, comme si on venait à peine de l'emporter sur le brancard mortuaire. Le visage souriant de Flavie Robert, découvert sur son smartphone, à la suite de l'envoi de Suzie, avivait la douleur de l'éphémère. La vie reprenait d'un claquement de doigts ce qu'elle offrait. Précieux et si fragile. À chaque fois que l'angoisse lui pressait la poitrine, que le souffle lui manquait, que la mort rôdait, elle se retournait, aimantée, vers ses trois soleils qu'elle aimait plus que tout. Son mari, Léo, un grand gaillard jovial au crâne plus lisse qu'une coquille d'œuf qui parlait et riait fort. Ses deux filles chéries, Louane et Mia, adoptées dans un orphelinat chinois, à l'autre bout du monde, à l'issue d'un parcours du combattant. Alors, Mylène inspira, mit la radio. Une mélodie surannée. Pas trop fort. Suffisamment pour la laisser balayer ses tourments existentiels.

Hugo Gressier conduisait en mâchouillant un chewing-gum. Les sourcils froncés, l'esprit en vadrouille. À la recherche d'une entame de discussion qui adoucirait le malaise généré par la scène de crime.

– C'est plutôt rock'n'roll, Wimereux, ironisa-t-il, en gonflant une bulle qui éclata aussitôt.

– Si tu le dis…

Parvenu au Touquet-Paris-Plage, depuis déjà quelques minutes, Hugo ralentit. Ils arrivaient boulevard Daloz, au croisement de la rue Saint-Jean, piétonnisée, où les premiers touristes déambulaient pour leurs emplettes ou en direction de la plage.

*

Dans l'arrière-boutique des *Belles Fringues*, Liane Morlaix avait séché ses larmes, elle embrassait à pleine bouche sa patronne, en lui malaxant les seins. Puis, la plaquant au mur, elle glissa une main entre ses cuisses, entortillant sa langue dans la sienne. Écarlate, frémissante, Alix Moucron se laissait envahir par les sensations qui éclataient dans son bas-ventre. L'envie de gémir gonflait dans sa gorge alors, à son tour, elle fit courir ses mains sous la robe en dentelle de la vendeuse, si courte, si aguichante, si appétissante, attrapa ses fesses, minuscules, mais fermes. Pourquoi diable avait-elle mis un collant en juillet ? Crochetant de ses index la ceinture, elle le fit rouler sur sa peau. Elles gesticulaient et se frottaient avec volupté. Un torrent d'envie bouillonnait dans leurs membres, sous une envolée de papillons pétaradants. La situation dérapait, car ce n'était ni le lieu ni le moment. Alix le savait. Liane s'en fichait.

Le tintement du carillon leur fit l'effet d'un électrochoc.

Alix Moucron fut la première à se ressaisir, à calmer ses esprits, s'écartant d'une main, réajustant ses vêtements, ses cheveux emmêlés. Du bout des doigts, elle se frotta les pommettes, tempéra le feu encore cuisant. Puis, elle inspira, les paupières closes, se reconnectant à l'instant présent.

De son côté, Liane Morlaix soupirait bruyamment. Contrariée par cette interruption impromptue, elle affichait une moue de gamine boudeuse.

– Il y a quelqu'un dans la boutique. Va voir, ordonna Alix en la poussant doucement, mais fermement. (Des bluettes irradiaient encore dans ses prunelles humides.) Et nettoie ton rouge à lèvres qui a débordé, ça fait trash !

Les yeux au plafond, Liane surjouait son exaspération. Avant de partir, elle s'arrêta devant le miroir. De son majeur, elle frotta sa peau, effaçant les débordements de leur étreinte, puis l'enfonça dans sa bouche pour le ressortir langoureusement.

– Arrête ton cirque ! claqua la gérante, en attrapant son sac à main. Je vais aller voir Melvil. Il doit être effondré. Il va avoir besoin de soutien.

– Ben voyons… Je n'vais pas me farcir le magasin toute seule aujourd'hui, pendant que tu câlines le boss… Faut pas abuser non plus !

– Ne sois pas égoïste, Liane, il doit être en vrac. Forcément. Sa poupée blonde n'est plus là.

– Ça t'arrange bien... Tu n'l'as plus dans les pattes.

– Pas toi ?

Elle haussa les épaules et essuya son doigt mouillé dans un bout d'étoffe.

– Allez, arrête avec ta mauvaise humeur, on remet ça à plus tard. Promis.

Alix Moucron lui fit un clin d'œil coquin, puis s'éclipsa par la porte qui donnait à l'arrière, sur la rue du Docteur-Pierre-Vautrin.

– Fais chier ! murmura Liane, les poings serrés.

*

– Madame Becker, fit Maclean, en s'extirpant avec difficulté du Chesterfield.

L'arthrose le tiraillait dans les jambes, le bas du dos et ça n'allait pas s'arranger avec l'âge. Il continuait de mener les opérations dans le salon aux tonalités mordorées de la villa « Sainte-Augustine ». Marcus se redressa à son tour, toujours profondément affecté par la souffrance de Lotte.

– Nous allons devoir jeter un coup d'œil chez vous. Nous avons obtenu une commission rogatoire...

– Faites ce que vous avez à faire, dit-elle. Je vais rester là, si vous avez besoin de moi. Marcus connaît bien les lieux.

Les deux hommes prirent congé et allèrent fouiller la maison. Cela dura une bonne heure. Le temps d'aller dans chaque pièce, avec un soin tout particulier dans le bureau de Jonas. Farfouiller dans les moindres recoins, armoires, commodes, placards, tiroirs. Soulever les bibelots, les piles de vêtements ou de papiers. Feuilleter les albums, les livres, les dossiers. Déplacer les tableaux, les tapis à l'affût d'une cache. Mais force était de constater qu'il n'y avait aucune trace de Flavie Robert. Nulle part. Ni d'ailleurs d'aucune maîtresse d'un jour. Jonas Becker compartimentait les choses. Ça ne faisait aucun doute. Seule Lotte apparaissait flamboyante, radieuse, heureuse, sur de multiples photos ou souvenirs de leur vie à deux.

– Aucune trace non plus du portefeuille.

L'air grave, Pépé furetait d'une pièce à l'autre.

Cette fouille intime indisposait Marcus. Entrer ainsi dans le jardin secret de ses meilleurs amis lui provoquait même la nausée. Heureusement que Lotte ne les avait pas suivis… Les voir faire aurait été insupportable pour elle et pour lui. Mais l'enquête le nécessitait. Démêler le vrai du faux. D'ailleurs, il devait sérieusement se ressaisir. L'agacement (logique) de son collègue était plus que perceptible. Ses mises en garde discrètes, mais appuyées, en montant à l'étage de la villa, résonnaient encore à ses oreilles. Il avait raison. De plus, Marcus ne voulait pas être démis de l'enquête. Il était persuadé d'être le meilleur atout pour aider Jonas. Tout était contre lui. Et alors ? L'évidence sautait au visage, arrangeait tout le monde. « CQFD », avait dit Zalesny, en se frottant les mains, satisfait. Pourtant, Marcus partageait l'avis de Lotte. Jonas était incapable de commettre une telle horreur. C'était le genre de type à se laisser tabasser, sans riposter. Pas un lâche, mais la violence n'était pas une option dans ses schémas de réflexion ou d'action. Et puis, il aimait les femmes, les respectait. Ne forçait jamais les situations. C'était un joueur, un séducteur, avec bienveillance et panache, pas un tueur. Alors, forcément cette atrocité ne lui ressemblait pas.

Mais à ce stade de l'enquête, Marcus devait bien s'avouer qu'il ne discernait pas le bout d'une ficelle, si minuscule fût-elle, à tirer pour investiguer et dénouer la pelote des indices et des preuves.

D'un regard, les deux hommes convinrent d'arrêter. Ils allaient poursuivre leurs investigations à l'*Hôtel du Centre*, où était descendu le mari de Flavie Robert. Sur le seuil de la porte, Marcus demanda à Lotte si, à tout hasard, elle connaissait le mot de passe de son téléphone. Elle sourit.

– Oui, l'année de notre mariage.

– Bien sûr, répondit-il en l'embrassant dans les cheveux.

– Je pourrai le voir ?

– Pas dans l'immédiat. Je te tiens au courant.

11

Sur le pas de la porte de la boutique, Liane Morlaix fumait une cigarette, tout en ruminant sa rage de s'être fait planter une énième fois par sa patronne. Son petit manège ces derniers temps ne passait pas inaperçu, il fallait arrêter de la prendre pour une gourde. À s'absenter régulièrement, à lui refiler tout le boulot. Sous prétexte de se reprendre en main physiquement afin de contrecarrer les ravages du temps. Alix Moucron se sentait vieillir, ramollir, grossir, lui répétait-elle. Alors, elle enchaînait les cours de piscine, de musculation, de yoga ou autres conneries du genre. C'est vrai qu'elle trouvait son corps bien musclé, joliment dessiné, terriblement affriolant ; autrement plus sexy que son excessive platitude et maigreur à elle. Liane ne pouvait pas se voir en peinture, même si elle *aussi* soulevait la fonte et excellait en pilates. C'était une des raisons qui faisait qu'elle se privait de nourriture ou bien se faisait vomir quand, en pleurs, elle regrettait d'avoir cédé à la gourmandise. Même si depuis sa dernière hospitalisation, qui remontait à plusieurs années, elle faisait des efforts afin de contenir l'anorexie qui la rongeait. Et elle y parvenait. Grâce à ses parties de jambes en l'air avec Alix qui lui redonnaient confiance en elle, qui attisaient les braises de vie et d'envie au creux de son ventre. Tout doucement, elle s'était prise à l'aimer et à chérir ces moments à deux avec ferveur.

Mais il n'y avait pas que ces prétextes à la noix, elle voyait clair dans son double jeu. Alix fricotait avec Melvil. Les SMS, les appels à répétition, les messes basses. Elle se cachait dans l'arrière-boutique, répondait à voix basse, la main en coupe sur le téléphone. Melvil l'obsédait depuis des lustres, enfin son pognon. Flavie l'avait tenu à distance et c'était parfait pour Liane. Mais à présent, Alix courait réconforter son patron. Pauvre veuf. Pauvre Melvil. La belle affaire !

Un truc clochait dans leur relation. Alix lui échappait depuis peu. Elle était pire que le sable qu'on cherchait à retenir, mais qui glissait irrémédiablement entre les doigts. Liane ne voulait plus souffrir ni retomber dans ses démons. C'était trop injuste ! Elle devait lui parler, en avoir le cœur net.

Elle aspira une taffe puis écrasa son mégot dans un cendrier qu'elle baladait avec elle. Le regard brumeux, elle soupira. Un taxi déposait un type en face, à l'*Hôtel du Centre*. Un géant bien bâti. Une épaisse tignasse blonde encadrait un visage carré et bronzé. Il ressemblait au type qu'elle avait vu au bar l'autre soir.

*

Au début de la rue Saint-Jean, la boutique touquettoise de Melvil Lemarchand était assez semblable à celle de Wimereux. Mais la devanture verte s'ouvrait sur un espace plus large et épuré, planté çà et là de portants de vêtements. Des étagères en vieilles palettes recyclées couvraient les murs.

Toujours dans le style bohème chic, mais un poil plus cher, et exclusivement pour hommes. Dans un coin, deux cabines d'essayage, de l'autre, un comptoir en métal, derrière lequel se tenait un homme. De taille moyenne, cintré dans une chemise et un gilet, une montre de gousset accrochée à l'une des pochettes, un jean slim. Le gars à la mode dans toute sa splendeur. Le visage allongé par des cheveux bruns coupés en brosse, une barbe à la Viking. Et dernier détail qui avait son importance, un sourcil entaillé au rasoir.

Après ce round d'observation au travers de la vitre, Lambert et Gressier pénétrèrent dans la boutique, l'un derrière l'autre. Ils lui expliquèrent sommairement les raisons de leur visite. Mylène était aux commandes. Hugo, en retrait, observait les réactions de leur interlocuteur. Ils n'étaient jamais assez de deux pour capter les non-dits, les silences ou les sous-entendus.

Une main tatouée d'une nuée d'étoiles posée sur la bouche, Régis Dupain poussa un cri d'effroi.

– Mon Dieu, mais c'est horrible ! Pauvre petite… Melvil doit être dévasté par ce drame… Oh, mais c'est tragique…

Il était très démonstratif, mais la sincérité transpirait de chacune de ses mimiques. Il minaudait avec ses manières efféminées, exacerbant une sensibilité à fleur de peau.

– Vous connaissiez Flavie Robert ? questionna Mylène, en ouvrant son calepin.

– Un peu. On a pris des verres ensemble, avec Melvil, quand ils étaient de passage au Touquet. Au *Café des Sports*, juste à côté. Son truc c'était le Tequila Sunrise.

Absorbé par ses réflexions, il revivait des moments, avec un brin de nostalgie. C'était souvent le cas à l'évocation d'une personne disparue.

– Une gentille fille. Un véritable rayon de soleil. Melvil était littéralement fou d'elle. D'ailleurs, quand il est revenu d'Avignon, je l'ai trouvé métamorphosé. Le mot est faible. Ce n'était plus le même homme. Non. J'ai même eu un doute qu'il ait subi une opération de chirurgie esthétique. Je sais, ça peut sembler un peu étrange…

Il sourit en prononçant ces derniers mots, puis gêné de faire de l'humour dans un moment aussi dramatique, il se ressaisit.

– En fait, il s'était apaisé, alors qu'avant un rien l'angoissait, obnubilé par le boulot, ses affaires et le fric, à nous mettre une pression de dingue, tous les jours. Faire du chiffre, faire du fric. C'était un boss exigeant. À son retour, il avait revu ses priorités et choisi le champ personnel. Un virage à 360 degrés. *Avec* Flavie et *pour* Flavie. Il s'était même mis au footing, à la musculation, lui qui n'était pas sportif pour deux sous. J'ai halluciné, vraiment. Ils mangeaient bio, des graines de chia et tous ces trucs à la mode. Et ils partaient souvent en voyage, alors qu'avant il était casanier et près de ses sous. Voyager était frivole selon lui. Déjà partir à Avignon était étrange. Hum… l'amour quand ça vous prend aux tripes de cette façon, ça vous transforme en un bonhomme.

Un soupir d'envie, il marqua une pause. Mylène notait à la hâte.

– Avant Flavie Robert, Melvil Lemarchand avait-il été marié ?

– Non, jamais.

– Vous lui avez connu des compagnes ? Des aventures ?

– Non, fit-il en secouant doucement la tête pour accentuer sa réponse. J'ai cru un moment qu'il se passait quelque chose avec Alix Moucron, la gérante de son autre boutique. Mais en fait, je ne crois pas.

– Aviez-vous remarqué quelque chose d'étrange concernant Flavie Robert ces derniers temps ?

D'un léger mouvement de bassin, il s'appuya contre le comptoir. Puis, il grimaça, avant de poursuivre avec embarras, du bout des lèvres.

– En fait… Ils semblaient en froid. Sans doute une dispute. Tous les couples ont leurs hauts et leurs bas. Flavie était vraiment chamboulée.

– Et lui ? Sa réaction ?

– Distant. Sombre.

Soudain, Régis Dupain se tourna vers Hugo Gressier d'un air sceptique.

– Et vous ? Vous avez perdu votre langue ?

– Non, je vous écoute.

– Vous ne voulez pas essayer mes vêtements ? Vous êtes plutôt bien bâti. Je suis sûr que tout vous va à ravir.

Un sourire en guise de réponse, Hugo déclina son offre, d'un hochement de tête. Puis, les deux officiers de police le remercièrent d'avoir collaboré.

Ils sortirent au moment où deux couples d'Anglais investissaient la boutique.

12

À la réception de l'*Hôtel du Centre*, Adèle, charmante hôtesse, leur indiqua le numéro de chambre de Gabriel Robert. La « 24 » au deuxième étage, au bout du couloir. Une « single », côté cour intérieure, idéale pour jouir du calme en soirée ou faire des grasses matinées, à l'inverse de la rue Carnot plus bruyante.

Les policiers prirent l'escalier, puisque l'ascenseur était bloqué à la suite d'une opération de maintenance. Les couloirs laqués d'un bleu pâle étaient épinglés de reproductions de Wimereux à la Belle Époque, sa digue ou ses villas, et agrémentés d'immenses branches de bois plantées dans des pots. Les portes des chambres étaient d'un blanc polaire.

Au numéro 24, ils s'arrêtèrent, prêts à s'annoncer. Maclean et Kubiak échangèrent un regard avant de frapper à la porte, conscients que la discussion serait sans doute, là encore, chargée en émotion. *Bis repetita.* Annoncer le drame à l'ex (quelles que soient la nature de leur relation aujourd'hui ou la raison de leur séparation hier) serait forcément douloureux.

Il y avait aussi à élucider les raisons de sa présence en ville. Ce n'était pas anodin. Tout comme les SMS envoyés à la victime où il insistait pour la voir. Difficile de croire à une simple coïncidence.

Marcus se lança et toqua à la porte, alors que Pépé se collait contre le mur, laissant passer un couple de retraités qui sortait d'une autre chambre. L'homme de la photo apparut sur le pas de la porte. Blond. Athlétique. Intrigué de prime abord, il finit par sourire. Non content d'être bel homme, il irradiait la sympathie.

À l'énoncé de leur identité, son teint s'assombrit. Il les fit entrer dans la chambre, où régnait un joyeux désordre. Le lit était défait, des vêtements épars, des magazines et des sachets de bonbons s'étalaient un peu partout.

– Que se passe-t-il ? s'inquiéta-t-il. Désolé, je ne peux pas vous inviter à vous asseoir. C'est un peu le bordel, j'avoue, je m'apprêtais à ranger.

– Ce n'est pas grave. Nous allons rester debout. Vous êtes bien Gabriel Robert ?

– Oui.

Marcus prit sa respiration et son courage à deux mains. Il cala son regard noir dans le sien, bleu océan, où l'angoisse vacillait.

– Flavie Robert a été retrouvée morte ce matin…

Le visage de l'homme se désagrégea au bout de la première phrase. Il parut ensuite ne pas entendre les informations fournies par le policier. L'esprit soufflé par la violence de la déflagration. Le teint plus blême qu'un ciel de traîne après l'orage dévastateur. Les paupières rétrécies contenaient mieux la souffrance. Surtout ne pas la laisser se matérialiser, faire comme si tout cela n'était pas vrai… Comme quand on était gosse, qu'on refusait d'ouvrir les yeux, de voir la réalité en face, qu'on serrait fort les poings en se répétant en boucle « non ».

Cet instant suspendu hors du temps parut durer une éternité. Soudain, il posa une main tremblante sur le lit, puis deux, et s'y écroula d'un bloc. Hébété, il s'effondra, en larmes.

– Je suis vraiment désolé, monsieur Robert. Veuillez accepter nos condoléances…

Marcus scrutait ses réactions. À présent, ils pouvaient toujours lui parler, Gabriel Robert n'était plus réceptif. Les membres flageolants, les bras tendus en appui sur le lit, à l'instar d'un boxeur qui puisait la force de se relever pour repartir au combat, malgré la pluie de coups, de plaies à vif et la douleur qui lacérait les chairs.

– Vous voulez un peu d'eau ? proposa Maclean, en s'empressant de lui remplir un verre à dents au robinet de la salle de bains.

Gabriel Robert s'en saisit. Il humecta ses lèvres, sans vraiment boire. Sans vraiment réfléchir à ce qu'il faisait. Tel un automate.

– Nous avons un petit garçon, bredouilla-t-il, les yeux rougis. Il a fêté ses cinq ans en juin…

Le père de famille extirpa une photo de son portefeuille posé sur la table de nuit. Le geste mécanique, malgré les tremblements, semblait vital. Une façon de signifier que sa souffrance n'était pas seule en ligne de mire, mais double. Il regarda longuement le cliché avant de le leur passer. Une banale photo de classe, ultra-colorée, mettant en scène un adorable blondinet au sourire joyeusement édenté.

– Barnabé, notre fils. Comment je vais pouvoir lui dire un truc pareil ?

– Nous avons des psychologues qui peuvent être d'un grand secours, fit Marcus en lui tendant une carte de visite. Mme Sophie Dumont. C'est une personne très bien.

– Merci. Mais… Mais je ne sais pas…

– Je la mets sur la table. Réfléchissez-y. Prenez votre temps.

– Où est-il actuellement ? demanda Maclean.

– Chez mes parents. Je l'ai déposé en venant ici.

– Pourquoi êtes-vous venu, monsieur Robert ? reprit Marcus Kubiak, d'une voix neutre, conscient de devoir poser des questions désagréables. Nous avons compris que vous étiez séparés depuis trois ans…

Le géant blond tourna un visage soupçonneux vers les deux policiers, restés debout. Puis il se redressa. Une tension perceptible enflait dans la pièce.

– C'est quoi cette question ? rétorqua-t-il sur la défensive.

– Juste une question. On essaie de retracer les dernières heures ayant précédé la mort de votre femme, pour mieux la connaître. Vous êtes bien séparés ?

– Oui, enfin…

– Vous êtes bien séparés ? répéta Marcus.

– Flavie m'a quitté, il y a trois ans, quand ce type lui a fait les yeux doux et tourné la tête…

– Vous le connaissez ?

– Oui… pas vraiment… pas personnellement… Lemarchand est plein de fric. Il lui a passé tous ses caprices, l'a couverte de cadeaux et l'a embarquée en voyage aux quatre coins de la terre. Forcément, une vie de rêve s'offrait à elle, moi je ne suis qu'un simple magasinier, un smicard. Impossible de rivaliser avec lui.

L'amertume lui brûlait les lèvres, un rictus mauvais crispait sa mâchoire.

– Désolé de reposer la question, insista Marcus, mais c'est important afin de comprendre. Pourquoi êtes-vous venu ici ?

Des étincelles électrisaient l'atmosphère subitement. Un face-à-face silencieux se tenait dans la chambre. Puis, Gabriel Robert grimaça d'impuissance, renonçant d'un haussement d'épaules. Il soupira, se frotta les cheveux. Marcus sentit qu'il était sur le point d'entrouvrir une porte, de se livrer un peu.

– Je voulais lui parler, essayer de la raisonner... Je voulais l'implorer de revenir avec moi, à la maison, avec Barnabé. Flavie est *tout* pour moi... Quand on s'est rencontrés, je vivotais, j'allais de galère en galère, et soudain Flavie est apparue. Elle a tout balayé sur son passage. Un miracle ! J'ai alors compris que c'était la femme d'*une* vie. L'évidence s'est installée, on s'aimait pour toujours. Barnabé est ensuite arrivé. Tout était merveilleux. Trop beau sans doute. J'aurais dû me méfier. Ne pas trop y croire. Et puis elle est partie... elle s'est enfuie serait plus juste... Sans explication. Depuis, plus rien. Barnabé a reçu quelques cartes postales, des cadeaux bien emballés, à Noël et à son anniversaire. Des quatre coins du monde. Mon gamin ne comprend rien à tout ça. Moi non plus d'ailleurs. Alors, oui, j'ai eu la folie de croire qu'en venant ici, je pourrais lui parler de nous deux, de Barnabé qu'elle aimait plus que tout... Que peut-être elle m'écouterait, s'en voudrait, qu'elle aurait des regrets, enfin tous ces trucs... qu'elle reviendrait...

– Et vous l'avez vue ?

– Non.

– Vous êtes arrivé quel jour ?

– Dimanche. J'ai voyagé samedi en TGV, Avignon-gare de Haute-Picardie, j'ai déposé mon gosse et dormi chez mes parents à Amiens. Puis, j'ai repris le train jusqu'ici.

– Ça fait un sacré périple depuis la Cité des papes.

– En effet, mais ça se fait.

– Vous avez eu des contacts avec elle ? questionna Maclean.

– Oui par SMS.

– Et ça a donné quoi ?

– Rien. Elle refusait de me voir, répondit-il, l'amertume plus tranchante qu'une lame de couteau.

– Vous n'avez pas cherché ne serait-ce qu'à l'apercevoir ? Ou bien à tomber sur elle par hasard ? insista Maclean, en fronçant les yeux. Wimereux est une petite ville où l'on se croise pour un oui ou pour un non.

– Si, avoua-t-il, le regard fuyant. Je suis allé devant chez elle. Cette belle villa normande, où elle habite avec Lemarchand. Je l'ai aperçue derrière la fenêtre de la salle à manger, hier soir, alors qu'ils dînaient.

– Combien de temps êtes-vous resté à les observer ?

– Cinq minutes à peine. Ça m'a fichu le bourdon, alors j'ai préféré rentrer à l'hôtel…

– Vous ne l'aviez pas revue depuis trois ans ? C'est bien ça ?

– Oui.

– Elle vous a paru comment ?

– Encore plus belle que dans mon souvenir. C'était pénible de la voir avec lui.

Il fit une pause, cherchant le mot juste, car il voulait ajouter une précision.

– Plus belle, mais *triste*.

– Votre femme était dépressive ?

– Non, pas particulièrement. Mais anxieuse. La naissance de Barnabé avait accentué son anxiété. Sans doute le propre de toutes les mamans. Ou les papas d'ailleurs.

– Bien, conclut Marcus, d'un sourire poli. On vous remercie. On va vous laisser à présent.

– Avez-vous l'intention de séjourner à Wimereux ? demanda Maclean.

– Je ne sais pas.

– Il serait souhaitable que vous restiez encore un peu, nous risquons de devoir vous solliciter à nouveau pour les besoins de l'enquête.

Gabriel Robert acquiesça d'un signe de la tête, en les raccompagnant à la porte de la chambre.

– Je pourrai la voir ? s'empressa-t-il de demander.

– Juridiquement vous êtes encore son mari, donc oui. Actuellement, elle est en salle d'autopsie.

Marcus savait que ce qu'il venait de dire était terrible, mais la vérité de son métier de policier ne permettait pas toujours d'édulcorer ou d'atténuer.

*

En sortant de l'*Hôtel du Centre*, Marcus soupira en se passant la main dans les cheveux. Évacuer la pesanteur emmagasinée dans cette chambre confinée, pendant cet interrogatoire, s'avérait nécessaire. Puis, il inspira profondément en observant l'agitation de la rue. Pépé se grillait une cigarette, le teint tout aussi assombri.

– Sa mort va dévaster beaucoup de vivants, fit remarquer Marcus.

– Mouais. Si Jonas n'avait pas été pris *le couteau dans la main* et sur les lieux du crime, poursuivit Pépé, d'un ton laconique, ça nous ferait plusieurs coupables potentiels. Tu ne crois pas ?

– Hum…

– Tu vas réussir à faire le job ? s'inquiéta Maclean, plus que sceptique. Tu es bouleversé par ce qui arrive à ton pote. Et ça se comprend. Tu devrais passer la main.

– Non, ça va aller.

– Si tu le dis, ironisa-t-il, guère convaincu. (Il expira un cercle de fumée blanche, puis pointa le menton en direction du restaurant-bar *Les Bains de Minuit*.) On n'irait pas grignoter un bout en face ? J'ai un petit creux, malgré tous les macarons avalés ce matin.

– Bonne idée.

13

Dans la villa « Bella Luna », à l'angle de la rue Jeanne-d'Arc et du quai Hazebrouck, Melvil Lemarchand rôdait dans la chambre à coucher. L'âme meurtrie, à l'affût du fantôme de Flavie. Elle était partout. Ses effets personnels occupaient l'espace, depuis la table de chevet, aux armoires et tiroirs, jusque dans la salle de bains. Ses sandales, ses sacs à main, ses foulards, ses bijoux, ses produits de beauté. Les innombrables cadeaux qu'il lui avait offerts, les souvenirs rapportés de leurs périples autour du monde. Elle gardait tout, amassait. Les senteurs aussi ravivaient sa présence. Il huma un de ses parfums favoris, Coco Mademoiselle de Chanel. Une fragrance orientale qui rendait sa peau envoûtante. Les paupières closes, il la voyait. Ondulant son corps soyeux aux formes sexy. Elle lui souriait, les pommettes roses, elle riait même, un grelot joyeux tintinnabulant dans la gorge. La main tendue vers lui, elle l'invitait à la rejoindre.

Surmonter la perte de celle qu'il avait cherchée une vie durant lui paraissait impossible. Même si l'épilogue était inéluctable. Irréversible.

Son esprit vagabondait dans les souvenirs. Il lui avait fallu plus d'un demi-siècle avant de la dénicher à l'autre bout de la France. Un seul regard avait suffi, au rayon primeur d'une ruelle du centre d'Avignon. Au-dessus d'une barquette de fraises, ses yeux pétillaient de malice et sa beauté irradiait. Le soleil de feu provençal écrasait déjà ce mois de mai. Vêtue d'une robe fleurie, les cheveux en chignon flou, elle plaisantait avec le vendeur qu'elle semblait bien connaître. Il était resté, ému, à la couver d'un regard émerveillé, pendant de longues secondes. Puis se sentant observée, elle avait tourné le visage vers lui, dévoilant un sourire doux, sans équivoque. À toucher le fond de l'âme. Deux êtres qui se reconnaissaient dans une arène noire de monde. Le fil qui les avait alors reliés l'un à l'autre parut durer une éternité, avant de se briser à son départ. Les bras chargés de sacs à provisions, elle avait disparu. Mû par son instinct, il avait tout planté sur l'étal, bafouillant des excuses au vendeur interloqué, pour lui courir après dans la rue. Il revoyait la scène comme s'il y était…

– *Mademoiselle ?*

– *Oui ?*

– *Vous allez trouver ma démarche cavalière. Je ne suis pas coutumier de ce comportement, vraiment, je vous assure. Je ne peux pas vous laisser partir alors que je viens (enfin) de vous trouver.*

Restée bouche bée, elle avait fini par esquisser un sourire amusé.

– *Je vais porter vos sacs et vous raccompagner. On pourra discuter. Qu'en dites-vous ?*

– *Je suis mariée, monsieur, s'était-elle indignée mollement, mais leurs regards s'étaient à nouveau harponnés, le filin de soie prenait la force de l'acier.*

– C'est ennuyeux, en effet. Donnez-moi vos paquets, je vais vous aider. Il n'avait rien prévu, mais la savoir déjà engagée compliquait forcément les choses.

Dans les étroites ruelles ombragées, ils avaient pris le temps, parlé de tout, de rien, beaucoup d'Avignon, de la douceur de vivre en Provence. Il lui avait raconté la beauté sauvage et tempétueuse de la Côte d'Opale, son besoin vital de faire une césure dans sa vie professionnelle, ses boutiques, le lourd héritage familial transmis par son père. Elle ne lui avait pas parlé de son enfance à Reims, mais de ses années parisiennes avec son mari, puis le grand départ dans le Sud, son rêve d'Avignon, de ses théâtres à tous les coins de rue. De son fils. Avec le sentiment prégnant et déroutant de se connaître depuis toujours. À chaque regard, les papillonnements dans le ventre, le cœur qui s'emballe. Melvil comprit qu'il était piégé. Il ne pouvait toujours pas la quitter sur le pas-de-porte de ce bâtiment en pleine rue. Elle non plus, le teint empourpré, les pupilles dilatées.

– Je vous offre un verre pour vous remercier de m'avoir aidée… avec les paquets…, s'était-elle hasardée, en évitant de croiser son regard.

Il ne maîtrisait plus rien, soudainement possédé par un poison délicieux qui s'infiltrait dans tout son corps le mettant dans un état second. Il avait acquiescé presque malgré lui.

À peine avaient-ils monté les trois étages du vieux bâtiment, déposé les sacs dans l'entrée qu'ils s'étaient jetés dans les bras l'un de l'autre. Avec fougue. D'abord les baisers enflammés, à pleine bouche, dans le cou, le décolleté. Les caresses exquises, puis appuyées, à la découverte de l'inconnu. Un truc incroyable les électrisait d'un même coup. Une exhalation de senteurs charnelles à débrider la plus coincée des vieilles filles chastes.

À se damner les sens aux pieds de la déesse Aphrodite. Tous deux étaient mus par une force puissante, impossible de lutter ou d'aller à contre-courant. À s'en arracher les vêtements, à se jeter l'un sur l'autre, à se donner l'un à l'autre. Ils avaient fait l'amour dans le grand lit de la chambre. Passionnément. Oubliant la moindre parcelle de raison, occultant les portraits de Gabriel et Barnabé sur la table de chevet. Plus rien n'avait d'importance que leurs corps emmêlés, se sentir l'un dans l'autre, la jouissance du plaisir et cette volupté qui balayait tout dans le cœur, laissant toute la place à la fulgurance de leur amour naissant.

Melvil Lemarchand fut subitement extirpé de son incursion merveilleuse dans le passé par plusieurs coups tambourinés dans l'entrée. Contrarié, il hésita à descendre et ouvrir. Le besoin qu'on lui fiche la paix était criant. Quasi viscéral à cet instant. Mais la réalité s'imposait. Peut-être les deux policiers revenaient-ils lui poser des questions. Il s'attendait à être harcelé. Les prochains jours seraient pénibles, avec interrogatoire et autre tracasserie administrative. Il s'y préparait.

À peine avait-il ouvert que son visage se rembrunit. L'envie irrépressible de lui claquer la porte au nez. Elle avait dû le sentir, car du plat de la main, elle repoussa la porte et se glissa à l'intérieur de la maison.

– Bien, siffla-t-elle sèchement. Je vais mettre cette impolitesse sur le compte de ta peine. *Immense.*

L'appui syllabique sur ce dernier mot retentissait dans le silence, comme l'écho du claquement d'un fouet dans l'air. Elle ôta sa veste en jean et son foulard, les pendit au crochet, déposa son sac à main sur la commode, ajusta machinalement sa robe sur ses hanches, jeta un œil autour d'elle afin d'évaluer la situation et s'assurer que rien ne clochait.

– Je vais te préparer un truc à manger, fit-elle en se dirigeant d'un pas décidé vers la cuisine. Même en deuil, il faut manger. Se caler l'estomac, éviter de se dessécher et de perdre pied. On fait toujours ça aux funérailles. Après la mise en terre ou la crémation, on refait la vie du mort, on partage les souvenirs, on boit et on mange un bout.

Elle s'activait à présent, ouvrant le frigo et les placards, dans un bruit insupportable de claquement de portes, pour définir son plan de bataille. Elle en extirpa une bouteille de vin entamée.

– On va commencer par un petit remontant, dit-elle en prenant deux verres à pied qu'elle servit à moitié. Tiens ! Bois ça !

– Que fais-tu là ? s'offusqua-t-il. Je n'ai ni soif ni faim.

– Taratata ! disait Scarlett O'Hara à Rhett Butler. Allez, pas de manières !

– C'est ce que j'ai bu avec Flavie, hier soir, alors fous-moi ça à la poubelle !

Il hurlait à présent alors qu'elle enfonçait son cou dans ses épaules, se préservant au mieux de sa colère. Il était absolument furax. Néanmoins, elle trempa ses lèvres et goûta une gorgée, puis, mimant un moment de douce extase, reprit :

– Quel dommage, car il est divin ! Mais bon, je veux bien admettre que ce n'est sans doute pas approprié.

Elle vida la bouteille dans l'évier, en prit une autre qu'elle ouvrit avec impatience.

– On va boire celle-là, tu as raison. Il faut tourner la page.

Une grimace horrifiée lui déformait le visage, il en restait bouche bée. Les mots soudain lui manquaient, alors qu'il était plutôt connu pour ses réparties vives et cinglantes. Mais l'infâme sketch qu'elle lui déballait, sans sourciller, sans respect pour le drame survenu, était odieux. À vomir. Il ne s'attendait pas, la connaissant, à de la compassion, mais là… C'était au-dessus de ses forces. Une envie enflait de la saisir par le colback, de la traîner jusqu'à la porte d'entrée et de la balancer du haut du perron dans la rue. Elle et sa morgue.

– Écoute, Alix ! Tu dégages ! s'époumona-t-il en lui saisissant le bras, les doigts enfoncés dans la chair.

Elle fit volte-face et planta son visage à dix centimètres du sien. Les muscles tendus durcissaient ses traits à l'élégance classique. Ses yeux dardaient des éclairs furibonds, ses lèvres frémissaient de rage. Elle sentait son haleine tiède lui battre les narines.

– Arrête ton cinéma, Melvil. Tout était fini entre vous. Alors *soit* ! Tu es triste, mais on va très vite passer à autre chose, *comme prévu* ! La vie continue. C'était écrit. On tourne la page. On suit le plan. Arrête aussi ton numéro d'amoureux éploré. Pour les flics, passe encore, mais pas à moi.

– Tu m'écœures, je ne veux plus te voir. Dégage !

– Lâche-moi, tu me fais mal ! grogna Alix Moucron alors qu'il resserrait la pression sur son bras, lui infligeant physiquement la souffrance qui lui labourait les entrailles.

Soudain, la cuirasse de Melvil se fissura sous le choc des émotions contraires qui claquaient et le malmenaient depuis l'annonce du décès de Flavie. L'énergie s'étiolait dans son corps happé par un vide puissant qui aspirait la moindre poussière de vie dans sa tristesse immense. Les larmes refluèrent, à gros bouillons, dans sa gorge et ses yeux. Le corps secoué par des sanglots. Sa peine revenait avec violence, l'envahissait à briser son cœur. Il relâcha son emprise et s'affaissa.

Aussitôt, Alix l'entoura de ses bras, attira son visage dans son cou, lui caressa la nuque et murmura des mots doux, tendres. Ses yeux plantés dans le mur renvoyaient une magnificence satisfaite.

14

M. Cohen sent le vieux. Il a la peau du cou flasque d'une tortue et des yeux perçants en tête d'épingle. Il adore maman, mais ne peut pas me souffrir. Il me tolère dans sa maison immense, à la décoration rococo, aux bibelots si fragiles. En fait, il ne supporte pas les gosses. Moi, je m'en fiche, car maman est heureuse. Il la couvre de cadeaux, l'habille chez des couturiers ayant pignon sur rue, l'emmène dîner dans de bons restaurants. Il va même se marier avec elle. Il a beaucoup d'argent alors elle arrête son travail de secrétaire. Son visage irradie de bonheur.

J'ai une nouvelle chambre. Mon univers. Ma vie s'appelle solitude, mais ça ne me dérange pas tant que ça, finalement. Je tue le temps à m'inventer des histoires silencieuses. Avec des êtres imaginaires qui s'émerveillent de jouer avec moi, qui peuplent mes jours et mes nuits, baragouinent des mots étranges, des phrases incompréhensibles, en grimaçant des sourires. J'aime ma tour d'ivoire. Maman trouve ça bien pratique que je ne sois pas toujours collée à ses basques, même si j'avoue qu'elle me manque. Terriblement. Elle est la seule à parvenir à remplir mon cœur, à réchauffer mon âme. Dans ces moments-là, je soupire et je ferme les paupières. Elle m'apparaît alors belle et tout à moi.

Ma poupée molle avec sa robe bleue et son tablier de dentelle dort sur l'oreiller de mon lit. Le bout de bois est tapi sous mon lit.

– M'aimes-tu petite plume ?

Oui, hier,
Aujourd'hui encore,
Et demain sans doute…
Demain me fait peur…
N'aie pas peur, je vais voler jusqu'à toi !

Le jour où j'ai vu maman nue, sous le corps malingre et fripé de M. Cohen qui ahanait bruyamment, j'ai grimacé de dégoût. Maman si gracieuse avec ce vilain canard. Sa peau de pêche veloutée au contact rugueux de son teint blet. L'odeur de sueur mêlée de sexe me révulsait.

Mais elle a cligné un œil complice alors j'ai souri en les regardant. Puis, elle a couiné, toujours en m'observant, et il s'est affalé sur elle.

15

Les *Bains de Minuit* étaient un bar-lounge branché de la station balnéaire. Un méli-mélo de tables et chaises chinées accueillait les clients. Des bibelots hétéroclites fleurissaient çà et là. Des éclairages insolites conféraient en soirée une ambiance feutrée propice aux chuchotements. Le coin bar s'ouvrait sur plusieurs niveaux. Après un bref coup d'œil circulaire, Marcus et Pépé choisirent de s'installer dans la salle principale, aux tapisseries sang et or, près des baies vitrées habillées d'épais rideaux rouges. Les rayons de soleil réchauffaient l'intérieur. Deux tables étaient déjà occupées. Les discussions allaient bon train.

Le patron s'approcha d'eux, un sourire aux lèvres. La quarantaine dégarnie et des lunettes siglées « Ralph Lauren » fichées sur l'arête du nez.

– Hello Tarek, fit Pépé en lui serrant la main d'un geste viril.

– Salut les gars, ravi de vous voir ! Qu'est-ce que je vous sers ?

– On voudrait manger rapidement.

– Le menu est sur l'ardoise au mur.

– Je prends la salade de chèvre et une bière pression, commanda Marcus, en déposant son téléphone sur la table avant de se diriger vers les toilettes.

– Hum… Une bonne bavette à l'échalote, bien saignante, et un Coca light.

Pépé en salivait d'avance.

– C'est parti !

Quelques instants plus tard, Marcus était de retour et s'installait dans une chaise aux allures seventies. Les vieilleries brocantées étaient originales, mais rarement confortables.

– Punaise, c'que c'est mou, on sent les ressorts dans le gras des fesses, grogna-t-il en ajustant son assise.

– Ton téléphone a sonné.

Marcus attrapa son smartphone et écouta le message. Le docteur de l'hôpital l'informait que Jonas Becker sortait de sa léthargie. Ils pourraient sans doute venir l'interroger demain matin, une fois qu'il aurait repris ses esprits. Cette nouvelle le mettait en joie. Il s'empressa de la partager avec Pépé. L'espoir renaissait, de récolter des réponses à leurs questions et de retracer les dernières heures passées avec la victime. Marcus escomptait que l'équipe scientifique ne serait de son côté pas trop longue à leur fournir de précieux indices relevés sur la scène de crime.

– Je préviens les collègues que nous sommes là finalement. On va en profiter et interroger Tarek.

– Bonne idée, répondit Pépé.

Il rédigea un SMS, puis appuya sur la touche « envoi ». Il ne put alors détacher son regard du numéro de téléphone sous celui du SMS qu'il venait d'écrire. Un truc le chiffonnait. Hypnotisé, son esprit turbinait à reconnecter les informations emmêlées. Et, soudain, il sut. Il en était sûr. Sa mémoire était infaillible. Dix chiffres qui lui disaient quelque chose depuis le début. C'était le *même* numéro que celui du téléphone de Flavie Robert. Incroyable. Le dernier échange, daté d'hier après-midi, résonnait dans son esprit : « *Je n'en peux plus, il me fait peur…* » Tout comme la réponse : « *Parle-lui. Tout doit pouvoir s'arranger. On se voit samedi pour boire un thé. Bisous.* »

À présent, il savait *qui* était cette personne et il n'en revenait pas.

– T'en fais une tête ? s'amusa Pépé. Y a un problème ?

– C'est dingue, murmura Marcus, estomaqué. Je connais la personne avec qui Flavie Robert échangeait des SMS.

– Non ?! s'esclaffa Pépé, à la limite de s'étouffer avec sa boisson. Et c'est qui ?

– Zoé.

– Qui ?

– Zoé Rousseau. Je n'en connais qu'une.

– Putain, gémit Pépé. *Ta* Zoé. *Ton* Jonas. Ça fait beaucoup pour un seul homme et une seule affaire !

Mais Marcus ne disait plus rien, absorbé par ses pensées et le visage de la jolie journaliste qui lui avait tourné la tête. D'une main, il tenait sa bière et de l'autre son smartphone. Depuis fin mars, il cherchait à l'occulter de ses pensées. Les si délicieux moments passés avec elle s'étaient arrêtés bizarrement. Elle avait été emportée dans le tourbillon d'un succès journalistique dont elle rêvait depuis toujours, et il l'avait laissée savourer sa gloire, avec sa couronne rayonnante sur la tête, les paillettes de joie dans les yeux. Elle était si belle dans son bonheur professionnel. Lui, à cet instant, avait préféré se retirer. Il n'avait alors plus de place dans l'effervescence médiatique qu'était devenue sa vie. Ou alors, un mouchoir de poche, et ce n'était pas ainsi qu'il envisageait une relation à deux. Il s'était résolu à partir à la Réunion rejoindre sa sœur, Annette, et sa filleule, Pauline, pour deux semaines de vacances. Depuis, ils s'étaient perdus de vue et Marcus s'interrogeait sur le jour où leurs chemins se croiseraient à nouveau. Car Wimereux n'était pas bien grand. La gorge nouée, il appréhendait cet instant et, en même temps, le désirait ardemment. La revoir, oui la revoir. Le manque était latent, insidieux. Même s'il ne voulait pas se l'avouer. Un sourire mièvre glissa sur ses lèvres.

– Bon, fit Pépé en brisant ce silence à la saveur de guimauve. Je vais te laisser à vos retrouvailles de tourtereaux. *Seuls.* J'ai passé l'âge de tenir la chandelle. Mais après, tous les échanges se feront en ma présence. Enfin, tous ceux en rapport avec l'enquête s'entendent.

Marcus apprécia la délicatesse. Il savait déjà qu'il irait voir Zoé dès cet après-midi.

– Et voici les amis ! Vous m'en direz des nouvelles ! Bon appétit.

Tarek Chamli déposa deux assiettes bien fournies sur la table. Marcus le connaissait depuis son arrivée sur la Côte d'Opale. Avec Jonas, ils étaient souvent venus boire un verre en soirée ou bien déjeuner sur le pouce. Marcus sortit son calepin, consulta ses notes. Il poussa son assiette sur le côté. Surtout avoir les idées claires et poser ses questions.

– Dis-moi, Tarek, commença Marcus. Hier soir Jonas est passé ici ?

– Oui, je l'ai vu. On a discuté un moment avant qu'une fille ne le rejoigne.

– Il était quelle heure ?

– Je ne sais pas trop. Je ne regarde pas ma montre en permanence. Vers les neuf heures. Hector qui quitte son poste à vingt heures trente à Boulogne-sur-Mer venait d'arriver.

– Il était comment ?

– Ben, normal… Pourquoi ?

– Vous avez parlé de quoi ?

Tarek écarquilla les yeux en haussant les épaules.

– Je ne sais plus. De tout et de rien. Des résultats du foot.

– Tu ne l'as pas trouvé différent que d'habitude ? Réfléchis, c'est important.

– Non, fit-il. En même temps, il ne semblait pas franchement ravi d'être là. Surtout quand la fille est arrivée. Pourtant, très belle. On connaît tous Jonas et son penchant pour la bagatelle.

– Elle est arrivée vers quelle heure ?

– Une demi-heure ou trois quarts d'heure après…

– C'est cette personne que tu as vue ? demanda Marcus en lui montrant le portrait de Flavie Robert, qu'il sortit de son calepin.

– Ouais.

– Qu'ont-ils fait ?

– Elle a bu une vodka et Jonas a pris une pression. Ils se sont installés dans la seconde salle, dans un coin plus tranquille.

– Elle était dans quel état d'esprit ?

– Perturbée, répondit-il du tac au tac. Même angoissée, voire agitée, elle gigotait sur son siège et zieutait partout. J'ai trouvé ça étrange et je n'ai pas pu m'empêcher de la regarder, car c'était une sacrée jolie fille. Elle parlait, mais j'avais le sentiment que ça gonflait Jonas.

– Et ensuite ? s'enquit Marcus, sans le quitter des yeux.

– Rien. Ils sont partis vers vingt-trois heures. Mouais… Dans ces eaux-là.

– À pied ?

– Alors là… Tu m'en demandes trop. Je n'ai pas fait gaffe. Vraiment, je ne sais pas, soupira Tarek Chamli.

Il se leva d'un bond car des clients s'impatientaient à l'autre bout de la salle.

– Je vais devoir vous laisser les gars. Mais dis-moi, pourquoi toutes ces questions ?

– Pour les besoins d'une enquête, répondit laconique Maclean, qui avait définitivement englouti sa bavette.

– Tu empestes l'échalote, grimaça Marcus.

– Après deux ou trois clopes, il n'y paraîtra plus.

– J'suis pas sûr.

16

En sortant du bar, ils se répartirent les rôles. Pépé retournait au poste de police faire des vérifications. Ensuite, il sonnait le rassemblement pour un briefing général. L'ensemble de l'équipe partagerait ainsi les informations glanées depuis la découverte du meurtre. D'autant que Lambert et Gressier étaient revenus du Touquet. Quant à Marcus, il allait revoir Zoé. D'autres circonstances – *moins sanglantes* – auraient été préférables, néanmoins ça lui donnait un prétexte en or pour débarquer. L'air de rien. Sans trop se dévoiler. Faire le premier pas restait ardu. Ça n'avait jamais été son truc. Leur histoire s'étant finie bizarrement, des tonnes de questions restées en suspens le turlupinaient. Forcément.

Il passa un coup de téléphone à la rédaction de *Nord Actu*, la feuille de chou de la ville, où elle était journaliste. Jo Marsalo, le rédacteur en chef, toussa bruyamment à l'autre bout du fil. D'une quinte de toux bien graveleuse de fumeur patenté. Marcus en grimaça.

– Elle n'est pas au canard, Marcus. Elle a pris plusieurs semaines sabbatiques, si je puis dire. Elle doit écrire un bouquin sur l'affaire du printemps dernier. Le patron lui fait cette commande spéciale. Tu devrais la trouver chez elle. Enfermée, elle n'arrête pas de bosser, une vraie forcenée.

Marcus le remercia et se hâta de raccrocher avant qu'il ne tentât de lui tirer les vers du nez. Il se méfiait d'un vieux briscard de journaliste, préférant mentir par omission.

Ensuite, il remonta d'un bon pas la rue Carnot, en direction du poste de police pour récupérer sa voiture. Zoé habitait au nord de Wimereux, sur la falaise. Sa petite maison cubique était minimaliste. Lumineuse, blanche. De chez elle, la vue sur la mer était imprenable. On pouvait admirer la valse des navires ou des chalutiers qui croisaient au large des côtes anglaises vers la mer du Nord. Sous le tourbillon incessant des nuages portés par les vents.

L'appréhension grandissait au fur et à mesure que la distance le séparant de chez elle s'amenuisait. Comme un gosse qui allait chercher ses premiers carambars à la boulangerie avec sa précieuse pièce de monnaie, enfouie dans la paume de main. Le cœur s'emballait et les tempes crépitaient. Autant de sensations remisées ces derniers temps dans la malle aux souvenirs.

Devant chez elle, il fit quelques pas, se ressaisit. Sa poitrine peinait à contenir les battements d'une émotion quasi intacte. Le bruit claquait à ses oreilles, recouvrant le ronronnement du roulis de la mer qui se brisait au pied de la falaise. Ça le rendait dingue d'être aussi stupide. Il devait se calmer, tempérer le jeune premier qui sommeillait en lui. Aspirant une profonde bouffée d'oxygène, il se passa une main dans les cheveux pour remettre en place un épi imaginaire. Prenant son courage à deux mains, il s'approcha.

Devant la baie vitrée, il l'aperçut.

Elle offrait son profil délicieux. En débardeur et short en jean effrangé, le teint hâlé, elle était ravissante. La trentaine, Zoé Rousseau affichait une silhouette sportive. Des cheveux ébouriffés châtain clair coupés court sur un minois lumineux. Les pommettes hautes, un nez joliment retroussé et des yeux immensément verts. Assise en tailleur sur le canapé, elle travaillait sur son ordinateur portable. Totalement absorbée, ses doigts couraient sur les touches du clavier. Son air soucieux provoquait une moue boudeuse à croquer. Un amoncellement de feuilles imprimées jonchait le sol, à côté de plusieurs bouquins ouverts ou piquetés de marque-page fluo. Toujours autant bordélique, ça le fit sourire.

Un jappement joyeux le sortit de sa torpeur contemplative.

Il sursauta.

Derrière la baie vitrée constellée de bave, un massif bouledogue anglais noir lui faisait la fête en tortillant son arrière-train. Il écrasait son museau déjà bien aplati.

Zoé se retourna. Aussitôt, son visage s'éclaira. Leurs regards s'accrochèrent, aimantés. Il fut saisi par l'émotion. Elle lui faisait toujours le même effet. Détonnant. Il devait se maîtriser et remettre ses idées dans l'ordre pour aligner trois mots cohérents à la suite.

Bondissant sur ses jambes de sauterelle, elle vint à sa rencontre et ouvrit la baie vitrée. La boule de poils aboyait de plus belle, en se dandinant joyeusement.

– Salut, fit-elle dans un souffle. Ça fait un bail…

– Trois mois.

D'emblée, il regretta sa réponse qui pouvait laisser penser qu'il comptait les jours. *Quel sombre idiot !*

– Entre. J'allais me faire un café. Tu en veux un ?

– Oui, bonne idée.

– Tu peux laisser ouvert, il va aller se dégourdir les pattes dehors.

– Il n'a toujours pas de nom, ton chien ?

– Si, mais il n'écoute rien. Une vraie tête de mule.

– Comment l'as-tu appelé ?

– « Sumo », dit-elle en s'esclaffant. Gros, mais musclé.

– Ça lui va bien.

L'intérieur dépouillé de la maison s'accordait à merveille avec l'extérieur de ce cube déposé à flanc de falaise. Peu de meubles, le strict nécessaire. Tout aussi peu de bibelots. Quasiment aucune couleur. Du blanc partout, des murs au plafond, accentué par la luminosité des journées ensoleillées de la Côte d'Opale, qui s'infiltrait par la large baie vitrée. Un salon jouxtait une cuisine américaine, avec à l'arrière une chambre et une salle de bains. Cette maison, au demeurant petite, était confortable et agréable à vivre.

Marcus la suivit, il s'accouda au comptoir alors qu'elle s'affairait à préparer deux expressos.

– Alors tu écris un livre ?

– Oui, répondit-elle, avec un sourire qui lui mangeait la moitié du visage. Je compile l'enquête de A à Z, en détaillant les étapes, chaque meurtre. Je reprends mes articles. Je documente et j'argumente sur tous les maillons de ce réseau de trafic d'êtres humains. Je fais aussi des portraits très fouillés des différents protagonistes. Bref, je m'éclate.

– C'est chouette.

– Mais je suis à la bourre. Je devais rendre un manuscrit début juillet et je n'en suis encore qu'aux trois quarts. Pourtant je ne fais que ça. Jo est super sympa, il m'a mise en dispense. Le commanditaire est un éditeur parisien. J'ai l'appui du boss, Croquelois, qui n'attend qu'une chose, la parution du bouquin. Ça va faire une mégapublicité pour *Nord Actu*, du coup, il biche et me bichonne.

L'odeur du café frais embaumait l'atmosphère alors qu'un ruban silencieux se posait entre eux, s'étirait au-dessus du comptoir. Zoé peinait à détacher ses yeux de ceux de Marcus. Elle semblait heureuse de le revoir et ça lui faisait terriblement plaisir de se sentir ainsi accueilli.

– C'était bien tes vacances à la Réunion ?

– Oh que oui. Farniente sous les cocotiers, rhum arrangé sur fond de musique créole, poisson grillé en feuille de bananier, plongée sur la barrière de corail et catamaran au large sous les alizés.

– Ta sœur et ta nièce vont bien ?

– Elles nagent dans le bonheur sur cette île.

Un nouveau silence. Un voile de gêne se déploya, élastique mou, crocheté à leur plaisir d'être ensemble. Juste ensemble. Les banalités s'agglutinaient dans la gorge. Par où reprenait-on une histoire arrêtée bizarrement ? Quelqu'un avait-il seulement le mode d'emploi ? Ou bien fallait-il improviser à ses risques et périls ? Autant de questions qui affluaient.

Le café lui brûlait les lèvres. Marcus observait la jeune femme au travers des volutes de fumée. Elle touillait le sien, l'esprit concentré sur la petite cuillère qui n'en finissait plus de tournoyer. Dans leurs sourires, un embarras délicat. Des failles sur les bouches crispées. Une pointe de timidité, un soupçon de gêne, mais aussi beaucoup d'envie. Zoé lui avait manqué, c'était indéniable. S'il avait pu juste lui caresser le bras, l'épaule ou le cou. La respirer d'un peu plus près, l'embrasser dans les cheveux. Un frisson lui déchira l'échine, il devait se ressaisir, il n'était pas venu que pour la voir.

Prenant sa respiration, il se lança, pressentant que ça ne lui plairait pas.

– Il semble que tu connaissais Flavie Robert ?

Son minois s'obscurcit. Sa mâchoire se durcit. Elle arrêta de remuer son café, suça sa cuillère et lui balança un regard noir.

– C'est l'enquêteur qui est là ?

– Les deux.

Il toussota alors qu'une poussière de craie lui chatouillait la luette.

– J'avais envie d'avoir de tes nouvelles. Tu sais ce que c'est… On laisse filer le temps… Plus les semaines passent, plus c'est difficile… Et puis, voilà que ton numéro de téléphone apparaît dans une affaire dont je m'occupe…

– Tu avais besoin d'un prétexte ?

– C'est un peu ça, finalement, dit-il en souriant benoîtement. Toi, visiblement, tu n'avais besoin de rien !

Elle grimaça, en tournant son adorable petit nez. Un point partout la balle au centre. Même sous ses relents de mauvaise foi, sa beauté le bouleversait. Les papillons revenaient à toute berzingue dans le ventre et l'envie de la plaquer au mur, aussi. De l'embrasser à pleine bouche, de lui caresser les fesses, les seins. Hum… Marcus s'égarait. Un brasier incandescent sur la nuque, les joues, le front. Partout. Il espérait ne pas être rouge écarlate. Il espérait faire bonne figure. Il ne trouva rien de mieux que d'enfoncer ses ongles dans le gras des cuisses. Repousser au loin les phéromones et les astres phosphorescents qui grésillaient sous sa peau. Se ressaisir.

– Je ne vis plus que pour ce bouquin, s'excusa-t-elle. Mais dans peu de temps, je pourrai tourner la page et revenir à ma vie normale.

– Cool ! fit-il en souriant un peu trop, puis réalisant qu'il devait avoir l'air stupide avec cette extase engluée sur le visage, il fronça les sourcils avec gravité. Alors, tu la connais ?

– Flavie ? Oui, c'est une copine. Pourquoi ?

– Une *bonne* copine ? demanda-t-il en appuyant sur le mot « bonne ».

– Non, juste une copine. Une fille sympa rencontrée au cours de yoga. Il y a deux ou trois mois. On a tout de suite sympathisé. Pourquoi me parles-tu d'elle ? Y a un souci ?

17

À peine arrivé au poste de police, Pépé Maclean dut repartir avec Hugo Gressier au niveau de la voie de chemin de fer. Plus précisément sur le pont, au lieu-dit La Garenne, à la sortie de Wimereux nord vers la zone industrielle de La Trésorerie.

Constater un suicide.

Une femme, d'une quarantaine d'années, s'était jetée depuis le pont. Elle était morte sur le coup, le corps disloqué et le crâne fracassé sur les rails.

Paniqué, le conducteur du train avait bien vu une forme de loin. Ça faisait partie de la formation délivrée par la SNCF, mais on n'était jamais préparé à un acte désespéré. La montée d'adrénaline avait été fulgurante, mû par une volonté surnaturelle, il s'était vu réagir. De toutes ses forces, il avait freiné, évitant le suraccident. Le grincement épouvantable stridulait encore dans les oreilles. Le jeune cheminot était en état de choc.

Maclean fouilla son portefeuille. Les papiers de la victime étaient au nom de Anne-Charlotte Muller, domiciliée dans le Vieux-Lille. Une carte de visite d'une boutique de bijoux attira son attention avec son nom et celui d'une autre femme, Anita Colembert.

D'aussi près, ça n'était pas beau à voir. Il fallait avoir les intestins bien accrochés. Maclean serra les mâchoires, bloquant sa respiration au maximum.

L'équipe scientifique prit le relais pour effectuer des analyses et s'assurer qu'il s'agissait bien d'un suicide. Un petit coup de pouce et hop ! On aidait quelqu'un à sauter la rambarde et, dans ce cas, on basculait dans le meurtre. La probabilité semblait faible au vu des premières constatations sur le terrain. Il y en avait eu malheureusement plusieurs par le passé, des suicidés sur ce pont. La garantie de périr sur le coup ou, si le hasard faisait des siennes, un train finissait le boulot. Maclean se souvenait d'un magazine de santé, feuilleté chez son toubib, où un journaliste précisait que la France était un des pays d'Europe les plus touchés par ce fléau, évoquant près de dix mille décès par an, soit trois fois plus que les accidents de la route. D'ailleurs, lui aussi avait songé plus d'une fois, au plus profond de son alcoolisme, à se foutre en l'air, abréger ses souffrances et son mal-être. Quand l'image que lui renvoyait le miroir était intolérable, quand il abhorrait l'homme qu'il était devenu, celui qui finissait saoul, à vomir dans l'entrée de sa maison, sous le regard exaspéré de son épouse et celui incrédule de ses filles. La fierté déchirée. Alors, oui, en effet, il avait réfléchi aux différentes façons d'en finir… Son choix penchait plutôt pour les mélanges d'alcool et de barbituriques, car il n'était finalement pas très courageux. Ça lui semblait plus doux que d'être ainsi pulvérisé sur le sol.

Il poursuivit sa fouille du portefeuille alors que son collègue était parti questionner les habitants des maisons voisines, au cas où ils auraient vu quelque chose. Une carte professionnelle confirmait qu'elle était commerciale dans une boîte artisanale de création de bijoux. Un reçu de l'hôtel *Saint-Jean* indiquait qu'elle était descendue huit nuits, deux déjà passées et six à compter de ce soir. Étrange que de payer des nuits d'avance si on voulait dire adieu à la vie. Mais souvent, ces pulsions allaient à l'encontre de tout bon sens. Plusieurs cartes de visite aussi, de boutiques de fringues et de décoration de Wimereux. Elle devait être en prospection pour vendre ses bijoux. Il faudrait qu'il se fasse confirmer ce point. D'abord, il lui fallait appeler l'autre dame de la carte de visite, en savoir plus sur la victime et découvrir si elle avait de la famille.

18

– Elle a été retrouvée morte ce matin.

Les yeux immenses, la bouche arrondie, elle en resta interdite. D'ordinaire, il en fallait beaucoup pour surprendre Zoé Rousseau ou lui couper la chique. Un nuage de tristesse obscurcit son joli minois. Instantanément, à l'instar de la brume qui se déployait au fond d'un vallon verdoyant. Elle se passa la main dans les cheveux, caressant sa peine soudaine et s'assurant que ce qu'elle entendait était bien réel. Le roulis de la mer en contrebas de la falaise résonnait dans le silence endolori. Les vagues se brisaient inlassablement contre la roche.

– Je suis désolé, reprit Marcus.

– Mon Dieu, murmura-t-elle d'un filet de voix atone. C'était une chic fille… Que lui est-il arrivé ?

– Elle a été assassinée, fit Marcus, je t'en parle, mais promets-moi de ne pas faire d'article ?

– Non, bien sûr, répondit-elle sèchement, en levant des yeux agacés au ciel.

– Et ne me bombarde pas de questions, je ne peux pas t'en dire plus. Je suis sur l'enquête.

– Je comprends, reprit-elle, de mauvaise grâce. Je ne suis pas en mode « journaliste » actuellement, j'écris mon bouquin, et ce n'est pas une mince affaire, entre nous. Donc pas de panique, monsieur le policier, la presse ne mettra pas le nez dans vos affaires. Enfin pas cette fois !

Ses prunelles émeraude s'immobilisèrent sur lui. Machinalement, Marcus extirpa son calepin noir sans la quitter des yeux. Il se faisait violence pour rester focalisé sur le sérieux de son sujet, mettant tout en œuvre pour ne pas glisser vers son tee-shirt minimaliste à fines bretelles spaghettis qui mettait en valeur sa poitrine menue et la courbe délicieuse de ses épaules. Ostensiblement. Superbement.

– Tu veux bien me parler de votre relation ? lui demanda-t-il, en se ressaisissant. Vous vous êtes connues à quelle occasion ? Ça nous permettrait sans doute de mieux cerner le personnage, de la comprendre.

– On s'est rencontrées début avril au cours de yoga, expliqua-t-elle, l'esprit absorbé par la quête de souvenirs précis. Je la soupçonne d'être venue vers moi à cause de mon boulot de journaliste.

– Ah bon ? Qu'est-ce qui te fait dire ça ?

– Elle était mal dans ses baskets et se posait des tonnes de questions. Elle avait quitté son mari il y a deux ou trois ans, pour le grand amour. Elle vivait depuis avec la culpabilité d'avoir abandonné son petit garçon. Elle avait suivi le nouvel homme de sa vie, Melvil Lemarchand. Son fils lui manquait. Devoir faire un tel choix n'était pas humain, m'avait-elle dit. Mais avec son mari, elle se consumait à petit feu. Elle n'était plus vivante. Une ombre sous assistance respiratoire, selon ses propres mots. Le paroxysme avait été atteint depuis peu, car la relation n'était plus idyllique avec Lemarchand. Il y avait de l'eau dans le gaz, des engueulades. Il la délaissait de plus en plus. Elle ne savait pas pourquoi, elle ne comprenait pas ce qui se passait. Du coup, elle s'inquiétait d'avoir tout plaqué pour lui. Elle s'inquiétait d'avoir pris les mauvaises décisions.

– Quel rapport avec ton job ? fit Marcus, dubitatif.

– Elle se sentait rejetée injustement par Melvil. Elle s'était mise à farfouiller dans ses affaires à la recherche d'indices. Elle voulait comprendre ce subit revirement à son égard. Elle était persuadée qu'il la trompait. Mais ce n'était fondé sur rien de solide. Elle n'avait pas réussi à trouver de traces d'une autre femme. En revanche, elle avait déniché des photos de lui.

La démarche souple, Zoé se leva et trifouilla d'une main avisée dans les papiers amoncelés au pied du canapé. Elle extirpa une grande enveloppe marron. Vu le fouillis, elle seule pouvait s'y retrouver. Marcus esquissa un sourire amusé, lui avait besoin d'ordre – *chaque chose à sa place.*

Zoé étala sur le comptoir des photos de Melvil Lemarchand, sorties de l'enveloppe délicatement. Une croupière au casino n'aurait pas fait mieux. Les clichés le montraient à différents âges. Depuis l'adolescence jusqu'à la quarantaine. Marcus les observa l'une après l'autre avec attention. Il avait beau scruter chaque millimètre de pellicule, il ne remarquait rien. Un peu frustrant ce constat. C'était juste Melvil Lemarchand pris sur le vif, à certains moments de sa vie. Des portraits principalement. Plus jeune, avec plus de cheveux, sans barbe, moins de rides, toujours la cicatrice sur la tempe. Il souriait rarement, l'air sombre, dans ses pensées ou dans le vide, un brin austère. Que fallait-il y voir ? Où chercher ? Si tant est qu'il y eût quelque chose à trouver.

– Regarde ce qu'elle a marqué au recto de celle-là ? précisa Zoé, l'air soucieux : « Qui es-tu ? »

– C'est l'écriture de Flavie Robert ?

– Oui, j'en suis sûre.

– En effet, c'est même inquiétant cette question.

– Il y a aussi un courrier de l'hôpital indiquant un rendez-vous pour un test d'effort, daté d'il y a cinq ans. Au nom de Lemarchand.

– Mais, insista Marcus, de plus en plus perplexe, quel rapport avec ton job ?

– Flavie voulait que j'enquête sur lui. Elle m'en avait touché deux mots. Elle avait glissé cette enveloppe sous ma porte il y a plusieurs jours.

– Carrément ? Ce n'est pas un comportement un peu mystérieux ?

– Si. Elle s'était mis en tête de trouver une ou plusieurs liaisons à Melvil ou un truc du genre… Elle voulait aussi que j'aille discuter avec sa mère. Mme Lemarchand réside à la maison de retraite d'Ambleteuse. J'ai le sentiment qu'elle ne savait pas trop par quel bout s'y prendre pour investiguer sur lui. Comme je suis journaliste, elle pensait que ça me serait plus facile. Que je serais plus objective.

– Tu m'excuseras, mais je ne comprends pas, répliqua Marcus, sceptique, le rapport entre ces vieilles photos et ses soupçons d'adultère.

– Moi non plus à bien y réfléchir, répondit Zoé, la voix nappée de gravité. En fait, je n'ai pas vraiment étudié la question. J'ai à peine regardé les photos… Je m'en veux de n'avoir rien fait. Je m'en veux *tellement*. Je lui avais promis que j'allais enquêter… Plus par politesse d'ailleurs… J'ai honte de te le dire, mais c'est la vérité. Je suis absorbée par mon « satané » bouquin. Et, à présent, elle est morte, assassinée. C'est affreux... Et je m'en veux...

Elle se prit la tête à deux mains. La vanité de la journaliste chevillée au corps. Comment avait-elle pu être indifférente à ce point pour ne pas percevoir la détresse de Flavie ? Où était passé son flair légendaire ? Que dalle ! Stupide, idiote... Elle se désolait d'avoir minimisé ses doutes, ses interrogations, persuadée que Flavie se faisait des films, exagérant certaines impressions ou situations. On avait tous nos mauvaises passes, les hauts et les bas, les mésententes et les rabibochages. Mais à présent, Zoé constatait qu'elle avait clairement sous-estimé le désarroi et les frayeurs de Flavie. Celle-ci n'était pas uniquement rongée par l'odieux sentiment d'avoir été dupée, d'avoir tout quitté à Avignon, *notamment son fils*, pour quelqu'un qui n'en valait pas la peine. Et s'il y avait autre chose ? Quand elles se voyaient, autour d'un thé, ou après une séance de yoga, Zoé l'écoutait d'une oreille amicale, mais affreusement distraite, et lui distillait des mots fades, rassurants. « Ne t'en fais pas ! Tout va s'arranger ! » Les mots creux qu'on disait sans réfléchir. La tape amicale dans le dos tout en lorgnant de l'autre côté de la route le sujet qui nous passionnait bien plus. On faisait tous ça, englués dans les méandres de nos nombrils. Sans méchanceté réelle, mais embarqué chacun dans sa vie. Sans entièrement être connectés à l'autre avec sincérité.

– Son dernier SMS me fiche la chair de poule... Elle me disait qu'elle était à bout... qu'il lui faisait peur. Et je n'ai rien trouvé de mieux à lui dire que de lui parler, que tout allait forcément rentrer dans l'ordre. Pire, je lui ai dit « à samedi pour boire un thé »... Boire un thé ?! Mais quelle conne !

– Tu ne pouvais pas non plus imaginer ce qui allait advenir, la rassura Marcus. Toutes les embrouilles conjugales ne finissent pas systématiquement par un meurtre.

Elle lui sourit, appréciant sa délicatesse à vouloir atténuer ses remords.

– C'est lui qui l'a tuée ?

– *A priori* non.

– Ah bon ?

– Ce que je vais te dire doit rester entre nous.

– OK.

– Tu ne dois en parler à personne. Promets-moi ?

Elle acquiesça. La curiosité brillait dans son regard malgré la tristesse. Marcus lui révéla sans rentrer dans les détails sa macabre découverte matinale.

Estomaquée, Zoé resta sans voix. Puis au bout d'une poignée de secondes interminables, elle se renfrogna et se mit à secouer la tête de gauche à droite, avec une certitude farouche.

– Impossible. C'est impossible, affirma-t-elle. Jonas est incapable de faire le moindre mal à qui que ce soit.

– Tu étais au courant de leur liaison ?

– Oui, elle m'en avait parlé. Une parenthèse dans ses angoisses récentes. Au début, elle avait saisi la balle au bond de cette aventure pour rendre la monnaie de sa pièce à Melvil, persuadée qu'elle était d'être trompée. Ensuite, elle s'était prise d'affection pour Jonas. Elle avait besoin de s'exprimer, d'être écoutée. Elle parlait beaucoup avec lui, ce qui devait le saouler, entre nous.

– Y a-t-il autre chose que tu peux me dire sur Flavie ? demanda Marcus, alors que son smartphone vibrait.

Il prit l'appel.

À l'autre bout du fil, Pépé Maclean lui demandait, de sa voix rocailleuse, s'il rappliquait bientôt au poste. Tout le monde l'attendait en rang d'oignons au briefing général. Il voulait aussi lui parler de la suicidée du pont.

– J'arrive dans dix minutes Pépé, fit-il en raccrochant.

– Pour répondre à ta dernière question, précisa Zoé, Flavie a eu une enfance compliquée avec une mère étrange, absente, qu'elle adorait, mais qui lui bouffait la vie. Je crois qu'elle n'avait plus ses parents. Enfin la façon dont elle évoquait à mots couverts son enfance, sa famille, le laisse à penser.

– OK, merci, je dois y aller, dit-il.

Le regret de devoir abréger leurs retrouvailles le chagrinait à présent. Il déglutit bruyamment. Sa démarche se fit hésitante alors que son esprit cavalait pour trouver le moyen de prolonger ce moment. Ça ne pouvait pas se finir de nouveau ainsi. Sur rien.

Puis, il se résigna à faire les quelques pas le séparant de la baie vitrée, restée grande ouverte. Surtout ne pas briser l'harmonie fragile de cette amorce de relation. L'embarras se lisait aussi sur le minois de Zoé.

– Tu viens dîner ce soir ? bredouilla-t-elle du bout de lèvres alors qu'un fard empourprait ses pommettes ravissantes.

À cet instant précis, Marcus la trouva irrésistible. Ce voile de timidité le fit fondre. Il lui répondit d'un large sourire :

– Vingt heures ?

19

À peine Marcus avait-il franchi le seuil de la porte que Zoé Rousseau se précipitait sur son ordinateur portable pour se rencarder sur Melvil Lemarchand. Mais ce qu'elle lut ne lui donnait guère plus d'informations que ce qu'elle savait déjà de l'individu. Il était connu à Wimereux. Surtout ses boutiques. Un ancien article de presse parlait de ses parents, Marceau et Léonie Lemarchand, qui avaient créé à la force du poignet cette affaire florissante (initialement une boutique dans le Vieux-Lille puis une à Wimereux). À la mort du père, Melvil avait hérité des commerces. S'installant définitivement sur la Côte d'Opale, le fils prodige avait vendu la boutique du Vieux-Lille, pour se concentrer sur Wimereux, puis investir au Touquet. Faire fructifier l'héritage familial, mais en y mettant sa touche personnelle.

Elle regarda à nouveau les photos de Melvil. Les lèvres serrées sous le coup d'une âpre réflexion, elle se concentra. Que devait-elle y voir d'intéressant ou de surprenant ? Pourquoi Flavie avait-elle écrit au dos de l'un des clichés : « Qui es-tu ? » Ça n'avait rien d'anodin, au contraire, c'était même angoissant. Ça sous-entendait qu'un mystère planait autour de lui. Sans doute lui avait-il promis la lune et le grand amour. Puis le quotidien avait affadi le clinquant des premiers temps. L'amour durait trois ans selon certains. Zoé se souvenait d'une scientifique qui faisait fi des romantiques. Selon les lois de la biologie, l'amour était un processus chimique de courte durée, ancré dans nos gènes, avec en ligne de mire la nécessité absolue de la reproduction de l'espèce. Bon, cette théorie était sans doute excessive, mais les statistiques restaient probantes. Au bout de trois ans, de nombreux couples se disloquaient.

Ensuite, elle jeta un œil perplexe à son foutoir au pied du canapé. Elle méritait amplement de faire une pause dans l'écriture de son manuscrit. D'autant que le souvenir brûlant de Flavie la renvoyait à son indifférence. Elle devait faire quelque chose. Ça ne la ramènerait pas à la vie, mais ça soulagerait sa mauvaise conscience. Elle s'en voulait tellement de ne pas avoir pris le temps.

Elle rangea les photos dans l'enveloppe, siffla son chien qui roupillait sous la table, attrapa son sac à main et ses clés de voiture.

Dix minutes plus tard, elle s'arrêtait devant l'établissement « Le Paradis des Dunes blanches », à Ambleteuse, au nord de Wimereux. Derrière une grille en métal, le bâtiment en pierre trônait au milieu d'un parc arboré, percé de parterres fleuris. À flanc de colline, la vue sur la mer était époustouflante.

À l'accueil, Zoé demanda à voir Léonie Lemarchand. Elle poireauta une quinzaine de minutes, rongeant son frein, consultant son smartphone. Elle arpentait la salle d'attente, tout en se familiarisant avec les lieux.

Une infirmière métisse finit par venir à sa rencontre. Toinette Vingadapaty affichait un physique bien en chair. Un décolleté pigeonnant emprisonnait une poitrine généreuse. Zoé était épatée de voir qu'on parvenait à se mouvoir avec aisance en ayant autant de matière mammaire. La cinquantaine assumée, le cheveu court décoloré en blond platine : le sourire carnassier de l'infirmière étincelait.

– Je vous accompagne.

– Ça fait longtemps qu'elle est ici ? s'enquit Zoé.

– Oh, ça commence à faire. Cinq ans, je dirai.

Elles cheminaient côte à côte. Tout était peint en rose dans le couloir, à en donner le tournis. Au fond, elles prirent l'ascenseur pour se rendre au second étage, qui était coloré en gris lavande, plus digeste. L'établissement réputé était onéreux. Toutes les bourses, notamment les plus modestes, ne pouvaient pas se payer la nuitée aux Dunes avec vue sur la Manche, ni les soins réguliers.

Des personnes âgées bancales sortaient des chambres puis allaient et venaient, à l'affût de leurs souvenirs. Appuyées sur des cannes ou des déambulateurs. Les yeux vitreux perdus dans la nostalgie brumeuse des esprits égarés. Essentiellement des dames. Les hommes restaient minoritaires, ils étaient dégommés plus vite par les accidents de la vie. L'odeur rance du petit vieux poussiéreux se mêlait à celle aseptisée de l'hôpital. Ça prenait même à la gorge cette senteur de brocante.

– Elle a un Alzheimer ?

– Hum…, soupira Toinette. C'est similaire. Elle est bien âgée, c'est de la dégénérescence. Mais les symptômes sont assez proches.

– On peut lui parler néanmoins ?

– Oui, oui ! Ça dépend juste des jours et des moments dans la journée, répondit l'infirmière. (Elle sourit, dévoilant une dent en or au coin de sa bouche.) Et aujourd'hui, vous êtes vernie, elle est plutôt bien.

Zoé hésitait à poursuivre ses questions. Mais c'était trop tentant, d'autant que l'infirmière s'avérait loquace.

– Vous connaissez son fils ?

– Melvil, oui, bien sûr.

– Il vient la voir ?

– Moins ces derniers temps. C'est souvent ainsi malheureusement, les familles oublient leurs anciens ici, à nos bons soins, pendant qu'ils courent après leur vie ailleurs. L'échelle de temps n'est plus la même.

La porte s'ouvrit sur une pièce décorée sobrement, mais avec goût. Un fauteuil orienté vers l'unique fenêtre offrait une jolie vue sur la mer. À cet instant, un léger voile l'enveloppait, malgré un astre doré haut dans le ciel.

– Léonie, cria l'infirmière en forçant son accent créole. Vous avez de la visite !

Un crâne blanc gonflé de bigoudis se tourna vers elles. Un visage élégant, modelé par de fines ridules. Derrière les lunettes en demi-lune, des yeux gris nappés de douceur s'éclaircirent presque instantanément. Zoé eut l'étrange impression d'être un rayon de soleil dans son morne quotidien. Alors, elle lui sourit en retour.

– De la visite, vous dites ?

– Zoé Rousseau, une amie de Flavie, la compagne de Melvil.

– Formidable, entrez donc, mademoiselle, gloussa la vieille dame avec joie. Prenez la chaise et mettez-vous là, à mes côtés. Nous sommes si bien à la fenêtre avec cette vue dont je ne me lasse pas.

*

Quelqu'un cognait à la porte avec impatience. Melvil s'était assoupi dans le fauteuil du salon. Se frottant les yeux, il constata qu'Alix Moucron n'était plus là. Groggy par le sommeil, le chagrin, il subodorait qu'elle lui avait filé des calmants. La migraine insidieuse enflait sous son crâne. Sur la table basse, il n'y avait pas trace de cachets pourtant. Seulement un sandwich qu'elle lui avait préparé avec une petite bouteille d'eau.

Mais qui venait *encore* l'importuner alors qu'il ne voulait voir personne ? Ça devenait intolérable cette manie de le déranger dans sa solitude. Il hésitait à laisser la personne s'épuiser à frapper sur la porte, mais il repensa aux policiers. Si jamais c'étaient eux. Si jamais c'était important. Si jamais… Alors, résigné, il se redressa avec lourdeur, puis se frictionna le cuir chevelu, atténuant ainsi la nausée lancinante.

En ouvrant la porte, il n'eut pas le temps de comprendre.

Un poing fermé, aux jointures tendues, plus affûtées que l'acier trempé, le percuta en pleine poire. Un bruit d'os craqué retentit alors que son corps partait en arrière. Violemment. Puissamment. Il finit par s'écrouler au pied des marches de l'escalier menant à l'étage.

– Putain, bafouilla-t-il en portant les doigts à son visage qui pissait le sang. Ses lunettes avaient été par miracle épargnées. Mais vous m'avez cassé le nez ?

– J'en ai d'autres pour vous péter les dents ! Vous défoncer les genoux ! Allez, relevez-vous, espèce de fiote ! Vous allez prendre une dérouillée dont vous ne vous remettrez pas de sitôt !

– Mais vous êtes malade, bégaya Melvil, à contre-jour.

Un soleil de feu lui brûlait la rétine. Impossible de voir quel était l'hurluberlu qui s'en prenait ainsi à lui.

– Allez, debout ! répétait la voix hystérique, en sautillant d'une jambe sur l'autre à la façon d'un boxeur sur le ring, les deux poings en garde, prêts à cogner à nouveau. Vous n'êtes qu'une sombre mauviette ! Allez, debout, que je vous mette une branlée !

Une main en visière sur les yeux, en protection d'un éventuel autre coup, Melvil se traînait sur le sol, en s'aidant de l'autre main. Surtout mettre entre eux de la distance. Se mettre en sécurité tant que faire se pouvait. Son esprit turbinait pour trouver une parade à l'hystérie du type qui se dressait face à lui. Ce dernier sautait toujours d'un pied sur l'autre en effectuant des moulinets avec ses bras. Et il braillait qu'il allait lui faire la peau.

Soudain, une idée lumineuse saisit Melvil. D'un mouvement de pied rasant, il lui faucha les jambes. Surpris par ce coup bas, l'autre bascula à la renverse et son épaule droite heurta le montant de la porte d'entrée. Avec un cri sourd, il encaissa, puis s'écroula à terre.

L'avantage tournait en faveur de Melvil, qui se rua sur lui, puis l'entrava de son corps. Il lui immobilisa les bras. Il était plutôt en forme ces derniers temps, à soulever la fonte et courir en bord de mer.

– Putain, mais vous allez vous calmer ! hurla Melvil, le goût du sang dans la bouche.

– Non, battez-vous ! espèce de chiffe molle ! Allez, battez-vous !

Excédé, Melvil lui colla une droite en pleine figure, qui lui cloua le bec. Sonné par le coup de poing, l'homme ne gigotait plus. Les yeux ronds et la pommette tuméfiée.

– Je crois que vous saignez sur moi, grommela-t-il en clignant d'un œil taché du sang qui gouttait. Et je trouve ça écœurant…

– Vous êtes calmé ? demanda fermement Melvil avant de relâcher la pression et de se décaler.

– Non, mais vous avez gagné une manche. J'aurai ma revanche.

– Qui êtes-vous ? demanda Melvil en s'adossant au mur.

Il appuya un mouchoir en tissu sur son nez pour arrêter les saignements.

– Le *pauvre con* dont vous avez piqué la femme…

Le regard que l'homme lui jeta était noir de haine. Melvil hésita à le relâcher complètement. Des fois qu'il serait sournois en plus d'être violent.

Il ne manquait plus que lui… Sa vie devenait un tourment éveillé. À présent qu'il n'était plus en contre-jour, Melvil reconnaissait en effet le visage aperçu sur certaines photos-souvenirs de Flavie. Notamment celle qu'elle avait toujours dans son portefeuille avec son petit garçon.

– Gabriel Robert. Et je vais devenir votre pire cauchemar, siffla-t-il entre ses mâchoires serrées. Vous l'avez tuée !

*

– Bien ! conclut Zalesny avec enthousiasme.

Réunis autour de la table au briefing général, au poste de police, chacun exposait le fruit de ses investigations, avec ordre et méthode. Certains prenaient des notes de ce qui était dit, d'autres feuilletaient le dossier distribué par Suzie.

– Vos nouvelles investigations nous amènent à la même conclusion que ce matin, dit Zalesny avec la soudaine envie de prendre la parole et de redorer son blason de chef suprême. Jonas Becker a tué de cinq coups de couteau Flavie Robert. Il voulait mettre fin à une liaison devenue encombrante. Il a clairement été pris d'un coup de folie.

Consterné, Marcus dressa un sourcil surpris. Chagriné aussi, car Zalesny lui coupait l'herbe sous le pied. Mais il ne se laisserait pas démonter par la bouleversante évidence de la scène de crime. Non. Marcus restait persuadé que Jonas ne pouvait pas s'être rendu coupable d'une telle horreur. Son intuition lui faisait rarement défaut, même s'il admettait avoir envie de l'interroger, en le regardant dans le blanc des yeux.

– Vous irez l'auditionner demain et vous obtiendrez ses aveux ! poursuivit Zalesny d'un air satisfait. Et nous aurons une affaire rondement menée, M. le maire sera ravi et les touristes dormiront sur leurs deux oreilles.

– Nous n'avons pas encore les résultats du labo, se hasarda Maclean.

– Oui, oui, c'est sûr ! soupira Zalesny, agacé d'être pris en défaut, puis se tournant vers Kubiak. Demain, appelez les « experts boulonnais » ! Nous aurons des aveux et des preuves ! CQFD !

À ces mots, il tapa dans ses mains, signifiant ainsi que la réunion était finie. Puis, sans attendre, il sortit en premier.

– Tu vas sans doute penser que je suis trop subjectif, fit Marcus à l'oreille de Pépé. Mais là je trouve qu'il va un peu vite en besogne.

– « Ta conscience » se range à ton avis, répliqua Pépé avec un clin d'œil malicieux.

– Il a eu le maire ce matin au téléphone, précisa Suzie Loison en s'assurant qu'elle pouvait parler sans être entendue de l'intéressé. Et il s'est mis à sortir sa théorie avec grandiloquence, plutôt que de dire que les équipes investiguaient. Le maire était tellement aux anges que l'affaire soit pliée en une journée qu'il a raccroché aussi sec. Du coup, Zalesny a intérêt à ce que sa version soit la bonne…

– La probabilité est forte malgré tout, insista Hugo d'un haussement d'épaules.

Marcus ne dit rien de plus. Une lassitude silencieuse transpirait dans la pièce, alors que l'odeur de renfermé piquait le nez.

– Bon, on reprend demain, à huit heures, lâcha Marcus. Bonne soirée à tous.

20

Léonie sentait bon la rose fraîche. Elle l'observait au travers de ses lunettes. Un sourire soyeux accroché à ses lèvres, si fines. Visiblement heureuse d'avoir de la compagnie. Elle tripotait machinalement son pendentif, un jaguar doré, puis ajusta son col de chemise à carreaux. Soudain, elle se souvint des bigoudis tortillonnés dans ses cheveux.

– Mon Dieu, ce n'est pas une tenue pour recevoir, s'excusa-t-elle en tentant maladroitement de les enlever.

– Je vais vous aider, s'empressa Zoé.

D'un geste délicat, elle lui retira les épingles, déroula les rouleaux et coiffa les mèches de cheveux courts dans le sens de la mise en plis. Zoé la trouvait exquise, douce, empathique. D'emblée attachante et à cent lieues de l'image qu'elle s'était faite inconsciemment de la mère de Melvil Lemarchand.

– Merci, vous êtes bien gentille, mademoiselle.

– Zoé. Appelez-moi Zoé.

– Et moi, Léonie, alors. Pas de madame entre nous, sinon ça m'enfonce au fond du trou…, soupira-t-elle, avec malice. Alors vous connaissez mon fils ?

– Enfin… Plutôt Flavie, pour être honnête.

– J'aime bien les gens honnêtes et vous me semblez une chic fille. Voulez-vous un porto ?

Déconcertée de prime abord, puis embarrassée, Zoé ne sut quoi répondre. Elle finit par hausser les épaules de l'air de celle qui n'avait pas d'avis. Léonie sourit de plus belle, ragaillardie de ne pas s'être fait rembarrer, et lui indiqua sa cachette dans l'armoire. Amusée de l'espièglerie de la vieille dame, Zoé lui renvoya son sourire, puis s'exécuta. Mais peut-être n'avait-elle pas le droit de boire de l'alcool ? Après tout que savait-elle de Léonie Lemarchand ? Pas grand-chose, en dehors du fait qu'elle était charmante. Et si elle avait un traitement médicamenteux incompatible avec l'alcool ? Et si le porto accentuait la dégénérescence cellulaire ? Brrr… En même temps, un petit verre de porto égayant un moment de partage improvisé ne pouvait pas faire de mal. D'autant qu'elle ne devait pas s'en enfiler beaucoup toute seule. Zoé balaya ses doutes, avec l'envie de faire plaisir à cette mamie truculente.

– Vous m'êtes sympathique, Zoé, et ça me change de tous ces ronchons qui ne savent que me bassiner avec les interdits alors que bientôt je dégusterai les pissenlits par la racine. En dehors de Toinette. Derrière ces grands airs de *Madame Je-sais-tout*, c'est une crème.

Zoé servit le porto dans deux verres à liqueur, avec une assiette de biscuits secs aux graines de sésame. Elles trinquèrent après un clin d'œil complice. Puis Léonie savoura sa première gorgée, les paupières fermées. Un léger fard colora ses pommettes fripées.

– Pas d'inquiétude. Je ne suis pas pompette, fit Léonie. Il m'en faut bien plus. Alors, dites-moi, de quoi voulez-vous que nous parlions ?

– De Melvil.

Zoé avait longuement réfléchi à la manière d'introduire son sujet. Elle ne pouvait pas décemment lui annoncer de but en blanc que Flavie avait été assassinée et qu'elle souhaitait se rencarder sur son fils. Non, l'entame de la conversation n'était pas aisée.

– Je souhaite écrire un article sur votre fils, car je suis journaliste à *Nord Actu*. C'est un notable de notre ville. Du coup, j'ai voulu rencontrer sa maman, car vous êtes en quelque sorte à l'initiative de sa carrière. D'ailleurs, la boutique de Wimereux est la vôtre au départ.

– Ah, un article sur mon fils. C'est gentil…

– Flavie m'a prêté des photos de lui à différents âges. Je peux vous les montrer ?

Léonie acquiesça, après avoir sifflé une seconde rasade de porto, alors Zoé les lui tendit pour qu'elle y jette un œil.

– J'ai remarqué qu'il a une cicatrice sur le front.

– La faute à un accident de vélo quand il avait six ans. Melvil n'a jamais été très sportif. Déjà tout petit. Et mon mari, Marceau, avait insisté pour qu'il apprenne à faire du vélo. Tous les gosses du quartier savaient en faire. Hum… Ça a été compliqué et ça s'est fini dans les larmes et le sang. Il est tombé et s'est ouvert le front.

– Comment décririez-vous votre fils ?

– Un premier de classe, sérieux, parfois trop à mon goût, et solitaire. J'ai bien cru qu'il finirait vieux garçon, soupira-t-elle, en tapotant de ses doigts une mélodie imaginaire sur ses cuisses. Alors j'étais heureuse qu'il se trouve enfin une jolie fille. Quel est son nom déjà ?

– Flavie.

– Hum… Flavie, c'est ça. Même si malheureusement, depuis, ses visites se sont espacées… Difficile de lutter. En même temps, je me désespérais de le savoir seul, alors… À présent, je me prête à rêver d'avoir un petit-fils ou une petite-fille… Mais il faudrait qu'ils ne tardent pas trop.

Un éclat de fatigue ou de tristesse glissa sur son regard gris. Zoé allait bientôt la perdre. Il fallait qu'elle tînt encore un peu. Zoé prolongea leur discussion.

– Comment s'est passée la transmission des boutiques ?

– Melvil a fait ses armes – *si je puis dire* – dans la boutique lilloise, où il a grandi. Marceau lui a tout appris au fil du temps, le soir après les cours, pendant les vacances scolaires. Il était très fort en calcul mental, si vous saviez ! Marceau espérait qu'il reprenne la suite. Le commerce lui plaisait. Il était assidu. Il s'est mis à bosser dur. Mais Melvil n'aimait pas Lille. Nous passions nos dimanches, nos lundis, nos rares jours de vacances, à Wimereux sur la Côte. Alors, Marceau a vendu la boutique du Vieux-Lille et a acheté celle de Wimereux, qu'il a ensuite confiée à notre fils. Nous avons pris notre retraite. Malheureusement, mon mari est mort peu de temps après…

– Je suis désolée, Léonie, de vous embarquer dans ces souvenirs tristes.

– Non, ne vous inquiétez pas. J'ai fait mon deuil, vous savez. Je me prépare à m'éclipser bientôt, à mon tour. Place aux jeunes. J'ai eu une belle vie, laborieuse, mais heureuse. Avec bien sûr des regrets, des blessures… Mais qui n'en a pas ?

La voix de la vieille dame frémissait à l'évocation des moments douloureux. Zoé ne put s'empêcher de lui caresser le bras, tiraillée par l'envie d'en savoir plus sur sa vie, indirectement sur celle de Melvil, et la culpabilité de lui tirer les vers du nez.

– Pas de gêne, jeune fille, répondit-elle en percevant son embarras. Il est si bon de converser. Où en étais-je ? Ah oui… Melvil s'est jeté à corps perdu dans le travail, la boutique de Wimereux. Puis, quelques années après, il a ouvert la boutique du Touquet. Ça m'a rendue fière. Marceau aurait adoré aussi.

– Et qu'avez-vous pensé quand il est parti pour son année sabbatique ?

– Une année sabbatique, vous dites ? répéta Léonie en fouillant sa mémoire.

– C'était il y a trois ans environ. Il est parti à Avignon.

– Ah oui, Avignon. Je me souviens. J'ai trouvé regrettable qu'il n'ait pas pris le temps pendant toutes ces années de se préserver. Quasiment pas de vacances. Il trimait tout le temps. Trop. Il était épuisé. Moi aussi, mademoiselle. Je crois que je suis fatiguée. Je n'ai plus très envie de parler.

– Je comprends. Je vais vous laisser vous reposer.

Zoé se redressa aussitôt. Elle vint poser un châle sur les épaules de Léonie, qui ne souriait plus, le regard perdu au loin, par la fenêtre. Le visage subitement vidé d'énergie s'était recouvert d'une pâleur de linge trop savonné. Zoé nettoya les verres au lavabo de la salle de bains. Elle remit tout en ordre dans la cachette, le porto et les biscuits.

– Vous repasserez me voir ? fit Léonie dans un sursaut. J'aime bien parler avec vous.

– Oui, promis. À bientôt.

*

Dos au mur, les deux hommes se faisaient face. Avec une violence à peine contenue. Un éclat haineux sur le faciès de Gabriel Robert.

– Je n'ai pas tué Flavie, rétorqua Melvil, un mouchoir appuyé sur son visage. Il lui fallait arrêter l'hémorragie. C'est l'autre type…

– Tout est de votre faute ! Vous l'avez tuée, répliqua sèchement Gabriel, en se tenant une épaule endolorie. Si elle ne vous avait pas suivi ici, elle ne serait pas morte aujourd'hui et mon fils de cinq ans aurait encore sa maman.

Melvil ne répondit pas. Son nez le faisait souffrir le martyre, mais les saignements semblaient s'être *enfin* arrêtés.

– Vous vous sentez mieux après m'avoir pété le nez ?

– Oui, ça m'a défoulé, répondit-il l'air mauvais. À défaut de pouvoir faire la peau à l'autre gars !

– Sympa pour moi.

– Je voulais vous casser la gueule depuis si longtemps et ça fait un bien fou. Vous êtes responsable, avec votre fric. Vous lui avez tourné la tête, vous l'avez éloignée de nous, embarquée ici.

Gabriel pointa le menton vers lui. Il fulminait.

– Qu'est-ce que je vais bien pouvoir lui dire à mon gamin ? Comment peut-il surmonter la mort de sa mère ? Et moi ? Bordel ! Vous n'êtes qu'un enfoiré !

La compassion était une notion inconnue chez Melvil. La culpabilité non plus. Seule comptait sa douleur égoïste. Brutale. Animale. Et à cet instant, il marchait pieds nus sur un tapis de charbon ardent. Il n'avait que faire de Gabriel et de son fils. Il connaissait leur existence dès le début, mais se refusait à laisser interférer des sursauts de conscience ou de raison dans la passion. Des aventures il en avait eu des tas, mais jamais d'amour véritable. Qui bouleversait dès le réveil. Qui obsédait tout le jour. Qui transportait à la nuit tombée vers les vertiges de l'extase. Qui terrifiait dès que l'autre s'éloignait. Qui terrassait dès qu'il n'était plus. *Oh, mon Dieu, Flavie... Mon amour, ma douce... Mais qu'ai-je fait ?* pleurait son âme meurtrie.

– Vous vous en foutez ?! bredouilla Gabriel, brisé de constater l'indifférence à laquelle il se heurtait.

– Vous vous attendiez à quoi ? lui balança Melvil d'une voix métallique. Des excuses ? Allez vous faire foutre ! Et estimez-vous heureux que je ne porte pas plainte !

Gabriel Robert s'attendait à de la fureur, de la colère, de la véhémence, de la brutalité. Pour y frotter ses poings vengeurs et vider tout le ressentiment emmagasiné depuis trois ans.

Mais cette insensibilité était pire que tout. Du vitriol lancé au visage. Autant de coups de scalpels sur la peau. Il se redressa, l'épaule douloureuse. Puis sortit de la maison avec sa solitude et l'image lancinante de Barnabé qui réclamait sa maman.

Cet enfoiré de *bourge* ne l'emporterait pas au paradis. Il s'en fit la promesse.

*

– Je te dépose ? demanda Hugo à Mylène qui rangeait son bureau avant de rentrer retrouver sa famille.

Elle se tourna vers lui, hésitante.

Voilà qu'il lui refaisait le coup du sourire charmeur et du regard ténébreux qui transperçait tout sur son passage. Puissante tornade qui soulevait les toitures, pulvérisait les murs, même en briques solides. Là, elle comprit qu'elle allait mettre le doigt dans l'engrenage.

– Oui, je veux bien, s'entendit-elle lui répondre.

Sa raison lui intimait tout le contraire, mais une petite voix prenait le contrôle de son esprit. Et son sourire n'en finissait pas d'irradier, de lui chauffer la peau. Son cœur se craquelait.

Parvenant enfin à décoller ses yeux des siens, elle tomba sur la photo de sa famille sur son bureau. Son mari, ses filles. Une puissante décharge électrisa sa nuque et lui fit l'effet d'une douche glacée sur la brûlure des sensations qui papillonnaient en elle. Elle eut honte à s'en mordre les lèvres jusqu'au sang et s'en voulut instantanément. Mais quelle sombre idiote, elle perdait les pédales.

– Finalement non, reprit-elle rapidement. J'ai des courses à faire, j'avais oublié.

Désappointé, Hugo acquiesça d'un haussement de sourcil, avant de partir. Mylène était confuse. Elle ferma les yeux. Elle devait absolument reprendre le contrôle.

21

L'hiver est rude l'année de mes onze ans. Un froid sibérien, plusieurs semaines durant, accentué par un vent mordant. Le mauvais rhume de M. Cohen lui tombe sur les bronches, malgré les bons soins prodigués par maman, matin, midi et soir. Elle y met tout son cœur à lui faire avaler ses cachets et boire ses étranges mixtures, avec un verre d'eau et parfois un fond de whisky. Elle ne suit pas vraiment les recommandations du médecin, sachant bien mieux que lui ce qui est bon pour son époux. Enfin, « bon » est un terme un peu excessif.

La main en vadrouille sous ses jupes, le vieux schnock lui sourit avec mélancolie. La fatigue et la toux le privent des affres délicieuses de la bagatelle. Faut dire que maman sait s'y prendre pour le faire gémir de plaisir. Plusieurs fois par jour. J'entends tout derrière la cloison du mur, où j'ai percé un trou avec un tournevis cruciforme. J'arrive même à y coller mon œil curieux. Je les regarde. Il est vraiment moche à poil, tout flasque et squelettique. En dehors de son engin olivâtre toujours au garde-à-vous. Mais maman n'est pas dégoûtée. Ça reste un mystère pour moi. Elle me répète tout le temps qu'il faut savoir prendre son mal en patience, et avancer ses pions sur l'échiquier, avec pugnacité. Et un savant dosage de manigance. Le travail paie, ma chérie, me serine-t-elle avec son sourire maternel qui me remplit de chaleur et me ferait gravir l'Himalaya.

Le mauvais rhume a fini par tomber sur les bronches puis a tourné en pneumopathie foudroyante. Un matin de février, glacial et blanc de neige, M. Cohen a rendu son dernier souffle. La bouche ouverte, les yeux exorbités. Un filet de bave séchée sur le menton. Sans doute saisi d'une ultime quinte de toux fatale. Le teint cireux, des cernes mortifères et la peau plus fripée qu'un sharpeï. Il est encore plus hideux dans la mort. Étendu sur le lit, les bras en croix.

– Bon débarras, claque maman joyeusement, en me prenant les mains, et on entame une danse imaginaire. À nous la belle vie !

Je souris à mon tour de la voir si heureuse. Je cale mes pas dans les siens. On tournoie devant le lit de feu M. Cohen. Je fais de même les jours suivants. Dehors, nous sommes, veuve et orpheline, éplorées, de noir vêtu, les yeux noyés de larmes. Du grand art avec nos mouchoirs imbibés d'eau dont on s'asperge les paupières. Y compris aux obsèques pour donner le change devant les rares notables et cousins éloignés venus lui rendre un dernier hommage pincé. À l'intérieur, c'est la fête. Maman boit du champagne et on s'empiffre de foie gras et de petits-fours. Mais elle déchante vite à la lecture du testament en présence des cousins éloignés, toujours les mêmes. Malgré la dévotion de maman, le salopard ne nous a presque rien laissé. Une petite maison de ville avec un jardinet dans la rue d'à côté et un misérable pécule de vingt mille francs. Elle ne laisse rien paraître devant le notaire, mais moi je sais qu'elle souffre. La famille qui a tout hérité de l'affreux M. Cohen nous raccompagne afin de s'assurer que nous ne prenons que nos cliques et nos claques, l'air revêche et satisfait. La médisance transpire de leurs bouches et la condescendance de leurs fronts pincés. On peut bien s'estimer heureuses d'avoir récolté un toit, siffle l'un d'eux, une horrible harpie au menton plus poilu qu'une vieille bique et au chignon qui lui étire la peau du front, lui conférant un air sinistre de chouette effraie.

Autant dire que maman reprend son boulot de secrétaire, dans une autre banque. Et les premières nuits dans la maison, elle pleure. Beaucoup. Avec rage et amertume. Repensant à toutes les saloperies endurées pour cette piètre reconnaissance. Alors, je la rejoins dans le lit, me blottis contre elle, humant sa peau de miel, et je lui caresse les cheveux. Ma merveilleuse maman. Je déteste quand elle est triste. Je déteste les larmes qui envahissent ses yeux et glissent sur ses joues. Parfois, je m'essaie à pleurer, je tente de ressentir le chagrin, mais rien ne se produit. Je suis hermétique à ces pluies de l'âme.

Elle est à nouveau toute à moi. Rien qu'à moi. Ces moments à deux sont merveilleux. J'aimerais qu'ils durent une vie. J'aimerais me figer en écoutant les battements de son cœur dans la paume de ma main, sentir le souffle de sa respiration qui remue mes boucles de cheveux. Elle suffit à mon bonheur d'enfant. Pleine et entière.

Mais maman est si forte. Après l'orage dévastateur, les cris et les larmes, l'arc-en-ciel repointe le bout de son nez. Vite. Trop vite.

– Nous avons un toit à nous, ma chérie, c'est déjà bien, murmure-t-elle et je sens qu'elle va mieux. Je vais nous trouver un autre pigeon à plumer… Rien de tel que la banque pour les débusquer… et m'assurer qu'il n'a pas de cousins éloignés…

22

Avant d'aller dîner chez Zoé, Marcus repassa chez lui. Le portillon des voisins d'en face entrouvert l'intrigua. Eulalie et Gustave Leblanc étaient partis plusieurs jours sur la presqu'île de Rhuys, dans le golfe du Morbihan. Avec leur protégée, Louisa, et son fils Adam.

Louisa Capelle était abîmée par les années passées sous le joug de son mari, les humiliations, le chantage et la privation de son fils. Du temps s'avérait nécessaire pour lui permettre de se reconstruire et de reprendre une vie normale. Alors Eulalie avait improvisé ces vacances, dans une maison de pêcheur de bord de mer. Le changement d'air lui ferait le plus grand bien. Eulalie s'occupait de tout, avec le sentiment miraculeux d'avoir gagné une fille et un petit-fils à la loterie. Elle ferait tout pour leur redonner le sourire et l'envie de faire des projets de vie.

Inquiet, Marcus marqua un temps d'arrêt. Jetant un œil à sa montre – *dix-neuf heures trente* – il n'était pas encore trop à la bourre. D'autant qu'il avait fait un saut chez le fleuriste, choisit un bouquet à la hauteur de *leurs retrouvailles*.

Un truc pas trop gros, mais pas chiche non plus. Dans les tonalités rose anglais. Très frais.

Il approcha tout en inspectant le voisinage. Pas un bruit. Au bout de l'impasse du Chemin des Oies, seulement trois maisons. La sienne, celle des Leblanc et celle des Capelle. Deux étaient vides actuellement. Ayant pris la fuite lors des événements dramatiques de mars dernier, Jack Capelle se terrait quelque part hors de France, avec un avis de recherche d'Interpol sur le dos, qui n'avait encore rien donné.

Il poussa le portillon, doucement. Puis, se dirigea vers l'entrée de la maison. Petite, en L biscornu, avec une tourelle pointue, aux murs crépis et au toit de chaume.

La porte était bien fermée.

Prudemment, il fit le tour, inspectant chaque fenêtre aux volets clos. La porte de la cuisine qui donnait sur une petite terrasse, à l'arrière de la maison, était fracturée. *Merde*, songea-t-il, *ça sent le roussi*.

Toujours aucun bruit. Cependant, son instinct l'encourageait à user de précaution avant d'aller plus loin. Attrapant le tisonnier du barbecue, Marcus se glissa à l'intérieur. Il avança, sur la pointe des pieds, scrutant la pénombre pour cheminer. Soudain, un faisceau de lumière blanche balaya le couloir, à trois mètres de lui. Il frissonna en réalisant qu'il n'était pas seul. Mais n'eut pas le temps de réagir, et encore moins de brandir le tisonnier. Un violent coup le percuta sur le sommet du crâne. Il s'effondra.

Quand il reprit ses esprits, la tête endolorie, il était seul. Ça ne faisait plus aucun doute. L'agresseur s'était enfui. Il se redressa péniblement et décida de jeter un œil. La maison était exiguë, il en fit le tour rapidement. Tout semblait en place, rien ne paraissait avoir été déplacé. Étrange. Quant à savoir si quelque chose avait disparu, difficile à dire sans le regard affûté des propriétaires. Le seul truc qui le chiffonnait était le téléphone fixe qui avait été mal raccroché. Il le remit à sa place, en prenant soin de ne pas effacer les éventuelles empreintes. Le tiroir de la commode n'était pas enfoncé correctement. Il l'ouvrit. Du courrier, des factures, beaucoup de factures, y compris celle de la maison louée en Bretagne.

Vraiment bizarre. Marcus avait le sentiment que le voleur n'était pas allé plus loin que le bout du couloir. Sans doute perturbé au début de ses fouilles.

Que pouvait-il bien chercher ?

En tout cas, Marcus était rassuré, il n'y avait pas de dégâts, en dehors de la bosse sur sa tête. Un vol était souvent une épreuve douloureuse. Savoir qu'un étranger avait dérobé des effets personnels ou des biens précieux traumatisait. Parfois, même certains dégradaient, saccageaient.

Il passa un coup de fil à Gautier Léon, de la police scientifique, afin d'obtenir quelqu'un pour les relevés d'empreintes, puis il contacta les Leblanc. Après les premiers cris d'effroi, il parvint à leur expliquer la situation et à les tranquilliser.

– Ne soyez pas inquiets, je vais bloquer la porte de derrière et bien refermer la maison avec la clé que vous m'avez laissée. On verra si les empreintes nous permettent de remonter à quelqu'un qui serait dans les fichiers de la police.

À présent, il allait être en retard. C'était une évidence. Le temps d'attendre le type de la scientifique qui devait faire les relevés, puis de se changer. D'un haussement d'épaules, il sourit. Se faire désirer pouvait aussi être amusant.

*

Le nez collé au miroir de la salle de bains, Melvil Lemarchand prenait la mesure des dégâts. C'était moins grave qu'escompté. Tant mieux. Persuadé initialement d'avoir l'os du nez fracturé, il se rendit compte qu'il n'en était rien. Ce n'était finalement qu'une méchante coupure qui avait saigné abondamment. Une croûte épaisse se formait. La douleur s'étiolait. En revanche, l'humiliation de s'être fait surprendre et rosser par ce type le taraudait toujours.

À l'aide d'une compresse humide, il nettoya. Sans doute conserverait-il une belle cicatrice. Une nouvelle sur le visage après celle sur le front. Il passa son index dessus. C'était lisse, mais brûlant d'amertume. Les mauvais souvenirs affluaient s'il s'y attardait trop. Il ne voulait plus se laisser envahir par ce moment de sa vie, qu'il cherchait *résolument* à oublier. Ce moment qui avait fait de lui un monstre. Modifiant définitivement le cours de sa vie.

Il jeta la compresse dans la poubelle, remit ses lunettes en place sur son nez abîmé.

Cet épisode lui remémora aussi les sautes d'humeur de Flavie. Parfois il lui arrivait de péter un plomb. Et de tomber dans le bruit et la fureur sans doute intimement liée à la puissance de leur passion. Elle piquait des crises, tapait ses poings serrés sur son torse, puis finissait en larmes, les yeux gonflés et le cœur en marguerite effeuillée. Les raisons n'en étaient pas toujours très claires. Souvent la jalousie et l'angoisse qu'il la délaisse. Il avait fini par s'habituer à ses accès de colère qui ne duraient jamais longtemps. Il l'aimait tellement.

Il attrapa une valise sur l'armoire.

C'était décidé. Il allait repartir. Besoin de se recentrer, de retrouver une respiration. Surtout avec Alix qui se faisait trop intrusive. Elle l'avait bien piégé. Il fallait juste voir le timing, car les policiers verraient sans doute d'un mauvais œil son départ, qu'ils s'empresseraient de mettre sur le compte de la fuite. En fait, c'était bien une fuite. Il en était conscient. Il avait failli réussir avec Flavie à se reconstruire et à leurrer les autres autour. Et puis, il avait *tout* détruit. Y compris celle qu'il aimait. Cet abruti de Gabriel Robert n'avait pas complètement tort. Melvil avait *tout* bousillé. À présent, faire semblant était au-dessus de ses forces. Il devait passer à autre chose. Changer de vie définitivement.

*

Maclean raccompagna Suzie Loizon en bas de chez elle. Ces délicates attentions à son égard la chaviraient. L'admiration se lisait dans ses yeux. Elle connaissait presque tout de sa vie. Les étapes douloureuses traversées. Le naufrage de son mariage. Le rejet de l'une de ses deux filles chéries. La magnificence de l'autre à porter son père à bout de bras, comme jamais un enfant ne devrait le faire envers ses parents. Son alcoolisme. Sa vaillance, enfin, et la volonté de se sevrer. Sa bravoure, à vouloir se relever. Et sa réussite, ne plus boire.

Plusieurs fois, au poste de police, elle l'avait couvert, racontant des minibobards, camouflant ses faiblesses. Ce n'était pas sa faute. L'alcoolisme était une maladie qui rendait fou, même les cœurs braves. Mais c'était de l'histoire ancienne.

– Et voilà, Suzette ! Te voici arrivée !

– Merci, Pépé, c'est gentil d'avoir fait ce détour.

– Bah, je n'ai guère plus à faire.

Pépé prit une cigarette. Un adolescent, une casquette « NY » vissée sur le crâne, était appuyé contre le mur.

– C'est le frère de Stevie Vasseur ? s'étonna-t-il.

– Oui, répondit-elle un filet de gêne dans la voix. Le jeune Billie.

– Et que fait-il devant ta porte ?

– Bah…

– Hein ?

– Je… Je lui donne des cours de pâtisserie, bredouilla-t-elle, en souriant timidement. Il est plutôt doué.

Avec un sifflement ébahi pour toute réponse, Maclean la dévisagea en écarquillant les yeux. Elle n'était pas croyable.

– Après le boulot ?

– Oui, parfois… Ou le week-end. Ça dépend de lui et de moi…

– Ses parents sont au courant et d'accord avec ça ?

– Pfff…, soupira Suzie, en grimaçant. Tu sais bien… Ses parents sont totalement absents, imbibés du matin au soir, le cul collé au canapé, devant la télé. Ils se fichent éperdument de ce gosse.

– Justement. Et la journée que fait-il ?

– Depuis que l'école est finie, je lui paie le centre socioculturel. Ça l'occupe et il découvre plein de choses. Il se fait des amis aussi.

– Nom d'une pipe…

– Oh, Pépé, tu ne vas rien faire contre ça ? s'inquiéta-t-elle.

– Non, mais je n'aime pas ça Suzie. Ce n'est pas clair et tu dois te préserver des situations galères.

Elle soupira son impuissance, avant de sortir de la voiture rejoindre Billie, qui esquissa aussitôt un sourire ravi.

*

Il ne répondait pas au téléphone et ça l'exaspérait au point de se ruer chez lui. Mais elle devait accepter et le laisser faire son deuil. C'était l'histoire de quelques jours. Elle se savait trop empressée à reprendre sa place dans sa vie, la place qu'elle occupait avant que Flavie Robert ne s'impose et ne la pousse hors champ. Même si leur relation n'avait jamais été conventionnelle. D'ailleurs, il n'avait pas toujours été très gentil avec elle. À la malmener ou la rudoyer même. Mais depuis qu'elle avait percé son secret, elle avait pris l'ascendant. C'était follement excitant ce pouvoir au bout des doigts. Tout grand Melvil Lemarchand qu'il était, il allait lui picorer dans la main. Elle s'extasia, se rêvant en fée des Temps modernes.

Son esprit bifurqua vers Liane, sa vendeuse, son amoureuse, sa compagne sans vraiment l'être. Difficile de décrire la relation qui les unissait. Alix assumait mal les sentiments et les pulsions sexuelles qui l'agitaient. Néanmoins, elle devait se résoudre à l'évidence, cette nana la rendait dingue dès qu'elle l'effleurait ou posait un bout de langue sur elle. Plus qu'aucun homme ne l'avait fait à ce jour. Un feu d'artifice à elle toute seule. Elle l'avait dans la peau, à n'en pas douter. Sa seule évocation faisait bruisser les papillons dans le bas-ventre, les frissons sur la peau, l'envie dans la bouche. Le seul hic était sa jalousie maladive. Insupportable. Et ses réactions à l'emporte-pièce à l'égard de Melvil. Elle ne comprenait rien à rien et c'était horripilant.

Alix Moucron remisa son téléphone portable dans son sac et farfouilla à la recherche des clés de son appartement. Elle monta les marches en courant, par habitude, car elle n'était pas vraiment pressée.

Sa porte était ouverte.

Elle sourit.

Une mélodie de Mac Miller en fond sonore et des bougies rouges scintillaient un peu partout dans le salon. Une petite table était dressée, avec un chandelier, une bouteille de vin blanc et deux verres.

Liane Morlaix sortait de la salle de bains. Elle fumait en trimbalant sa nudité et son cendrier.

– Je n'aime pas que tu fumes chez moi, fit mollement Alix, émoustillée par son corps gracile, fin et musclé.

– Je m'ennuyais à t'attendre, répondit Liane, la moue boudeuse. Alors je fume. Ça fait passer le temps.

– Tu m'excites à venir ici à l'improviste et à te balader à poil.

– Je sais.

Liane s'approcha, écrasa sa clope après avoir aspiré une profonde bouffée. Puis recracha la fumée sur la poitrine d'Alix qu'elle effeuillait avec lenteur. Elle prit son temps pour la déshabiller complètement. Puis Liane la caressa, l'embrassa, glissa ses doigts dans son entrejambe. Alix se laissait faire, mais l'envie rugissait dans son corps, les palpitations la transportaient vers une tour de Babel de délices. C'était intenable. Elle renversa Liane sur le canapé, se mit à califourchon sur elle et prit l'initiative des opérations. Elles s'aimèrent plusieurs fois, chacune son tour, puis finirent en sueur, exsangues, dévorées par la jouissance et groggy d'extase.

Étendues l'une contre l'autre, dans les draps froissés, elles écoutaient leurs respirations s'unir entre deux silences.

– Qu'est-ce que tu lui trouves à Melvil ? questionna Liane en fixant les ombres projetées au plafond. En dehors de son fric, j'entends.

– Ne remets pas ça, rétorqua Alix. Ta jalousie me fatigue.

– Tu ne pourrais pas juste être *gouine* ! Au lieu de courir plusieurs lièvres à la fois…

– Melvil est bien plus qu'un simple lièvre, voyons. On pourra peut-être faire un truc à trois un de ces quatre, ricana Alix.

Liane soupira puis tourna son regard vers le mur. L'envie de bouder et de hurler de rage l'envahit. Elle n'était qu'une sombre histoire de cul. Et les sentiments d'amour, qu'elle souhaitait voir fleurir chez sa partenaire et patronne, un mirage. Une vulgaire chimère.

23

Le dîner fut exquis autour d'une plancha. Des silences timides jalonnés de bavardages légers. Occupés l'un l'autre à faire griller les morceaux de poulet et de légumes. Le tout arrosé d'un rosé gris bien frais servi dans d'immenses verres ballon. Sumo rôdait sous la table de jardin à l'affût d'un bout de viande.

La douceur de juillet les enveloppait en cette soirée. Sur le carré de pelouse s'étalait une étroite terrasse en bois, à peine occultée par un muret de jardinières plantées d'oyats chevelus. Le ronronnement de la mer gravissait la falaise. Les promeneurs du soir arpentaient le sentier des douaniers en jouissant d'une merveilleuse vue sur le détroit. Les côtes anglaises étaient visibles ce soir. Bientôt les lumières scintilleraient de l'autre côté de la Manche.

Zoé était très en beauté. Sobrement vêtue d'une robe grise en coton à fines bretelles. Un châle en soie sur les épaules. Marcus remarqua qu'elle s'était maquillée. Ça ne lui déplaisait pas de savoir qu'elle s'était apprêtée pour lui, même si elle s'efforçait de ne pas le laisser paraître. Ses yeux vert amande pétillaient en rythme avec ses propos. Elle mangeait et parlait à présent, en même temps, avec une impatience ravissante.

– J'ai un truc sur le menton ? finit-elle par demander, réalisant qu'il l'observait depuis un moment.

– Non, fit-il en souriant. Raconte-moi ta rencontre avec Flavie Robert.

– Hum… Y a pas grand-chose à en dire, tu sais. Je t'ai tout dit tout à l'heure. On était à un cours de yoga. Je l'avais remarquée. Une très belle femme. Mais, en séance, je suis hyper concentrée sur mes mouvements, ma respiration. J'oublie tout ce qui est autour de moi, en dehors de la voix de la prof. Bref, un jour, elle est venue me voir à la fin du cours. On rangeait les tapis et les couvertures. Elle m'a demandé si je voulais aller boire un coup. Elle se sentait un peu seule et n'avait pas trop de copines. Je n'avais pas plus à faire ce jour-là, alors j'ai accepté. Elle semblait perdue, angoissée. J'ai dû avoir pitié aussi. On a pris un café sur la digue et on s'est raconté nos vies. Enfin elle surtout. Elle avait besoin de parler, les larmes aux yeux. Elle m'a fichu les boules. Une enfance triste, un père absent, une mère tout aussi invisible, une vie *enfin* heureuse à Paris, puis Avignon. Sur un coup de tête, une folie, elle avait quitté son boulot, son mari et abandonné son fils de cinq ans. L'homme de sa vie la délaissait à présent, il ne semblait plus éprouver la même passion pour elle.

Zoé trempa ses lèvres dans le rosé. Ses pommettes luisaient au soleil couchant. Marcus ne se lassait pas de la regarder. Elle était si séduisante. Néanmoins, il resta concentré sur ses paroles. D'autant que Sumo écrabouillait de sa gueule sa chaussure. Une vraie plaie ce chien, malgré ses débordements d'affection. L'engourdissement venant, il retira doucement son pied, mais ce brigand opta pour l'autre chaussure.

– L'abandon de son fils la rongeait. Elle rêvait de le récupérer, mais savait qu'elle n'était pas en situation de pouvoir le faire. Elle voulait aussi un enfant de Melvil, sans doute pour compenser l'absence du premier. C'est une raison bien moche, mais j'ai le sentiment que c'était un peu ça.

– Et lui, il voulait un enfant ?

– Hum… Oui, mais il ne montrait pas un enthousiasme réel. Ça aussi, ça la travaillait.

– Cette fille était paumée, conclut Marcus.

– Oui, c'est l'impression qu'elle me donnait. Elle se raccrochait aux branches qu'elle trouvait sur sa route. J'en étais une.

– Les vendeuses de la boutique, tu les connais ? Tu sais quelle était sa relation avec elles ?

– Liane est une copine un peu barrée, mais sympa. Je me suis déjà retrouvée à une ou deux soirées avec elle. L'autre en revanche, je ne l'apprécie guère. Une pimbêche qui te prend de haut. Toutes les deux étaient au cours de yoga.

– Ça en fait du beau monde à ce cours ?

Elle finissait ses légumes rôtis, tout en réfléchissant.

– Elles se parlaient peu en fait. Alors, je pense que la relation n'était pas formidable. Polie, mais tendue, surtout avec Alix Moucron. Mais bon, cette bonne femme n'aime personne en dehors d'elle-même. Elle est intéressée aussi. Elle ne me parle que parce que mes articles peuvent apporter de la notoriété à sa boutique. Enfin, *sa* boutique ?! Elle n'est que gérante, mais elle se comporte comme si le lieu lui appartenait. Et tu la verrais quand Lemarchand est dans les parages. Un vrai lèche-cul !

– Tu n'y vas pas avec le dos de la cuillère !

Marcus était littéralement captivé. Par ses propos, mais surtout par sa voix chaude, ses lèvres qui remuaient en rythme. D'exquises griottes à croquer, mordiller. Il perdit le fil pendant quelques instants, surfant sur la vague de ses envies coquines. Soudain, elle agita son verre vide.

– Tu ne m'écoutes pas ?

– Si, si, bredouilla-t-il confus.

– Alors, je lui ai dit que j'allais m'en occuper. Enquêter sur Melvil et tout ça. Mais je n'ai rien fait. Je procrastinais. Oh… J'ai dû la décevoir…

– Tu la trouvais inquiète ?

– Avec du recul, oui. Mais je mettais ça sur le compte de sa détresse. Du coup, je suis allée voir la mère de Melvil tout à l'heure.

– Et alors ?

– Pas grand-chose. En dehors du fait que c'est une dame adorable qui, par moments, perd ses idées. Je retournerai la voir. Tu le trouves comment Melvil ?

– Il me fait l'effet d'un prédateur, avec de gros moyens financiers, même si bizarrement on ne lui connaît pas beaucoup d'aventures. Un mystère semble flotter autour de ce type. Difficile à dire, mais c'est troublant.

Marcus resservit du rosé, alors que Zoé grignotait un bout de pain, en songeant à ce qu'il venait de dire.

– Y a bien un petit truc étrange…

– Quoi ?

– Au cours de yoga, la gérante, Alix, celle qui tient *Les Belles Fringues*, ne pouvait pas vraiment m'encadrer avant, mais ça s'est accentué quand j'ai sympathisé avec Flavie.

Alors que j'avais publié des articles sur sa boutique et que je pouvais en écrire d'autres.

– La jalousie, répondit Marcus. Le schéma classique de la femme amoureuse de son patron. Tu t'intéressais à son ennemie jurée, la compagne de son Melvil.

– Vraiment ? Tu crois ?

– Non, sourit Marcus. C'est une théorie que je viens d'inventer pour expliquer le changement d'attitude d'Alix Moucron. Mais énoncée à voix haute, ça tient la route. Je ne la sens pas cette femme, ni Melvil ni le mari. En fait, je n'en sens aucun d'eux.

– Tu connais le mari de Flavie ? Il est là ? À Wimereux ?

Merde… Il s'en voulut aussitôt. Il parlait trop. Le rosé ou bien le plaisir d'être avec Zoé et de faire l'intéressant. Épater la galerie. Pour un flic, ça la fichait mal de ne pas savoir tenir sa langue. Les yeux de Zoé brillaient de curiosité. Elle cherchait à obtenir une réponse par la seule force de sa volonté.

– Oui, mais tu gardes ça pour toi…

– Pas d'article, je sais. Et puis j'ai promis. Je… Je peux peut-être t'aider ?

L'arrondi de sa bouche se fit supplique. Impossible de détacher ses yeux de cette cerise énorme et appétissante qu'il avait envie d'engloutir à cet instant précis. Elle savait y faire. Et lui succombait en moins de temps qu'il n'en fallait. Mais il était hors de question de saborder leurs retrouvailles aux premières palpitations de son ventre.

– Je ne peux pas t'empêcher d'enquêter selon le souhait de Flavie, répondit-il laconique.

– Oh, génial ! gloussa-t-elle en tapant dans ses mains. On a fait du bon boulot la dernière fois. Peut-être que je t'apporterai un éclairage différent.

Le coucher de soleil resplendissait derrière Zoé. C'était un soir sans vent. Le roulis s'était quasiment tu, livrant une mer d'huile, scintillante et ondulante. Elle finissait son verre, en l'observant doucement. Sans plus rien dire que l'espérance à venir. L'émeraude de ses yeux étincelait de désir. Enfin, lui semblait-il…

L'envie de rester le torturait, de prolonger l'harmonie retrouvée, mais Zoé était trop importante à ses yeux. Il en était convaincu, si tant est qu'il en eût encore des doutes. Alors, il préférait savourer ce moment de reconquête. Ne pas se précipiter. Et puis la faire languir aussi un peu n'était pas pour lui déplaire. Il se leva, ramassa son smartphone, ses clés.

Zoé se raidit.

– Merci. C'était très sympa cette soirée.

– Tu t'en vas ? s'étonna-t-elle d'une petite voix.

– C'est préférable. Mais on remet ça si tu es partante. Demain soir ?

– Ben…

– Chez moi ?

*

– Putain de sonnerie… Bordel de merde…

« *Oppa gangam style* », hurlait dans sa nuit silencieuse. Maclean décrocha, faisant cesser cet infernal tube coréen.

– Maclean ? fit la voix rocailleuse qui le tirait des bras délicieux de Morphée.

Entrouvrant un œil agacé, il fit la mise au point. Le réveil lumineux affichait une heure du matin. *Merde*… La mauvaise heure pour se rendormir, alors qu'il avait tourné à n'en plus finir dans son lit, trouvant enfin le sommeil avec cette affaire qui lui trottait dans la tête.

– Maclean ? répéta la voix vaguement familière. C'est l'gros Tonio.

– Tonio ? grogna Pépé. Mais t'as vu l'heure ? Fais chier…

Tonio, le patron du *Bar du Port*, à Boulogne-sur-Mer, un de ces lieux de perdition à la grande époque de son ivrognerie notoire. Quand il connaissait tous les troquets des environs, y compris les plus miteux et malfamés, à force d'y traîner ses guêtres et d'y picoler tout son saoul. Depuis, la page était tournée. Il évitait d'y remettre ne serait-ce qu'un orteil. Sauf pour les besoins d'une enquête et, dans ce cas, idéalement, en étant accompagné. Pour éviter la tentation, car tous les barmen n'étaient pas bienveillants devant un alcoolique repenti. Forcément, ça diminuait le chiffre d'affaires. Mais, en l'occurrence, Tonio était plutôt un mec réglo. Même si là, en pleine nuit, son appel lui tapait sérieusement sur les nerfs.

– Je sais, Maclean, mais j'ai un problème ici…

– Appelle la police, ronchonna Pépé en se redressant contre l'oreiller, tout en se frictionnant sa chevelure hirsute.

– Irrésistible…, ricana le bistrotier. Écoute, si j'en crois ce que je lis sur la carte d'identité en ma possession et la photo de famille modèle où je vois ta tronche de beau gosse, c'est plutôt toi, en fait, qui as un problème.

– Mais de quoi tu parles, Bon Dieu d'bonsoir ?

– Ta fille est saoule dans mon bar…

– Ma fille ? bredouilla-t-il sonné.

– Oui, ta fille. Même si je dois dire qu'elle est beaucoup plus jolie que toi…

– Julie ?

– Ah non, pas celle-là. Laure.

– Quoi, Laure ?! Ma Laure ?

Consterné, Pépé bafouillait, à la limite d'avoir vu un fantôme. Sa fille, Laure, qui refusait obstinément de le voir ces dernières années, qui lui en voulait terriblement de ses années de désintérêt à s'enivrer au lieu de s'occuper de sa famille. Sa petite fille chérie était saoule dans le bar du gros Tonio. Mais c'était quoi cette histoire ?

Il bondit du lit, le smartphone collé à l'oreille, enfilant à la va-vite ses fringues éparpillées au sol.

– Allez radine tes fesses. J'ai pas qu'ça à foutre ! Mais j'te la garde au chaud.

– Merci, souffla Maclean avec gratitude. J'arrive !

24

Impossible de fermer l'œil de la nuit. Melvil Lemarchand rôdait dans sa maison, d'une pièce à l'autre, l'âme douloureuse, le cœur larmoyant. Avec le souvenir brûlant de Flavie et de leurs projets à deux. Le voyage en Australie, avec une boucle par la Nouvelle-Zélande, prévu à la fin de l'été. Le rêve de gosse d'aller caresser les kangourous à Morisset Park, chasser le crocodile marin du côté de Darwin, gravir les Blue Mountains, naviguer sur un air d'opéra dans la baie de Sydney et jouer du didjeridoo avec les aborigènes dans le bush. Les billets d'avion étaient sur son bureau. Il faudrait annuler. Hors de question de faire ce voyage sans elle.

Il partirait ailleurs.

Besoin de changer d'air et d'environnement, mais dans un endroit qui ne lui rappellerait pas sans cesse Flavie. La peine si forte qui lui bouffait les tripes devait s'évacuer. Il lui fallait quelque chose de physique pour souffrir et endurer. Il s'en voulait tellement. Il culpabilisait même. L'autre mariole, Gabriel Robert, avait raison. Il était responsable. La faute, pleine et entière, lui revenait.

Depuis longtemps, il ambitionnait de réaliser le GR20 en Corse. Long d'environ cent quatre-vingts kilomètres avec un dénivelé positif d'à peu près dix mille mètres, reliant le nord au sud de l'île, c'était exactement ce qu'il lui fallait pour se vider la tête et éprouver son corps.

Finalement, le début des emmerdes remontait à la venue, au printemps, de cette vieille connaissance. Ce jour-là, flanqué de Flavie, il faisait le tour de la boutique, discutant avec la gérante, examinant les stocks et réfléchissant aux nouveautés pour achalander les rayonnages, les portants et préparer au mieux la saison estivale.

Poussant la porte, un foulard sur la tête noué à la Grace Kelly, cintrée dans un élégant trench, elle était entrée. Il l'avait immédiatement reconnue. Elle aussi. Impossible d'oublier leurs nuits torrides en Floride.

Surprise de le rencontrer, elle s'apprêtait à ouvrir la bouche. Melvil avait aussitôt enlacé Flavie, par la taille, lui glissant un baiser dans le cou. Pas besoin d'être devin pour comprendre le malaise de cette rencontre inopinée. Pas devant sa nouvelle dulcinée. Alors, bien élevée, elle avait ravalé son étonnement, jouant la belle indifférente.

Enfin jusqu'à ce que Flavie s'éclipsât dans une cabine d'essayage avec Liane pendue à ses basques pour essayer des robes. Grace Kelly s'était soudain glissée à sa hauteur. Elle lui avait susurré des bribes de souvenirs de Key Biscayne et de leurs nuits blanches, accrochés au rideau, à gémir de plaisir. Une bombe cette femme. Des frissons dans la nuque, il s'était ressaisi et lui avait attrapé le bras avec dureté.

– Tu m'oublies, avait-il murmuré menaçant. J'ai ma vie ici.

– Oui, d'accord, railla-t-elle.

– Bien…

– Mais ôte tes doigts de mon bras, sinon je hurle…

Il s'exécuta séance tenante et rejoignit Flavie, toute à ses essayages. À cet instant, il aperçut le regard d'Alix Moucron dans le miroir. Dans leur dos, elle avait tout entendu.

*

La clope à la bouche, Pépé conduisait vite. *Trop vite.* Le pied enfoncé sur la pédale d'accélérateur alors que ses méninges turbinaient, imaginant l'impensable. Pour quelle raison sa fille s'était-elle fourrée dans cette situation ? Saoule ? Bourrée comme son père ? Impossible. Pas sa fille. Pas « princesse sagesse ». Il s'agissait forcément d'une horrible méprise. Elle était sans doute sous l'effet de puissants médicaments. Elle n'avait pas réfléchi ni lu la notice. Ou alors elle était déjà patraque et fiévreuse. Oui, pour sûr. Il y avait une explication rationnelle. Et Tonio exagérait.

Longeant la bande littorale, au sud de Wimereux, filant vers le port de Boulogne-sur-Mer, la route était déserte à cette heure de la nuit. Le ciel noir s'ouvrait sur un croissant de lune blafarde. Toujours pas un pet de vent. Après la pointe de la Crèche, les lumières de la ville brillaient faiblement. La baie se dessinait dans un clair-obscur. L'interminable digue brise-mer surmontée de ses éoliennes, le phare de mer rouge se trouvant au bout de la jetée Carnot sur d'anciennes fortifications et le chenal d'entrée du port…

Le bar était du côté quai Gambetta. Il stationna au plus près, à cheval sur le trottoir. Tonio attendait derrière la porte vitrée, en bras de chemise. Il lui ouvrit et referma aussitôt derrière lui. L'endroit si familier était sombre, la lumière atténuée évitait aux ivrognes du port de pénétrer. Un dernier verre. Pour la route. La fermeture restait un moment difficile dans la vie d'un bistrotier. Faire sortir poliment les piliers de bar qui auraient bien poussé jusqu'au bout de la nuit. Ne pas vexer ni malmener afin qu'ils reviennent le lendemain et le surlendemain dépenser leurs sous.

Depuis son sevrage, Maclean détestait l'atmosphère des bars. L'odeur d'alcool empestait à mille lieues. La puanteur de la transpiration âcre des poivrots. La farandole étourdissante des bouteilles alignées sur les étagères. L'étalage de verres à l'envers ou à l'endroit lui donnait le vertige. Instantanément, une nausée affluait en gorge et l'envie de vomir n'était pas loin derrière. Il porta ses doigts à ses narines, renifla l'odeur de nicotine et avança bille en tête vers la forme, lovée en boule sur la banquette crasseuse.

– Elle roupille depuis un moment. Elle va bien, fit Tonio compatissant.

– Merci de m'avoir appelé, répondit Maclean, atterré de reconnaître sa fille dans ce lieu sordide. Elle a bu tant que ça ?

– Je ne sais pas trop en fait. Elle était avec une bande de jeunes. J'ai servi plusieurs tournées, mais je suis incapable de te dire si elle a systématiquement picolé...

– Et cette bande, où sont-ils passés ? s'inquiéta Pépé. Ils l'ont carrément abandonnée ?

– Non, pas vraiment. Ils voulaient l'embarquer, mais elle n'était pas en forme, alors j'ai demandé à voir ses papiers. Quand j'ai vu le pedigree de la demoiselle, je leur ai dit de dégager, que j'allais appeler le papa flic. Ça les a encouragés à prendre la poudre d'escampette.

Maclean souleva sa fille. Assoupie, elle pesait une tonne. Un vrai poids mort. Avec l'aide de Tonio, il l'embarqua et l'installa sur le siège passager de sa voiture. Décidément, sa vie de famille était un fiasco. Quand Annie, sa femme, l'apprendrait, elle allait péter un plomb et il passerait un sale quart d'heure.

25

Maman met deux ans à trouver un autre pigeon, plein aux as et seul au monde. Forcément, ce n'est pas un sex-symbol, sinon la compétition serait ardue, voire impossible. Philibert Arthus, banquier et patron de la l'agence où maman tient le guichet principal. Un crapaud sur pattes. Petit et bedonnant. Luisant de transpiration, une grosse truffe au milieu d'une face ronde et une bouche épaisse aux lèvres gercées. Toujours avec son mouchoir en tissu brodé pour s'essuyer le visage ou en train de consulter sa montre de gousset accrochée à son gilet de costume, tendu à bloc sur son ventre.

En apparence c'est un vieux garçon, maladroit avec les femmes et mal dans sa peau, mais qui s'avère un vrai dégueulasse. Imperturbable et guidée par son seul objectif de se faire passer la bague au doigt, maman met du cœur à l'ouvrage pour le combler de jouissance derrière les quatre murs de la chambre à coucher. Selon mon habitude, je fais un trou dans la cloison, car il nous a pris sous son toit. Nu, il est encore plus écœurant. À en avoir des haut-le-cœur. Mais, impassible, j'apprends les techniques qui mettent un homme à vos pieds.

Lui, contrairement à M. Cohen, m'aime bien. Ses petits yeux porcins me scrutent avec avidité dès que je passe devant lui. Ça devrait me mettre mal à l'aise, mais j'aime le pouvoir que ça me confère. Ça me fait grandir d'un seul coup. J'ai treize ans et le corps d'une jeune femme. À l'école, j'ai déjà remarqué ce changement dans le regard des garçons.

Maman l'a vu, elle aussi. Sans sourciller, elle lui parle, puis me parle. Un pacte est scellé. Le mariage avec un contrat nous octroyant une vie confortable si jamais il venait à nous laisser dans le deuil. Et il aurait la vie belle avec nous deux.

À peine mariée, toutes les nuits maman poursuit son œuvre dans la chambre et moi, la journée, je me balade nue ou avec des vêtements transparents afin qu'il puisse me reluquer sans vergogne. Parfois, il met sa main dans sa braguette et des rougeurs lui chauffent le cou ou le front.

Quelle espèce de gros cochon ! Je compte les jours qui nous apporteront la délivrance. Maman me dit d'être patiente. « La patience paie toujours, mon ange. »

26

Deuxième jour, le 5 juillet

Suzie Loison arriva les bras chargés de pâtisseries au poste de police. Opération muffins hier soir avec son apprenti pâtissier, Billie, le sourire en bandoulière, entortillé dans un tablier trop grand. Ce gamin était formidable. Gentil, gourmand, curieux d'apprendre. Il s'était trouvé une passion pour les gâteaux, lui qui il y a encore peu ne savait pas vraiment quoi faire de sa vie. Ébranlé par l'arrestation de son grand frère modèle, Stevie Vasseur, il avait vu son monde s'écrouler. Brutalement. Mais c'était sans compter sur le hasard des rencontres. Et l'amour des causes perdues qui animait Suzie. Mêlé au regret éternel de ne pas avoir eu d'enfants de feu son mari, Hubert. Alors, Billie tombait dans sa vie à point nommé, une véritable bénédiction.

Bon, la remarque mal embouchée de Pépé la veille l'avait vexée. Déstabilisée même d'imaginer que sa démarche soit mal interprétée, ou qu'on pût la priver de la présence merveilleuse de ce gamin, elle n'en avait pas dormi de la nuit. Elle ne faisait rien de mal et les paillettes dans les yeux de

Billie valaient tout l'or du monde. Du coup, elle ne l'avait pas laissé dormir dans la chambre d'amis. Elle l'avait raccompagné dans sa vieille Clio chez lui, au Chemin-Vert, dans sa barre d'immeuble. Rejoindre sa famille de tarés qui se fichait comme de l'an quarante de savoir où il traînait ses guêtres toute la journée. Suzie lui demandait bien s'ils posaient des questions. Enfin, les questions qu'elle poserait, *elle*, si elle était sa mère. Où étais-tu ? Qu'as-tu fait ? Avec qui ? Mais systématiquement, Billie haussait les épaules en disant qu'ils ne lui demandaient jamais rien. Il était invisible. Et ça lui allait plutôt bien. D'un sourire, il lui souhaita bonne nuit et lui dit « à demain » avec ce sourcil suspendu comme seule réponse. Il reviendrait alors à pied par le chemin longeant la route littorale. Autant de fois qu'il le faudrait.

En étalant les muffins sur le plateau, Suzie prit la résolution d'appeler son amie à l'assistance sociale. Elle devait trouver une solution plus pérenne.

Elle alluma son ordinateur et consulta les informations de la presse locale sur Internet. Une manie qu'elle avait pour démarrer la journée, mais qui permettait au poste de rester connecté avec les journalistes. Et de prendre d'une certaine façon le pouls des sujets. En l'occurrence, un mince entrefilet sur le drame de la veille, la poignardée de la rue Notre-Dame. À peine plus sur la suicidée du pont. Pas de quoi affoler M. le maire qui détestait tout ce qui était susceptible d'entraver la sérénité de la station balnéaire. D'autant plus en plein été avec la saison touristique qui battait son plein et avant les festivités du 14 Juillet.

*

– Je passe te prendre, lui avait proposé Marcus au téléphone. On ira directement à l'hôpital interroger Jonas.

Dix minutes plus tard, Marcus klaxonnait dans sa rue.

Pépé n'avait pas fermé l'œil de la nuit. À veiller sur Laure qui roupillait à poings fermés, dans son lit. En chien de fusil, les mains jointes sous le menton, elle dormait déjà de cette façon, enfant. Un léger ronflement frémissait à la surface de ses lèvres. Une paupière tressautait sous l'emprise d'un rêve agité. Un ange échu du ciel dans son appartement d'ancien alcoolique divorcé. Pépé ne se lassait pas de la couver d'un regard protecteur. Celui du père dont elle avait manqué durant toutes ces années. Lui qui n'avait pas été à la hauteur de ses responsabilités de famille et de l'amour incommensurable qu'un père se devait d'avoir envers ses enfants. Aujourd'hui, il pardonnait tout, même une beuverie dans un troquet miteux. D'un sourire tendre, il remonta la couverture sur ses épaules. La laisser dormir et récupérer, ensuite ils auraient une discussion malgré tout.

– Mauvaise nuit ? fit Marcus, alors que Pépé se glissait sur le siège passager. T'as oublié ta mise en plis ? T'es tout décoiffé !

– Comique à souhait, mon pote.

Pépé gesticulait afin d'attacher sa ceinture. Ses cheveux frisés étaient plus emmêlés que jamais – *un caniche passé au Lavomatic n'aurait pas fait mieux* – et son teint olivâtre transpirait le tabac et le manque de sommeil. Il lui raconta les événements de la nuit.

– Merde, pas cool ! grimaça Marcus, compatissant.

– Allez, on se dépêche, je veux être là à son réveil.

La route se poursuivit en silence dans un nuage de fumée. Marcus n'eut pas le cœur de lui dire d'arrêter de l'enfumer.

Lui, en revanche, avait écrasé toute la nuit. La bouche en cœur, Zoé était de tous ses rêves, des plus sages aux plus polissons.

À l'hôpital, l'hôtesse d'accueil leur indiqua la direction à prendre pour rejoindre la chambre où Jonas Becker était hospitalisé, enfermé à double tour. Après avoir parcouru plusieurs couloirs, pris l'ascenseur jusqu'au troisième étage, tourné dans une aile, puis tourné dans une autre, ils débouchèrent dans un nouveau couloir. Un agent de police se tenait à l'entrée de la porte 215. Ils se saluèrent après de rapides présentations.

Marcus et Pépé entrèrent dans la chambre aux murs orangés. Sur le lit, Jonas fixait le plafond, le regard absent. Le visage dévasté, il se tourna vers eux.

– Salut, fit Marcus en s'approchant.

Il prit une chaise et se posta à côté du lit. Pépé alla s'adosser au mur, près de la fenêtre. L'odeur si particulière de l'hôpital flottait partout depuis leur arrivée.

– Comment vas-tu ?

Jonas Becker plissa le front et soupira. Il était livide. Des frissons le secouaient par moments et son regard avait perdu son éclat. Un gris indéfinissable flottait, brouillait sa vue. L'angoisse y grésillait même par moments. Il était sous calmant.

– Quand on t'a trouvé, tu étais en état de choc traumatique.

– Le médecin m'a expliqué tout ça, répondit Jonas d'une voix blanche.

– Tu te souviens de ce qui s'est passé ?

Marcus s'exprimait doucement, surtout ne pas le brusquer, le laisser parler en confiance.

– Non, on m'a expliqué aussi. J'ai des flashs et beaucoup de zones d'ombre.

– Peux-tu me dire ce dont tu te souviens ?

Il parut fouiller sa mémoire, puis, hésitant, se mit à raconter. Les échanges de SMS, l'insistance de Flavie qui lui pesait, lui qui ne voulait pas de ce type de relation. Marcus prenait des notes sur son calepin.

– J'ai cédé encore une fois. Une *dernière* fois. On s'était retrouvés aux *Bains de Minuit* pour boire un verre. Un *dernier* verre car j'avais prévu de rompre. Une bonne fois pour toutes. D'ailleurs, je ne vois jamais de femmes le soir. Mes aventures extraconjugales n'ont lieu que la journée. Le reste est consacré exclusivement à Lotte et à notre vie à deux.

Il s'empressa de dire que Lotte était d'ailleurs au courant du rendez-vous.

– Vous êtes partis ensuite tous les deux ?

– Ben justement, je ne me souviens plus très bien… Je me suis chopé un mal de crâne carabiné. Et puis dans la rue, elle n'arrêtait pas de chialer en me disant qu'elle ne savait plus où aller. Qu'il l'avait fichue à la porte. Qu'elle se sentait perdue. Que je devais l'aider… Alors on a pris un taxi. On voulait aller à mon appartement…

– Un taxi ? s'étonna Marcus, en écarquillant de grands yeux incrédules. Pour faire cinq cents mètres à peine ?

– Ben, je ne sais plus…, bredouilla Jonas. C'est vrai que c'est surprenant… Mais y avait une voiture devant nous et on l'a prise… J'avais trop mal au crâne et puis elle chouinait à n'en plus finir… C'était insupportable… Mais tout est flou… Je ne sais plus…

– T'avais bu quoi ?

– Une bière pression.

– Et avant au dîner ?

– Un verre de vin. C'est tout.

Maclean demanda, à tout hasard, si quelqu'un était venu discuter avec eux au bar ou bien s'il s'était absenté pendant la soirée aux *Bains de Minuit*.

– Non, personne, répondit Jonas, décontenancé. Mais je suis allé aux toilettes.

Pépé et Marcus se regardèrent. Sans doute avait-on glissé quelque chose dans sa boisson, sinon difficile d'expliquer ce flou et cette migraine. Ou alors, bien sûr, il mentait sur toute la ligne, et tentait de les embobiner.

– Et après, de quoi te souviens-tu ? l'encouragea Marcus, percevant l'exaspération poindre chez son ami devant cette amnésie.

– De rien… Juste de ce bruit infernal qui m'a réveillé. Ce claquement. Puis, encore le mal de crâne que tu as après une vilaine cuite. Et, enfin, quand je me suis redressé et que j'ai vu Flavie…

– Encore un effort, Jonas. Je sais que c'est difficile, mais tu dois nous dire.

Calant ses yeux dans les siens, comme pour s'accrocher à une bouée en pleine mer, il continua. Les larmes coulaient sur ses joues et ses mains serraient les draps.

– Elle était morte… Il y avait tout ce sang… La poitrine et le ventre transpercés de coups de couteau… Et… Et, moi, j'avais ce couteau dans la main… Mon Dieu… Tout ce sang partout… Un *putain* de cauchemar…

Le visage crispé, plus livide qu'un champ de neige, même ses taches de rousseur avaient disparu, il était horrifié. Ou jouait terriblement bien la comédie. À cet instant, Marcus s'était forgé sa conviction personnelle. Jonas était innocent et ne pouvait pas être l'auteur d'un tel massacre. Mais Pépé, les autres et la justice auraient besoin de preuves étayant son intuition.

– Où est ton portefeuille ?

– Dans la poche de mon pantalon, sans doute. C'est toujours là que je le mets… Pourquoi ?

– On ne l'a pas trouvé.

– Ah…

Visiblement, ce détail lui passait au-dessus de la tête. Il fit une moue désabusée.

– Vous avez eu une relation sexuelle ce soir-là ?

Marcus l'observait du coin de l'œil alors qu'il triturait les draps entre ses doigts contractés à s'en exploser les articulations.

– Aucune idée, je ne me souviens de rien. Même pas d'être rentré chez moi… Mais je n'en avais pas envie, puisque je voulais cesser cette relation stérile avec Flavie.

– Tu mets des préservatifs quand tu couches avec ces femmes ? questionna Marcus, après un temps d'hésitation.

– Bien sûr ! s'exclama-t-il, horrifié. Pour qui me prends-tu ? Je ne suis pas con…

– On n'a pas trouvé de préservatif usagé, reprit Marcus pour expliquer l'étrangeté de sa question.

– C'est qu'il ne s'est rien passé alors, répliqua Jonas, à bout de nerfs. J'en ai un stock à l'appartement…

Qu'avait-il bien pu se passer dans cette chambre ? Quelle était la succession des événements depuis *Les Bains de Minuit* ? Marcus allait devoir remonter les traces, reconstituer l'histoire de cette nuit sanglante, car Jonas semblait avoir subi un lavage de cerveau. D'une évidence criante au départ, cette affaire prenait une tournure compliquée. Qui pouvait avoir fomenté ce scénario machiavélique ? Les nombreux coups de couteau mettaient en évidence une volonté avérée de vengeance et de plaisir à tuer. Jonas faisait le parfait bouc émissaire. Pourquoi ?

– Je suis dans la merde. Je revois le couteau dans ma main… Je ne pourrai jamais oublier… Mais je ne suis pas capable de faire un truc pareil. Je te jure, Marcus. C'est un cauchemar et je vais finir par me réveiller enfin…

– Monsieur Becker, intervint Maclean, fermement, prenant l'initiative de la réponse. Il y a beaucoup de zones d'ombre et d'incohérence. Notre boulot à ce stade est de recouper les informations et de comprendre l'enchaînement des étapes de la soirée et de la nuit. Identifier les motivations. Même si en effet tout vous accuse.

– Mais toi, Marcus ? Tu le sais bien que je ne peux pas avoir fait ça ? supplia-t-il, en se tordant le visage d'angoisse.

– Monsieur Becker, reprit Maclean. Marcus ne devrait pas être sur cette affaire. Vous êtes amis, c'est difficile d'être impartial. Mais je pense que s'il y a une possibilité que vous soyez innocent, il la trouvera et je l'aiderai. L'important est d'arrêter le monstre qui a massacré cette jeune femme. Pas d'accuser un innocent parce que ça nous simplifie la vie.

27

Pourquoi Flavie lui avait-elle passé ces photos ? Cette question tournait en boucle dans son esprit depuis qu'elle avait appris son meurtre. Zoé avait beau les observer sous tous les angles, les scruter à la loupe, elle ne discernait rien d'étrange ou d'anormal. Une terrible frustration d'avoir sans doute un indice sous le nez, sans pouvoir mettre le doigt dessus. L'enveloppe à ses côtés dans la voiture, sur le siège passager et sous le fessier trapu de Sumo, elle prit la décision d'y aller au bluff. Se rendre compte par elle-même.

Elle gara la voiture, dit à son chien de rester tranquille et qu'elle allait vite revenir. Elle gravit les marches du perron puis frappa à la porte de la villa « Belle Luna ». Au bout de quelques interminables secondes, Melvil Lemarchand apparut. Avec une belle croûte à l'arête du nez et un hématome jaunâtre sur la pommette. L'air sinistre et terrassé de douleur. Des cernes noirs sous les yeux résultaient d'une nuit blanche.

– Bonjour, je suis une amie de Flavie et j'ai appris le drame…

Son regard glacial la mit mal à l'aise instantanément et n'invitait pas à l'échange. D'ailleurs, il ne répondit pas, la main sur la tranche de la porte. Sans doute réfléchissait-il à l'opportunité de la refermer. En même temps, elle ne devait pas s'attendre à un accueil en fanfare avec cotillons.

– Je suis désolée de débarquer ainsi, reprit Zoé, en modulant sa voix d'un semblant de contenance. Je vous présente mes condoléances…

– Merci, fit-il, mal aimable. Mais je ne vous connais pas. Qui êtes-vous ?

– Zoé Rousseau. Je faisais du yoga avec Flavie.

– Elle faisait du yoga avec des tas de gens !

La répartie cinglante la moucha alors qu'elle s'apprêtait à poursuivre vaillamment. La bouche ouverte, elle ravala ses mots. Un éclat de remords scintilla dans le regard noir de Melvil.

– Désolé, je suis malpoli. Mais je n'ai pas envie de voir grand monde.

– Je comprends, s'empressa de dire Zoé, compatissante. Ma visite est maladroite, j'en conviens. Je ne pouvais pas rester sans rien faire, alors… Mais ce n'était pas une bonne idée…

– Allez, entrez un instant.

*

– Des traces de rohypnol ont été décelées dans son sang, précisa le médecin dans le couloir, le même vieux type, roux et bedonnant, qui était intervenu avec l'ambulance la veille. C'est surprenant, n'est-ce pas ?

La drogue du violeur était de plus en plus utilisée de nos jours. Une petite pilule glissée dans une boisson et tout devenait possible pour les agresseurs. De nombreux cas de viols étaient malheureusement à déplorer avec ce mode opératoire. Les effets, en termes d'amnésie, étaient permanents.

– Surprenant en effet, car Jonas est censé être l'agresseur, répondit Marcus en réfléchissant à voix haute. Mais ça expliquerait son amnésie.

– Et aussi le choc traumatique.

– Mais du coup, la victime…

– Elle a aussi du rohypnol dans le sang, répliqua d'un sourire satisfait le toubib. Gautier Léon du labo me l'a confirmé.

– Elle s'est fait poignarder alors qu'elle était totalement inconsciente, siffla Maclean en revoyant le visage endormi de Flavie Robert.

– Mais aucune trace de Progesterex.

Le Progesterex était une petite pilule servant essentiellement à la stérilisation animale, mais, selon certaines rumeurs urbaines, les violeurs la conjuguaient au rohypnol. Ça évitait d'être identifiés quelques mois plus tard par un test de paternité.

– En même temps, selon Léon, elle n'aurait pas eu de rapport sexuel. Je ne devrais pas vous dire tout ça. Il va être vexé de ne pas avoir la primeur des infos.

– Je le garde encore en observation.

*

– Un café ? proposa Melvil, poliment, mais le visage toujours aussi tendu. Nous venons justement d'en faire.

« Nous », avait-il dit ? Mince… Elle aurait préféré le voir seul. À présent, par quel bout démarrer ? Elle n'y avait pas vraiment réfléchi avant d'arriver. Suivre son intuition et improviser, à chaque fois la même rengaine. Même si *parfois* ça l'avait conduite dans d'improbables ou fâcheuses situations. Surtout ne pas y penser. Ça ne servait à rien de ressasser le passé.

Elle grimaça en se mordillant la lèvre. N'ayant pas le choix, elle le suivit dans la cuisine. L'odeur de la caféine s'annonçait sympathique, malgré l'atmosphère glaciale de cette étrange maison.

Elle reconnut la gérante de la boutique des *Belles Fringues* qui préparait les expressos, de dos.

Zoé se raidit d'embarras.

Il ne manquait plus qu'elle pour contrarier ses plans. Revint alors en mémoire son changement radical d'attitude quand elle avait sympathisé avec Flavie au cours de yoga, où elle aussi assistait. Qu'avait dit Marcus ? « La jalousie. Le schéma classique de la femme amoureuse de son patron. Tu t'intéressais à son ennemie jurée, la compagne de son Melvil. » En même temps, compte tenu de leurs relations professionnelles, il était logique qu'elle le soutînt dans cette étape douloureuse qu'il traversait.

En se retournant, deux tasses à la main, Alix lui décocha une œillade mi-amusée mi-ironique.

– Mais c'est notre amie journaliste ? s'extasia-t-elle. Tu ne la reconnais pas, Melvil ?

L'observant plus attentivement, il haussa les épaules.

– C'est elle qui a écrit l'article dans *Nord Actu* sur les boutiques au printemps.

– Formidable, répondit-il, avec désintérêt.

– Alors, vous étiez amie avec notre pauvre Flavie. Tenez, un café. Du sucre ?

– Non, je vous remercie.

– Un nuage de lait peut-être ?

– Non plus, je vous remercie.

Alix Moucron en faisait des tonnes avec ses manières empesées, se comportait en maîtresse de maison, ce qui était déroutant, voire malsain. D'autant que Melvil paraissait s'en ficher, l'ignorant même. Sa tasse de café à la main, il s'était posté à la fenêtre de la cuisine. Depuis le premier étage de la villa « Bella Luna », la vue sur la rivière puis la mer dans son prolongement était fantastique. La marée haute affleurait sur les rives, sur le point d'enjamber le premier pont qui reliait les digues sud et nord. Un vent marin soufflait plus fort que la veille, alors que le soleil voilé peinait à poindre le bout de son nez. La douceur de juillet restait bien présente et les estivants s'échauffaient pour une marche nordique ou un footing matinal.

– C'est horrible ce qui est arrivé, fit Alix Moucron, tout en soufflant sur son café brûlant. Ce type, Jonas Becker, est un malade mental. J'espère qu'ils vont l'enfermer à vie.

– Vous le connaissez ? se hasarda Zoé.

– Oui, rétorqua-t-elle, d'un air guindé. Enfin, tout le monde le connaît à Wimereux. On s'est déjà vus aux vœux du maire ou aux cérémonies communales. On lui donnerait pourtant le Bon Dieu sans confession avec son air de premier de la classe et son boulot respectable. En même temps, il saute sur tout ce qui bouge. Un chaud lapin celui-là. Je connais un nombre incalculable de femmes avec qui il a couché. Alors forcément, un jour ça dérape. Malheureusement, il a fallu que ce soit avec notre Flavie…

On ne pouvait plus l'arrêter de parler. Zoé l'écoutait attentivement. Intriguée par un tel débit de paroles et les raisons de cet épanchement à son égard. Elle trouva aussi étrange la façon dont elle prononçait à tout bout de champ « notre Flavie », en appuyant un peu trop sur le mot « notre ». Elle la détestait de toute évidence, mais ne voulait pas l'admettre. Sans doute par égard pour son patron, muré dans son silence, le regard fixé sur l'horizon et les navires qui croisaient dans le détroit au loin.

– Alix, soupira Melvil, en se tournant vers elle. Laisse donc Mlle Rousseau en placer une.

– Tout va bien.

Zoé modulait sa voix, se voulant rassurante. Elle ne voulait surtout pas se mettre à dos ni l'un ni l'autre.

– Vous l'avez vue quand la dernière fois ? demanda Melvil.

– La semaine dernière au cours de yoga, puis on a bu un thé au *Café de la Mairie*.

À cette évocation, Zoé aperçut un éclat mélancolique traverser son regard métallique. L'air adouci, Melvil lui parut plus aimable. Elle se demandait néanmoins ce que Flavie avait bien pu lui trouver, en dehors de ce physique avantageux. Et de son portefeuille. Mais Flavie ne lui paraissait pas vénale.

– Parler de Flavie te fait souffrir, Melvil, le tança Alix, en lui tapotant l'épaule.

– Elle était comment ? poursuivit-il, sans prêter attention aux recommandations.

– Je peux vous parler franchement, monsieur Lemarchand ? fit Zoé.

– Oui.

– Elle était inquiète et perturbée par votre brouille. Ça la rendait malheureuse.

– Notre brouille ? Elle vous a parlé de nous ? De moi ?

– Oui. Une discussion entre copines. Elle vous aimait sincèrement.

Le visage cramoisi d'Alix était sujet à une violente tempête intérieure. Elle ne supportait pas le tour que prenait la conversation. Ni l'excès d'émotion qui coulait sur le visage de Melvil. Les yeux humides, il se liquéfiait. C'était insupportable. Elle allait l'aider à tourner la page. Bien sûr qu'il pouvait compter sur elle. Depuis toutes ces années, ils se connaissaient sur le bout des doigts, même *les terribles secrets* n'en avaient plus pour elle, pour lui. Et cette pseudo-amie de Flavie ne faisait que tourner le couteau dans la plaie. Il fallait faire cesser ces bavardages. Elle fronça les sourcils d'un air de reproche, à l'égard de Zoé, qui ressentit autant de banderilles pointues lui piquer les chairs. Un frisson remonta dans son dos. Décidément, cette commerçante était détestable.

– Je vais vous laisser, conclut Zoé, en rebroussant chemin. Mon intention n'était nullement de vous importuner pendant votre deuil.

Melvil la raccompagna.

– N'hésitez pas à repasser à l'occasion et nous parlerons de Flavie.

– Avec plaisir. Bon courage.

Zoé les salua et sortit dans la rue.

La porte à peine refermée sur elle, Alix s'approcha de Melvil, lui prit la taille, se colla à lui et l'embrassa. Il se raidit, prêt à la repousser, mais, finalement, il renonça. Elle appuya ses lèvres contre les siennes et enfonça sa langue. Ils s'embrassèrent un bref instant. Sans passion, mais avec un zeste de brutalité animale. Une lividité glaciale recouvrait son visage triste.

– C'est une *fouille-merde*, dit Alix, d'un ton acerbe, alors qu'il repartait à son poste d'observation à la fenêtre de la cuisine, d'où il apercevait Zoé Rousseau au volant de sa voiture. Elle est allée voir ta mère hier aux « Paradis des Dunes blanches ». Je te dis c'est une *fouille-merde* de journaliste. Et son amitié pour Flavie, de la poudre aux yeux, afin de mieux t'amadouer.

28

– Qu'est-ce que je fous ici ! hurla-t-elle en se redressant sur le lit, saisie d'effroi.

Les événements de la veille lui revenaient en mémoire. Les copains, le bar du gros Tonio, le premier verre de gin-tonic, puis le second, puis... Elle n'avait plus compté, alors que la tête lui tournait de plus en plus. La nausée enflait, puis explosait. Soudain, le trou noir. Plus rien, sauf ses rêves étranges où elle flottait en apesanteur, en plein carnaval de Dunkerque, avec ce mal au cœur permanent, parmi tous ces gens bizarres et déguisés qui la poussaient, la repoussaient, sans fin. L'envie de s'extirper de cette foule hostile. Mais impossible. Sauf à son réveil. Elle eut le sentiment de sortir la tête de l'eau, d'un bond, comme un bouchon trop longtemps enfoui dans les fonds obscurs. On détachait les poids qui la lestaient et, hop, le morceau de liège giclait à la surface, dans un remous de vaguelettes.

Aussitôt, elle regarda sous les draps. Ouf, elle avait bien ses vêtements. Elle avait dormi tout habillée. Le cauchemar aurait pu être pire... Avoir couché avec quelqu'un dont elle n'avait même plus le souvenir... Mon Dieu...

Mais où était-elle ?

Elle ne connaissait pas cet endroit, mais certains objets lui étaient vaguement familiers. Une clé tourna dans la serrure de la porte d'entrée. Elle bondit du lit, défroissa machinalement ses vêtements et réalisa qu'elle avait encore la nausée. Un vertige lui vrillait le crâne. Violemment. Elle posa une main sur le lit pour arrêter le tangage et préféra se rasseoir.

Soudain, chevelu et hirsute, son père apparut à la porte de la chambre. Elle aurait vu le diable qu'elle n'aurait pas grimacé autrement. La bouche tordue, des éclats de fureur lacéraient ses yeux bleus.

– Qu'est-ce que je fous chez toi ? fit-elle sèchement.

– « Bonjour papa, répondit-il. Ça fait un bail, dis-moi, mais t'as plutôt l'air en forme. Merci. Bonjour, ma chérie. Toi en revanche, t'as mauvaise mine… »

– Bon, arrête ton cirque, coupa-t-elle en se remettant sur ses guiboles flageolantes, on ne va pas prendre de gants entre nous. Dis-moi juste ce que je fous là ?

Son teint passa du rouge au blanc en moins de temps qu'il n'en fallut à Pépé pour l'attraper par la taille afin de la rasseoir sur le bord du lit. Elle se laissa faire, mais aussitôt assise le repoussa d'un geste brusque.

– Je crois que tu devrais y aller mollo, Laure.

– Ça va aller, faut juste que je me mette en route.

– Hum, si tu l'dis, soupira Pépé désabusé. En réponse à ta question, tu étais saoule et tu comatais sur une banquette dans un bar. Le gros Tonio, qui a regardé tes papiers, m'a appelé pour venir te récupérer plutôt que de te laisser rentrer avec tes abrutis de copains…

– Je ne te permets pas d'insulter mes amis, rétorqua-t-elle, d'un ton tranchant.

– Ils n'en avaient visiblement pas grand-chose à faire de toi… Du coup, je n'appelle pas ça des copains. Ou alors des potes de biture et je sais de quoi je parle.

Brunette, de taille moyenne, fine, le visage rond, elle ressemblait comme deux gouttes d'eau à sa sœur Julie, mais l'une était solaire et joyeuse, alors que l'autre était orageuse et à fleur de peau. Laure avait à l'époque du paroxysme de l'alcoolisme de Maclean pris fait et cause pour sa mère qui n'en pouvait plus, tandis que Julie soutenait son père jusqu'à l'accompagner à la porte des Alcooliques anonymes. Jamais il ne lui en voudrait. Le seul à blâmer dans cette triste période était lui.

– Je vais te préparer un petit-déjeuner avec un café bien serré…

– Je n'ai pas faim et je bois du thé le matin !

La remarque cinglante le percuta de plein fouet, mais il ne cilla pas. Il ne savait même pas ce qu'elle aimait manger ou boire. Quel crétin ! Il faisait un bien piètre père. Il comprit que le face-à-face avec sa fille s'apparenterait à un combat de boxe. Les griffes dehors, Laure était prête à en découdre. Finalement ce n'était pas plus mal, lui qui espérait depuis des années pouvoir la revoir, tenter l'amorce d'une discussion. Allez mon vieux, tu vas morfler, et ce sera bien fait !

– Du thé noir, ça te va ?

– Oui, ça ira.

Elle se leva pour la troisième fois, plus doucement, et le suivit dans la cuisine. L'appartement était minuscule, constitué d'une chambre, un salon avec un balcon, une petite cuisine et une étroite salle de bains. Mais pour lui tout seul, c'était bien suffisant. Il ne se perdait pas de pièce en pièce.

– Il faudrait que tu manges un peu, insista Pépé, en faisant chauffer un mug d'eau dans le micro-ondes. Ça va t'aider à récupérer. Regarde dans le frigo et le placard au-dessus ce qui te ferait plaisir.

En silence, elle farfouilla puis, finalement, jeta son dévolu sur un paquet de Petit Lu. Elle s'appliqua à ouvrir proprement l'emballage, attrapa un biscuit et se mit à grignoter les oreilles l'une après l'autre. Ce qui fit sourire Maclean, qui faisait encore pareil à son âge.

*

De retour au poste de police, l'ambiance était studieuse. Chacun à son bureau. Mylène Lambert épluchait la vie de Melvil Lemarchand, celle d'Alix Moucron, pendant que Hugo Gressier décortiquait celle de Flavie Robert et de son mari. Suzie, de son côté, fouillait celle de Jonas Becker. Mais après un rapide compte-rendu de leur visite à l'hôpital, de l'interrogatoire du principal suspect et des analyses médicales, Marcus Kubiak réorienta l'enquête sur les autres protagonistes. Il était évident que Becker n'était pas le meurtrier même si tout tendait à le démontrer au départ. Alors, qui pouvait en vouloir au point d'assassiner Flavie Robert avec ce déferlement de violence ? Même si elle n'était pas si angélique qu'elle ne le paraissait. Une jeune femme avec ses zones d'ombre, complexe, perturbée.

Alors qui ? Du mari bafoué, trompé, abandonné, au compagnon à la forte personnalité, étrange, mystérieux, en passant par l'énigmatique gérante de la boutique wimereusienne ? Ou bien quelqu'un d'autre ? Qui avait un motif ?

Encore de trop nombreuses questions sans réponses.

Enfermé dans son bureau, Marcus consultait le rapport de Gautier Léon que lui avait apporté Suzie Loison, en mâchouillant le capuchon de son stylo. Certains éléments étaient déjà connus. La prise de sang de la victime révélant la présence de rohypnol. Elle avait été tuée alors qu'elle était inconsciente. Sans traces de lutte. Entre vingt-trois heures et trois heures du matin. L'inexistence de rapport sexuel. De l'ADN de la victime sur le verre de champagne et de rohypnol dans le verre aussi. Les cinq coups de couteau, leur emplacement précis sur la poitrine et le ventre, mais surtout la façon dont ils avaient été portés par l'agresseur. Un droitier. De haut en bas. Donc la lame du couteau pointait vers le bas. Une façon naturelle de planter avec force une lame et d'être efficace.

D'un coup de téléphone à Pépé, il se fit confirmer que Jonas avait été découvert le couteau dans la main droite, mais dans l'autre sens. Comme s'il avait porté ses coups de bas en haut. Technique bien moins pratique, mais surtout incompatible avec les entailles constatées sur le corps de Flavie Robert.

Un sourire éclaira le visage de Marcus.

Il la tenait, *la* preuve qui disculpait son ami. D'autant qu'il restait un détail qui le chiffonnait. Un *petit* détail, mais d'importance. Il se le fit confirmer sur-le-champ par Lotte Becker.

Jonas Becker était *gaucher*. Un pur gaucher.

*

Zoé Rousseau passa une série de coups de téléphone aux différents hôtels de Wimereux. Elle finit par localiser Gabriel Robert à l'*Hôtel du Centre*, rue Carnot. Après avoir rencontré Melvil Lemarchand, elle s'était mis en tête de faire de même avec lui. L'obsession de comprendre ce qui avait pu arriver à Flavie ne la quittait plus. Passé les premiers émois de la culpabilité, son goût de journaliste pour les enquêtes avait vite repris le dessus. Elle en avait même mis son livre de côté, alors que peu avant, rien ni personne n'aurait pu la décoller de son clavier.

Et puis, il y avait aussi les retrouvailles inopinées avec Marcus, qu'elle avait bien cru perdre à jamais, à cause de son égoïsme échevelé de journaliste ayant *enfin* obtenu l'affaire qui la propulserait professionnellement. Le dernier regard dans la chambre d'hôpital avant qu'il ne parte à la Réunion était gravé au fer-blanc dans sa mémoire. Un regard émouvant et triste à la fois. Conscient d'être de trop dans l'effervescence qui bouillonnait autour d'elle. Mais était-il possible de continuer ou de reprendre une histoire arrêtée bizarrement ? Il devait être blessé. Elle le serait à sa place. D'une main, elle balaya ses réflexions stériles. Ce soir, elle sortirait le grand jeu pour se faire pardonner. Un sourire coquin glissa sur ses lèvres.

*

– J'ai fait un truc de travers ? s'enquit Hugo Gressier, en jetant à Mylène un coup d'œil au-dessus de l'écran de son ordinateur.

Leurs bureaux étaient en vis-à-vis. De là où il était, Hugo ne voyait que ses cheveux blonds. Depuis ce matin, l'arrivée au poste avait une saveur différente. Un vague salut balancé mollement. Pas même un regard. Plus fuyante qu'une anguille. Ça l'agaçait, il devait en avoir le cœur net.

– Non.

– Alors pourquoi j'ai la sensation que tu me fais la gueule ?

Son minois apparut. L'étonnement qui s'y lisait manquait de naturel. Elle le sentait, mais faisait de son mieux, car elle ne souhaitait pas le froisser. Elle devait juste reprendre le contrôle de ses émotions.

– Ben, non… Pourquoi ?

Aussitôt, un grand sourire lui mangea le bas du visage. Visiblement, elle n'était pas crédible, alors elle repartit dans ses recherches, un léger fard aux joues.

– Oh, écoute ça, fit Mylène au bout d'interminables secondes de silence. Alix Moucron a été mariée…

– À un homme ? s'étonna Hugo, l'air malicieux.

Il se leva, se rapprocha de sa collègue, il lut par-dessus son épaule ce qui s'affichait sur l'écran. *Oh non…* Son odeur lui chatouillait les narines. Un truc animal se dégageait de lui. Impressionnant. Déstabilisant.

– Oui.

Son cœur accélérait, en percevant son haleine tiède dans son cou.

– À Bruno Coquet, artisan-plombier. Il possède une grosse affaire à Saint-Omer. Ils ont un fils.

– Elle a dû faire son coming out au moment du divorce, s'amusa Hugo. Ou alors, elle est bisexuelle, voire pansexuelle. Qui sait ?

– Tu ne peux pas être sérieux deux minutes.

– Allez, décoince, Mylène. Ce matin, t'es vraiment bizarre. Tu es sûre que ça va ?

Il posa une main sur son bras. Des frissons firent écho à cette subite proximité. *Mince…* Elle ne parviendrait pas à se maîtriser. C'était pitoyable. Minable. Insupportable.

Et cette chaleur qui s'infiltrait dans tout son corps. Elle devait avoir l'air stupide. Impossible alors de relever le visage, sans se mettre à nu. D'autant que lui visiblement ne percevait pas le centième des sensations qui s'agitaient en elle. L'envie de l'implorer de lâcher son bras et de la laisser respirer l'envahit. Mais, là encore, le sentiment de passer pour une sombre idiote était plus fort. Elle ne pouvait pas bouger.

– *Hey*, Mylène, insista Hugo, d'une voix douce. Qu'est-ce qui t'arrive ?

Tenant son bras, il la tira vers lui. Le regard fuyant, Mylène cherchait à disparaître dans un trou de souris. Il plongea dans le fond de ses yeux. La connexion instantanée se fit de part et d'autre d'un filin invisible. Qui se dénouait au gré d'une pelote de laine qui dévalait un escalier invisible. La tendresse et le désir se mélangeaient dans son esprit. Puissamment. *Oh mince…* Elle voyait le reflet de ses pensées érotiques dans ses yeux.

Mylène réalisa qu'il ne la draguait pas. Il s'inquiétait.

Depuis le début, elle se faisait des films. L'évidence lui sautait au visage à cet instant précis. *Mais quelle conne…* Il était juste comme ça. Sexy en diable. À lui parler, la regarder sans arrière-pensée. Il était juste un collègue de boulot sympathique.

C'était bien elle seule qui avait cette attirance spontanée. Quasiment animale qui explosait en elle. Le ridicule la faisait rougir en même temps qu'elle prenait conscience de tout ça. Elle allait tomber dans les pommes si elle ne réagissait pas. Ou pire, l'embrasser. Mais que lui arrivait-il ? Elle devait se ressaisir.

– Je crois qu'il faut que j'aille aux toilettes, bredouilla Mylène, engluée dans ses bouffées de chaleur et le méli-mélo de ses pensées.

Les doigts de Hugo relâchèrent la pression autour de son bras, laissant s'échapper le délice de cet instant de magie. Mylène s'empressa de sortir du bureau. La honte de sa méprise gonflait les larmes dans sa gorge tout autant que l'envie violente de hurler.

29

Un jour, le crapaud sur pattes me coince dans la salle de bains. Philibert Arthus est nu. Écœurant. Maman n'est pas encore revenue du marché, c'est un frais dimanche matin d'automne. Les feuilles mordorées volettent dans les rues. Avant de partir, maman m'a fait couler un bain, débordant de mousse blanche. J'étais sur le point de m'y glisser lorsqu'il débarque dans la pièce d'eau et me colle au mur. Quelle idiote... J'ai oublié de fermer la porte à clé. Déjà, son ventre énorme me coince contre le carrelage glacial et la panique monte en moi.

– N'aie pas peur, ma jolie, murmure-t-il en me caressant la poitrine.

Je lui fiche des coups de poing dans le gras du bide et les jambes et me débats. Sortir de l'angle dans lequel il me retient prisonnière. Je comprends que ses intentions sont malsaines. Irréversibles. Et je vois son engin se raidir contre ma cuisse. C'est répugnant ! Je suis révoltée. Et maman qui n'est pas là pour se placer entre lui et moi, gérer la situation. Je hurle en cognant, mais en vain. Je ne fais pas le poids.

– Ça ne sert à rien, il n'y a personne pour voler à ton secours. Et puis, ne crains rien, tu vas aimer. À quoi pensais-tu,

ma jolie, depuis le temps que tu te laisses reluquer à poil. Je n'allais pas rester de marbre.

Il m'attrape par les bras, il me fait mal ce porc, et commence à m'embrasser la poitrine, puis glisse sa langue et sa bouche baveuse sur mon ventre. Je gigote plus que de raison, alors que mon esprit fonctionne à plein régime. Je dois trouver une échappatoire. Sortir de ce piège. Un bouillonnement de violence monte en moi, décuplant même ma force de gamine. Je revois le visage congestionné de papa après l'avoir étouffé. Déterminée, je comprends que j'irai jusqu'au bout.

Soudain, je trouve un espace, suffisant, pour me permettre de lui donner un brutal coup de genou dans les testicules. Je revois encore son visage, crispé de douleur, la grimace sur ses lèvres gercées, la surprise voilant son regard porcin. Ses mains relâchent mes bras et je me dégage aussitôt, m'extirpe du coin et m'approche de la baignoire. Devant la porte, il m'empêche de fuir la salle de bains. Je suis piégée.

Fou furieux, il parvient à surmonter sa douleur et se jette sur moi. Je fais un écart. Je l'esquive. Il est gros, mais je suis plus agile. Je lui fais un croche-patte. Alors, il bascule la tête en arrière et se fracasse le cou sur le rebord en céramique de la baignoire. D'un seul mouvement, il retombe au sol, gros poids mort. Et ne bouge plus.

Je reste à côté, à le surveiller d'un œil torve, le cœur givré. J'attends maman. Je suis pleine de haine. Puis elle rentre du marché. Le temps m'a paru une éternité avec l'insupportable écho du goutte-à-goutte du robinet qui claque sur la faïence. En découvrant son mari, un énorme lombric nu, face contre terre, et moi recroquevillée à côté, contre le mur, elle comprend et ne dit rien.

– Aide-moi, fait-elle. On va le mettre dans la baignoire.

À deux, on force, mais on parvient à le lever puis à le glisser dans l'eau. Avec de nombreux remous qui giclent et éclaboussent le sol. On pousse sa tête sous l'eau. Sous la mousse et ses pieds ressortent de l'autre côté.

– On va retourner au marché et faire semblant de le retrouver à notre retour.

– Mais il n'est pas mort noyé, maman…

– En effet, il n'est pas encore mort, ma chérie, précise-t-elle froidement, en lui maintenant la tête sous l'eau. Il va bientôt se noyer.

– …

– Allez, habille-toi. On part au marché en sortant par-derrière.

– Tu m'en veux ?

– Bien sûr que non. C'était un gros porc ! Bon débarras !

30

Suzie Loison raccrochait à l'instant le téléphone. Patraque, Zalesny l'informait qu'il gardait la chambre pour la journée. En fait, il était piqué dans son amour-propre. Dépité de réaliser l'innocence de Jonas alors qu'il avait vendu le contraire au maire. Il allait passer pour un incompétent. Comprenant à demi-mot, Suzie soupira de ses enfantillages et leva des yeux las sur la jeune femme surexcitée qui se tenait devant elle, à l'accueil.

– Je suis venue aussi vite que j'ai pu en apprenant la terrible nouvelle.

Le rouge aux joues, sans maquillage, des plumes et des perles entortillées dans les cheveux, elle portait une robe longue, bariolée de couleurs, semblant tout droit sortie d'un camp d'altermondialistes.

– De quoi parlez-vous ? fit Suzie en fronçant les sourcils.

– D'Anne-Charlotte ! Enfin ! Je suis bien au poste de police ? Pas à la supérette du coin…

– Oui, oui, vous y êtes.

– Mon associée a été retrouvée morte à Wimereux. Suicidée, soi-disant. C'est tout simplement impossible !

Anne-Charlotte n'avait absolument aucune envie de mettre fin à ses jours. On avait des milliers de projets. C'est une farce monumentale qui arrange bien tout le monde. Et hop ! Affaire classée ! Moi, je vous dis qu'il faut creuser l'affaire. Et enquêter !

– Vous parlez d'Anne-Charlotte Muller, reprit calmement Suzie en feuilletant ses notes. La dame retrouvée hier ?

– Oui, celle-là même. Dès que votre collègue m'a appelée, j'ai été sonnée. Et quand il m'a dit que le suicide en était la cause, là forcément, mon sang n'a fait qu'un tour et j'ai rappliqué depuis Lille. Me voilà !

– Oui. Et ?

– Le suicide ?! C'est impossible. Pas elle.

– Le suicide est un sujet compliqué, entreprit d'argumenter Suzie, avec bienveillance. On est souvent surpris, voire choqué, d'apprendre que les gens qu'on aime mettent fin à leur jour. Surtout si on a le sentiment de n'avoir rien vu ou de n'avoir pas été à l'écoute de la souffrance de l'autre…

– Non, non, non, non, non, coupa la jeune femme, exaspérée, en secouant vivement ses cheveux tressés de breloques. Je veux voir le commissaire !

– Bien, soupira Suzie, en constatant qu'elle n'arriverait à rien avec elle. Mylène Lambert va vous recevoir.

Suzie l'accompagna au bureau où les deux policiers travaillaient en silence derrière leurs ordinateurs.

– Je vais vous laisser et faire une pause, fit Hugo Gressier en ressortant avec Suzie Loison.

Mylène Lambert prit en note tout ce que la jeune femme lui répéta. Anita Colembert, la trentaine, n'était pas altermondialiste, mais créatrice de bijoux. Dans leur petite affaire, elle était l'artiste et Anne-Charlotte la commerciale. Celle qui démarchait les boutiques de fringues, de décoration, les salles d'exposition. Un duo qui fonctionnait à merveille depuis trois ou quatre ans. Les dates et les chiffres n'étaient pas trop sa tasse de thé. Son esprit était avant tout créatif, bouillonnant d'idées. Bref, elles étaient amies d'enfance, lilloises toutes les deux. Elles s'étaient perdues de vue pendant pas mal d'années, car Anne-Charlotte avait bourlingué dans le monde entier. Avant de finalement revenir en France et monter cette affaire avec elle. Douée pour le négoce, elle pouvait tout vendre. Un bagou d'enfer et un charme fou. Même si parfois, elle en faisait des caisses.

– Elle ne peut pas s'être suicidée, conclut Anita Colembert après cette rafale de mots, qui laissa Mylène pantoise.

L'air sceptique, elle retroussa le nez.

– Vous n'êtes pas commissaire ?

– Non, en effet. Mais je dois pouvoir vous aider.

– Mouais…

Mylène ne s'offusqua pas de son impolitesse. Elle n'était pas la première à réagir de la sorte en face d'une femme agent de police. La plupart des gens préféraient avoir affaire à un homme. Plus sérieux. Plus solide. Plus…

– Votre associée semble s'être jetée d'un pont et tout concourt à valider la thèse du suicide. Néanmoins nous allons vérifier certaines choses. Avez-vous des éléments qui pourraient nous aider à investiguer ?

– Elle avait obtenu des rendez-vous aujourd'hui et demain avec des boutiques wimereusiennes. Elle m'avait transmis son agenda. Je peux vous faire une image-écran de mon smartphone.

– Je veux bien merci. Autre chose ?

– Non, mais ça ne lui ressemble pas. Je n'en démords pas. Anne-Charlotte était une battante et notre projet la motivait terriblement, d'autant que ça marchait plutôt bien. Elle était même persuadée que j'avais du talent et qu'on allait – je la cite – « se faire un max de blé » !

– Elle était mariée ? Des enfants ?

– Non, célibataire, mais ça ne l'empêchait pas d'avoir des tas d'aventures. Un mec dans chaque port, elle disait ça en se marrant. Elle baisait et, hop, elle passait à autre chose. Focalisée sur le boulot.

– Vous lui connaissez de la famille ?

– Non, elle n'a plus personne. Ses parents et son jeune frère sont morts dans le tsunami de Phuket en 2004. C'est aussi une des raisons qui explique qu'elle profitait de la vie.

– Ça peut aussi expliquer le suicide ? fit Mylène. C'est un drame dont on se remet difficilement. Non ?

– Peut-être, mais non… Elle avait choisi la fureur de vivre.

– Un burn out ?

– Des conneries !

– Quelqu'un qui aurait pu lui en vouloir alors ?

– C'est ça forcément ! s'exclama Anita Colembert, en plaquant son poing à son front avec théâtralité. Un concurrent ou quelqu'un jaloux de notre réussite.

– Un nom ?

Ses épaules s'affaissèrent d'un coup. Son teint blêmit. Déballée, silencieuse, elle finit par faire non de la tête. Mylène nota son identité et ses coordonnées et la remercia pour son aide.

– On vous tient au courant, dit-elle en la raccompagnant à la porte du poste de police.

*

Hôtel du Centre. Dans le hall d'entrée, au carrelage à damiers blanc et noir, Zoé Rousseau se rencogna dans le fauteuil. Ainsi positionnée, elle voyait sortir les clients du coin restaurant. La réceptionniste lui avait indiqué que Gabriel Robert était descendu prendre son petit-déjeuner. Ça tombait bien. Pas très à l'aise pour le rencontrer dans sa chambre d'hôtel, elle préférait un lieu plus neutre. Après avoir consulté Facebook sur son smartphone, elle pensait avoir déniché sa photo, aux côtés de Flavie et d'un garçonnet. Tous les trois d'une blondeur de famille parfaite. Malheureusement le bonheur ne tenait pas toujours la distance des clichés ou des mises en scène sur les réseaux sociaux. Les derniers posts remontaient à trois ans. Depuis, le compte Facebook ne vivait plus.

Un couple amoureux passa devant elle en se tenant par la taille. Puis, une famille avec trois enfants turbulents, des Belges, s'exprimant flamand. Enfin, elle reconnut Gabriel Robert. Le visage fermé, le regard vide. À l'instar d'un fantôme condamné à errer dans les couloirs de l'hôtel. Elle se leva d'un bond, alla à sa rencontre. Un sourire sur les lèvres, elle mit de la douceur dans la voix. Ne pas l'effrayer ni le braquer. Tenter de l'amadouer malgré les blessures.

– Bonjour, je suis une amie de Flavie.

Éteint, il ne la voyait pas, alors qu'elle était juste devant lui.

– Je ne veux pas vous importuner, car j'imagine aisément que votre peine est immense… Mais je suis triste de la savoir partie. Et je voulais vous parler d'elle… J'ai le sentiment d'avoir été une de ses rares amies ici…

– Ah, finit-il par dire, le timbre de voix atone. C'est gentil…

– Je peux vous offrir un café ? Et on pourrait parler de Flavie…

L'audace tournait à l'inconfort, à l'exagération. Zoé savait qu'elle en faisait trop. Parfois, beaucoup trop. Le métier de journaliste demandait d'être culotté, voire un brin machiavélique pour arriver à ses fins. Mais cherchant à se donner bonne conscience, elle se dit que Flavie aurait souhaité cette opiniâtreté. Peut-être qu'elle n'avait pas mis dans son scope son mari, mais Zoé estimait qu'il ne fallait jamais rien négliger. Et, puis, lui seul pouvait lui parler de la Flavie d'avant. Son enfance, son adolescence, ses premières années de jeune femme. Cette partie de sa vie pouvait permettre d'éclaircir sa personnalité, son attitude envers les hommes ou les femmes.

– Je viens de prendre un café, remercia poliment Gabriel Robert. Mais on peut s'asseoir quelques instants dans le hall. Pourquoi pas après tout. Flavie me manque tellement.

– J'ai vu la belle photo de vous trois sur Facebook.

– Elle vous l'avait montrée ?

– Elle m'avait parlé de vous en effet, précisa Zoé, qui ne voulait pas trop lui mentir.

– Ah bon ? Je pensais qu'elle nous avait rayés de sa vie.

– Non, le rassura Zoé, avec délicatesse. Je crois que c'était compliqué dans son cœur.

– Tout a toujours été compliqué chez Flavie…, admit-il, le regard en vadrouille dans ses souvenirs. Un soleil incandescent, puis une tornade. L'eau et le feu. Elle était tout ça.

– Son enfance n'a pas été aisée ?

– Elle a souffert de ne pas connaître son père. Il est parti quand il a su que sa mère était enceinte. Et puis sa mère était spéciale. Flavie semble avoir vécu en huis clos à Reims. Ses études d'institutrice à Paris ont été une délivrance. Enfin c'est ainsi que je l'ai ressenti.

– Sa mère vit toujours ?

– Je ne sais pas. Quand on s'est rencontrés, elle a à peine évoqué son enfance. Très vite, elle a refermé la porte sur tout ça. Impossible d'évoquer à nouveau le sujet.

La mélancolie avait chassé la douleur sur son visage. Parler de Flavie lui mettait du baume au cœur. Zoé se sentit du même coup moins coupable d'avoir manigancé ce stratagème.

– Je ne sais pas ce que je vais dire à Barnabé, fit-il la voix tremblante. Il a tout juste cinq ans. Est-ce qu'on comprend à cet âge-là ?

L'envie de lui prendre la main, de la poser contre sa joue pour la réchauffer, de lui transmettre un peu de force la démangeait. Mais c'était inconcevable de faire un tel geste. Et lui répondre trop ardu. De quel droit pouvait-elle s'avancer à lui donner des conseils ? Que savait-elle du déchirement que provoque le décès d'une maman à cet âge-là ? Elle préféra serrer les lèvres, lui offrir un sourire navré, mais ourlé de bienveillance. Il parut le saisir au vol, puis se leva. Les yeux humides, il la remercia et partit vers l'ascenseur.

*

Indéniablement, Liane faisait la tête en ouvrant la boutique. Elle manipulait les portants avec fureur. Les agençait dans un ordre précis, espacé, à l'intérieur, quelques-uns sur le trottoir. Ça cognait, ça claquait, ça crissait sur le parquet, contre les murs. Elle aurait un mal de chien à mettre un sourire accueillant sur son visage. Ils iraient tous se faire voir ailleurs, habitués, touristes, même le pape s'il passait par là. Elle était d'humeur détestable et ce n'était pas près de s'atténuer.

Au réveil, elle s'était encore une fois retrouvée seule dans le lit tiède. Sur l'oreiller, un mot d'Alix lui annonçait être partie soutenir Melvil, terrassé par la douleur. *Connard…* Et sa douleur *à elle*, Alix s'en contrefichait. *Qu'elle aille se faire foutre ! Elle, lui, tous les autres !*

Liane se sentait manipulée. Vulgaire marionnette de chair et d'os. Alix la prenait quand bon lui semblait puis la jetait. Une boule froissée entre les mains puis bazardée dans la cheminée, sur la braise rouge. Elle n'était qu'un vulgaire détritus.

Rien ne se passait comme elle le souhaitait. Et c'était ainsi depuis toujours. À croire que jamais elle n'aurait de répit.

La clope à la main, elle fit tomber sa cendre sur un chemisier en soie. La vengeance avait la saveur de l'amertume. Si elle avait pu les trouer ou leur pisser dessus, elle l'aurait fait. *Bah…* C'était puéril, mais ça l'aurait diablement défoulée. Et voilà que la rage rugissait dans sa poitrine. Une rage froide, brutale. Les yeux secs, creusés de cernes noirs, et l'envie de hurler enflait.

– Bonjour, lança Mylène Lambert en passant une tête avenante par la porte ouverte. On peut entrer ?

– Oui, soupira Liane.

Lambert et Gressier pénétrèrent dans la boutique. Après la déposition d'Anita Colembert, Mylène avait proposé à Hugo d'aller vérifier les différents rendez-vous. D'autant qu'elle devait pouvoir bosser avec lui sans avoir ses vapeurs. C'était aussi un test pour elle. Le trajet du poste de police par la rue principale jusqu'à la première boutique s'était fait dans un silence embarrassé. Mais très vite, le professionnalisme avait repris le dessus, en interrogeant les commerçants. C'était la quatrième boutique. Et Mylène était soulagée. Car devoir renoncer à faire équipe avec Hugo était inconcevable. Elle évitait juste de croiser son regard. Se sentant toujours fragile de ce côté-là.

– Vous connaissez cette personne ? fit Mylène en lui montrant une photo.

– Oui, c'est une vendeuse de bijoux fantaisie. Anne-Charlotte…

– Muller.

– C'est ça. Anne-Charlotte Muller.

– Vous travaillez avec elle ?

– Hum. C'est récent. Elle nous a démarchés au printemps, on lui a pris pas mal de bijoux, ils sont là, fit Liane en pointant de l'index une étagère de colliers, boucles d'oreilles et bagues. Elle est repassée il y a quelques jours afin de nous montrer la nouvelle collection. Elle doit d'ailleurs venir cet après-midi ou demain. Je ne sais plus bien. Ce n'est pas moi qui tiens l'agenda des rendez-vous, c'est Alix.

– Vous avez remarqué quelque chose lors de ces passages en boutique ?

– Comme quoi ?

– Un truc anodin ? Anormal ?

– C'est un véritable moulin à paroles. Mais c'est sans doute normal pour une fille qui vend sa marchandise.

– Rien d'autre ? insista Mylène, déçue.

Jusqu'à présent, ils n'obtenaient rien de concret à ajouter au dossier. Le regard dans le vague, Liane faisait un effort, en fouillant sa mémoire.

– J'ai eu le sentiment que Melvil et elle se connaissaient. C'est difficile d'être sûre, mais il y avait un je-ne-sais-quoi étrange… C'était lors du premier rendez-vous. Il était là avec Flavie. Et je l'ai trouvé bizarre, coincé… Non, plutôt mal à l'aise. Oui, il ne voulait pas que ce soit dit… Alix, d'ailleurs, ne peut pas l'encadrer, mais rien d'étonnant, Alix n'aime pas grand monde. C'est moi qui ai insisté pour qu'on lui reprenne des bijoux cette fois-ci. Ils sont vraiment magnifiques et se vendent facilement.

– OK, merci.

– Pourquoi ces questions ?

– Elle s'est suicidée hier, fit Mylène, après un bref moment d'hésitation – l'annonce était parue dans la presse du matin, il n'y avait donc pas de raison de garder secrète cette information.

– Ah bon ? s'étonna Liane. Elle semblait en pleine forme et très motivée par ses ventes. Et comment ?

– En sautant du pont, au-dessus de la voie de chemin de fer.

*

En sortant de l'*Hôtel du Centre*, Zoé aperçut les policiers dans la boutique *Les Belles Fringues* sur le point de partir. Avec Liane. Ça ne pouvait pas être une coïncidence. Elle se retourna prestement, fit mine d'examiner une affiche collée sur la vitrine de l'hôtel. Puis, après s'être assurée que la voie était libre, elle traversa la rue, en courant entre les voitures. Et s'engouffra dans le magasin. Liane était seule.

– Salut ! fit-elle en lui claquant deux bises sur les joues.

– Oh, salut Zoé, répondit Liane. Tu sors enfin de ta tanière !

– Oui.
– Tu as fini ton bouquin ?
– Presque.
– Quel bon vent t'amène ?
– Rien de particulier. Je passais dans le coin. J'ai vu les flics sortir de la boutique. Vous n'avez pas de problème ?
– Non, mais c'est un peu la merde, en fait, soupira Liane en repliant des pulls sur les étagères. Tu es au courant pour Flavie ? Elle est morte hier. Assassinée.
– Oui, j'ai appris ça. Quel drame !
– Et puis, maintenant, une fille qui nous vend des bijoux s'est suicidée. Enfin c'est de ça qu'ils sont venus me parler aujourd'hui. Une fille pas dépressive pour deux sous. Et je sais de quoi je parle.
– Putain, s'exclama Zoé. Ça fait beaucoup de morts autour de Lemarchand.
– Tu résumes assez bien ma pensée.
– Et Alix Moucron, reprit Zoé avide de curiosité. Elle en pense quoi de tout ça ?
– Que ça ne vous regarde pas, mademoiselle Rousseau !
La voix de la gérante retentit. Liane fit un bond, une pile de pulls s'écroula. Zoé frissonna, en serrant les mâchoires de rage. *Merde…* Il ne manquait pas grand-chose à cette intéressante conversation avec sa copine vendeuse. Et voilà qu'elle débarquait. Avec cet air sinistre qui en disait long sur l'animosité qu'elle nourrissait à son encontre. Elle ne pouvait pas la piffrer, ça ne faisait aucun doute.
– Décidément, vous êtes partout à fouiner. Cette manie que vous avez de vouloir vous repaître du malheur des autres. Faire du sensationnel pour votre feuille de chou. Ça suffit.

Je vous demande de sortir de la boutique et d'arrêter de vous mêler de ce qui ne vous regarde pas.

– Vous vous méprenez, je vous assure. On ne fait que discuter.

– Ouste ! Mademoiselle la journaliste. Vous n'êtes pas la bienvenue ici, chez moi.

Vexée, Zoé ne chercha pas à parlementer plus longuement. Ça ne servait à rien. Elle fit un clin d'œil désabusé à Liane, puis sortit du magasin.

– Et toi, arrête de jacasser ! Tu devrais te méfier de cette fouille-merde !

– Va te faire foutre, rétorqua Liane, en repliant les pulls tombés sur l'étagère.

31

Une nouvelle discussion s'imposait avec Melvil Lemarchand afin de préciser certains détails. Après un rapide coup d'œil à sa montre, Marcus Kubiak renonça à attendre Maclean qui avait fort à faire à la suite des récents déboires de sa fille. D'autant que la villa « Bella Luna » était à cinq minutes à pied, sur l'autre rive du Wimereux. Avec un peu de chance, Lemarchand serait chez lui. Et il obtiendrait des réponses à ses questions.

Dans la rue, le flot des estivants déboulait en ce début de juillet au rythme des voitures aux plaques d'immatriculation étrangères. En majorité des Belges. Les difficultés de stationnement et les embouteillages fleurissaient, au grand dam des locaux. C'était le désagrément estival de toute station balnéaire. La contrepartie résonnait en monnaie sonnante et trébuchante dans les tiroirs-caisses des commerçants, des restaurateurs et des hôteliers.

Le soleil dardait ses rayons tièdes alors qu'un vent léger ondulait la surface de la rivière. Machinalement, Marcus mit ses lunettes de soleil. Il salua plusieurs visages familiers d'un sourire ou d'un geste de la main, l'esprit absorbé par ses réflexions sur l'enquête. Jonas Becker n'était pas encore totalement disculpé, même si les preuves collectées rendaient son innocence quasiment irréfutable. Le soulagement immense avait la saveur d'une victoire inespérée obtenue sur le fil alors que tout concourait à l'enlisement. Marcus était persuadé qu'il ne pouvait en être autrement, seul un monstre pouvait assener ainsi des coups de couteau dans le corps d'une femme endormie. Cinq coups mortels. Et Jonas n'était pas un monstre. Soit, il n'était pas un saint avec ses coucheries à gauche et à droite. Mais la luxure, d'autant plus consentie par sa femme et par ces dames lors de ses cinq-à-sept coquins, n'était pas un crime. Alors, oui, le soulagement était immense. Marcus irait relater à Jonas Becker le fruit des premières investigations. À Lotte aussi.

Marcus s'apprêtait à gravir le perron de l'entrée de la villa quand il aperçut la porte du garage entrouverte. Il alla voir. Dans le fond, une autre porte, ouverte elle aussi, donnait sur une arrière-cour. Remontant ses lunettes de soleil sur le haut du crâne, Marcus pénétra dans le garage. Quasiment vide et rutilant de propreté. Peint en blanc. Seules des traces noires de pneus griffaient le sol. Surprenant. Tout le contraire du bordel ambiant qui régnait dans la majorité des autres garages alentour.

Au moment de s'engouffrer par la porte du fond, Marcus manqua de percuter Melvil Lemarchand qui revenait en sens inverse.

– Que faites-vous là ? s'étonna-t-il.

– Je voulais vous voir. C'était ouvert. J'en ai déduit que vous étiez par ici.

– Perspicace.

– Ça n'a pas l'air, reprit Marcus en glissant une la tête par la porte ouverte, mais c'est grand. On ne se rend pas compte de l'espace qu'il y a à l'arrière des villas. Je peux jeter un œil ?

– Faites comme chez vous, rétorqua sèchement Melvil.

– Vous avez combien en surface ? Une cinquantaine de mètres carrés ?

– Cinquante-cinq exactement.

– Pas mal. Vous n'avez pas de verdure ? Un bout de jardin ?

Suspicieux, Lemarchand marqua un temps d'arrêt avant de répondre :

– J'avais un jardin, mais l'entretien, c'est pas mon truc.

– Ah, vous n'avez pas la main verte, vous non plus, fit Marcus en opinant du chef. Je comprends, moi c'est pareil, mais j'ai tout laissé. Alors au bout d'un moment ça broussaille, ça jaunit, ou ça crève. Vous, en revanche, vous avez bétonné. C'est une idée…

– Vous vouliez me parler ? coupa Lemarchand, agacé.

– Oui, fit Marcus en jetant un dernier coup d'œil circulaire à la cour intérieure.

Lemarchand referma à clé la porte à l'arrière du garage. La venue du policier l'irritait. Il peinait à garder son calme. Son regard bleu luisait d'un éclat métallique peu engageant. L'une de ses paupières tressautait. Encouragé par sa gêne, Marcus insista.

– Le béton est récent ?

– Non, pas vraiment. J'ai fait ça il y a quelques années.

– C'est plutôt réussi, une sorte de béton ciré…

– Mais, franchement, vous n'êtes pas venu parler bricolage ? soupira Melvil en l'entraînant à sa suite dans la maison.

– Non, en effet. Excusez-moi. Je m'impose alors que vous avez sans doute fort à faire. C'est l'enquête qui m'amène ici. Nous sommes voisins. J'ai fait un saut pour vous poser deux ou trois questions.

Marcus Kubiak le précéda dans le salon. Une puissante lumière dorée s'engouffrait par les fenêtres venant lécher le mobilier chic et les étoffes délicates. Un pesant silence s'étirait, épais, entre les deux hommes. Une lutte de pouvoir qui ne voulait pas dire son nom semblait se jouer entre deux coqs de basse-cour. La démarche souple de Lemarchand ne pouvait occulter une légère claudication. Le genou droit affichait une raideur, à peine perceptible, mais suffisante pour être remarquée par un œil observateur.

– Vous boitez ? s'enquit Marcus, en plissant le front.

– De l'histoire ancienne. Une chute à vélo quand j'étais gamin, qui m'a valu une fracture du genou et une cicatrice.

De l'index, l'homme pointa une belle estafilade sur la tempe gauche, à la limite du cuir chevelu, où la peau lisse s'était dépigmentée.

– Vous êtes plutôt casse-cou ! s'amusa Marcus en glissant ses mains dans ses poches. Votre coquard à l'œil ? Il est plus récent. C'est dû à quoi ?

– Bah… Je me suis cogné.

Son regard sombre jaugeait les intentions du policier. Une pointe d'agacement perçait dans ses pupilles. À quoi rimait cette discussion de comptoir ? À tourner ainsi autour du pot. Ça ne lui plaisait guère. Il décida de prendre les devants. Ne disait-on pas que la meilleure défense était l'attaque ?

– Hier, quand vous êtes venus avec votre collègue, vous ne m'avez pas parlé du type qui a assassiné Flavie sauvagement. J'ai lu la presse. Ils ne disent pas grand-chose, mais ce *détail* est mentionné. Car ça semble n'être qu'un *détail* pour vous ?

– Non, répliqua posément Kubiak. Ce n'est pas un détail.

– J'espère qu'il va payer après ce qu'il a fait, siffla Lemarchand, alors qu'un rictus haineux lui crispait le menton.

– Tout porte à croire qu'il n'est pas le meurtrier.

Soudainement, Melvil Lemarchand accusa le coup. Les yeux horrifiés, la bouche tordue, il se mit à bégayer.

– Vous... Vous plaisantez ?

– Non, de premiers éléments tangibles viennent étayer ce constat. Nous vérifions encore certains points. En conséquence, nous élargissons notre champ d'investigation.

Lemarchand avala sa salive bruyamment, marquant un imperceptible mouvement de recul. Le policier scrutait la moindre de ses réactions, à l'affût d'indices pouvant étayer ou infirmer ses soupçons.

– Ça veut dire quoi vous élargissez ? Je suis suspect ?

– Je n'ai rien dit de tel, monsieur Lemarchand. À ce stade, il est nécessaire de se recentrer sur la victime. De mieux la connaître. De cerner son état d'esprit et ses éventuelles préoccupations. D'identifier les mobiles qui auraient conduit à la tuer, à procéder de la sorte et à faire incriminer quelqu'un d'autre.

– C'est une vaste blague ? Vous avez le tueur sur les lieux du crime, mais... À bien y regarder... ce n'est pas le *bon* tueur... Et même que ça pourrait être une *autre* victime...

Marcus ne releva pas l'impertinence de ses propos. Sortant son calepin, il poursuivit calmement :

– Vous m'aviez répondu hier, mais je souhaite vous reposer cette question. Vous saviez qu'elle avait une liaison ?

– Oui, admit-il à regret. Elle s'en était vantée. Elle voulait me rendre jaloux.

– Vous l'étiez ?

– Oui.

– Quelle a été votre réaction ?

Il détourna le regard et lâcha.

– Celle d'un homme amoureux blessé…

– C'est-à-dire ?

– Flavie était volcanique, reprit-il, et même physique dans ses rapports de force. À vous malmener de ses poings autant que de ses mots. Cinglante ! Alors, j'avoue l'avoir giflée puis mise à la porte… en lui disant qu'elle pouvait bien retourner dans les bras de ce type, si c'était ce qu'elle voulait…

– Et vous, monsieur Lemarchand, vous aviez une liaison ?

– Non.

– Vraiment ?

– Oui.

– Pouvez-vous me décrire la nature de la relation que vous entretenez avec Alix Moucron ?

Lemarchand accusa le coup.

– Professionnelle, finit-il par dire. On se connaît depuis des années. J'ai engagé Alix aux débuts de la boutique. C'est une bosseuse, alors quand j'ai voulu me développer sur Le Touquet, j'avais besoin d'une personne de confiance pour reprendre la gérance ici. Tout naturellement, elle s'est imposée.

– Et c'est tout ?

– Oui, c'est tout !

L'irritation montait, Melvil se crispait, les poings serrés. Sa paupière tressautait. Sa réaction était éloquente. Marcus avait sa confirmation. Il posa encore deux ou trois questions pour la forme puis repartit au poste de police.

32

Elle toqua de l'index à la porte avant de glisser une frimousse souriante à l'intérieur. La chambre embaumait les fleurs de coton. Une senteur délicate, suave, tellement plus agréable que l'odeur âcre du grand âge qui flottait dans les couloirs de la maison de retraite et piquait le nez.

– Bonjour Léonie. Je ne vous dérange pas ?

– Oh ! Mais non, au contraire, murmura la vieille dame, alors que son teint s'illuminait de joie. Flavie, c'est ça ?

– Zoé.

– Oh… Je mélange tout par moments.

– Ce n'est pas un souci. D'autant que ce n'est que la deuxième fois que je viens vous voir.

De sa main fripée, Léonie lui fit signe d'approcher de la fenêtre. Elle passait ses journées rencognée dans ce fauteuil, à regarder la mer ondoyer sous les vents du détroit ou le ressac incessant des marées, les navires fendre les eaux opalines, les mouettes faire la course après le soleil, les nuages éclabousser le ciel. D'indolentes et longues journées à contempler la vie des autres qui s'effeuillaient. Pétale après pétale. Sans doute aussi à revivre ses souvenirs. À sourire aux instants doux ou cocasses. À s'émouvoir ou à pleurer quand la tendresse ou la tristesse ramenaient les lames de fond à la surface. Celles enfouies car trop douloureuses.

Un pincement au cœur, Zoé se demandait si vieillir était synonyme de travelling arrière permanent ou s'il était encore possible de savourer l'instant présent, voire de saupoudrer une vie en sursis d'une pincée de lendemain ou de surlendemain. Zoé n'aimait pas trop l'idée du temps qui passait, ni le reflet fané que son visage aurait au-delà de la soixantaine, ni son corps affaibli, brisé. Elle balaya ces pensées, recolla à l'instant présent, à la raison de sa présence ici. Elle brandit un ravissant bouquet de fleurs jaunes qu'elle tenait caché dans son dos.

– Des craspédies, ponctua Zoé.

– Oh ?! Il ne fallait pas ! s'extasia gaiement Léonie. Elles sont magnifiques. Je préfère les nommer « têtes de laine » plutôt que de ce nom savant que les botanistes leur donnent. C'est tellement plus imagé.

– Vous avez raison, c'est plus joli. Vous avez un vase ?

– Oui, dans l'armoire, en haut à droite. Enfin je crois. On ne m'offre pas souvent de fleurs. C'est dommage, car je les adore.

– Et voilà ! ponctua Zoé, après avoir empli d'eau fraîche un broc transparent et réparti les tiges.

– Mettez-les sur la table, près de la fenêtre. Elles aiment la lumière. Et dites-moi l'objet de votre gentille visite.

Elle ne perdait pas *toujours* le nord, songea Zoé, en esquissant un sourire. L'infirmière lui avait bien expliqué que sa conscience et sa mémoire fluctuaient au gré de la journée. Avec parfois des absences ou arrêts sur image.

L'incompréhension était vive de voir qu'elle pouvait être totalement déboussolée ou perdre les pédales, alors que d'autres fois tout semblait intact. Difficile d'allier ces deux états paradoxaux au sein d'un même individu. Le temps et la dégénérescence répandaient des effets terribles, irréversibles.

– Toujours mon article sur votre fils.

– Ah oui, c'est vrai, soupira Léonie, saisie d'une évidence fugace. Je pourrais vous en parler tout le jour. *Mon* fils. Une mère en a toujours plein la bouche de son fils.

– Il n'a jamais été marié ?

– Non. Yarol a toujours été indépendant, excessivement solitaire, depuis son plus jeune âge. Trop sans doute pour se lier avec une femme et fonder une famille. À mon grand dam d'ailleurs ! Je ne lui ai jamais connu de petite amie.

– Yarol ? s'étonna Zoé avec douceur. Vous voulez dire Melvil ?

Une ombre furtive opacifia la grisaille de son regard de vieille dame qui luttait avec ses souvenirs. Parfois à contre-courant. Elle avait ses idées, mais mélangeait les prénoms. Celui-là en l'occurrence était assez rare pour être remarqué. Sans doute les dates, les lieux aussi. Peut-être que parfois ça coinçait. Sans réelle raison, juste par inadvertance. Juste parce qu'avec le temps c'était ainsi, moins précis, moins net.

– Oui, répondit-elle amère. Bien sûr, Melvil. Mais où ai-je la tête ? C'est terrible ce mélange perpétuel qui s'agglutine dans mon cerveau. Je sais qu'un jour, pas si lointain, mes idées se seront évaporées. Je finirai comme une coquille vide. Les êtres chers n'existeront plus, leurs noms, leurs prénoms, leurs visages, s'effaceront de ma mémoire. Les souvenirs qui nous lient. Les émotions, les odeurs. Je feuilletais parfois mon album photo, pour me remémorer les instants passés. C'était devenu trop douloureux. Alors j'ai arrêté. Marceau, mon mari, me manque. Il est mort depuis longtemps. On devrait pouvoir aller au bout *ensemble* et partir *ensemble*. Mais je m'égare…

– Je vous comprends, fit Zoé en lui caressant la main. Ce que vous dites est si vrai.

– Vous êtes bien sympathique. Mais nous parlions de Melvil.

– Oui, Melvil ? fit-elle, l'encourageant à poursuivre.

– Seul son travail compte. Alors une femme aurait bien peu de place. J'ai bien cru un moment qu'il se passait quelque chose avec la vendeuse à qui il a confié la gérance de la boutique. Elle est plus glaciale qu'un iceberg. Alix, un prénom de serpent à sonnette qui claque, s'amusa Léonie. En même temps, force est de constater qu'ils se retrouvent merveilleusement bien autour du Dieu « travail » et de Sa Sainteté le « tiroir-caisse ».

Ils étaient plutôt bien assortis, en effet. Bien plus que ne l'étaient Melvil et Flavie. La blondeur chaleureuse de la défunte passa devant ses yeux. Un rayon de soleil lui dessina un sourire nostalgique sur les lèvres.

– Peut-être ont-ils fricoté ensemble, cancanait Léonie, en glissant une main fripée sur sa bouche taquine. Vous allez me trouver « olé olé », Zoé ?!

– Mais non. Une mère sent souvent ce genre de choses.

– Hum… Sans doute. Je ne l'aime pas beaucoup Alix. Elle vient parfois me voir. Entre nous, je ne comprends pas pourquoi elle vient. Je sens bien qu'elle ne me porte pas dans son cœur non plus. Elle m'assène deux ou trois banalités puis se met à la fenêtre et regarde l'horizon. Avec son visage pincé et austère. Une vraie mégère.

– Peut-être n'est-elle pas à l'aise…

– Elle vient juste s'assurer que je ne fais pas de vagues.

– Vraiment ? Mais pourquoi ?

D'un geste de la main, Léonie balaya ses pensées. Soudain son visage s'illumina.

– Parler m'assèche la gorge, jeune fille. Si nous prenions un petit porto ?

– Oh ? minauda Zoé, un voile rose sur les joues. Vous croyez ?

– Allez. Personne n'en saura rien.

*

– Il faut que papa et toi vous gardiez Barnabé encore quelques jours.

Le smartphone était plaqué à son oreille, et la pâleur de son teint fichait les chocottes. Les mâchoires tendues prêtes à s'effriter en poussière fine. L'acier métallique dans le bleu des yeux… Le désespoir creusait ses traits, la douleur aspirait le sang de son visage. Gabriel Robert n'était plus que l'ombre de lui-même. La boule de plomb lui déchirait l'estomac, à mourir sur place. « Une douleur à en crever », disait-on. C'était si vrai. Les larmes s'étaient taries. Son cœur battait au ralenti, poussif, à la limite de s'arrêter.

– Que se passe-t-il ? s'inquiétait la voix maternelle à l'autre bout du fil.

– Rien, je t'expliquerai. Plus tard. Il faut que je reste encore un peu.

– Gabriel, tu n'es pas dans ton état normal. Je m'en rends bien compte.

– Ne t'inquiète pas, m'man.

– C'est encore Flavie qui fait des siennes. Cette femme ne sème que le malheur dans ta vie. Elle est mauvaise.

– Arrête, m'man. Ne dis pas ça. Si Barnabé t'entend…

– Il est avec ton père, à la pêche. Arrête de t'accrocher à elle, Gabriel. Elle est partie avec ce type. C'est malheureux, mais, crois-moi, c'est ce qui pouvait vous arriver de mieux à Barnabé et toi. Ta vie avec elle n'était pas heureuse. Trop de violences…

– Arrête !

– Tu mérites mieux, Gabriel, crois-moi. Et Barnabé aussi.

– Arrête, m'man ! hurla-t-il en jetant son téléphone contre le mur.

Il se prit la tête à deux mains, il fallait estomper le fiel des mots prononcés. Tout effacer. À commencer par le souvenir violent de la mort de sa femme. Un déchirement. C'était au-dessus de ses forces. Imaginer ne plus pouvoir contempler son beau visage, se noyer dans ses yeux immenses, s'enivrer des grelots de son rire, se bercer de sa voix. Et sa peau veloutée, une caresse infinie. Et son corps à se damner l'âme dans les flammes de l'enfer. Son absence irréversible allait lui faire perdre la raison. L'espoir fou de pouvoir la reconquérir l'avait fait venir ici. À présent, il n'y avait plus rien, plus d'espoir, plus de vie.

La douleur lui tordait le ventre, enflait, nénuphar anthropophage. Lui cisaillait les entrailles. Plié en deux, il s'écroula sur le lit. Un cri de souffrance englué dans la gorge. Un hurlement sourd, agonisant. Les larmes, le souffle, plus rien ne parvenait à sortir. Pantin désarticulé, sans vie.

Une voix lointaine hurlait son prénom.

Alors il comprit que le smartphone ne s'était pas brisé en mille morceaux et que sa mère s'époumonait à l'autre bout. Qu'elle aille au diable !

33

La douche froide lui avait fait le plus grand bien, mais n'avait pas effacé la monstrueuse gueule de bois. Laure Maclean allait sans doute la trimbaler un moment. Comme le fil à la patte qu'on ne parvenait pas à ôter. Son reflet dans le miroir était détestable. Les yeux cernés, le teint pâle, la bouche pâteuse. Elle se faisait horreur depuis déjà plusieurs années. Elle n'aimait pas sa vie. Elle ne s'aimait pas. Sa faute à lui. Et ça n'était pas sa bouche en cœur ou son sourire mièvre qui allaient changer les choses. *Sombre connard.*

De dépit, elle se frictionna les cheveux mouillés à l'aide d'une serviette.

– Mais qu'est-ce que je fous ici ? Chez ce minable..., se lamenta Laure alors qu'une rage sourde fulminait en elle.

L'envie de vomir la reprit. Elle inspira, expira, les yeux fermés. Refouler le mal de mer qui revenait. Concentrée sur sa respiration, les larmes lui embuaient les yeux pendant qu'un frisson de dégoût lui électrisait la nuque.

– Tout va bien ? hurla la grosse voix de son père au travers de la porte. Ça fait une plombe que tu es enfermée dans la salle de bains.

Levant les yeux au ciel, elle reprit ses esprits, puis enfila les vêtements de sa sœur qu'il lui avait passés. Julie avait toujours pris fait et cause pour leur père, de tout temps, surtout aux grandes heures peu glorieuses de son ivrognerie sans pareille. La relation perdurait entre eux. Preuve en était ses vêtements laissés dans la penderie. Au cas où elle en aurait besoin lorsqu'elle restait dormir. Parfois. La brosse à dents dans le verre. La bouteille de parfum Dolce & Gabbana rempli aux trois quarts. Laure n'avait jamais compris sa sœur et sa manie de se dresser contre sa mère et elle. À toujours vouloir lui trouver des circonstances atténuantes. Mais atténuantes de quoi ? Il se mettait bien tout seul dans ses états d'ébriété avancée. Que faisait-il, lui le père, pour elles ? À part se saouler et rouler dans les caniveaux ou sur le parquet à l'entrée de la maison. Pitoyable. Déplorable. À les oublier. Ne pensant qu'à lui, à sa picole. À ses démons, peut-être. Qu'est-ce qu'elle en savait de ses démons d'ailleurs ? *Et alors ?* Sale égoïste. Il avait changé ? Sevré, repenti. Les AA, merveilleux, salvateurs. *Et alors ?* On n'allait pas non plus lui décerner une médaille et le métamorphoser en saint homme. Il resterait toujours le père défaillant, l'incapable, un égocentrique bon à rien. Le sempiternel absent lors des câlins du soir ou des terreurs nocturnes. Celui qui aurait dû la pousser dans le dos lors de sa première sortie à vélo, sans les roulettes. Tenir le stand de la pêche aux canards à la kermesse de l'école. L'encourager au cross en courant à ses côtés, tout en dispensant de précieux conseils. Ou bien encore venir la chercher en classe quand elle était fiévreuse. Tout ce que les autres pères faisaient. Tout ce qu'elle avait en vain espéré de lui, mais qu'il n'avait pas fait. Ou pire, qu'il avait fait de travers. Se prenant les pieds dans le tapis.

Avec la trogne des mauvais jours. L'haleine chargée d'alcool et le cheveu crasseux. Lui fichant même la honte devant les autres. Ses amis, leurs parents ou les professeurs.

Dans le pantalon de toile légère et le tee-shirt blanc floqué « Ariana Grande », Laure ressemblait à Julie. Même silhouette fine.

– Alors ? beugla son père une nouvelle fois. Tu vas sortir de la salle de bains ?

– J'arrive ! soupira Laure, en recoiffant ses boucles brunes humides entre ses doigts.

La porte s'ouvrit sur lui. Il la couvait d'un regard inquiet.

– Tout va bien ! claqua-t-elle sèchement. Je n'ai pas vomi dans la douche. T'inquiète !

– Laure, Laure, Laure, bredouilla-t-il, saisi par l'amertume qui crissait dans la voix de sa fille. Et si nous essayions de parler sans nous agresser ?

– Pfuit, siffla-t-elle en lui filant sous le nez.

Mais dès qu'elle bougeait un peu trop vite, son esprit tournoyait, son estomac se retournait. Tout tanguait. Dangereusement. La nausée affluait. Ses tempes se glacèrent instantanément. Elle se mit à grelotter. Les lèvres bleuies et les gencives plus sèches qu'un désert africain.

– Ah… Putain… J'me sens pas bien…

– Viens là, dit-il en la tenant fermement par le bras et la taille. Tu vas t'allonger sur le canapé et te reposer.

– *Fait chier…*

– Allez, Laure. Ça va passer, mais rien de tel que le sommeil pour faire place nette et chasser une méchante gueule de bois.

– *Putain, fait chier…*

– Arrête donc un peu de jurer pire qu'un charretier.

Étonnamment Laure capitula, se laissa faire. Positionnée sur le côté, en chien de fusil, elle ferma les poings sous le menton, se cala douillettement. Ne plus bouger, maîtriser les remous. La joue enfoncée dans le moelleux de l'oreiller. Elle inspira, puis expira. Se concentrer sur sa respiration, reprendre le contrôle. Chasser les roulis du bateau ivre.

Maclean l'enveloppa d'une épaisse couverture. Les tremblements s'estompaient. Laure ferma les paupières sous le regard triste de son père.

*

– Je ne le sens pas Lemarchand, fit Marcus Kubiak, sceptique.

Il avait convoqué un briefing avant d'achever cette deuxième journée d'enquête. L'été distillait sa douceur par l'unique fenêtre de la pièce exiguë. Le relent d'humidité s'estompait même à force d'aération. Mylène avait fini par renoncer à ses huiles essentielles et à leurs supposés bienfaits pour tempérer les mauvaises odeurs. Rejoignant l'avis de tous de laisser faire la nature.

Depuis trois quarts d'heure, ils relataient chacun par le menu le fruit de leurs investigations. Les histoires se dévoilaient, les personnalités se dessinaient, les relations se tissaient. Le puzzle n'en était qu'à ses débuts. Mettant en relief, tentant d'imbriquer les cubes les uns dans les autres. Pour comprendre ou tout du moins amorcer la lecture d'un scénario encore mystérieux.

– En fait, reprit Pépé en tapotant ses doigts sur la table. Ils sont tous perchés dans cette histoire. Si on met Jonas de côté, en actant qu'il est tombé dans une sombre machination, les trois autres protagonistes ont une place stratégique dans les derniers moments de la victime.

– Et une forte personnalité, ponctua Suzie. La victime aussi d'ailleurs.

– Dans ce type d'affaires, se justifia Maclean, on sait que statistiquement le coupable est en première ligne. Le mari, le compagnon, l'amant ou bien l'amant éconduit. Si l'amant nous semble hors de cause, preuves à l'appui, alors, ça nous amène à recentrer sur les autres. Je ne sais pas dire si on doit cataloguer Alix Moucron dans le rôle de la maîtresse congédiée ou de l'amoureuse aigrie. Mais elle n'est pas claire.

– Tu résumes assez bien le fond de ma pensée, conclut Marcus, perplexe. Melvil Lemarchand nous cache quelque chose, j'en mettrais ma main à couper. Il est fuyant, soupçonneux. Après une idylle passionnée, il la laisse filer sans sourciller vers un amant, Jonas Becker. Qui est connu comme le loup blanc en ville, lui et ses penchants pour les aventures d'un soir. Il n'est pas une menace réelle.

– Gabriel Robert était un mari violent, dit Hugo Gressier. J'appelle le commissariat d'Avignon demain. Ils me donneront plus d'informations sur les plaintes déposées par la victime à l'encontre de son mari. Des coups et blessures portés à mains nues au meurtre par arme blanche, il n'y a qu'un pas.

– Et enfin, Alix Moucron, pas de preuve tangible, mais elle semble en pincer pour son patron, même si elle entretient une liaison avec sa vendeuse. Elle m'a tout l'air de la femme intéressée et cupide. Capable de meurtre pour écarter sa rivale.

– Bien, fit Marcus Kubiak. Nous allons dormir sur ces réflexions et, demain, on se remet en piste, on reprend les investigations. Il faut aboutir à des suppositions sérieuses.

L'équipe se dispersa, bruyamment, se saluant et se souhaitant de bonnes soirées. Suzie Loison prenait son temps. Rassemblant des dossiers étalés sur la table de réunion, qu'elle empilait avec un soin excessif.

– Un problème ? demanda Marcus en réalisant son manège du coin de l'œil.

– Non. Enfin… C'est cette dame, Anita Colembert. Elle n'arrête pas d'appeler. Elle veut s'entretenir avec le commissaire…

– Pourquoi ?

– Elle nous prend de haut. Mylène l'a reçue après moi, mais ça ne lui suffit pas et, sans doute, estime-t-elle que nous sommes des incapables. Ça m'exaspère !

– Tu me rafraîchis les idées ?

– C'est la collègue d'Anne-Charlotte Muller, la femme qui s'est jetée du pont. Forcément, elle est convaincue qu'il ne peut pas s'agir d'un suicide.

– C'est souvent le cas.

– C'est exactement ce que nous lui avons dit. Néanmoins, Mylène et Hugo sont allés poser des questions dans les boutiques de Wimereux où elle avait rendez-vous.

– Toutes les pistes sont en effet à creuser. Qu'en est-il ressorti ?

– Rien de particulier. Elle avait pris ces rendez-vous pour vendre leurs bijoux. Mais ça semble étrange de mettre fin à ses jours en même temps qu'on déploie son plan de bataille commercial.

Se tâtant le menton, Marcus ne comprenait pas bien où elle voulait en venir. Il connaissait trop Suzie pour savoir que quelque chose la chiffonnait. Indécise. Le pli pincé de la bouche. Les doigts contractés sur les dossiers aux jointures blanches et prêtes à se craqueler. Officiellement secrétaire au poste de police, elle n'en était pas moins perspicace. Son sens de l'observation et son intuition étaient précieux. Marcus ne négligeait jamais son avis et ses remarques.

– Une des boutiques est celle de Melvil Lemarchand et Alix Moucron.

– Ah…, murmura-t-il, sans la quitter des yeux. Étonnante coïncidence.

Un policier croyait rarement au hasard ou aux coïncidences. Que pouvait bien venir faire une représentante en bijoux lilloise dans ce méli-mélo meurtrier déjà bien alambiqué ?

– C'est exactement ce que nous nous sommes dit. De plus, Anita Colembert insiste lourdement pour parler à Zalesny. Elle a trouvé son nom et me hurle dans l'oreille que si je ne lui passe pas la prochaine fois, elle ira voir le maire et rameutera la presse.

– Hum…, grimaça-t-il en voyant poindre la menace d'un ciel orageux. Mieux vaut laisser Zalesny en dehors de tout ça. Il ne ferait que compliquer la situation. Passe-moi son numéro de téléphone et je vais la rappeler.

– Oh merci, Marcus, soupira-t-elle, soulagée. Je ne savais plus comment m'en dépêtrer et, pourtant, tu sais que je n'aime pas m'avouer vaincue.

– Je sais. Ne t'en fais pas. Je devrais pouvoir la rassurer sur le professionnalisme de l'équipe.

34

Philibert Arthus mort et enterré, l'existence aurait dû être douce. Enfin. Flanquée d'un joli pécule, maman a envie d'être aimée. Follement. Intensément. Qu'on lui fasse la cour aussi. Qu'on la désire. Elle veut faire languir, espérer. Mon cœur d'adolescente est tout à elle, mais ça ne lui suffit pas. J'ai même la détestable sensation que ses yeux glissent sur moi, ses mains me fuient, ses mots se raréfient, son cœur se refroidit. Elle m'échappe, elle me fuit. Elle s'absente la journée, le week-end, elle sort le soir, rentre tard, découche même. Au début, un peu, et puis de plus en plus.

– Tu m'en veux ? je lui demande.

– Mais non.

– Si. Tu m'en veux de ce que j'ai fait ?

– Mais non, rétorque-t-elle sans même me regarder. Ne sois pas idiote.

Mais sa voix sonne faux. Quelque chose s'est brisé… Le filin d'acier qui unit nos deux cœurs a cédé alors je m'accroche d'une main à un bout, les pieds pédalant dans le vide, espérant un sursaut de sa part. Mais rien ne se produit. Parfois même, je perçois ses prunelles terrifiées plantées dans mon dos, mais dès que je tente de capter son attention, elle s'éclipse.

– Mes belles années s'amenuisent, reprend-elle, cherchant malgré elle à argumenter son point de vue. Tu dois comprendre ça. Je suis encore une jolie femme et j'ai besoin qu'un bel homme élégant et raffiné s'intéresse à moi. Enfin un véritable homme. Le genre papa, Cohen et Arthus est révolu, aux oubliettes. J'ai besoin de vivre un peu.

Mais je comprends surtout que maman ait peur de moi. Elle que je chéris tant, à qui je donnerais tout, à commencer par ma vie. Alors je retourne dans ma solitude, entre les quatre murs gris et froids de ma chambre. Cet isolement brutal me terrifie. Ça empire quand elle me livre à l'internat, car elle part suivre son nouvel amour en Italie. Promis, je les rejoindrai plus tard, une fois qu'ils auront construit un nid douillet pour y loger notre nouveau foyer. À Rome, Florence ou Naples. C'est l'affaire de quelques mois. La sincérité dans son timbre de voix fait défaut. Je ne suis plus son unique, son ange, sa merveilleuse tourterelle… Une dureté plus coupante qu'un silex tranche mon cœur. Je n'ai toujours pas de larmes, mais mon âme saigne d'être ainsi rejetée par l'astre de ma vie.

L'internat va me bouffer les intestins. Je vais serrer les poings, ronger mon frein en silence, parmi ces adolescents boutonneux et idiots. Parmi ces autres qui ne m'intéressent pas. Il ne faut pas me chercher des noises sinon je montre les crocs. Je sais même cogner, les phalanges affûtées.

Ses visites à l'internat vont s'espacer, puis il n'y en aura plus. Sa voix vient parfois raviver les souvenirs dans mon crâne, la douleur du passé.

J'avais tellement envie de croire que je n'étais pas ordinaire. J'avais tellement besoin qu'elle m'aime.

C'est à ce moment-là que j'ai fait mes premières entailles sur la peau des bras puis des cuisses. Avec un scalpel chapardé au cours de biologie. Chaque coup de lame est un soulagement intense, une vague d'apaisement qui s'écoule dans le filet de sang, emportant avec elle les tensions et l'amertume de cette vie d'abandon. Le bien-être est de courte durée, mais si violent que ça en vaut la peine. La douleur physique gomme la souffrance intérieure. Provisoirement. Je regarde froidement les traces irréversibles sur ma peau. Autant de cicatrices qui me rendent vivante.

35

– Tu dois vraiment arrêter de cancaner et me faire confiance une bonne fois pour toutes.

La voix glaciale, Alix Moucron validait les comptes de la journée pendant que Liane Morlaix rangeait puis fermait la boutique. Silencieuse, cette dernière affichait un visage résolument hermétique. Les gestes mécaniques, l'indifférence assourdissante, l'atmosphère silencieuse devenait irrespirable.

– Tu entends ce que je te dis ?

Un éclat féroce résonna alors qu'elle tournait un regard excédé vers la jeune femme. Impassible, Liane attrapa son sac à main afin de partir par l'arrière-boutique.

– Tu entends ce que je te dis ? hurla Alix en lui saisissant le bras avec force afin de la stopper net dans son élan. Tu es pénible à faire des histoires de rien !

– Tu te fiches de moi ? siffla Liane, en tirant la trogne. Tu me fais miroiter des choses alors que, dès que tu peux, tu rappliques chez *ce connard*, pire qu'une chienne en chaleur. Baiser avec lui et dire amen à ses moindres caprices. C'est pathétique !

– Décidément, tu ne comprends rien à rien, ma pauvre fille, rugit Alix en enfonçant ses ongles dans la peau de son bras. Et tu es vulgaire ! Je fais tout ça pour *nous*. Uniquement pour *nous*. Pour *nous* préparer un avenir doré.

– Des conneries ! Un amas d'inepties ! Et lâche-moi, tout de suite, tu me fais mal.

– Toi, ma belle. Donneuse de leçons devant l'Éternel. Que fais-tu ? À part t'apitoyer sur ton sort, bavasser avec les flics ou cette satanée journaliste. Dis-moi, Liane, que fais-tu ?

– Plus que tu ne crois.

– Que veux-tu dire ?

– Rien, tu t'en rendras compte un jour. Tu comprendras et tu me remercieras.

– Tu délires totalement.

– Que tu lorgnes son pognon, c'est une chose, mais que tu te foutes de moi en baisant avec lui, je n'accepte pas.

– Mais, c'est pour *nous* ?!

– Non, je ne partage pas. Je ne te partage pas.

– Allez…

– Et en plus Alix, tu n'assumes pas ta nature profonde de lesbienne !

– Arrête ton cirque.

Réalisant être dans une impasse, face à un mur en parpaing, Alix Moucron se radoucit. Un éclair coquin glissa même sur sa bouche.

– Allez, viens là, dit-elle en l'attirant à elle. Arrêtons de nous quereller à tout bout de champ. Embrasse-moi.

Mais, le corps tendu, Liane résista. Un rictus haineux sur les lèvres. Elle extirpa son bras de son emprise, la repoussa durement puis partit par l'arrière-boutique.

– J'me casse ! J'ai besoin de prendre l'air.

D'un geste rageur, Alix Moucron referma le tiroir-caisse. Vexée d'être plantée là par cette impertinente.

Elle pensait avoir *enfin* la situation bien en main. À présent que Flavie Robert n'était plus là pour contrecarrer ses plans, l'autoroute de ses espérances devait dérouler son long ruban d'asphalte. Sans obstacle. Avec fluidité. Il fallait juste lui laisser un peu de temps, finaliser quelques menus détails et laisser se refermer le piège. Tout doucement. Mais définitivement.

Liane, avec sa jalousie maladive, risquait de ficher tout par terre.

*

– On va boire un verre ?

Mylène Lambert se raidit aussitôt, la main sur la portière de la voiture. Hugo Gressier avait proposé de la raccompagner chez elle après la journée de boulot. Elle n'avait pas osé lui dire non. Surtout ne pas alimenter l'idée qu'il se faisait qu'un truc clochait entre eux, à présent. D'autant qu'elle devait apprendre à gérer les émotions étranges qui cohabitaient sous sa poitrine. Déstabilisant le bel équilibre qu'elle avait patiemment érigé, brique après brique, autour d'elle. Son cocon soyeux avec Léo et ses princesses du pays du soleil levant.

Le regard rond, au-dessus de la voiture, suspendu à sa réponse, qui tardait à venir, tant la cervelle de Mylène moulinait à plein régime afin de dénicher la décision juste.

– J'peux pas demander à Pépé, récita-t-il désabusé. Forcément vu ses antécédents, ça n'serait pas bien malin de ma part. Ni à Suzie, je n'la vois pas trop au bistrot en train de se siffler une bière pression. Et Marcus, ben, j'le sens pas trop pour l'instant… C'est un peu l'chef… J'le connais pas encore très bien…

– Alors, par défaut, tu te rabats sur ta collègue ?

– Exactement. Enfin, non, pas par défaut, bredouilla-t-il. Ne le prends pas mal. Si on ne peut plus boire un verre après le taf entre collègues, c'est bien dommage…

Soudain, une idée germa en elle. Une évidence. Simple et lumineuse.

– À la maison ?

– Quoi ?

– Viens boire un verre à la maison, insista Mylène, je vais te présenter ma petite famille. Si tu n'as pas peur des enfants et de leurs hurlements, tu es le bienvenu.

Stupéfait par la proposition, il ne put réprimer un voile d'émotion. Furtif, mais qu'elle capta néanmoins l'espace d'un instant.

– Cool…

*

Ils viennent du bout du monde,
apportant avec eux
des idées vagabondes
aux reflets de ciels bleus,
de mirages,
traînant un parfum poivré
de pays inconnus
et d'éternels étés
où l'on vit presque nus,
sur les plages.

Le vinyle crissait en tournoyant sur son axe, sur la vieille platine du salon, le volume monté aux trois quarts pour être audible depuis la cuisine. Suzie chantonnait à tue-tête. C'était un de ses airs préférés. Et sa nouvelle lubie à la chorale de Wimereux. Même s'ils étaient en plein répertoire de Charles Trenet, depuis le printemps, enchaînant répétitions et concerts, elle tentait de convaincre le chef de chœur de mettre un second Charles – *Aznavour celui-là* – en tête des favoris du prochain programme de chant.

Emmenez-moi au bout de la terre
Emmenez-moi au pays des merveilles
Il me semble que la misère
serait moins pénible au soleil.

Dès qu'elle le pouvait, elle s'adonnait à sa deuxième passion après la pâtisserie. Chanter. Sa voix mélodieuse était agréable à entendre. Elle ne forçait jamais le timbre. Toujours juste. Son teint s'illuminait et ses yeux scintillaient. Ramenant vers elle le souvenir de feu son tendre mari, qui un jour l'avait poussée dans un cours. Bravant sa timidité, elle ne s'était plus jamais arrêtée. Elle avait rejoint par la suite la chorale de Wimereux, qui se produisait souvent dans l'église, avec l'organiste. Un type enthousiaste et passionné.

Je fuirais, laissant là mon passé
sans aucun remords
sans bagage et le cœur libéré
en chantant très fort.

Ce qu'elle préférait était chanter en cuisinant. Allier ses deux péchés mignons. Le bonheur à l'état pur. Et quasiment son rituel en soirée.

Serré dans un tablier trop grand pour lui, le jeune Billie Vasseur s'appliquait à verser une préparation chocolatée dans une douzaine de moules à muffins. Penché sur la table, un bout de langue en coin, il pressait à deux mains une poche à pâtisserie. Il s'arrêtait à la moitié de chaque moule, Suzie complétait d'une belle noisette de Nutella puis il finissait en recouvrant l'ensemble de pâte.

La musique cessa alors qu'il enfournait l'ensemble.

– Et voilà ! C'est parti ! Cuisson thermostat 8 pendant cinq minutes puis thermostat 6 pendant quinze minutes.

Billie relisait sa recette par acquit de conscience, car il la connaissait par cœur. Un sourire immense lui étira les joues. Ravi de sa prestation culinaire, il s'essuya les mains sur le devant du tablicr. Laissant apparaître de belles traces de chocolat.

– Allez, je vais mettre la face B.

– Suzie, bredouilla-t-il timidement. On n'peut pas mettre autre chose qu'Aznavour ?

– Tu n'aimes pas ?

– Si, si… Mais à petites doses…

Elle allait s'exécuter, car elle ne pouvait rien refuser à ce gamin, quand on tambourina à la porte de l'appartement. Une série de coups répétés portés avec vigueur. Surpris, ils se regardèrent. Ils n'attendaient personne.

*

En sortant de l'ascenseur, Kubiak l'aperçut aussitôt en train de se servir une boisson chaude au distributeur de l'hôpital. Celui qui faisait l'angle au troisième étage. Un foulard sur les épaules, elle avait la tête des mauvais jours. Sans maquillage. Les traits tirés, creusés par le manque de sommeil. Les cheveux emmêlés. Dès qu'elle croisa son regard, elle posa son gobelet fumant devenu encombrant et se précipita vers lui.

– Oh, Marcus, miaula-t-elle. Le flic devant la porte ne veut pas me laisser entrer dans la chambre. Il faut que je voie Jonas. Cette attente est insupportable. Je traîne ici depuis des heures à tenter de lui faire entendre raison. Il m'assure avoir appelé un supérieur, mais personne ne lui répond. Tout le monde s'en fout.

Et à ces mots, Lotte s'effondra. Les larmes inondaient ses yeux pâles.

– Il est innocent, dit-il avec un aplomb qui résonna dans l'immensité du couloir aseptisé.

Incapable de détacher ses yeux des siens, Lotte Becker écoutait l'écho de ces trois mots « Il est innocent » dans l'obscurité frileuse de son esprit. Un sursaut d'espérance fondit sur son cœur en charpie. La violence de ce qu'elle vivait depuis l'annonce du drame s'étiola d'un coup. Un grand souffle d'air balayait tout sur son passage. Après la tornade, un calme étrange l'envahit.

– Nous avons des preuves.

Couvrant sa bouche de sa main fine, les larmes se remirent à couler, mais, cette fois-ci, elle pleurait d'une joie émue. De celle du survivant. De celle que la douleur épargnait subitement alors que tout semblait voué à l'accabler. Alors, elle se jeta dans ses bras. Après la froideur givrée, d'elle émanait une onde de timide tiédeur. Ils restèrent ainsi de longues secondes, puis Marcus l'entraîna vers le fond du couloir. Vers la chambre de Jonas.

– On va le voir, dit-il avec une belle évidence.

– Merci, murmura-t-elle, pleine de gratitude.

À voix basse, Marcus échangea quelques mots avec le policier en faction à côté de la porte. Ce dernier acquiesça et les laissa entrer.

Après un sursaut d'émotion, intense, en apercevant sa silhouette effacée dans le grand lit blanc, Lotte se précipita vers son mari. L'esquisse d'un sourire sur les lèvres, Jonas savourait le réconfort de la sentir auprès de lui. *Enfin.* Elle était sa boussole. Sa force. L'amour d'une vie qui emplit autant qu'il désemplit lors de l'absence.

Il n'était plus égaré.

Elle se hissa sur le lit et se glissa à ses côtés, dans le creux de son bras. Marcus prit un siège et s'approcha. Il avait pas mal de choses à lui dire. Il lui devait cette vérité qui lui permettrait d'espérer revivre : il avait été emporté bien malgré lui dans les vents contraires d'une sordide machination.

36

À Reims, rue de Sfax, le long du mur d'enceinte du cimetière de l'Est, Zoé Rousseau avait garé sa voiture entre deux arbres. C'était toujours très calme près des tombes, quel que soit l'endroit de France. À croire que l'on prenait garde à ne pas perturber la paisible éternité de nos âmes perdues. Chuchoter, marcher à pas de loup, se frôler, à peine respirer. Une étrange quiétude s'élevait des petits pavillons blancs derrière les murs et les grillages.

Le numéro 32 s'affichait au-dessus d'une boîte aux lettres encastrée dans la palissade. Un étroit portail plein en fer forgé foncé barrait l'entrée. Derrière, des volets clos, de l'herbe haute en broussaille. Tout laissait à penser qu'elle était inhabitée.

Soudain, un mouvement furtif à la fenêtre du premier étage de la maison voisine attira son attention. Un rideau avait remué. Une journaliste tentait toujours sa chance. Souvent ça ne donnait rien, mais parfois on apprenait un petit truc. Elle sonna au numéro 34, un portail d'un blanc contrastant avec la maison précédente. Un nom était inscrit sur l'étiquette près de la sonnette, Valentine Puscian.

Au bout de quelques secondes, une femme âgée aux cheveux gris courts lui ouvrit. Zoé peinait à lui donner un âge. Dans les soixante-dix ans. Vêtue d'une chemisette et d'une jupe longue, sa maigreur mettait mal à l'aise.

– Bonjour madame Puscian, fit poliment Zoé. Excusez-moi de vous déranger.

– Qui êtes-vous ? Que voulez-vous ?

La voix tranchante laissait à penser qu'elle n'aimait pas perdre son temps en bavardages interminables. Hum… Ça ne collait pas avec l'idée qu'elle s'était faite de la voisine curieuse, biberonnée aux commérages, qui s'avérait la plupart du temps une source intarissable d'information.

– Zoé Rousseau. Je suis journaliste à Nord Actu, à Wimereux, sur la Côte d'Opale. J'enquête sur une jeune femme qui a vécu dans la maison d'à côté.

– Il n'y a plus personne depuis belle lurette.

– Auriez-vous la gentillesse de m'accorder quelques instants ? J'ai deux ou trois questions.

– Désolée, je n'aime pas beaucoup les journalistes…

La vieille dame allait refermer la porte, lorsqu'elle hésita. Un sursaut de curiosité dans la dureté de ses traits.

– Vous connaissez Flavie ? Que lui voulez-vous ?

– C'était une amie. Elle vient d'être assassinée.

La femme encaissa, mais sa carapace se fissura. Elle parut ployer sous le choc des mots prononcés sans ambages. L'émotion adoucit son visage. Un éclat humide nappa ses yeux clairs.

– Mon Dieu…

– Elle m'avait demandé d'investiguer dans sa vie, car elle avait peur ces derniers temps, reprit Zoé qui avait choisi délibérément de lui dire la vérité de façon tout aussi directe.

Je m'en veux de ne pas l'avoir fait avant. Elle est morte et je me dois de chercher à comprendre. Aider la police. C'est sans doute vain, maintenant qu'elle n'est plus là. Mais je lui dois ça.

– C'était une gentille fille. Entrez, mademoiselle Rousseau. Allons parler à l'ombre. Le soleil tape déjà et, à présent, nous ne faisons plus bon ménage.

Zoé lui sourit. Elle la suivit dans le jardin foisonnant, qui jouxtait sur le flanc gauche l'ancienne maison de Flavie Robert. Des touffes percées de lavandes en fleurs s'entremêlaient à des vivaces multicolores. Un joyeux fouillis où elle reconnut certaines espèces. Capucine, cyclamen, renoncule, arum et marguerite. L'allée en gravillon menait vers une table ronde en métal, deux chaises et un banc, à l'ombre fraîche d'un vieux prunier.

– Asseyez-vous, je vous en prie, fit la propriétaire des lieux, en s'affaissant sur la banquette, recouverte d'un épais coussin. On fatigue vite à mon âge. Que voulez-vous savoir ?

– J'essaie de reconstituer ses derniers moments. Et me faire une idée plus précise de qui elle était. D'où elle venait et où elle avait grandi. Quelles étaient les grandes étapes de sa vie ? Elle n'en parlait pas beaucoup en fait. J'ai senti de la souffrance dans son passé. Est-ce que ça peut expliquer ce drame ? Parfois c'est le cas.

– Comment est-elle morte ?

– Poignardée. À cinq reprises.

Le regard de la vieille dame se durcit. Le métal en fusion embrumait ses yeux tristes. Les bras serrés contre son corps émacié pour conjurer le malheur. Zoé comprit à cet instant que cette femme était sans doute plus qu'une simple voisine.

– C'est monstrueux. Pauvre gamine.

Ne sachant que répondre, Zoé prit le parti de puiser l'énergie dans la douceur végétale qui les enveloppait. Les senteurs florales se mêlaient et embaumaient délicatement l'atmosphère. Des abeilles et bourdons bedonnants voletaient de pistil en pistil. Un coin tranquille et rassérénant. À quelques rues du centre-ville rémois et de sa frénésie de grande agglomération.

– Flavie a grandi dans la maison voisine, avec sa mère, Loretta Miller. Un nom de starlette à son image et celle de sa vie. Son père était un sombre inconnu. Il en était de même pour la plupart des hommes qui ont jalonné la vie de Loretta… Il n'a pas reconnu Flavie. Elle n'a jamais su qui il était. Ça ne laisse pas indemne de savoir qu'on n'est pas désirée. En revanche, sa mère l'aimait. Mais vous savez… Sa mère n'était pas maternelle pour deux sous. Elle l'aimait comme on aime une bonne copine. C'était une femme enfant qui consumait sa vie à séduire pour être aimée. Sans retour. Une blonde peroxydée aux rondeurs à la Marilyn Monroe. Un décolleté trop plongeant. Des jupes trop courtes. Des talons trop pointus. La cigarette sur des lèvres trop rouges. Le parfum trop capiteux dans le sillage. Pas méchante, mais une larguée de la vie. Des hommes de passage. Beaucoup trop. Certains duraient le temps d'un feu de paille. C'était une femme malheureuse. Je l'ai vue tant de fois rentrer en pleurant, le maquillage dégoulinant, les escarpins à la main, dépenaillée, empestant l'alcool et la sueur. Elle me faisait mal au cœur.

La vieille dame rajusta un pli imaginaire sur sa jupe. Puis reprenant son souffle, elle poursuivit en regardant une gerbe d'agapanthes bleu roi. Repartie dans des souvenirs lointains.

– La gamine a grandi avec cette mère absente. Elle était si souvent seule le soir ou le week-end. Ça me rendait malade de la savoir ainsi livrée à elle-même. Des tas de fois, je suis allée frapper à la porte. Voir ce qu'elle faisait. Si elle avait à manger. Si elle n'avait pas peur. Si elle avait besoin d'un coup de main dans ses devoirs. Avec le recul, j'aurais sans doute dû saisir les services sociaux… Mais elles s'aimaient toutes les deux. Malgré l'abandon et le dénuement dans lesquels Loretta maintenait sa fille. Elle lui offrait aussi des trucs improbables, mais qui réjouissaient la gamine. À l'adolescence, Flavie s'est rembrunie. Solitaire. Parfois ombrageuse et sujette à de violents accès de colère. Ma maison était devenue son refuge. J'avais même aménagé la chambre d'amis pour elle. Sa chambre en quelque sorte. Et puis, un jour d'automne où la pluie n'en finissait pas de tomber, Loretta n'est pas rentrée. Jamais. Flavie avait dix-neuf ans. Belle comme un cœur, mais un cœur en mille morceaux. Avec mon mari, nous l'aimions sincèrement. Nos deux grands garçons avaient leurs situations établies. Alors nous avons financé les études de Flavie. Elle voulait être institutrice et rêvait de Paris. Elle est partie y construire sa vie. Elle a rencontré Gabriel Robert. Bah… Ce n'était pas l'homme qu'il lui fallait, mais… l'amour (ou son mirage), quand tu nous tiens. Elle avait besoin d'y croire. Ils se sont mariés. Deux tempéraments de feu. Elle l'a suivi à Avignon. Et, depuis, elle ne donnait plus beaucoup de nouvelles. Elle nous a bien envoyé la photo de Barnabé. Si mignon. Puis, plus rien depuis trois ans. Ça m'a terriblement attristée, mais avec sa vie de bric et de broc, je ne lui en ai pas voulu. J'espérais juste qu'elle était heureuse.

La vieille dame soupira et d'une main rongée par la polyarthrite replaça ses cheveux, soulevés par un courant d'air imaginaire, sur son front. Ses lèvres ourlées d'amertume se serraient l'une contre l'autre. Son regard flottait à l'affût d'un passé enfoui depuis de longues années.

– Je suis désolée de vous faire revivre tout ça, finit par dire Zoé. Vous n'avez plus jamais eu de nouvelles de Loretta Miller ?

– Non, jamais. Elle s'est *volatilisée* ! Pfuit ! Envolée ! Au fond de moi, j'ai toujours pensé qu'elle était morte, assassinée par un oiseau de mauvais augure, un de ses nombreux amants rencontrés. La probabilité qu'il y ait eu un psychopathe dans le tas était réelle. Ou bien, elle en a suivi un aux Amériques, en Patagonie ou ailleurs, oubliant sa fille et sa vie merdique ici. Elle en était capable. C'était un cœur de femme amoureuse avant tout. Pas un cœur de maman.

– Et la maison du coup ?

– Inhabitée depuis lors. Je pensais qu'elles étaient locataires, mais en fait, Loretta avait hérité cette maison. Je l'ai su par la suite. Je ne sais pas ce qu'elle va devenir maintenant. Enfin si, elle sera à Barnabé. Pauvre gamin ! Le sort s'acharne parfois de génération en génération. C'est moche.

– Je vous remercie pour cette discussion.

En se redressant, Zoé Rousseau prit conscience de l'épuisement mêlé de tristesse qui gagnait la vieille dame.

– Je vais aller me reposer un peu, dit cette dernière à contrecœur. Cette tragédie me bouleverse.

– Vraiment navrée.

– Non, non, enquêtez s'il vous plaît. Essayez de comprendre et trouvez son meurtrier. Elle ne méritait pas ça, si jeune.

– Je ferai de mon mieux, je vous le promets.

– N'hésitez pas à me rappeler si vous souhaitez d'autres éclaircissements sur son passé ici. Et, puis, tenez-moi au courant.

*

La porte d'entrée à peine ouverte, une furie obèse s'engouffra. Elle bouscula violemment Suzie Loison en passant. Cette dernière grimaça de douleur, en se heurtant à l'angle saillant d'une console. Une seconde folle furieuse moins corpulente, mais tout aussi échevelée, le teint rubicond, suivait dans son sillage. Une odeur de sueur mêlée d'eau de toilette bon marché empestait. Des auréoles sur leurs vêtements sales ne laissaient pas de doute sur l'origine des effluves qui baignaient le couloir.

– Billie ?! Où es-tu ? Montre-toi, tout d'suite ! vociféra la première femme avec un fort accent ch'ti.

– M'man ? Rachel ? bafouilla-t-il, tétanisé de stupéfaction. Mais que faites-vous là ?

– On est v'nues t'chercher min gros, brailla sa sœur.

– On s'faisait du mouron, répliqua sa mère, en l'attrapant sans ménagement pour lui tâter la tête afin de s'assurer qu'il allait bien.

– Mais ça va bien ! répliqua le garçon, embarrassé par leurs manières.

Soudain, l'énorme matrone se tourna sur ses courtes jambes plantées dans le sol. Sa graisse ballotta en rythme. De ses grosses mains, elle repositionna son ventre et braqua une paire d'yeux menaçants sur Suzie. Partagée entre sidération et panique, elle ouvrait une bouche immense, mais aucun son n'en sortait. Il était rare de lui couper la chique ainsi. Que diable faisaient ces deux bonnes femmes dans son salon ?

– Vous ! hurla la mère en pointant un doigt boudiné à l'ongle rogné au sang. Qu'avez-vous fait à min p'tit ?

– Mais… Mais rien, bredouilla Suzie, en avalant sa salive d'un coup sec, afin de se remettre les idées en place.

– Des *salop'ries*, hein ? Des touche-touche dégueulass' ! Vous lui avez tripoté l'zizi ! Peut-être bin mêm' mis dans la bouche…

– Mais non, gémit Suzie, outrée d'entendre de telles infamies. Vous ne pensez pas une seconde les horreurs que vous dites ? Jamais je ne ferais de mal à Billie. Je lui apprends à cuisiner. À faire de la pâtisserie plus exactement.

– De la pâtiss'rie, *min cul* ! vociféra la mère, le visage déformé par la haine. Vous lui faites des *salop'ries*, j'vous dis ! J'vois clair dans vot' jeu. J'vais appeler la police et tout leur balancer ! Vous irez croupir en taule !

– Mais arrêtez tout de suite ces ignobles accusations.

– *En taule*, j'vous dis !

– Je suis en quelque sorte de la police, hasarda Suzie, qui perdait ses moyens devant tant d'agressivité hargneuse.

– *Min cul* ! s'époumona Rachel, qui ponctuait chaque sortie de sa mère d'un mouvement de menton appuyé. On va t'faire la peau la vieille !

– Et moi *en quelque sorte*, j'suis de la famille royale d'Angleterre ! railla la mère en affichant des gencives saignantes, où il manquait des dents de-ci de-là.

Parvenant à se dégager de l'emprise de sa mère, Billie s'était mis en retrait. Honteux d'entendre ces accusations à l'encontre de Suzie, il comprit alors que la seule option possible était de s'interposer. Et d'embarquer sa famille de dingos.

– On va y aller, m'man, Rachel, dit-il en se dirigeant vers la porte d'entrée, persuadé qu'elles allaient lui emboîter le pas.

Mais il n'en fut rien. Il se retourna, dépité.

Les pieds de sa matrone de mère étaient cloués au sol, les bras écartés, les mains sur les hanches. Son immobilité était angoissante.

– M'man ? Tu viens ?

– Nan, min gros, dit-elle d'un ton autoritaire. Soit on trouve un arrang'ment, soit j'balance à la police. Et j'balance *tout* !

– Mais *tout* quoi, m'man ? Il n'y a rien de plus que des cours de pâtisserie…

– Des *conn'ries* ! Ti m'en prends vraiment pour eun'demeurée ?!

Suzie respirait par à-coups rapides, cherchant à reprendre le contrôle de ses émotions. Son cœur battait à tout rompre dans sa poitrine, à l'étroit, prêt à exploser. Des suées d'effroi coulaient au creux de son dos. Ça ne pouvait être qu'un cauchemar éveillé. Ces deux furies n'étaient pas dans son salon. Non. Son imagination lui jouait un sale tour. Une pathétique farce plutôt. Elle allait fermer les paupières puis les rouvrir et, hop, elles ne seraient plus là. Envolées par magie.

Mais non.

Le silence s'installa, élastique trop tendu entre deux piquets, sur le point de rompre. L'atmosphère était pesante.

– Bon, les caus'ries ont assez duré ! grogna la mère, en s'approchant menaçante.

En panique, Suzie se liquéfiait. La sueur et la méchanceté emmêlées empestaient. La nausée survenait. Tout autant que la sensation d'être prise au piège dans ce couloir. Sans personne qui pût l'aider à sortir de ce guêpier. Les visages graves de feu son mari puis de Pépé Maclean se succédaient, mais leurs conseils étaient inaudibles. Alors que les battements de son cœur claquaient. Que pouvait-elle faire pour se sortir de ce traquenard ?

– Mille euros et on nin parl' plus, siffla la mère, les yeux exorbités par l'appât du gain.

Suzie gloussa, estomaquée. La bouche béante, Billie n'en croyait pas ses oreilles.

– M'man, tu ne dis pas ça pour de vrai ?

– Tu la mets en sourdine, min gros. J'cause avec la pâtissière.

– M'man ?

– Ta gueule, fieu !

La chique coupée, sans doute par les relents d'hostilité maternelle que charriait sa mémoire, Billie se referma, muré dans un mutisme quasi maladif. Blême, désemparé. Il parut même se rétrécir contre le mur du couloir.

– Alors ? Ti veux qu' j'te secoue pour activer tes neurones ? invectiva la mère, en étirant sa tête porcine vers Suzie, qui n'en menait pas large. On n'va pas y passer la Saint-Glinglin !

Suzie tentait péniblement de rassembler ses idées, mais en vain. Soudain, tel un automate, elle se mit en marche. Son esprit en apesanteur au-dessus de son corps.

– Un chèque, ça ira ? bredouilla-t-elle. Vous comprenez bien que je n'ai pas une telle somme sur moi.

– Top'là pour l'chèque ! conclut la mère, un éclat de contentement intense irradiait son teint rougeaud.

Ni une, ni deux, Suzie Loison attrapa son sac à main, accroché dans l'entrée, en extirpa un chéquier et libella le chèque sur un coin de commode. Une paille pour son modeste salaire.

Hébété, Billie ne savait plus où se mettre, se dandinant d'une jambe sur l'autre. Sous ses yeux, sa mère, escortée de sa sœur Rachel, extorqua mille euros, au gré d'un chantage éhonté. Mais qu'avait-il fait ? Car tout cela était sa faute. La pauvre Suzie ne méritait pas un tel traitement.

Stoïque, Suzie tendit le chèque du bout des doigts. La mère l'attrapa avec une surprenante délicatesse. L'air conquérant, elle fit demi-tour, attrapa sa fille par le bras, puis son fils de l'autre, et prit la porte. Sans un mot. Sans un regard. Avec la sensation de fierté, en bandoulière, que c'était finalement bien facile d'arrondir ses fins de mois.

Restée seule dans le couloir, Suzie accusa le contrecoup. Ratatinée, les jambes flageolantes et le cœur dégonflé. Elle n'avait rien compris de ce qui s'était passé pendant une poignée de minutes dans son appartement. Des larmes de culpabilité et d'humiliation inondaient son visage.

Elle n'aurait jamais dû faire ce chèque.

37

La maison était silencieuse. Trop. Mylène Lambert tendit l'oreille à l'affût des rires joyeux de ses filles ou de la voix rocailleuse de Léo. Il était pourtant près de dix-neuf heures trente. L'heure des préparatifs du dîner. Une grande messe quotidienne bruyante avec deux fillettes remuantes. Elle referma la porte d'entrée, déposa sac et clé dans le vestibule et se dirigea vers la cuisine.

– Où sont tes ouragans ?

Hugo Gressier lui emboîtait le pas.

– Alors là… Mystère et boule de gomme, dit-elle amusée. Nous sommes peut-être dans l'œil du cyclone ? Restons sur nos gardes.

Après un rapide tour de la maison, Mylène dut se rendre à l'évidence qu'il n'y avait personne. De retour dans la cuisine, elle ouvrit le frigo.

– Une bière ?

– Parfait !

Elle lui tendit une bouteille, en prit une et sortit deux verres.

– Alors, c'est chez toi ici ?

– Hum…, dit-elle en avalant une gorgée alors qu'une fine pellicule de mousse auréolait sa lèvre supérieure.

Les Lambert habitaient une maison mitoyenne dans un ravissant et paisible quartier résidentiel au nord de Wimereux, aux pelouses savamment entretenues, aux façades repeintes de frais. Les parasols, les barbecues et les trampolines étaient de sortie depuis le printemps. Il fleurait bon vivre ici avec enfants, chien et chat. L'intérieur était tout aussi douillet. Des tons ocre, du bois blond, une décoration soignée, délivrant une atmosphère chaleureuse.

– J'aurais imaginé des tas de trucs qui traînent partout. Avec des gosses, ça paraît inévitable.

– Tu ne connais pas mon mari. C'est un maniaque de l'ordre et de la propreté…

– Un psychopathe de la balayette et du sac-poubelle ! renchérit un géant au crâne plus chauve qu'une balle de bowling.

Il prenait toute la place dans l'encadrement de la porte. Un sourire lui mangeait la moitié du visage alors qu'il tenait une épuisette, un seau et des pelles. Des objets minuscules dans ses énormes mains. En short et débardeur, des espadrilles aux pieds, il avait l'air du parfait vacancier. Avec en prime un sacré coup de soleil sur le nez.

– Vous étiez à la plage ?

– *Yes, darling*, dit-il avec un clin d'œil. Il me semble bien te l'avoir dit ce matin. Après-midi plage côté digue de Wimereux à marée basse. Châteaux de sable, bain de mer et glaces à gogo. Le paradis avec les chipies.

– Où sont-elles d'ailleurs ?

Deux frimousses apparurent derrière leur père. La bouche cousue, l'œil intrigué de voir un inconnu au beau milieu de la cuisine. Les cheveux noirs humides peignés en arrière. Des grains de sable collés aux mollets. Elles affichaient un peu d'appréhension sur leurs jolis minois aux traits fatigués par le grand air.

– Ben ça alors ! s'exclama Mylène Lambert. Vous en avez perdu votre langue ? Je vous présente Hugo, mon collègue de travail.

– Enchanté ! claqua Léo en lui offrant une large pogne poilue.

– De même, répondit-il en lui tendant la sienne.

L'aînée, Louane, du haut de ses neuf ans ne tint plus et se rua dans les bras de sa maman, suivi par Mia, de trois ans sa cadette. Les embrassades furent discrètes, car l'inconnu exacerbait leur timidité. Elles saluèrent poliment Hugo puis s'éclipsèrent dans leurs chambres.

Léo sortit une bière à son tour du frigo et vint trinquer avec eux. Il but directement au goulot.

– Pas trop dur de bosser avec ma femme ? demanda-t-il d'un ton enjoué, alors que Mylène grimaçait, pressentant que la conversation risquait de prendre un tour inattendu.

– Ça va. L'équipe est sympa. L'intégration se passe plutôt bien.

– Formidable ! Vous êtes marié ?

Hugo marqua un temps d'arrêt, surpris de la franchise de la question. Mylène faillit s'étouffer avec une goulée de bière. Même si elle était habituée à ses réparties, elle ne s'attendait pas à cette question de but en blanc.

– Vous êtes plutôt beau gosse, fit-il, amusé du trouble occasionné.

– C'est malin ! couina Mylène, confuse.

– Au moins, c'est direct, répliqua Hugo Gressier sans se démonter.

– Alors ?

– Pardon ?

– Vous êtes marié ?

– Non.

– En couple ?

– Non.

– Mais tu vas arrêter ton interrogatoire, coupa Mylène, excédée. On se demande bien qui est le flic chez nous.

– Célibataire alors ? C'est bien ma veine… Allez, sans rancune, trinquons ! reprit Léo en se munissant d'une autre bière.

L'atmosphère se détendit ensuite. La conversation glissa sur des sujets plus légers. Malgré tout, Mylène aimait quand son homme roulait des muscles, bombait le torse, même si parfois il en faisait trop ou accusait une certaine maladresse. Elle percevait tout l'amour qu'il avait pour elle. Depuis le premier jour, à ce bal des pompiers du 14 Juillet, où ses bras puissants l'avaient soulevée de terre, *minuscule poupée*, pour l'enlacer. Leur baiser enflammé vibrait encore en elle. Dans ces moments-là, elle s'en voulait des idées coquines qui lui trottaient en tête avec son collègue. Heureusement, ce soir, il n'avait pas fait ce truc bizarre qui la rendait toute chose.

*

Cette manie de tenir le bouton d'alerte dans la main au moment de s'endormir ou seulement s'assoupir dans la journée ne la quittait pas. Un simple boîtier. Minuscule, mais réconfortant, tout autant que la fente de lumière qu'elle aimait laisser poindre au bas de la porte du couloir, à la nuit tombée. Un rituel qui apaisait sa sempiternelle angoisse. À force, fermer l'œil et se laisser emporter dans les bras de Morphée lui étaient de plus en plus pénibles. Une petite mort à chaque fois pour la vieille dame qu'elle était devenue. Qu'il était dur de s'effriter et surtout de renoncer à vivre ! Mourir en soi ne lui faisait pas peur. C'était de ne plus vivre qui lui était intolérable. Ne plus ouvrir les yeux. Ne plus contempler la mer. Ne plus respirer. Ne plus sentir la caresse du vent sur sa joue. Ne plus ressentir son cœur se gonfler sous sa poitrine. Elle s'accrochait à ce boîtier, le pouce sur le bouton rouge, prête à appuyer de toutes ses maigres forces, si la faucheuse venait à l'emporter.

Alors quand la fatigue la saisit d'un coup, et que cette masse sombre s'aplatit sur son visage, brutalement, l'empêchant de respirer, comprimant son nez et sa bouche, elle enfonça son doigt.

Instinctivement. Mécaniquement.

Avec la rage désespérée de celle qui allait mourir, mais refusait obstinément de s'y soumettre.

Le bouton enclencha une lumière rouge à la porte de la chambre. Simultanément à l'intérieur et à l'extérieur.

– Merde, la vieille a rameuté la cavalerie, grogna la personne à l'autre bout des mains qui maintenaient l'oreiller sur le visage de Léonie Lemarchand.

Relâchant aussitôt sa prise, l'agresseur prit la fuite. Ramenant une capuche sombre sur sa tête, dissimulant ainsi son identité. Le cou enfoncé, les épaules serrées, se faisant le plus discret possible. Dans sa course, il bouscula Toinette Vingadapaty. Elle se cogna contre le mur en jurant en créole que ce malotru ne perdait rien pour attendre. Mais tout allait trop vite et la forte corpulence de l'infirmière n'aidait pas. Elle eut tout juste le réflexe de se retourner et de voir filer à toute allure la fluette silhouette sombre dans le couloir. Qui s'effaça en tournant à droite puis dévala l'escalier de service.

– Mais qu'est-ce donc que ce bazar, râla Toinette, en se précipitant vers le lit médicalisé.

L'oreiller recouvrait le visage de Léonie, inerte dans les draps blancs. Les mains crispées, les bras tendus. Ce qu'elle comprit de la situation déclencha une décharge d'adrénaline dans le creux de ses reins.

– Mon Dieu ! hurla-t-elle, en actionnant son bip personnel d'alerte.

Elle s'empressa de dégager au plus vite la bouche et le nez de la vieille dame laissée pour morte.

38

Sur le trajet du retour, de Reims au littoral, les paroles de Valentine Puscian défilaient au rythme du bitume de l'autoroute englouti par les roues de la voiture. L'étrange voisine avait ouvert sa porte par le passé à Flavie Robert, gamine mal aimée, livrée à elle-même. Parfois, l'indifférence n'était pas ce lot commun qu'on nous resservait à toutes les sauces dans les médias. Parfois, une main se tendait, nous hissait sur la rive, puissamment, à l'abri des courants. Le corps embourbé dans les bouillons du torrent, à bout de forces et prêt à sombrer, s'offrait alors un répit, miraculeux. L'espérance d'une vie meilleure clignotait soudain sur la ligne d'horizon. Le cœur se remettait à battre après une apnée interminable.

La vieille dame avait refermé la grille du lourd portail sur ses souvenirs, la tristesse incrustée dans les rides de son teint fané. Puis le pas fatigué, elle s'en était allée dans la solitude de sa maison. Le silence avait pris toute la place.

Avant de remettre le moteur en marche, Zoé avait jeté un énième coup d'œil aux photos que Flavie lui avait remises. Les extirpant de la boîte à gants, les scrutant l'une après l'autre. Que devait-elle chercher ? Qu'avaient-elles de si particulier ? Que pouvait-elle dénicher dans la banalité apparente ? Trois photos de Melvil jeune. Sur la première, du haut de ses six ou sept ans, il était perché sur une balançoire en bois dans un jardin public. Sur la seconde, l'adolescent enfourchait un vélo, sur un trottoir devant une maison en briquette. Sur la troisième, Melvil, la vingtaine sérieuse, levait un visage surpris derrière une caisse enregistreuse. Sans doute dans le magasin de Lille. Des photos ordinaires. Prises sur le vif. Sans démarche artistique. Mal cadrées. L'unique envie maternelle ou paternelle de figer sur le papier un instantané de vie de son enfant. Mais pourquoi diable lui avait-elle laissé ces fichus clichés ? C'était incompréhensible.

Un soupir de bien-être sur le fauteuil passager l'extirpa de ses réflexions. Sumo roupillait. En prise avec ses rêves canins, des spasmes l'agitaient.

– Toi, mon gros, tu n'te fais pas d'mouron.

Une bande de mer bleue apparut enfin au bout de la route. La Côte d'Opale se découpait sous un soleil doux, en ce début de soirée. Des paquebots et porte-conteneurs multicolores se frayaient un chemin à la queue leu leu dans le détroit. Une marche lente, mais résolue. La vue était dégagée par vent tiède. Les côtes anglaises crayonnaient leur blancheur sous les arabesques des mouettes et les goélands.

Zoé Rousseau serait bientôt arrivée. Il lui fallait se préparer pour le dîner avec Marcus. Vingt heures trente chez lui. Elle reparlerait bien sûr de l'affaire. Ça lui était impossible de faire l'impasse. Cependant, elle était de plus en plus anxieuse à l'idée de le retrouver. Ne surtout pas tout faire foirer. Elle devait y aller sur la pointe des pieds. Prudemment. Tenter de réenclencher la flamme. Elle le désirait ardemment. Son absence depuis mars lui était difficile. L'arrêt de leur histoire avait la saveur amère d'un immense ratage. La faute lui en revenait, pleine et entière. Mais Zoé n'aimait pas les regrets. Regarder en arrière et pleurer n'étaient pas sa philosophie. C'était son petit côté bouledogue à elle. Une fonceuse, pas une nostalgique.

Enfin arrivée, il lui restait une heure pour se pomponner et se rendre irrésistible. Un vrai plan de bataille à dérouler en deux temps. Épilation, gommage, masque. Puis maquillage, coiffage et habillage. Le tout permettrait d'afficher une féminité à toute épreuve. À ces pensées, elle sourit et se dépêcha de passer la porte. Sumo lui filait le train, ventre à terre.

*

Étendu sur le lit, Melvil Lemarchand fixait une tache au plafond. Son esprit semblait avoir quitté son corps. Avec cette étrange sensation de se voir de l'extérieur. D'être un étranger pour soi-même. Un ange maléfique ricanant devant le sort pitoyable de ce pauvre type. La solitude était chez lui une seconde peau, mais depuis Flavie, tout avait changé. La perte de Flavie, sa responsabilité, sa lâcheté aussi… Tout lui paraissait insupportable. Même l'argent, son moteur depuis toujours, avait la saveur de l'ennui.

Il y avait aussi ce sentiment malsain d'être pris au piège par Alix Moucron, qui en savait trop, qui avait compris ce qui devait rester secret, qui depuis le manipulait. N'être qu'un pantin, très peu pour lui. Sa place n'était plus ici. Ça devenait inévitable, à plus ou moins courte échéance.

Il soupira et abandonna la tache au plafond.

Sa valise était prête. Le strict nécessaire. Mais comment partir sans éveiller les soupçons ? À présent que ce flic lui avait révélé que Jonas Becker n'était pas coupable, malgré les preuves accablantes, la lumière des spots allait se braquer sur lui, forcément.

39

Mes scarifications n'ont pu rester longtemps secrètes. La faute à la promiscuité en internat, à un sale mouchard qui n'a pu s'empêcher de rapporter. J'ai beau tirer mes manches sur mes mains et couvrir mes avant-bras, prendre ma douche bien après tout le monde...

Sous prétexte que je suis timbrée de m'infliger de tels actes d'automutilation, je rejoins un centre spécialisé et médicalisé pour adolescents en souffrance. Ici ou ailleurs, quelle importance ! À présent que la solitude me bouffe les tripes. Sans elle et seule au monde. Mineure, ils ne peuvent pas me mettre à la porte. D'autant que ma mère a pris des dispositions afin que je ne manque de rien. Un peu d'argent est mis de côté pour mes études, mon logis et mes repas.

Ici, ma chambre jaune citron est plus glaciale qu'une cellule de prison et d'un dépouillement extrême. Un lit, une table de chevet, un bureau, une chaise. Ils m'ont confisqué mon scalpel. Ils m'examinent régulièrement, s'assurent que de nouvelles entailles ne surgissent pas aux côtés des anciennes.

Murée dans le silence, je végète en ce lieu. À quoi bon tout ça… L'impression d'être en apnée dans une foule bigarrée qui s'agite, sans prêter attention à moi, plantée sur le quai d'une gare dont les trains sont partis.

Maman me manque terriblement. La souffrance ne me quitte pas, nuit et jour. Cependant, elle s'est mise en veilleuse le jour où j'ai croisé sa route. Celle d'Allumette. Une adolescente, plus maigre que moi, la peau terne et sèche, les yeux noirs, les pupilles fatiguées et l'air absent.

– Hey, *Allumette ? Bienvenue chez les* casos de la vida…

Indifférente, Allumette a glissé vers sa chambre, contiguë à la mienne. Sans plus d'intérêt à mon égard. Aussitôt, j'ai collé mon oreille au mur froid, épiant ses mouvements. Il ne m'a fallu que quelques minutes pour céder à ma manie de percer un trou dans la cloison, d'y apposer mon œil curieux et de l'observer. Étendue sur le lit, Allumette lorgne le plafond en respirant doucement. Les bras étendus de chaque côté du corps. Dans ses fringues et ses chaussures encore aux pieds.

Pas causante, la nouvelle. Alors je gratte la cloison de mon ongle. Je l'invite à me rejoindre dans ma solitude. Chacune d'un côté du monde. Deux hémisphères partagés par une fine tranche de plâtre. D'une voix claire, je récite Baudelaire, les paupières closes. Je me représente Le Serpent qui danse.

« Que j'aime voir, chère indolente, de ton corps si beau, comme une étoffe vacillante, miroiter la peau !

Sur ta chevelure profonde aux âcres parfums, mer odorante et vagabonde aux flots bleus et bruns,

comme un navire qui s'éveille, au vent du matin, mon âme rêveuse appareille pour un ciel lointain. »

Je ne résiste pas à l'envie de voir si ma poésie enclenche une réaction. De l'autre côté du mur, par le trou, elle me sourit narquoise et me fait un doigt d'honneur. Hum… Je sens qu'on va se marrer.

40

Le visage noyé de larmes, Suzie Loison hoquetait en racontant ses mésaventures à Pépé Maclean. Désemparée, elle avait fini par courir chez la seule personne en qui elle avait une confiance aveugle, après son défunt mari.

– Ma Suzette, calme-toi, disait-il avec douceur.

– Je suis si quiche… Je me déteste… Je n'aurais jamais dû faire ce chèque à cette harpie… Je ne sais pas ce qui m'a pris… Je n'arrivais plus à réfléchir… Les neurones anesthésiés… Le corps engourdi… Et puis… Et puis… Toutes ces atrocités déblatérées… Mon Dieu ?! Mais… Mais, comment ose-t-elle dire de telles horreurs ? J'ai cru mourir… La sensation d'être coincée au fond d'une ruelle sordide, sans issue autre que celle d'obtempérer… Quelle sombre idiote… Vas-y Pépé, fiche-moi une baffe ! Fais-moi retrouver mes esprits ! Allez !

En même temps qu'elle s'exprimait, honteuse, elle attrapa la main poilue de Pépé et la colla contre sa joue humide.

– Vas-y ! Fiche-moi une claque.

– Mais non, Suzie, voyons, dit-il en reprenant sa main. Tu es en état de choc et cette mégère ne perd rien pour attendre. Elle t'a terrorisée dans l'unique but de t'extorquer ce chèque.

– Je m'en veux de m'être fait avoir. Je suis de la police tout de même, plus une bleue. Je vais être la risée de tous…

– Mais non, personne n'en saura rien. Tiens, dit-il en lui tendant un kleenex. Je me doutais bien que cette famille de barjos n'était pas bien nette, mais de là à envisager un tel scénario…

– Billie ne mérite pas de vivre dans ce bouge. Avec eux, son avenir est merdique. Ce gamin est si gentil. C'est injuste !

Elle se moucha bruyamment, essuya ses yeux. Pépé tapota maladroitement de ses gros doigts son épaule, avec l'envie timide de lui insuffler la compassion qui surgissait de son vieux cœur de crocodile. Il se sentait un peu pataud malgré tout à gérer cet instant d'intense trouble. Ce n'était pas trop son truc à lui. Il préférait râler, rouspéter et distiller ses calembours, alléger l'atmosphère.

– Je dois faire peur à voir ?

– Non, ça va, ma Suzie.

Après un soupir las, elle braqua sur lui des yeux pleins d'espoir.

– Pépé, que vais-je faire à présent ? Elle m'a piégée. Je suis pieds et poings liés. Oh… C'est terrible…

Son visage se tordit de désespoir. Sa peau blêmit, ses yeux s'embuèrent instantanément. Comment pouvait-on avoir tant de larmes en soi ? Des rivières salées qui s'écoulaient à l'infini. Ne pas pouvoir les refréner. Se sentir submergée par l'émotion. Dévastée par la peine. Sans pouvoir fermer les écoutilles.

– Écoute, Suzette, arrête de chialer, reprit Pépé en se redressant subitement. Tu vas rester ici et surveiller ma fille Laure qui dort à côté. Elle a pris une vilaine cuite et elle ne va pas bien. Je dois avoir une discussion avec elle, avant de la laisser partir.

Elle reniflait ses pleurs tout en prenant la mesure de ce qu'il lui disait, réalisant que les ennuis fleurissaient partout en cette soirée de juillet. Et pas seulement sur sa pomme.

– Elle est là ?

– Oui dans ma chambre. Dès qu'elle met un pied devant l'autre, elle voit trente-six chandelles.

– Ah, mince…

– Donc tu la chaperonnes et moi je m'occupe des Barjos.

– Que vas-tu faire ? s'inquiéta Suzie en tordant son nez dans le mouchoir.

– J'ai ma petite idée.

*

Assise sur le muret de la digue nord de Wimereux, les pieds ballant, Liane Morlaix fumait en silence. Les yeux braqués sur la mer, elle ruminait son agacement. Le ressac incessant de la marée haute fracassait les vagues ciselées d'écume contre les rochers.

Rien ne se passait comme prévu. Sa vie était une succession de déconvenues plus amères les unes que les autres. Pourtant, sa rencontre avec Alix avait la saveur du miracle. Elle était l'étoile longtemps cherchée dans la nuit noire qu'était sa vie depuis toujours. Quand son cœur s'était ouvert à leur histoire d'amour, elle avait pris peur tout d'abord. Puis, elle s'était mise à y croire, submergée par des sentiments qu'elle ne soupçonnait pas. Un bouleversement d'émois. Un bonheur incandescent.

Mais la vanité était un péché.

Au bout du compte, Alix était pareille aux autres. Une *salope* qui plantait des aiguilles dans le cœur de la poupée vaudou. Elle se délectait de la souffrance générée. Le réveil s'avérait brutal. Ça faisait mal. Horriblement. Une brûlure d'acide qui se déversait dans les bronches.

Un ballon vint frapper le muret. Liane ne sursauta pas, mais foudroya d'un coup d'œil méprisant le blondinet qui accourait récupérer son bien. Sa mère le suivait des yeux, tendrement, à quelques mètres, tenant sa petite sœur d'une main. Leurs regards se croisèrent et ce que vit la jeune femme lui glaça les sangsle sang, car aussitôt elle invectiva son fils pour qu'il récupère vite son ballon et déguerpisse.

– N'embête pas la dame, crut-elle bon de rajouter, en le poussant dans le dos afin de s'éloigner vers la digue sud.

Pauvre conne, marmonna Liane qui fulminait. *Dégage avec ton bonheur de merde !*

Mais les mots haineux s'agglutinaient dans sa bouche plus sèche que le désert de Gobi. Une foule dense de touristes arpentait la digue derrière elle, hermétique à ses pensées, à ses affres. La solitude revenait tel un bulldozer tout écrabouiller dans sa vie. Sous leurs regards vides, indifférents.

Elle ralluma une nouvelle cigarette et perdit ses prunelles douloureuses par-delà l'horizon, les voiles des bateaux et des kites. Par-delà la fumée. Elle aurait aimé pouvoir s'envoler et crever les nuages, les uns après les autres, sans que rien ni personne pût lui résister. Une torpille volante avec sa clope à la main.

Un rictus de méchanceté accrocha soudain le coin de ses lèvres. Non. Elle n'avait pas dit son dernier mot.

*

– Maman ? couina Zoé, désemparée par sa venue inopinée. Oh, non… Ce soir je ne peux pas…

– Débrouille-toi, mon ange, la supplia-t-elle, en poussant doucement Lison à l'intérieur de la maison. Léa n'est pas joignable et je suis à bout. J'ai besoin de faire un break. S'il te plaît, Zoé ?

Mais sa question n'en était pas une. Elle n'attendait aucune réponse. D'ailleurs, elle avait déjà refermé la porte coulissante de la baie vitrée, mimant un baiser de la main, et disparut au coin de la rue.

Enroulée dans une serviette-éponge, Zoé prit la main de Lison, avec délicatesse. Elle l'entraîna près de la table basse, au pied du sofa. Aussitôt, la jeune fille se laissa glisser à terre, sur le tapis en bouclette. Extirpant de sa sacoche en cuir son cahier à spirale, elle l'ouvrit à une page blanche, puis elle se mit à dessiner. Son crayon noir crissait sur le papier. Un bout de langue au coin de sa bouche exprimait tout le soin qu'elle apportait à son esquisse.

– Je mets la musique, précisa Zoé avant de retourner dans la salle de bains.

Une mélodie relaxante aux accents ethniques retentit en fond sonore, où s'entremêlaient synthétiseur, percussions, xylophone en bois, flûtes, et même par moments un bâton de pluie. Un frisson lui caressa la joue, en signe de reconnaissance ou de contentement. Impossible à dire, mais ça l'apaisait instantanément. Même si elle paraissait plutôt tranquille ce soir. Sans doute l'accalmie après la tempête.

Sumo était venu se coucher aux pieds de Lison.

Les mains en appui sur le lavabo, Zoé observait Lison dans le miroir. Sa soirée avec Marcus tombait à l'eau et pourtant elle n'éprouvait aucun ressentiment. Elle s'en faisait une telle joie pourtant. Elle devait le prévenir. Attrapant son téléphone portable, elle composa son numéro. Au bout de trois sonneries, il décrocha.

– Allô ?

– Coucou, c'est Zoé.

– Ne me dis rien. Tu es en retard ? Alors pas de souci, car moi aussi, s'amusa-t-il à monologuer.

– Non, répondit-elle à regret. En fait, je ne vais pas pouvoir venir.

– Ah…

– Je dois m'occuper de ma sœur. Ce n'était pas prévu. Je suis désolée. Mais on remet ça…

– Attends voir, fit-il surpris. Ta sœur Léa est mariée.

– Mon autre sœur.

– Elle a quel âge pour que tu doives t'en occuper ainsi ?

– Vingt-cinq ans.

– Tu plaisantes ?

– Non…

L'indécision dans la voix de Zoé résonnait en même temps qu'un imperceptible malaise. Retroussant le bout du nez, grimaçant, Zoé hésitait. Ne valait-il pas mieux lui dire la vérité ? Soulever le voile d'ombre de sa vie qu'elle n'évoquait jamais avec quelqu'un d'autre que sa mère et Léa. Aucune honte n'argumentait ce silence. Non, Zoé n'avait pas honte de Lison. Juste le souhait de ne pas partager, de ne pas avoir à en parler ni à s'expliquer. Une forme de pudeur plutôt.

Mais, à cet instant, elle ne voulait pas lui mentir.

– Elle est autiste.

– Je risque de lui faire peur ? s'enquit-il aussitôt.

– Non. Elle est dans son monde. Elle dessine. Elle adore ça et elle se débrouille plutôt bien.

– Alors, je peux venir faire un saut chez toi ?

– Ben…, bredouilla Zoé, interloquée, car elle n'avait pas pensé à cette solution. Pourquoi pas, après tout.

Un sourire revint illuminer son reflet dans le miroir. Elle apercevait Lison dodeliner sa tête au rythme des percussions.

– J'embarque la quiche lorraine, la bouteille de vin et j'arrive.

À peine avait-il raccroché à l'autre bout du fil que Zoé réalisa qu'elle n'était pas prête. Zut, elle accéléra le mouvement, tout en jetant des coups d'œil répétés à sa sœur. Elle se glissa dans une jupe en jean, enfila une chemisette en lin et des sandalettes brodées de perles. Puis entreprit de se maquiller rapidement, de coiffer ses cheveux courts encore humides. Elle finit par s'asperger de senteurs de gingembre mêlées de bois de santal. Son parfum du moment, Twilly d'Hermès, était aussi coloré et fleuri que son humeur.

Une dizaine de minutes plus tard, Marcus débarquait les bras chargés et la bouche en cœur.

– Entre, fit Zoé en lui prenant la quiche lorraine des mains. Je vais la mettre au four pendant que tu ouvres la bouteille de vin.

– On se croirait dans une boutique de bien-être avec cette musique hyper zen, dit-il en pointant un index en l'air.

– Elle n'aime que ça, s'excusa Zoé, alors il va falloir te blinder les tympans.

– Même ton chien est sous le charme.

– Dès qu'elle est là, reprit Zoé en s'activant dans la mini-cuisine, il se met à ses pieds, il ne bouge plus même pour manger, c'est dire. Il prend soin d'elle. Les animaux ont un sixième sens. C'est inouï.

– Salut Lison, fit Marcus, subitement hésitant à aller à sa rencontre se présenter.

– Ne te bile pas, reprit Zoé, en lui saisissant le bras pour le stopper. Elle sait que tu es là. Lison ne parle pas beaucoup. Elle s'exprime par le dessin ou la peinture.

Le geste ferme, Marcus entreprit alors de déboucher la bouteille. Il versa deux verres de vin rouge.

– Ma mère s'occupe seule de Lison. Mais parfois, ça lui pèse. Elle craque, car c'est dur au quotidien de vivre avec elle, de tout assumer. Ma petite sœur est une satanée tête de bourrique, même si en ce moment, elle paraît plus douce que l'agneau . Donc, quand maman a besoin d'une respiration, Léa ou moi, on prend le relais. Pas longtemps, car très vite, elle culpabilise. Mais suffisamment pour lui permettre de souffler, de passer une bonne nuit. C'est une femme incroyable, ma mère. Vaillante, débordante d'amour et d'abnégation.

Marcus lui tendit un verre. Ils trinquèrent, en se regardant droit dans les yeux.

– On a tous nos failles…

Zoé esquissa un sourire doux amer. Elle songeait, sans vouloir l'énoncer à haute voix, à la femme de Marcus qui avait péri dans un dramatique accident de voiture, trois ans auparavant.

Elle but une gorgée qui roula sous son palais. La texture se faisait soyeuse, veloutée. Le vin était délicieux. Lison coloriait à présent l'intérieur de son esquisse. Le bâton de pluie frémissait sa mélodie envoûtante.

41

À l'aide d'un magazine, Toinette Vingadapaty s'éventait bruyamment. Avachie sur un fauteuil trop petit au regard de sa forte corpulence. Les jambes écartées. Son teint blêmissait après avoir été cramoisi. Des gouttes de sueur perlaient sur ses tempes et dans le sillon au creux de son opulente poitrine. Un des médecins de garde surveillait son rythme cardiaque et prenait sa tension, en l'encourageant à se calmer.

– Mon Dieu, un meurtre, mais c'est épouvantable, gémit l'infirmière avec son accent créole. J'ai surpris un assassin *en pleine sale besogne* !

– Bois un peu d'eau, suggéra une collègue en lui tendant un gobelet en plastique.

Agacée, elle agita sa main dodue, rejetant la proposition. Elle ferma les paupières d'épuisement. Il fallait plutôt ériger un périmètre de sûreté autour d'elle, pour lui permettre de respirer et de recouvrer ses esprits bouleversés.

– Vous l'avez vu ? questionna Hugo Gressier, dépêché en urgence pour prendre sa déposition et constater l'agression.

La scène se déroulait dans une salle d'attente de l'établissement « Le Paradis des Dunes blanches », à Ambleteuse.

– Oui, enfin… Non, bredouilla Toinette, dépitée. Il était vêtu de noir, ou de sombre, je ne sais plus bien… Avec la capuche sur le visage, difficile de dire à quoi il ressemblait. Je sais qu'il m'a bousculée en s'enfuyant de la chambre, au moment où j'entrais, alertée par le voyant rouge.

– Un homme ? Une femme ? Des indications sur la taille ? La corpulence ?

– Tout juste ma taille. Pas bien épais en revanche. Mais sacrément vif et rapide. À peine m'étais-je retournée que sa silhouette avait disparu sur la droite, au fond du couloir, par l'escalier de service.

– Comment va la victime ? demanda le policier au médecin, tout en prenant des notes.

Un homme en blouse blanche, à l'âge incertain, se frisait les moustaches entre l'index et le pouce. Le regard perçant derrière des lunettes rectangulaires, il mit un temps infini à répondre.

– Aussi bien que peut aller une dame âgée qu'on a cherché à étouffer pendant plusieurs secondes.

Prenant sur lui, Hugo inspira avec flegme, escomptant des éléments plus factuels d'un scientifique. L'excitation dans les regards était perceptible. Celle-là même qui conduisait les badauds à s'attrouper au pied de l'immeuble en feu, constater les dégâts et dénombrer les morts. Les mines défaites, mais néanmoins ravies d'assister *enfin* à un incident qui venait embellir un morne quotidien. Avec le sentiment de pouvoir dire j'y étais, de donner sa petite version des faits, de les enjoliver même, et de briller dans les dîners en ville en relatant l'anecdote qui faisait toute la différence ou allumait instantanément la curiosité dans les yeux de l'auditoire.

Cependant, les décès des résidents étaient légion dans un établissement tel que celui-ci. Des morts naturelles surtout. Dans le sommeil. D'un arrêt cardiaque. Ou bien encore des accidents. Une malencontreuse chute. Une nuque brisée sur un rebord acéré. Une fausse route fatale en plein souper. Mais aucun meurtre depuis l'existence du « Paradis des Dunes blanches ». Alors ça valait bien son petit moment de parade.

– Elle va s'en sortir ? répéta Hugo Gressier, agacé.

– On peut le supposer, reprit le médecin avec une pointe de grandiloquence dans la voix. Mais il était moins une. Si notre Toinette n'était pas intervenue, Mme Lemarchand ne serait sans doute plus de ce monde.

– Je vais lui parler.

– Heureusement aussi que le système d'alerte avec ce bouton a merveilleusement bien fonctionné…

– Je vais lui parler, insista le policier.

– Faites, faites, soupira l'homme en blouse blanche. Je ne la pense pas en état de subir un interrogatoire. Elle est traumatisée. Vous pouvez aisément le comprendre après ce qu'elle vient de subir.

Hugo Gressier rongeait son frein en silence, même si le toubib lui tapait sérieusement sur les nerfs. Il prit donc le parti d'abréger l'échange afin d'aller tenter sa chance auprès de la victime. En complément, il se fit remettre la bande enregistreuse de la vidéosurveillance, peut-être que le meurtrier apparaîtrait en entrée ou sortie à l'heure présumée de la tentative d'assassinat.

Puis il s'engouffra dans la chambre médicalisée. Néanmoins, la frêle silhouette silencieuse sous les draps refusait de livrer sa vérité. Les paupières closes, Léonie

Lemarchand soupirait sa terreur à intervalles réguliers. Des tremblements agitaient ses mains cramponnées aux draps.

– Madame ? chuchota-t-il à maintes reprises. C'est la police. J'ai quelques questions à vous poser.

Face à ce mutisme, il admit à regret qu'il n'en tirerait rien.

Qui voulait faire la peau à une vieille dame ? *A priori* inoffensive, et bien avancée dans le corridor de la fin de vie. Et pourquoi ?

*

– Tu n'aurais pas l'intention de prendre la fuite ?

Alix Moucron traînait la lourde valise sur ses roulettes fatiguées. Lisant l'embarras sur le visage de Melvil de la voir apparaître dans son salon, elle soupira de rage. Les mâchoires crispées, elle fulminait.

– Comment es-tu entrée ? s'inquiéta-t-il.

– Par la porte, mon chou, dit-elle sèchement. Tout à l'heure. J'ai un double des clés.

Machinalement, il se tourna vers la porte puis revint vers elle. Il devait matérialiser ce qu'elle venait de lui révéler. Une intense réflexion l'agitait. Perplexe et surpris à la fois. Il n'avait pas prévu d'être si tôt entravé dans ses plans par cette enquiquineuse. Mais le constat s'imposait. Elle profitait de ses absences, elle fouinait dans la maison, dans ses effets personnels. Et elle avait découvert son bagage fin prêt pour un décollage immédiat vers le bout du monde. Comme elle avait déniché auparavant ses secrets.

– Alors, gueula Alix Moucron. Tu allais te tirer ?! En douce, sans faire de bruit !

– Écoute, Alix, ce n'est pas ce que tu crois, s'efforça-t-il d'argumenter mollement, car il ne voulait pas se prendre la tête avec elle, néanmoins ses explications sonnaient faux dans sa bouche.

– Espèce d'ordure !

– Calme-toi.

Réalisant qu'il ne ferait pas l'économie d'un face-à-face, il s'approcha, lui prit la main. C'était la seule technique valable même s'il n'était pas adepte des palabres, ni des justifications. Une perte de temps qui ne servait de plus à rien. Mais avec les femmes, les mots, les explications, bref la « sacro-sainte communication », s'avéraient nécessaires.

Aussitôt, Alix le repoussa vigoureusement. Son corps se contracta et se cabra. Son teint s'enflammait sous la colère de s'être fait berner. Sombre idiote. L'envie de le frapper bouillonnait en elle.

– Non, je ne me calmerai pas. Tu me fais croire que tu as dégagé Flavie pour m'octroyer toute la place. Mais tu ne fais que mentir !

– Elle n'est plus là.

Secouant la tête, Alix soupira.

– *Même morte*, elle est toujours là ! Ce devait pourtant être *son dernier été sur la Côte*. Elle devait nous laisser *enfin* toute la place. À nous deux. Nous avons uni nos vies, Melvil… Tu t'en souviens au moins ?! À la vie à la mort. Mais tu ne tiens pas tes engagements. Tu ne fais que mentir.

Les larmes embuaient à présent ses cils, floutaient sa vue. Surtout ne pas craquer, elle détestait par-dessus tout perdre la maîtrise de ses émotions. Elle excellait dans le contrôle des situations, des autres, d'elle-même. Une vie passée à rejeter l'irrationnel, l'à-peu-près, à oublier ses racines moches, une famille inexistante, une éducation misérable, et bâtir brique après brique un avenir avec lui, *l'amour d'une vie*, une existence confortable dans une jolie station balnéaire. Même si elle avait bien cru le perdre à tout jamais lors de sa fuite à Avignon, avec son idée saugrenue de faire un break. Même si elle avait dû endurer la souffrance dans ses chairs, dans son cœur de le voir filer le parfait amour avec Flavie Robert. Cette garce splendide. Sous son nez, ici, à Wimereux. C'était cruel. Douloureux. Mais à force de pugnacité, elle était parvenue *in extremis* à reprendre le contrôle (grâce aux vilains petits secrets dénichés), à retourner la situation à son avantage. Elle tenait Melvil dans le creux de la main. Enfin, le pensait-elle jusqu'à cet instant.

– J'ai eu envie de partir, c'est vrai, avoua-t-il avec amertume. J'ai fait ma valise, préparé mes papiers, j'étais prêt à embarquer sur un vol depuis Bruxelles.

Elle n'en croyait pas ses oreilles, alors que les larmes coulaient sur ses joues plus glaciales qu'un voile de givre.

– Mais… je ne l'ai pas fait. Avec la police qui rôde, ça ne me paraissait pas une idée fameuse. Et puis, Alix, tu l'as dit. Nous sommes liés pour la vie.

D'une main ferme, il l'attira à lui. Elle ne résista pas. Même si son âme lui intimait l'ordre de lui assener une pluie de coups, violente, son cœur s'attendrissait, son corps s'adoucissait à son contact. Prenant son visage dans ses mains, plongeant son regard métallique dans l'humidité de ses yeux, Melvil l'embrassa. Tout d'abord doucement, puis plus brutalement.

Remontant le quai Hazebrouck, qui longeait la rivière depuis la digue, Liane Morlaix aperçut leurs deux corps emmêlés par la fenêtre du salon de la villa « Bella Luna ».

*

Maclean se tenait dans le salon des Vasseur. L'air menaçant. Les mains sur les hanches, près de son arme de service. Il voulait les impressionner et leur rabattre le caquet. Il leur avait ordonné de la fermer et de caler leurs culs dans le canapé défraîchi. Ils avaient vite obtempéré. Le policier n'était pas peu fier de voir son plan se dérouler à merveille. Il ne s'avérait pas encore totalement décati.

Face à lui, s'alignaient Rachel (à gauche), la grosse matrone (au milieu) et le vieux avec sa jambe de bois (à droite). Les faciès cramoisis, les yeux exorbités, les bouches tordues. Au début, ils avaient bien gueulé quand le policier avait défoncé de l'épaule la porte d'entrée. Puis, leur morgue était retombée, comme un soufflet crevé de la pointe d'un couteau. Ils s'étaient exécutés. Muets et inquiets de la suite des événements.

Devant la porte de sa chambre, le jeune Billie était statufié. Estomaqué par l'entrée fracassante du flic. Stupéfait par l'hallucinante docilité de sa famille. La sensation de vivre un moment unique le prenait aux tripes.

Les quelques kilomètres à parcourir sur la route littorale depuis Wimereux jusqu'au quartier du Chemin-Vert, surplombant l'entrée du port de Boulogne-sur-Mer, avaient permis à Maclean de clarifier ses idées. En apercevant Billie devant chez Suzie, il avait choisi de prendre les devants, et passé deux ou trois coups de fil, la veille, se faisant confirmer ce qu'il subodorait déjà. Les magouilles aux allocations familiales. Le travail au black ou le recel fait par-ci par-là par les deux femmes. Les sordides escroqueries pour arrondir les fins de mois. Elles n'étaient pas à court d'idées pour s'enrichir sans effort.

Dans l'immeuble D, au premier étage, du secteur des Aiglons, ça empestait la nicotine froide, les relents de bière et la sueur. Maclean prit une profonde respiration. Il les fusilla du regard puis, d'un ton n'admettant pas la contradiction, il leur expliqua froidement ce qu'ils allaient faire.

– Alors, voilà. Je vais fermer les yeux sur tout ce que j'ai découvert, sur vos trafics en tous genres, y compris votre arnaque aux allocs. Ça vous permet de continuer à vous la couler douce aux frais du contribuable. J'oublie tout ça, mais en contrepartie je veux deux choses. Et c'est non négociable. Le chèque extorqué à Suzie Loison. Je le veux immédiatement !

Aussitôt, l'énorme Mme Vasseur remua sur son séant. On aurait dit un amas de gélatine en équilibre instable. D'un coup de coude, elle fit signe à sa fille d'attraper son sac à main et de restituer le bout de papier. Mille euros qui partaient en fumée. Sa souffrance intériorisée, elle grimaça néanmoins avec théâtralité.

Pépé l'attrapa d'un geste vif. En échange, il leur donna une carte de visite.

– Dorénavant, vous lui fichez la paix et vous n'approchez pas à moins de cent mètres de chez elle. Sinon vous aurez affaire à moi. Et quand je suis en rogne, je vous prie de croire que ça peut être dangereux pour votre matricule. OK ?

En guise de réponse, ils dodelinèrent de la tête, confirmant ainsi leur accord.

– La deuxième chose concerne votre fils dont vous vous fichez éperdument. Vous téléphonez à Mme Dumilly, demain matin à la première heure. Elle est assistante sociale. Vous allez lui sortir le grand jeu, famille éplorée, sans le sou, invalide, alcoolique, qui ne peut plus s'occuper de son petit dernier. Vous souhaitez renoncer à votre autorité parentale et le placer chez quelqu'un plus en capacité de l'élever et de lui construire un avenir. Et, il se trouve justement que vous savez qui. Une dame charmante, respectable, qui bosse pour la police de Wimereux, et que votre fils adore. Suzie Loison. N'hésitez pas à lui rappeler que votre aîné croupit en prison. Et que votre fille est enceinte de père inconnu.

– Mais j'suis pas enceinte, gloussa Rachel, vexée, en tripotant son ventre gras. M'man, il dit qu'j'suis grosse.

– Ben, c'est vrai qu't'es grosse, maugréa sa mère d'un haussement d'épaules alors que sa fille se mettait à chialer de rage.

Exaspéré, Maclean soupira. Cette famille de barjos lui tapait sur les nerfs. Il était temps d'abréger cette discussion.

– Bien, je vérifierai demain que vous avez contacté l'assistante sociale. Si ce n'est pas le cas, je balance tout. Et finie la belle vie de parasites !

– OK, OK, OK, glapit la mère en grimaçant de dédain, elle tentait de faire bonne figure, même si elle n'en menait pas bien large. De tout' manière, c'est d'l'mauvaise graine c'gamin. Elle n'a qu'à s'en occuper. Ça nous donn'ra moins de tracas.

– Par conséquent, Billie va venir avec moi dès maintenant puisque ça ne vous fait ni chaud ni froid. Prends toutes tes affaires, mon garçon.

Le jeune Billie bourra ses vêtements et chaussures à la va-vite dans un énorme baluchon. Ses livres fétiches, son sac d'école, des babioles sentimentales. Puis, il vint se placer aux côtés de Maclean, prêt à partir de chez lui. Il jeta un dernier regard aux siens, alignés en rang d'oignon sur le vieux canapé. Il refréna un sourire, car la scène était plutôt cocasse. Peut-être la vie allait-elle *enfin* lui offrir une petite place au soleil.

*

Le bâton de pluie avait fait cascader ses grains apaisants tout au long de la soirée. Sumo enroulé aux pieds de Lison, tous deux sur le tapis en bouclette. Silencieuse, elle avait noirci plusieurs pages d'esquisses. Des jardins fleuris, des ruisseaux, des oiseaux, des papillons. Des atmosphères naïves et colorées. Son coup de crayon était sûr, le résultat plutôt réussi.

Dans la cuisine, Marcus et Zoé avaient dévoré la quiche lorraine et sifflé la bouteille de vin. De part et d'autre de la table en formica, à distance raisonnable, sans la proximité qu'ils auraient souhaité mettre dans leur deuxième soirée de retrouvailles. L'alcool décontractait leurs mots, distillait des sourires sur leurs visages. Zoé s'était empressée de lui relater par le menu son incursion rémoise dans l'enfance de Flavie, les informations glanées auprès de la voisine. Marcus, de son côté, lui avait dit son soulagement de savoir Jonas Becker hors de cause. Mais aussi son désarroi sur l'orientation à donner à cette enquête qui s'avérait d'ores et déjà des plus complexes. Leurs regards se croisaient, se cherchaient, se souriaient, mais la pudeur les obligeait à rester distants avec Lison à leurs côtés. Néanmoins, les questions muettes sur la potentielle reprise d'une histoire entre eux recevaient un début de réponse.

Puis, sur les coups des vingt-deux heures, Zoé se tendit à l'idée de devoir abréger leur soirée. La nuit enveloppait la falaise, transpercée par un élégant croissant de lune et sa traîne de filaments nuageux. Elle frissonna. Elle se sentait si bien avec lui, mais le rituel du coucher de Lison s'imposait. Il s'agissait de ne pas rater le moment fatidique.

– On remet ça ? dit-elle en lui déposant un baiser sur la joue, alors qu'il faisait rouler la baie vitrée dans son rail, sur le point de partir.

Aussitôt, il lui tendit l'autre joue, l'air espiègle. Elle sourit de ces enfantillages et déposa un second baiser. Il glissa furtivement jusqu'à sa bouche pour lui dérober un troisième baiser. Juste une pression douce, délicate, humide. Elle se laissa faire avec délice, ferma les yeux, savoura cette gourmandise, le respira à pleins poumons, captura son odeur afin de l'emmener avec elle dans sa nuit.

– Fais de beaux rêves, ma belle.

Après son départ, elle soupira ses regrets, se tournant vers Lison.

Le moment terrible avait toujours été la fin de journée, le basculement dans le sommeil. Ses premières années d'existence avaient été épouvantables. Douloureuses. L'approche de la nuit décuplait les angoisses, effritait la fragile accalmie obtenue de haute lutte tout le jour durant. Les réveils nocturnes incessants se succédaient. L'épuisement gagnait l'entourage. Sa mère, Léa et même elle. Les souvenirs étaient encore si prégnants. Le recours en désespoir de cause aux médicaments qui apaisaient les peurs et permettaient de tenir le coup. Mais c'était sans compter avec l'entêtement maternel à chercher à comprendre son autisme de type Asperger, son fonctionnement, afin de trouver une alternative. Avec la folie d'imaginer, par la seule force de son amour, pouvoir remplacer les pilules. Et aussi dingue soit-il, sa mère, admirable, y était parvenue. Bâtissant une bulle d'apaisement autour de Lison, afin qu'elle puisse se laisser aller à dormir, le sourire aux lèvres et l'âme vagabonde réconfortée. Ça passait par une série de rituels. S'allonger sur un matelas au sol, cerné par des coussins alignés en remparts protecteurs, laisser un filet de lumière lui éclairer les cheveux, se répéter en boucle des répliques de ses films favoris, se faire la liste mentale des êtres chers – *maman, Léa, Zoé, Sumo* – et lui masser le pouce – le seul contact physique qu'elle aimait et qui mettait un voile de joie sur son visage inexpressif.

Soudain, Lison se relâcha et s'assoupit. La respiration d'un ange. Zoé s'allongea sur le flanc dans son lit. Elle couvait d'un regard tendre sa petite sœur étendue sur le matelas au sol. Sumo roupillait aussi. La vie était merveilleuse et cruelle à la fois. Ses pensées s'envolèrent vers sa mère qui, dans la nuit, cherchait un souffle, une respiration, afin d'avancer sur son chemin d'amour et de croix. Seule. Avec Lison.

42

Notre refuge est sous les toits. Une porte minuscule que j'ai crochetée au bout du couloir du dernier étage et qui permet de nous hisser dans un grenier poussiéreux où personne ne sait où nous trouver. Enfin une paix royale à faire ce que bon nous semble. Ou même ne rien faire. Sans avoir le personnel du centre sur le dos. Avec ses sempiternelles récriminations.

Allumette et moi, nous avons fini par sympathiser ou plutôt unir nos solitudes et nos angoisses.

Là-haut, nous marchons sur la pointe des pieds pour éviter les craquements du bois, nous nous allongeons sur le dos, les mains derrière le crâne. Nous regardons le soleil ou la lune au travers d'un velux d'un autre âge. J'aime le silence qui tisse sa toile sur nos âmes perdues. Parfois on discute. Jamais du passé, ni de nos vies ou de nos fêlures. Pour mieux conjurer le sort ensemble. Avec une coquille distanciée qui nous met côte à côte.

– Lis-moi un poème, dit Allumette de sa voix métallique.

J'ai préparé ma lecture : « Spleen ».

Mon recueil de Baudelaire ne me quitte plus ces derniers temps. Outre le petit côté intello que ça me confère et qui n'est pas pour me déplaire, je me suis mis en tête de verbaliser ma souffrance par celle des autres. Alors quoi de mieux qu'un grand poète.

« Quand le ciel bas et lourd pèse comme un couvercle sur l'esprit gémissant en proie aux longs ennuis, et que de l'horizon embrassant tout le cercle il nous verse un jour noir plus triste que les nuits… »

Une souris trottine sur la charpente, ses pattes minuscules tapotent le bois. Allumette sort un biscuit de sa poche, en émiette un morceau et le pose à côté d'elle. Suffisamment loin pour rassurer le rongeur et lui donner le courage de venir y planter ses quenottes.

« … Quand la pluie étalant ses immenses traînées d'une vaste prison imite les barreaux, et qu'un peuple muet d'infâmes araignées vient tendre ses filets au fond de nos cerveaux… »

Après moult hésitations, la souris s'approche. Le visage incliné sur le côté, Allumette retient son souffle. Les prunelles noires immenses. La tristesse est une deuxième peau chez elle. La bestiole grise parvient à attraper d'un coup de museau téméraire la miette et repart à fond de balle. Avec le sentiment d'avoir bravé le danger au péril de sa vie riquiqui.

« … et de longs corbillards, sans tambours ni musique, défilent lentement dans mon âme ; l'espoir, vaincu, pleure, et l'angoisse, atroce, despotique, sur mon crâne incliné plante son drapeau noir. »

– Hum, c'est glauque ton truc ! ponctue Allumette en se frottant les yeux. Ça donnerait presque le déclic de s'mettre une balle dans le crâne…

Un flingue invisible dans la main, je fais semblant de pointer sa tempe du bout du canon puis je tire, d'une simple pression de l'index sur la détente.

– Ça y est, t'es morte !

– Paix à mon âme, murmure-t-elle, l'esquisse d'un sourire amer sur les lèvres. T'as jamais eu envie d'en finir, toi ?

– Non, mais parfois je me dis que je suis déjà morte… Alors, je préfère me cisailler la peau, je me sens vivante. Peut-être qu'un jour ça changera.

– Moi, ça m'est arrivé d'y penser, dans les foyers. Ou quand je revois mes vieux. Putain de vie !

– T'as que ce mot à la bouche…

– Tu me montres tes bras ?

– Va te faire foutre !

– Bon allez, je redescends chez les casos.

Alors, je la suis. Allumette sent bon la menthe. J'aime bien l'idée de ne plus être seule.

43

Troisième jour, le 6 juillet

– T'es tombé du lit ?

Hugo Gressier redressa la tête de ses dossiers. Échevelé. Son teint brouillé dénotait une difficile nuit amputée de plusieurs heures de sommeil. Plutôt que de tourner dans tous les sens dans les draps, il s'était radiné au poste de police au petit matin, avait avalé plusieurs cafés noirs d'affilée, avant de relire ses notes et d'activer ses neurones.

– Mouais, fit-il en clignant des yeux amusés. J'ai fait des cauchemars.

– Ah bon ?

– Ton mari me coursait avec un couteau à viande pour me faire la peau.

– C'est malin, soupira Mylène Lambert en s'installant à son bureau, de l'autre côté. C'est vrai qu'il a été sacrément lourdingue, hier soir, mais c'est un chic type. Tu veux bien lui pardonner ?

– *Of course!*

– Toi aussi, t'es un chic type, renchérit-elle en levant un pouce victorieux vers lui.

Elle évita néanmoins de croiser ses yeux, préférant s'épargner les chatouilles sensorielles. Pas folle la guêpe.

– Alors si tu me prends par les sentiments…

– Bon, plus sérieusement, dit-elle en allumant son ordinateur. Tu as du nouveau ?

Aussitôt, Hugo Gressier lui relata la tentative d'assassinat de la veille à la maison de retraite du « Paradis des Dunes blanches » sur Léonie Lemarchand, la mère d'un de leurs principaux suspects.

– Waouh ! s'extasia-t-elle. Ça ne peut pas être le fruit du hasard. On a voulu faire taire la mère de Melvil. Mais pourquoi ?

– En effet, qu'est-ce qu'une dame de son âge peut bien savoir qui dérange ?

– Tu as pu lui parler ?

– Elle n'était pas en état. Sous le choc.

– Punaise, y a du lourd là-dessous, couina Mylène, d'une moue dubitative.

– J'ai aussi appelé l'ex-mari d'Alix Moucron.

Les coudes en appui sur le bureau, Mylène Lambert cala son menton dans ses mains, attentive aux propos de son collègue.

– Il n'est pas tendre avec elle. Ils ont été mariés à peine trois ans, il y a quinze ans, mais très vite ça n'a pas fonctionné. Dès la naissance de leur fils, peu de temps après leur rencontre. Elle n'est pas maternelle pour deux sous et ne désirait pas d'enfant. Elle ne s'en est jamais occupée. Tout juste sait-elle qu'il existe. Selon lui, elle est instable et caractérielle. Leur relation sur la fin était agitée et agressive même. Il a préféré la quitter avec son fils sous le bras. Et depuis, il n'a aucune nouvelle, autre que celles qu'il glane auprès de leurs connaissances communes.

– Intéressant.

– Elle est obsédée par le fric, encore selon lui. C'est la seule raison qui l'a amenée à travailler avec Melvil Lemarchand. Elle a tout de suite senti le filon. Un vieux garçon avec une boutique en plein cœur de Wimereux.

– Un vieux garçon ? répéta-t-elle dubitative. Il n'en a pas l'air.

Hugo farfouilla dans ses dossiers à la recherche de quelque chose. La mine soucieuse, il finit par extirper un document dactylographié. Un dépôt de plainte qu'il lui tendit pour qu'elle en prît connaissance à son tour.

– Voilà, ce que je cherchais. Un soir, ils en sont venus aux mains plus que d'habitude.

– Alix Moucron et son ex-mari ?

– Oui, il s'appelle Bruno Coquet. Il est artisan-plombier à Calais. Son affaire marche plutôt bien d'ailleurs.

– Vas-y, raconte !

– Bref, il a appelé les flics et fait un dépôt de plainte. Elle était littéralement en train de le tabasser, devant son gosse. Il a pris peur. Lui indique ne pas pouvoir lever la main sur une femme.

– Ben voyons, ponctua Mylène Lambert, sceptique.

– Tiens, dit-il en lui montrant une photo. Il est sacrément amoché.

– Oh la vache…, s'exclama-t-elle, sous le choc devant les coups et des œdèmes qui parsemaient le visage et les épaules d'un homme.

– Ce n'était pas la première fois, mais la violence était décuplée. Et leur petit garçon était là, à côté. Il a flippé.

La jeune femme secoua doucement la tête. Elle ne parvenait pas à s'habituer à ces excès de brutalité. Savoir qu'en plus, il s'agissait d'une jeune maman qui se déchaînait devant son enfant. Ça lui fichait le bourdon. Alors du bout des doigts, elle se frotta la poitrine, près du cœur, pour y apposer un baume réconfortant, et faire scintiller le minois joyeux de ses princesses.

– La bonne nouvelle, c'est qu'elle est fichée du coup.

– Bingo, rétorqua Mylène. Nous avons donc son ADN ?

– Exact, nous sommes aussi en possession de celui de Gabriel Robert, le mari de Flavie. J'ai parcouru les dépôts de plainte enregistrés à Avignon. Plusieurs couples violents se côtoient dans cette affaire, c'est troublant et ça embrouille les pistes.

– C'est lui qui frappait Flavie ?

– Eh bien, soupira Hugo, partagé entre deux sentiments contraires. Ça ne paraît pas si évident que cela. Je dirai à la lecture des témoignages que Gabriel et Flavie avaient une relation volcanique, même très musclée. Parfois, c'était lui qui frappait le premier, mais d'autres fois c'était elle.

– Ah bon ?! C'est moche… Notre victime n'était pas si innocente.

Ils sursautèrent aux applaudissements qui retentirent derrière eux. Marcus Kubiak était là depuis un petit moment. Silencieux, coincé dans l'encoignure de la porte. Attentif aux investigations matinales de son collègue.

– Du bon boulot, le p'tit nouveau, conclut-il en souriant. Tu nous fais progresser sérieusement. Peux-tu demander à Gautier Léon de recouper avec leurs deux ADN ? Les prélèvements sur les lieux du crime, le courrier anonyme remis par Lotte Becker et pourquoi pas aussi les éventuels prélèvements dénichés dans la chambre de Mme Lemarchand.

Alors qu'il repartait vers l'accueil à la recherche de Suzie Loison et Pépé Maclean, Hugo souriait benoîtement, exténué, mais ravi du bon accueil remporté par ses trouvailles cruciales.

– T'as marqué des points.

– Cool, ponctua-t-il. Et on gagne quoi ?

– Une bonne bière. Si tu fais ça pour le fric, tu t'es trompé de carrière.

*

Un océan d'émotions agitait Suzie Loison depuis que Pépé Maclean était revenu de chez les barjos avec Billie dans ses bagages. Quand il lui avait relaté par le menu le fruit de ses manigances pour récupérer le chèque de la honte et le gamin, les larmes s'étaient écoulées en pluie fine sur ses joues. Son cœur à la limite de l'implosion. À bout de souffle. Une crise cardiaque allait forcément l'emporter, instantanément, tant le trouble qui bouillonnait en elle était puissant.

Puis Pépé les avait raccompagnés chez elle. Simplement. Naturellement. Alors, Suzie avait poussé la porte de la chambre d'ami. Celle de Billie dorénavant. Même si elle savait qu'il fallait encore attendre d'obtenir une décision officielle, avec un bout de papier. Et d'être sûre que Billie pouvait rester avec elle. Qu'elle pourrait l'aider à construire sa vie. Qu'elle deviendrait – *peut-être* – importante à ses yeux. À l'instar d'une maman ou d'une mamie. Un rêve qu'elle chérissait tant, enfoui au plus profond d'elle, bien des années auparavant.

Dieu ce que la vie était belle.

Parfois, l'incroyable se produisait, se glissait au creux de la main. Émerveillée, on le couvait des yeux. Sans bouger, sans parler, de peur que le « merveilleux » ne s'évaporât dans le halo de fumée d'une vesse-de-loup écrabouillée par le talon d'un randonneur étourdi.

Ce matin, Suzie resplendissait.

Une nuit sans sommeil, à discuter avec Hubert. La belle âme de feu son mari n'était jamais bien loin. Un souffle tiède sur son front. Une caresse apaisante sur son épaule. Un rai de lumière sur le dos de sa main.

À présent, elle rédigeait un mot pour Billie : « Ton petit-déjeuner est prêt sur la table de la cuisine. Du jus d'orange, un grand verre de lait, de la brioche au chocolat. J'ai jeté les muffins. Ils étaient carbonisés. Nous en ferons d'autres ce soir ou demain. À ce midi. Suzie. »

Elle n'écrivait plus de billets doux depuis qu'Hubert l'avait quittée. Ça lui faisait tout drôle ce bout de papier dans l'assiette du gamin. Une émotion lui chamboula le ventre. Elle réalisa subitement qu'elle était sacrément en retard au boulot. D'un revers de main, elle balaya sa culpabilité naissante. Elle serait d'autant plus efficace.

*

De son côté, Maclean avait prévenu qu'il arriverait plus tard ce matin.

Sa fille s'était réveillée, en clignant d'un œil contrarié. La honte avait pris le pas sur la cuite depuis un moment alors, les paupières closes, elle s'était évertuée à dormir pour refouler la réalité de son écart de conduite. Des flashs se succédaient, se télescopaient, s'emmêlaient. Les lumières du bistrot du port, les verres qui s'entrechoquaient, la gouaille du gros Tonio, les rires de ses amis et le regard dépité de son père. L'amertume de l'alcool en fond de gorge se confondait avec celle de savoir que son père l'avait récupérée dans cet état minable. Elle se détestait autant qu'elle le détestait, *lui*. Depuis la nuit des temps. Depuis qu'il était son père.

– Assieds-toi, avait-il dit, à la recherche des mots justes, mais avec fermeté.

– Je préfère rester debout. Je viens de dormir alors ça ira.

– Comme tu veux.

Du coin de l'œil, Pépé l'observait, résolument contrarié, les yeux furibonds. Depuis belle lurette, Laure prenait la mouche pour rien, un mot de trop, un silence. Lui seul en était responsable.

– J'ai passé l'âge des leçons de morale…

– Loin de moi cette bien mauvaise idée. En tant qu'ancien alcoolique, je ne me sens pas vraiment légitime. Je laisse ça à ta mère.

Laure déglutit, manquant d'avaler sa salive de travers, en songeant à la déception maternelle. Pétrie de gêne, elle garda le silence puis écouta où il voulait en venir. Elle ne se souvenait plus de leur dernière discussion d'ailleurs. Ça remontait à si loin.

– Alors voilà. Tu as le choix entre devenir une ratée (prends exemple sur ton père) ou bien une fille chouette (et là tu regardes ta mère). Au moment où nous parlons, tu es à la fourche d'un chemin, un pied de chaque côté. Et tu penches du mauvais côté.

– Hum… C'est très imagé tout ça !

– Plutôt. Au moins, ça a le mérite d'être clair.

– Mouais.

– Tu es bien placée pour savoir ce qu'est un alcoolique. N'est-ce pas ? Ça te fait envie ? Ça ne serait pas cohérent avec ce que tu ressens à mon égard depuis tout ce temps. Et puis à d'autres, les schémas du style « tel père, telle fille » ! Ça ferait un peu trop cliché, non ?!

Les yeux plantés dans le vide, elle écoutait. Le corps raidi, elle n'aimait pas le tour pris par la discussion. Se boucher les oreilles du plat de la main la démangeait. Lui hurler de se taire. Lui cracher au visage même. Trop de haine fielleuse couvait en elle. Mais elle avait passé l'âge des caprices et, malgré tout, elle n'était pas fière. Si jamais sa mère l'apprenait, elle ne supporterait pas de voir la désillusion ou le chagrin dans son regard. Le même désenchantement qu'avec son père. C'était intolérable.

– Tu vas le dire à maman ?

– Non, répondit-il après une hésitation, mais à une condition.

Elle attendait la suite. Ne pouvant encore se résoudre à être réellement soulagée. La considération que sa mère avait à son égard était si précieuse qu'elle comprit à cet instant être capable de promettre n'importe quoi. Une envie de pleurer de rage gonflait en elle. Mais elle s'y refusait. Pas là, pas maintenant, pas devant son père, ce pauvre type.

– J'ai pris un rendez-vous chez une psy qui bosse avec nous, au poste. Quelqu'un de bien.

– Je ne veux pas faire un plan à trois où on se dit tout ce qu'on n'a jamais voulu se dire, avec elle qui arbitre au milieu en faisant « hum, hum, mais encore ».

– Moi non plus, j'te rassure, dit-il en esquissant un sourire amusé. Tu la rencontres seule et ce que tu lui diras restera entre vous deux.

Laure soupira. Le sentiment d'être prise au piège l'étreignit. Puis, elle grommela en signe d'assentiment.

– OK, on est partis.

– Quoi ? Maintenant ? bredouilla-t-elle.

– Tu me prends pour un bleu ? Tu voudrais aussi que je te donne les billets pour la consultation ? Et que je te fasse confiance ? Je te conduis chez elle. Elle reçoit à son domicile, au sud de Wimereux, près de la base de voile.

La mine contrariée, l'adolescente n'eut d'autre choix que d'obtempérer et suivit son père.

44

À peine arrivée au poste de police, Suzie Loison collait sous le nez de Marcus Kubiak l'article de la *Voix du Nord.* Ulcérée, elle répétait en boucle qu'elle allait étriper *cette peau de vache* et le journaliste qui avait osé publier cette litanie d'âneries.

– Regarde ce qu'elle balance sur nous. « Une clique d'incompétents tout juste bons à faire la circulation… Ils vous font poireauter des heures à l'accueil… un malheureux dépôt de plainte qui prend des plombes… alors qu'ils se la coulent douce… aucune considération pour nos concitoyens… J'ai été reçue comme une malpropre… à croire que j'étais la criminelle, alors que je venais leur donner des pistes sérieuses et leur permettre d'enquêter sur une victime… même pas un merci… un suicide les arrange bien… pas besoin d'investiguer… on peut se rouler les pouces… et parader sur les trottoirs de la ville, en faisant croire qu'on veille au grain… notre argent est bien mal utilisé… J'en appelle au maire de cette ville afin qu'il agite ce nid de guignols… Merci à votre journal de m'accorder cette tribune et de dénoncer l'ordinaire indénonçable… »

Les hurlements de Suzie avaient rameuté l'ensemble des policiers dans le bureau de Marcus. Rouge pivoine, elle manquait d'air. Inquiet, Marcus lui tapotait l'épaule, tentant de la calmer. Ces mensonges en rafale lui étaient douloureux. Elle déployait tellement d'énergie à faire son travail, avec zèle et intégrité. En quelques lignes, une personne malhonnête les jetait en pâture à la vindicte populaire et alimentait le ruisseau d'animosité des éternels mécontents.

– C'est Anita Colembert, la créatrice de bijoux ? s'agaça Mylène Lambert. Mais quelle garce ! Comment ose-t-elle balancer ce monceau de bêtises ? J'aurais dû lui faire avaler sa déposition et la jeter hors du poste de police !

– Il ne manquait plus que la presse, constata Hugo Gressier en se grattant le crâne.

– Tu veux dire un torchon, car ça ce n'est pas digne de la presse ! maugréa Mylène.

– J'allais justement appeler cette dame, fit Marcus, embarrassé, presque sur un ton d'excuse, en lorgnant du coin de l'œil Suzie Loison. Elle a dégainé vite.

Soudain, Karim Zalesny déboula, hors d'haleine. Son teint rougeaud exprimait sa contrariété aiguë. Lui aussi avait dû parcourir le journal, songea Marcus, en arrondissant le dos. Les récriminations allaient bientôt pleuvoir sur l'équipe. Ou plutôt sur lui, le responsable en intérim.

– J'ai été convoqué par M. le maire pendant son petit-déjeuner. Vous entendez bien, s'époumona-t-il, convoqué. Il m'a lu cet article. Autant vous dire qu'il est fou furieux. Il en a eu l'appétit coupé et sa femme ne parvenait pas à lui accrocher son nœud papillon tellement il gigotait.

Ça sentait le roussi quand le maire était en rogne.

– Il a appelé le patron de *La Voix du Nord* puis ce journaliste, Gonzague Durand, pour leur passer un savon.

Ce dernier s'avérait être une vraie plaie. Dès qu'il reniflait un truc bien foireux ou une boule puante, alors il n'hésitait jamais à balancer son scud. Même si son article était un amas de mensonges. Tout était bon pour faire le buzz.

– Forcément, s'exaspéra Zalesny. Il m'a demandé où nous en étions de l'affaire Flavie Robert. J'ai donc indiqué que vous aviez innocenté le principal suspect. J'ai cru à cet instant qu'il faisait une crise d'apoplexie. Il a arraché son nœud papillon, que sa femme était enfin parvenue à lui mettre, pour reprendre son souffle. Et quand j'ai avoué que vous n'aviez pas le début d'une piste, alors là, il s'est levé d'un bond et j'ai bien cru qu'il allait m'en coller une. Deux jours, m'a-t-il dit, vous avez deux jours pour boucler l'affaire !

Paraissant dix ans de plus, Zalesny soupira de désespoir et alla s'enfermer dans son bureau pour se lamenter.

*

– C'est ici, fit Pépé en ouvrant la portière à sa fille. La maison bleue. Elle s'appelle Sophie Dumont. Je t'attends ici. Prends tout ton temps.

Sans dire un mot, Laure s'exécuta.

– Tiens, fit son père en lui tendant un billet de cinquante euros. Tu paieras la consultation.

Après un instant d'hésitation, Laure saisit l'argent et baragouina un vague merci entre ses dents. Une rancœur silencieuse grondait en elle. Elle trimbala son ressentiment de l'autre côté de la rue, frappa à la porte et s'engouffra à l'intérieur après y avoir été invitée par une femme blonde à l'élégance discrète. Cette dernière fit à Pépé un petit signe de main qui se voulait rassurant. Il esquissa un sourire reconnaissant et s'alluma une cigarette.

*

– Ça ne va pas.

Lison buvait son chocolat chaud en inspectant ses crayons de couleur. Elle n'aimait pas quand ils étaient trop courts. Les saisir n'était pas aisé et, du coup, les pointes n'arrêtaient pas de se casser. Il fallait les tailler et les crayons étaient moins beaux. Ça perturbait l'équilibre des choses.

– Ça ne va pas, murmura-t-elle à nouveau, alors qu'une fine moustache chocolatée auréolait sa lèvre supérieure. Non, ça ne va pas.

Aussitôt, Zoé l'observa. Sa sœur parlait peu, alors quand un son sortait de sa bouche, il fallait être à l'écoute. Elle comprit vite l'objet de son trouble. Avec sa mère et sa sœur aînée, elles avaient tout prévu pour répondre aux perturbations qui déstabilisaient Lison. Toujours anticiper, plutôt que de réparer et de galérer. Dans un des tiroirs du salon, plusieurs boîtes neuves de crayons attendaient sagement d'être tirées au sort. Zoé prit celle du dessus et la posa sur la table de la cuisine. Lison, soulagée, scanda d'une voix monocorde que c'était mieux ainsi.

Zoé esquissa un sourire. Même si sa sœur ne montrait rien, elle était heureuse de la savoir apaisée. Son smartphone sonna.

– Allô ?

– C'est Marcus. Je ne te dérange pas ?

– Non, du tout, s'empressa-t-elle de répondre, ravie d'entendre le son de sa voix à l'autre bout du fil.

– J’ai passé une excellente soirée.

– Pareil, dit-elle en rougissant jusqu’à la racine des cheveux.

– Je voulais aussi te donner des infos.

– Sur l’affaire ?

– Difficile à dire à ce stade, mais, selon moi, il y a forcément un lien…

– Oh dis-moi vite.

– Mme Lemarchand a été agressée hier soir. Quelqu’un a tenté de l’assassiner en l’étouffant avec un oreiller pendant son sommeil…

– Non ? Mon Dieu, mais… Mais c’est horrible ! Cette dame est si gentille. Pourquoi lui faire du mal ?

– Tu as mis le doigt sur la question clé qui nous taraude.

Marcus marqua une courte pause, le temps de choisir ses mots.

– Toi qui as discuté avec elle, tu n’as pas une idée ?

– Ben non, à moins de vouloir lui piquer son porto qu’elle planque dans un placard. Et encore, pas besoin de la tuer, on peut juste lui dérober. C’est déconcertant… Comment va-t-elle ?

– Elle est choquée. Il était moins une, Mme Lemarchand a failli passer l’arme à gauche. Heureusement, l’infirmière a fait fuir le meurtrier.

– La vache… Elle sait de qui il s’agit ? Elle l’a vu ?

– Non, l’agresseur était cagoulé.

– Mince, conclut Zoé, soucieuse. Je vais essayer d’aller la voir.

Un silence se posa entre leurs respirations. En équilibre, délicat, fragile.

– Sinon, poursuivit Marcus, prompt à relancer la discussion, *La Voix du Nord* nous a fait un sale article ce matin.

– Ah bon ? s'étonna-t-elle, en allumant aussitôt son ordinateur portable, elle se connecta au site de son journal pour consulter les infos du jour.

– Plus précisément le journaliste Gonzague Durand.

– Hum…, soupira-t-elle. Je ne suis pas étonnée. Cet abruti n'est pas un vrai journaliste, c'est un fouille-merde.

– Autant te dire que le maire est dans tous ses états et Zalesny au bout de sa vie. Je le soupçonne de jouer à *Candy Crush* dans son bureau fermé à double tour pour décompresser.

Zoé partit en fou rire en s'imaginant la scène. Puis, elle perçut une autre voix en arrière-fond qui s'adressait à Marcus. Il devait écourter la communication. À regret, elle raccrocha. Elle aurait bien poursuivi leurs échanges encore un peu, mais le boulot requérait sa présence sur l'enquête sans nul doute. Elle se tourna vers la table en formica. Lison attendait sagement devant son bol vide, la bouche barbouillée de chocolat. Elle pouvait rester immobile et silencieuse des heures durant. Sumo était couché sous la chaise. À l'aide d'une serviette douce, Zoé entreprit de lui essuyer le pourtour des lèvres, toutes fines. Avec soin. Sans la brusquer. Puis, elle lui prit le pouce et se mit à le masser entre ses doigts tièdes. Les yeux braqués dans le vide, une expression de bien-être se posa sur son visage enfantin. Malgré ses vingt-cinq ans, Lison ressemblait à une adolescente. Statufiée par la disgrâce d'un mauvais génie.

*

Hugo Gressier déchiffrait les résultats du laboratoire que venait de lui transmettre la scientifique. Lissant d'une main ses cheveux mi-longs, il peinait à garder son calme. Néanmoins, la stupéfaction était au rendez-vous.

– Putain ! La lettre anonyme recèle l'ADN d'Alix Moucron !

– Je n'y comprends plus rien, bougonna Marcus, interloqué. Je la mettais plutôt en troisième position sur le podium après le mari puis le compagnon. Quel peut bien être son intérêt à écrire une lettre anonyme à Lotte Becker pour dénoncer l'adultère supposé de Jonas avec Flavie Robert ? Ce n'est un secret pour personne que Jonas accumule les aventures extraconjugales. De même, elle devrait se réjouir de la voir batifoler loin de Melvil, dans la mesure où elle le convoite vraiment.

– Je suis d'accord avec toi, renchérit Mylène Lambert. C'est vraiment étrange. À moins… À moins qu'elle ne cherche à brouiller les pistes ? Que dites-vous de cette théorie ? Elle met le rohypnol dans les verres aux *Bains de Minuit* puis assassine sauvagement Flavie Robert dans son sommeil ?

– C'est tordu !

– Machiavélique.

– Et du coup, elle récupère Melvil pour elle toute seule. Plus de Flavie Robert dans les pattes, elle a donc le champ libre. Et elle aurait écrit cette lettre anonyme afin d'envoyer les enquêteurs sur une tout autre piste. Elle fait diversion en quelque sorte.

– Hugo, demanda Marcus, intrigué de la tournure prise par l'enquête. Tu vas aller nous la cueillir et tu la ramènes au poste. On va l'interroger dans les règles.

– Avec plaisir, répondit-il alors qu'un large sourire lui mangeait la moitié du visage.

– On va aussi devoir entendre à nouveau les deux autres potentiels coupables, l'ex-mari et le compagnon actuel, et les pousser dans leurs retranchements.

Penché sur son calepin, Marcus reprenait ses notes et les complétait. Des précisions s'avéraient nécessaires.

– Finalement, le labo n'a pas trouvé d'ADN concordant avec la scène du crime ? Sur Flavie Robert ou dans l'appartement ? interrogea Marcus.

– Non, pour l'instant ils continuent les analyses. En revanche, Gautier Léon te fait dire que l'empreinte de Polo Baupain était sur le téléphone des Leblanc.

– Non ?! Vraiment ?! Ce voyou ? Ce n'est pas possible ?!

– Ils ont comparé les empreintes du fichier national.

– De quoi s'agit-il ? s'inquiéta Suzie, qui ne comprenait pas de quoi ils parlaient.

– La maison de mes voisins, les Leblanc, a été visitée avant-hier soir. La porte arrière était fracturée et j'ai surpris le voleur qui m'a estourbi en partant. Visiblement, il n'avait rien volé ou n'en a pas eu le temps. Seul le téléphone fixe était mal raccroché et un tiroir ouvert. Mais je ne l'ai pas vu. C'est rageant.

– Tu l'as sans doute fait fuir avant qu'il ne trouve ce qu'il était venu chercher ?

– Oui, c'est probable… C'était bien calme quand je suis entré. Il devait chercher quelque chose de précis, sans tout retourner dans la maison. Il l'a peut-être trouvé…

– En tout cas, s'extasia Mylène Lambert, Polo Baupain est une petite frappe locale qu'il vaut mieux éviter de croiser. Il a un pedigree judiciaire long comme le bras.

Subitement silencieux, Marcus Kubiak se demandait bien ce que faisait un truand de la trempe de Polo Baupain dans la maison d'à côté et surtout ce qu'il y cherchait. Il aurait pu dérober des tas de choses et n'avait, *a priori*, rien pris. C'était bien trop étrange pour être catholique tout ça. Il lui faudrait s'en assurer en rappelant Eulalie Leblanc.

45

Nous sommes devenues inséparables, et la vie s'écoule avec plus de légèreté au centre. On se prend même à fomenter des rêves d'évasion. Nous ne sommes pas vraiment prisonnières, mais nous sommes mineures. Dès qu'on passe le grand portail pour aller en ville, la brutalité d'un monde hostile s'abat sur nos frêles épaules. Saisies par la peur, on s'arrête, on recule, on renonce. Subitement, à deux, l'inconnu nous paraît moins terrible. Peut-être aurons-nous enfin le cran et l'envie de nous jeter à l'eau ? Et de fuir tous ces connards qui nous édictent notre conduite et le déroulé millimétré de nos journées.

Allumette me tend une photo. Une plage de sable fin, la mer et un paquebot sur la ligne d'horizon. Le ciel bleu troué de nuages blancs donne une impression d'immensité, presque vertigineuse.

– C'est là que j'aimerais aller, dit-elle en remisant aussitôt le cliché dans la poche de son jean.

– À la mer ?

– La mer du Nord.

– Alors on y va ! je dis en tapant un poing déterminé sur le tronc d'un arbre.

Après le grenier sous les toits, la clairière près de l'étang est notre second refuge. Surtout quand le temps est au beau. Elle se trouve tout au bout du parc, derrière une bordée de pins.

– Alors les filles, on veut se faire la belle ? minaude un des aides-soignants, qui a assisté à la scène, planqué derrière un arbre.

Il fume tout en affichant l'air satisfait de celui qui a déniché matière à orchestrer un savant chantage. Des ronds blancs sortent de sa bouche pour s'évanouir embrochés sur les épines de conifères. Nous nous regardons l'une l'autre, déstabilisées d'être surprises dans nos discussions secrètes.

– Fiche-nous la paix, je rétorque sèchement, avec l'envie irrépressible de lui cracher au visage.

– Dans tes rêves, ironise-t-il, en jetant son mégot dans notre direction, d'une pichenette de l'index et du pouce.

Il est de taille moyenne, sec et musclé, mais son visage transpire la sournoiserie mêlée de suffisance. Ses manigances sont connues auprès des internes afin de leur extorquer toutes sortes de choses censées améliorer son quotidien au centre. Et l'ensemble du personnel ferme les yeux. Ça arrange tout le monde, d'autant qu'il parvient même à museler les plus voyous.

– Alors, voilà les filles. Vous vous concertez pour savoir laquelle des deux vient passer un moment coquin avec moi maintenant et j'fais l'impasse sur ce que j'ai entendu ici de vos plans. J'suis pas difficile. Si vous souhaitez un plan à trois, ça me va aussi. Mais je sais rester raisonnable.

Il tapote du bout de ses doigts l'écorce du tronc avant d'afficher un sourire narquois.

– Ne vous précipitez pas, mais en même temps on ne va pas y passer des plombes.

– Non, mais pour qui tu nous prends ? siffle Allumette en l'incendiant du regard.

– Pour ce que tu es ma jolie, répond-il en s'approchant d'elle, la démarche menaçante.

Arrivé à sa hauteur, il saisit ses deux bras fermement et la serre contre lui. Aussitôt, elle se met à gesticuler pour se défaire de son emprise. Mais il la ceinture, elle est bloquée et déteste cette sensation d'être prise au piège.

– Putain, mais lâche-moi, connard !

– Tut tut tut tut… Ferme-la !

Illustrant ses propos, l'aide-soignant sort une seringue de sa poche et vient la planter dans le cou d'Allumette. À cet instant, je blêmis, songeant qu'il va la tuer, sans sourciller, sans épiloguer.

Elle se calme instantanément. Ramollie et vaseuse.

– Finalement mon choix s'est porté sur ta copine, me dit-il en m'adressant un clin d'œil sadique. Ne m'en veux pas. En plus, toutes tes cicatrices partout, ça me coupe l'envie.

Il emporte Allumette, en la maintenant sous les bras, derrière la haie de pins. À l'abri des regards, il la fait rouler au sol et se met à la dévêtir. Puis, dégrafe sa braguette et sort son sexe déjà en érection.

Je n'ai rien compris, tout est allé trop vite. J'en ai encore le souffle coupé. Soudain, je réalise ce qu'il est en train de faire à Allumette. Shootée par le sérum qu'il lui a injecté, elle sourit même. C'est surréaliste. Une rage sourde gronde en moi. Alors, ma main ramasse une pierre de la taille d'un gros pamplemousse. Je bondis et deviens une bête féroce. C'est à son tour de ne rien voir venir. Mon arme brandie fièrement s'abat sur l'arrière de son crâne. Un bruit de craquement d'os retentit. Du sang gicle de la plaie et il s'effondre d'un seul tenant sur Allumette, hilare. Elle se met à grogner, sous le poids de l'aide-soignant qui l'écrase et pèse une tonne. À deux mains, je pousse le corps, je parviens à la dégager. Sa nudité filiforme resplendit sous le soleil et me brûle les yeux. Elle me sourit alors que ses pupilles explosées par la drogue ne me voient pas.

– Allez, viens, je dis en jetant des coups d'œil craintifs à droite et à gauche. Il faut se casser d'ici au plus vite.

Debout, je lui dis de se rhabiller. Elle s'exécute sans réfléchir, elle est toujours à l'ouest, alors que je tire le corps de l'aide-soignant vers l'étang. Je lui fourre un maximum de cailloux dans les poches pour le lester. Après un instant de flottement à la surface de l'eau, il s'enfonce dans les profondeurs en émettant de bruyants glouglous.

46

Zoé Rousseau déboula avec Lison à la maison de retraite. En la tenant doucement, mais fermement par la main. Sumo les attendait dans la Fiat 500, la truffe collée derrière la vitre. Chien sage, mais soucieux de ne pas les perdre de vue, puis de fixer sans relâche la porte par laquelle elles étaient entrées toutes les deux afin de guetter leur retour.

– Maman n'apprécierait pas que je t'emmène avec moi, petite sœur, songeait-elle à haute voix. En même temps, je n'ai pas d'autre choix que de faire avec. Sans te brusquer. Heureusement tu aimes te balader.

– J'me baladais sur l'avenue, le cœur ouvert à l'inconnu, entonna Lison, un éclat joyeux dans les yeux, puis elle fredonna l'air dans sa gorge.

Zoé s'était mis en tête de revoir l'adorable Léonie. Prendre de ses nouvelles, bien sûr, et la questionner. Sous un autre angle. Elle ne savait pas encore lequel, mais forcément quelqu'un voulait la faire taire, car, sinon, pour quelle raison la tuer ? Et puis, il y avait un petit truc qui la chiffonnait.

– Malheureusement, ce n'est pas possible, lui répondit Toinette Vingadapaty. Elle n'est pas dans sa chambre. Elle a été transportée à l'hôpital afin de passer des radios et des examens complémentaires.

– Ah…, gémit Zoé, contrariée dans ses plans.

Soudain, une idée germa dans son crâne. Elle hésita puis se lança alors que l'infirmière l'observait vaguement derrière la banque d'accueil. Après tout elle n'avait rien à perdre.

– En fait, fit-elle en ajustant son mensonge, j'ai perdu une boucle d'oreille la dernière fois que je suis venue. Est-ce que je peux jeter un coup d'œil dans sa chambre ?

– Hum… Le ménage est fait tous les jours, on l'aurait trouvée, mais bon, je veux bien vous accompagner.

Hypnotisée par les éclairages, Lison s'était tue. Elles suivirent Toinette Vingadapaty, qui en imposait par sa corpulence dans le couloir. Ses sandales en plastique crissaient sur le lino. Elles ne croisèrent personne. Un silence étrange régnait. Parvenues à la chambre de Léonie Lemarchand, l'infirmière les laissa entrer. Elle resta à la porte et répondit à un coup de fil. À l'intérieur, Zoé fit asseoir Lison sur le fauteuil près de la fenêtre puis elle fit mine de chercher la boucle d'oreille perdue un peu partout. Au sol, sous le lit, sous les meubles. Ragaillardie par l'indifférence de l'infirmière qui relatait au téléphone une énième fois la tentative de meurtre, Zoé aperçut l'album de photos de la famille Lemarchand, sur la commode. L'album que la vieille dame se refusait à feuilleter, avait-elle dit, car le souvenir de son défunt mari la faisait trop souffrir. En fait, c'était le détail qui la turlupinait depuis l'annonce de la tentative de meurtre et qui l'avait fait revenir.

D'un coup d'œil vers la porte, elle s'assura que personne ne l'observait, pas même l'infirmière qui lui tournait le dos et s'était éloignée pour parler. Elle s'approcha et tourna la première page de couverture cartonnée. Puis, les autres pages, les unes après les autres. Quelle ne fut pas sa stupéfaction de réaliser qu'il manquait des photos… Plusieurs photos à différents endroits. Étirant le cou, elle scruta de plus près, puis soupira. Qu'y avait-il sur ces clichés manquants ? Celles qui subsistaient étaient de banales photos de famille. De Léonie, de son mari Marceau, de son fils Melvil, et d'autres parents. Certaines en noir et blanc. Ou en couleur des années 1970 ou 1980. Rien de palpitant. Elle soupira à nouveau. Ces feuillets avaient contenu un indice de taille, elle en était persuadée. Un indice disparu. Se munissant de son smartphone, elle prit une photo où la famille Lemarchand était réunie. Histoire de ne pas être venue pour rien. Puis referma l'album, dépitée. Sa petite sœur fredonnait *La Mer* de Trenet, le regard perdu sur la ligne d'horizon, par la fenêtre.

*

Furieuse, Alix Moucron mit plusieurs minutes à reprendre ses esprits dans la salle d'interrogatoire. Hugo Gressier était assis en face d'elle. Les bras fermes en appui sur la table, il se tenait les mains jointes. Mylène Lambert, restée debout, était appuyée contre le mur. Ils s'étaient concertés, elle lui laissait la main pour interroger la gérante de la boutique *Les Belles Fringues*.

– Votre ADN a été décelé sur une lettre anonyme, fit-il, de but en blanc, en poussant vers elle, sur la table, une pochette plastique.

À l'intérieur, une feuille de papier blanc de format A4. Les mots suivants tapés à l'ordinateur : « Ton mari te trompe avec cette salope de Flavie Robert. »

– Vous reconnaissez ce courrier ? demanda-t-il.

Elle détourna les yeux, fixa le mur, se fermant ainsi à la discussion. Les traits tirés, les lèvres pincées, les poings aux jointures blanchies, elle n'avait plus rien de la commerçante chic, et s'apparentait plutôt à une gamine effrontée.

– Comment expliquez-vous que votre ADN soit sur ce document ?

Elle soupira. L'agacement enflait. Elle avait résolument choisi le mutisme. Sans se départir de son calme, Gressier reprit le courrier, une feuille de papier ordinaire arrachée d'un bloc sur la partie supérieure, auréolée d'une fine tache noire sur le coin en haut à droite, le rangea dans son dossier et pianota des doigts sur la table. Les tapotements retentissaient dans l'atmosphère silencieuse de la salle d'interrogatoire.

– Où étiez-vous le soir où Flavie Robert a été assassinée ?

Alix Moucron tressaillit. Piquée à vif, elle réagit.

– Vous plaisantez ?

– Non, je vous repose la question, madame Moucron. Où étiez-vous le soir où Flavie Robert a été assassinée ?

Fouillant ses yeux, l'espace d'un instant, pour se persuader d'avoir bien entendu ses propos, elle s'éclaircit la gorge et répondit sèchement. Avec un filet de délectation satisfaite en fond de gorge.

– À Paris pour deux jours et deux nuits, dont celle-là.

Merde…, songea Mylène Lambert, *ç'aurait été trop beau que les choses s'enquillent l'une dans l'autre.* L'ADN puis la concordance de lieu.

– Vous pouvez nous en dire plus ? insista Hugo, lui aussi chagriné par ces révélations.

– Je vais régulièrement à Paris découvrir les nouvelles collections de vêtements ou d'accessoires et achalander le magasin. La plupart du temps, je loge chez un couple d'amis commerçants dans le quartier de Montmartre, rue Lepic.

– Nous pouvons les contacter et vérifier ?

– Bien sûr, répondit-elle, consciente d'avoir un alibi en béton.

Alix Moucron fournit les noms, adresse et numéro de téléphone demandés alors que Gressier prenait sur lui pour tempérer sa déception. Surtout ne rien laisser paraître. La déconvenue était si forte qu'il ne résista pas au désir d'extirper une photo d'une autre pochette. Il la glissa sous le nez de la commerçante, avec l'envie de la rabrouer, elle et son impertinente expression de contentement.

– Comment qualifieriez-vous votre relation avec votre ex-mari ?

Le visage méchamment tuméfié de Bruno Coquet mettait mal à l'aise. À la limite de provoquer de violents haut-le-cœur. De son œil fermé à son nez écrabouillé, aux multiples écorchures et croûtes de sang. Tout aussi bien aurait-il pu sortir d'un ring après un âpre combat de boxe. Elle ravala son sourire. Un masque vint renforcer la dureté naturelle de ses traits.

– Vous ne pouvez pas comprendre, dit-elle sèchement.

– Laissez-moi juge, rétorqua Hugo, ravi d'entendre la contrariété dans son timbre de voix.

– Ce type est un grand malade. Il n'a que la violence dans les mots et les poings…

– Vous n'êtes pas en reste, si je puis me permettre, au regard de cette photo ?

– Je me suis défendue. Toutes les femmes ne sont pas uniquement des punching-balls. Certaines savent rendre les coups. Œil pour œil, dent pour dent. Je suis de cette trempe.

Parfois, le « #balancetonporc » ne suffit pas. Il faut lui préférer le « #défoncetonporc ». Si vous avez fait votre boulot, il doit y avoir des photos de moi tout autant amochée, voire plus, dans vos dossiers.

– Vous avez porté plainte ?

Silencieuse, elle détourna le regard.

– Vous avez laissé votre fils à votre ex-mari ? Alors que vous dites que c'est un « grand malade » ?

À cet instant, il aurait juré déceler un éclat de tristesse sur son visage. Fugace, soufflé par un courant d'air invisible. Elle croisa les bras et se raidit, saisie d'un frisson. L'empathie s'était envolée.

– Oui. Je n'étais pas faite pour la maternité. C'est lui qui voulait un enfant. Alors, je l'ai laissé avec son père.

– Malgré sa violence ?

– Il n'en avait qu'après moi. Jamais après le petit.

*

À la réception du poste de police, Suzie Loison accueillait avec bonhomie Jules, le fils d'un boutiquier de la rue Carnot, spécialisé dans la décoration. La vingtaine halée et souriante, avec un tic qui l'amenait à remettre régulièrement une mèche blonde derrière l'oreille. Il avait tout du parfait kitesurfeur, en plus du corps souple et musclé.

– Tes parents vont bien ? le questionna Suzie, en se penchant vers lui pour lui claquer deux bises sur les joues.

– Au poil ! La saison démarre fort avec ce super temps. Les Belges sont déjà présents. C'est cool !

– Qu'est-ce qui t'amène ici ?

– J'ai trouvé un portefeuille à l'arrière du Kangoo.

Suzie fronça les yeux en guise d'intérêt.

– Il appartient à Jonas Becker…

– Quoi ?!

– Jonas Becker, répéta Jules, en marquant un temps d'arrêt, comme s'il avait dit un truc de travers. C'est le nom marqué sur la carte d'identité et la carte bleue à l'intérieur.

– Attends, dit-elle en enfilant des gants en plastique qu'elle gardait dans son tiroir. Maintenant, passe-le-moi, s'il te plaît.

– J'ai mis mes doigts partout, s'excusa-t-il, en grimaçant de surprise devant ses étranges manières. Forcément, en voyant ce truc dans la bagnole, je l'ai ramassé pour voir de quoi il s'agissait. Je l'ai feuilleté et tripoté. Au début, j'ai pensé que c'était à papa. Il perd toujours tout.

Mais Suzie Loison ne l'écoutait plus, concentrée sur le portefeuille en cuir marron, assez basique, duquel elle s'était mis en tête de tout sortir. Elle étalait devant elle chaque trouvaille comme on dévoilait son jeu au poker. Appuyant sur un interphone, elle appela aussitôt Marcus Kubiak dans son bureau, qui rappliqua.

– C'est bien son portefeuille, conclut-elle, plus pour acter de l'obtention d'un élément nouveau dans cette enquête difficile que pour répéter l'évidence.

– Comment expliques-tu qu'il se soit retrouvé à l'arrière de votre voiture ? s'enquit Marcus.

Jules fit une moue indécise. Il n'en avait pas la moindre idée.

– C'est la voiture de tes parents ?

– Oui, répondit le jeune homme.

– Tu connais Jonas Becker ?

– Non, mes parents non plus. Du coup, ils m'ont dit de venir vous apporter le portefeuille, car il doit sans doute le chercher. On est vite dans la merde quand on perd ses papiers et sa carte bleue.

– Tu as bien fait, fit Marcus, perplexe.

Jules se gratta le sommet du crâne, saisi d'une idée lumineuse. Puis, il poursuivit :

– En fait, la voiture appartient à mes parents, mais elle est partagée avec d'autres commerçants. On peut la basculer en utilitaire et plier les sièges, ça permet de stocker et transporter du barda.

– Qui y a accès ?

– Je ne sais pas trop en fait, mais la plupart du temps, c'est Jenifer du magasin de thé et Alix de la boutique de fringues.

– Alix ? Tu parles d'Alix Moucron de la boutique *Les Belles Fringues* ?

– Oui, Alix.

L'information était à la fois détonante et déconcertante. Après la lettre anonyme, un nouveau lien avec l'affaire se révélait, mais son alibi parisien, vérifié entre-temps, faisait voler en éclats cette piste.

– Qui a les clés ? Ton père ?

– Chacun a un jeu de clés, c'est plus simple.

– Tu es sûr ?

– Oui, c'est moi qui me coltine souvent les livraisons à la demande de mon père. Ça l'aide.

– Du coup, comment sait-on qui avait la voiture avant-hier soir ?

– On s'appelle ou on s'informe par SMS. Là en l'occurrence, la voiture était derrière notre magasin et personne n'en avait eu besoin.

Dodelinant de la tête pour montrer qu'il intégrait bien l'ensemble des informations, Marcus lui expliqua qu'ils allaient devoir garder le Kangoo, l'inspecter de fond en comble. Il ne lui dit pas que c'était pour corroborer le fil des événements supposés de la soirée du meurtre, mais juste qu'il y avait peut-être des indices importants à dénicher, qui les aideraient dans la résolution d'une enquête.

– Mon père va faire la gueule si je ne lui ramène pas la bagnole, gémit Jules, le visage décomposé.

– On ne va pas la garder longtemps. J'appelle l'équipe scientifique. Suzie te passera un coup de fil dès que tu pourras la récupérer. Merci mon garçon pour ton aide.

Le taxi ayant pris Jonas Becker avec Flavie Robert, le soir du meurtre, s'avérait être un Kangoo, et l'une des conductrices la dénommée Alix Moucron. Les fils translucides d'une toile de crime scintillaient aux lueurs d'un nouveau jour chargé de rosée matinale.

47

Au volant de la vieille Volvo bleue, Pépé Maclean attendait en fumant depuis bientôt une heure. La vitre grande ouverte, le regard plongé sur l'horizon qui surplombait la digue de Wimereux. Un ciel lumineux, strié de fines marbrures nuageuses, scintillait à la surface d'une mer verte sans vagues. Le vent s'était fait la belle. La marée basse s'étirait au loin, dévoilant une plage interminable, avec de-ci de-là des bâches humides. Les touristes trop nombreux à marée haute, agglutinés sur la jetée, pouvaient s'étaler et prendre leurs aises. Les serviettes et les parasols fleurissaient. Les enfants trouaient la plage pour ériger des châteaux de sable. Des chiens coursaient les goélands attardés à faire une pause et contraints de reprendre leur envol de peur de se voir croquer les plumes.

L'iode venait lui chatouiller les narines alors qu'un doux soleil lui cuisait le bras posé sur la portière. Maclean aimait profondément sa ville et son bout de littoral. Chaque saison portait son lot d'odeurs et de couleurs. Par vent fort, par grand froid ou par beau temps, ce paysage côtier était époustouflant. Seule la pluie drue gâchait le plaisir.

Il était né ici et il y rendrait son dernier souffle. Telle était sa volonté.

La porte claqua sur Laure qui s'engouffrait sur le siège passager. Son air renfrogné ne présageait rien de bon. L'observant discrètement, Pépé écrasa son mégot de cigarette dans le cendrier plein aux trois quarts. Ne sachant pas trop par quel bout réamorcer la discussion, alors qu'il était dévoré de curiosité de connaître la teneur de leur premier entretien. Il l'avait à peine retrouvée qu'il allait devoir la perdre à nouveau. Mais que pouvait-il bien faire d'autre ? Il devait se résigner. Se frottant le bout du nez d'un index jauni par la nicotine, il se jeta à l'eau.

– Vous avez pris un autre rendez-vous ?

– Hum, acquiesça-t-elle en marmonnant.

– Où veux-tu aller ? Je peux te déposer ?

Un silence mastoc se déploya dans l'habitacle de la voiture. Seuls les bruits d'un été de bord de mer résonnaient autour d'eux, rebondissant sur les parois de la bulle de leur étrange relation. Laure se triturait les mains, posées sagement sur ses genoux. Un imperceptible tressautement secoua sa lèvre supérieure. Un truc la chiffonnait.

– Ça t'ennuie si je reste encore un peu chez toi ?

Il n'en crut pas ses oreilles, mais se força à rester de marbre. Il avait ce visage, comme dans les dessins animés, coupé en deux émotions tonitruantes de paradoxe qui s'entrechoquaient. Son profil gauche souriait, et de l'autre côté vers Laure, un faciès impassible s'affichait. Son cœur rebondit, il toussota avant d'acquiescer.

– Non, bien sûr, je te dépose à l'appart.

– Tu vas bosser ? dit-elle, d'un ton neutre, tout en fixant un point invisible devant elle.

– Mouais, faut que je m'grouille.
– J'vais me reposer encore un peu. Je ne me sens pas top.
– Pas de problème. Prends ton temps.

*

– Vous vouliez me voir ? marmonna Gabriel Robert, qui n'était plus que l'ombre de lui-même.

Apathique, les yeux vides, il suintait la tristesse. Il n'avait pas dû fermer l'œil depuis l'annonce du drame. Marcus Kubiak le fit entrer dans son bureau puis asseoir en face de lui, alors que Pépé Maclean avait radiné son matricule, après avoir déposé sa fille chez lui.

– Vous avez du nouveau ?

– Nous voulions vous parler de votre relation avec votre femme, entreprit le policier, mollement, sans répondre à sa question.

– Ah… Quel rapport avec son meurtre ?

– À nous d'en juger, si vous le voulez bien.

Contrarié par la dureté de sa réponse, Gabriel Robert serra les poings.

– Nous avons consulté plusieurs dépôts de plainte, transmis par nos confrères d'Avignon, ainsi que les photos versées aux dossiers. Vous n'y alliez pas de main morte, dites donc.

Ses yeux se noircirent. Il n'aimait pas la tournure prise par l'interrogatoire. Préférant se taire, il attendit de voir où le flic voulait en venir.

– Vous l'avez à plusieurs reprises méchamment amochée. Vous nous aviez dit que Flavie Robert était la femme de votre vie. Comment en vient-on aux mains avec *la femme de sa vie* ?

– Vous jugez sans savoir. Des raccourcis à la con…

– Expliquez-nous alors ?

– Notre relation était passionnée, passionnelle.

– C'est le moins qu'on puisse dire.

– Je n'en suis pas fier. Mais souvent c'était Flavie qui pétait un câble.

– Oui, renchérit Marcus. C'est souvent le cas avec les femmes. Faut toujours qu'elles la ramènent.

– Oui, reprit-il en grimaçant, car il voyait clair dans son jeu. Elle avait un tempérament explosif. Elle me frappait puis je la frappais.

– Vous l'avez rouée de coups, alors lui planter plusieurs coups de couteau peut sembler une suite logique, surtout après avoir été éconduit…

– Non, siffla-t-il en le fusillant du regard. Jamais je n'aurais pu tuer Flavie. Jamais.

– Ce n'est pas notre avis.

– Vous n'avez pas de preuve, cingla Gabriel Robert. Votre théorie est fumeuse. D'autant que vous avez déjà un coupable, pris sur le fait.

Marcus Kubiak l'informa sommairement que Jonas Becker était lavé de tout soupçon.

– Hein… Quoi ?! hurla-t-il, le visage déformé par l'incompréhension. C'est une blague ?!

– Non, les preuves sont là. Du coup, vous êtes dans notre ligne de mire. D'ailleurs, vous n'avez pas d'alibi pour la nuit du meurtre. Vous étiez dans les parages, vous l'avez harcelée par SMS, vous vouliez la voir, vous êtes même allé l'espionner pendant qu'elle dînait avec Melvil Lemarchand, quelques heures avant le meurtre. Tout concourt à faire de vous un coupable idéal.

– Arrêtez !

– La voir avec Lemarchand était déjà un calvaire, mais ensuite la savoir batifolant avec un autre homme, Becker, est devenu tout bonnement insupportable ! Vous avez pété un câble et vous l'avez sauvagement assassinée. Ça vous a fait un bien fou de vous acharner sur elle. Non ?! Vous auriez pu tuer Becker aussi ce soir-là, mais non, c'était une histoire entre elle et vous. *Juste entre elle et vous.* Depuis le début, une *love story* qui devait finir dans le sang.

– Vous n'avez pas de preuve.

– C'est vrai, admit Marcus, sans se démonter. Mais nous allons creuser. Nous finirons par en trouver, n'ayez crainte.

Soudain, Gabriel Robert se redressa, rouge de colère. Son corps s'arc-boutait de haine rageuse, ce qu'il entendait lui devenait intolérable.

– Je ne resterai pas une minute de plus à écouter vos accusations. Vous n'avez rien contre moi. Je vais donc sortir d'ici.

– Je vous en prie, fit sèchement Marcus, mais je vous demande de rester en ville pour les besoins de l'enquête.

Tournant les talons, Gabriel Robert partit. Furieux d'être traité à l'instar d'un vulgaire coupable alors qu'il s'estimait victime à juste titre. Le manque de Flavie le torturait jour et nuit. *Jamais* il ne parviendrait à surmonter sa mort. *Jamais* il ne parviendrait à soutenir le regard de Barnabé. *Jamais* il ne parviendrait à poursuivre sa vie. *Jamais…* Il se sentait mort à l'intérieur et personne ne comprenait rien à rien.

– On n'a vraiment pas le début d'une piste contre ce type, marmonna Pépé, en se frictionnant les cheveux de dépit.

– Je sais. Je voulais lui mettre la pression.

– Tu as bien fait. Il va forcément commettre un impair à un moment ou un autre. Après le mari, il nous faut bousculer Melvil Lemarchand.

Marcus acquiesça d'un hochement de menton alors que Karim Zalesny pointait une tête renfrognée par l'encoignure de la porte. Toujours aussi contrarié.

– L'enquête progresse ?

– On y travaille, monsieur. On y travaille.

Dépité par la rengaine de Kubiak, le chef s'en retourna dans son bureau, la mine déconfite, s'enfermer et penser à sa retraite si proche, mais encore trop lointaine.

*

Penchée sur son ordinateur portable, Zoé Rousseau farfouillait dans le passé des Lemarchand sur Internet, depuis plus d'une heure. Elle tapait successivement les prénoms des différents membres de la famille. Melvil, Léonie, Marceau. Mais rien d'intéressant ou de surprenant n'apparaissait sur l'écran. La plupart du temps, les liens renvoyaient à un article sur l'une de leurs boutiques. Que cherchait-elle ? Elle n'en avait pas la moindre idée. Mais ce devait être quelque chose ou quelqu'un présent sur les photos qui avaient été retirées de l'album.

Elle s'était installée à la table de la cuisine, laissant le tapis en bouclette et la table du salon à sa sœur. Lison crayonnait sur son cahier à spirale, au rythme du ronflement de Sumo, entortillé à ses pieds, mêlé à la mélodie de pluie de la musique zen. Elle était angélique depuis la veille au soir et pas contrariante.

L'enveloppe marron avec les trois photos confiées par Flavie Robert s'étalait sur la table en formica. Une fichue énigme qui tapait sérieusement sur les nerfs. Elle se concentra une énième fois pour les scruter avec attention. Melvil Lemarchand à trois âges de sa vie. « Enfant », dans les six ou sept ans, assis sur une balançoire en bois, dans un jardin public. Puis, « adolescent », enfourchant un vélo, sur un trottoir devant une maison. Et enfin, « jeune homme », la vingtaine sérieuse, le visage redressé derrière la caisse enregistreuse du magasin. Sans doute celui de Lille. Il s'agissait de trois portraits, les traits lisses, le regard absent, où seule sa cicatrice au front était plus ou moins visible. Zoé se souvenait que Léonie Lemarchand avait évoqué un malencontreux accident de vélo quand il avait six ans : « Ça a été compliqué et ça s'est fini dans les larmes et le sang. Il est tombé et s'est ouvert le front ». À côté de ces clichés, un quatrième imprimé, celui pris à l'aide de son smartphone dans l'album de famille des Lemarchand. Et toujours la cicatrice sur un visage sans sourire, sombre et fermé.

Mais *pourquoi* diable Flavie lui avait-elle laissé ses photos ? C'était incompréhensible. Que devait-elle y voir ? Et *pourquoi* ces trois mots inscrits au dos de l'une des photos, « Qui es-tu ? ».

Du bout des doigts, Zoé agita le courrier de l'hôpital que lui avait remis Flavie Robert. Un rendez-vous pour un test d'effort, daté de cinq ans auparavant. Au nom de Lemarchand. Que devait-elle en tirer comme conclusion ? Tous ces éléments s'apparentaient à une épaisse charade. Elle soupira d'agacement. Le sentiment d'être lâchée dans une brume épaisse, en pleine mer et par temps fort. À la recherche de la bouée de sauvetage. Elle étira ses bras au plafond, les mains jointes, évacua la fatigue et la contrariété d'être au point mort. Mais Zoé avait cette qualité rare d'être d'une ténacité hors pair. Il lui en fallait pour renoncer. Et même, ça pouvait décupler son acharnement à trouver. Revenue dans la barre de recherche Google, elle cliqua à nouveau « Melvil Lemarchand ». Mais se concentra sur les photos plus récentes. Plusieurs dans ses boutiques de Wimereux ou du Touquet, en réception à la mairie. Soudain, un portrait où il s'affichait bras croisés, assis derrière un bureau, l'intrigua. Sans doute dans la villa « Belle Luna » d'après la décoration épurée. En grossissant la photo, un détail l'interpella. Elle cliqua et repartit voir les autres, compara. Après plusieurs allers-retours, elle se figea, comprit qu'un truc clochait.

48

– Tu l'as vraiment tué ? répète Allumette, en chuchotant, alors que la nuit étoilée scintille au travers de la fenêtre du grenier sur nos âmes chahutées.

Dans l'angoisse de sa voix, il y a de l'admiration aussi. Je la perçois, elle me réchauffe le cœur. La même admiration qui me ramène dans mon passé. Dans les parfums épicés de maman. Je ferme les yeux. Elle est là, tout près, à murmurer à son tour. « Tu es mon unique. Mon bel ange, ma merveilleuse tourterelle. » Je la renifle, me souviens. « Il faut aller chercher ce dont tu as besoin. Ne pas s'arrêter à l'évidence. Ou aux premiers obstacles. » Elle me manque terriblement. Je l'aime. Je la hais de m'avoir abandonnée.

– Tu n'es pas ordinaire, je m'entends lui dire à voix haute, en écho à celle de maman. Tu es différente des autres filles. Une princesse. Et ce tordu n'avait pas à se jeter sur toi ainsi. Il n'a eu que ce qu'il méritait.

– Tu es bien la première à te soucier de moi, répond Allumette, la gorge nouée par l'émotion.

Un silence doux emmaillote leurs respirations.

– Que fait-on maintenant ? reprend Allumette, angoissée. Ils vont retrouver son corps, forcément. Ils vont nous arrêter et nous jeter en prison.

– Je ne vois qu'une chose à faire, je lui dis avec certitude.

Je tourne le visage vers elle. Sa peau veloutée brille. La lune éclaire ses yeux d'animal effrayé.

– On prend nos cliques et nos claques. Baudelaire et son spleen. Et on roule, en faisant du stop, jusqu'à la mer du Nord.

– Ah…, soupire-t-elle tandis qu'un léger fard colore son teint velouté. Mon rêve…

– Notre réalité, Allumette ! Il faut qu'on arrête de nous laisser dicter nos vies par tous ces tarés. On étouffe ici. À nous d'aller chercher ce dont nous avons besoin. C'est là-bas, sur cette plage que tu as en photo. Avec la vue sur la mer, les bateaux, la liberté. Ensemble nous serons fortes l'une pour l'autre. L'une avec l'autre. Rien ne peut nous arriver.

Une larme glisse sur son visage bouleversé. Je sais à cet instant que j'ai trouvé mon âme sœur. À la vie à la mort. J'entrevois qu'elle ressent la même chose. Nos existences, reliées par un filin d'acier, se scellent à jamais.

49

Profitant d'une pause, Suzie Loison passa une tête par la porte du bureau où Pépé Maclean relisait ses notes une énième fois. Il se frictionnait la crinière bouclée pour mieux activer ses neurones et permettre une connexion miraculeuse entre les indices qui le conduiraient au coupable. Les pistes restaient maigres. Les pièces du puzzle coinçaient, ne s'emboîtaient pas les unes dans les autres. Trop de zones d'ombre.

– Je peux te parler ? fit-elle, soucieuse.

– Bien sûr, répondit-il, ravi de s'extirper de ses réflexions qui ne menaient à rien.

– Tu as des nouvelles pour Billie ?

Une angoisse viscérale se percevait dans sa demande, chuchotée du bout des lèvres. Elle se frotta les mains, plus moites qu'un linge humide. Depuis le matin, elle repoussait cette question, qui pourtant l'obsédait au point de lui embrouiller les idées et d'altérer le professionnalisme qu'elle se targuait d'afficher au poste de police.

– Oui, fit Pépé, se voulant rassurant. Les barjos ont bien appelé l'assistante sociale.

– Ah, cool !

– Ils sont moins abrutis qu'ils n'y paraissent.

– C'est monstrueux quand on y pense… Ils n'hésitent pas à renoncer à leur fils au prétexte de ne pas perdre leurs allocs…

– Bah, ces gens n'ont aucune morale.

– Ils ne méritent pas ce gosse.

– Logiquement Billie aurait dû être placé en famille d'accueil, le temps que les services sociaux statuent sur son cas et sur le placement chez toi. Mais en discutant avec Sophie Dumont, elle a reconnu que tu présentais tous les gages de sérieux, vu ton travail. Tu pourrais le garder chez toi.

– Oh, c'est merveilleux, gloussa-t-elle, à la limite de vouloir étreindre Maclean et le couvrir de baisers reconnaissants, mais, calmant ses ardeurs, elle tortilla plus encore ses mains l'une dans l'autre.

– Pas d'emballement, Suzette, rien n'est encore fait.

– Oui, je sais, je sais. On y va étape par étape. Mais c'est déjà formidable tout ce que tu fais…

– Pas d'emballement, répéta-t-il, un index prudent pointé en l'air.

Suzie acquiesça d'un hochement de tête puis repartit vers son bureau à l'accueil, en trottinant plus légèrement qu'à l'aller. Les mots de Pépé la rassuraient sur l'éventualité que Billie restât avec elle. Elle ne devait pas mettre la charrue avant les bœufs. Et surtout s'armer de patience, ce qui n'était pas son fort, mais pour ce gamin, elle se révélait prête à tout. Elle devait bien se l'avouer.

*

En relisant la déposition d'Anita Colembert, celles des différentes boutiques visitées et l'agenda des rendez-vous sur le littoral, Mylène Lambert admit, *presque à regret*, qu'il était peu probable qu'Anne-Charlotte Muller ait eu le souhait d'attenter à ses jours. Même si le corps écrabouillé sur les rails laissait à penser le contraire, l'éventualité qu'elle ait été poussée par-dessus le parapet du pont s'avérait de plus en plus plausible. Déroulant la chronologie des dernières visites de la commerciale, Mylène réalisa que sa tournée s'achevait le jour de sa mort aux *Belles Fringues*. Dodelinant le visage d'un air entendu, Mylène reprit ses notes de l'entretien qu'elle avait eu avec Liane Morlaix. Celui-ci avait finalement surtout porté sur la première rencontre quelques mois auparavant, où la vendeuse semblait dire que son patron connaissait déjà Anne-Charlotte Muller. Elles n'avaient pas évoqué suffisamment la dernière rencontre, une fâcheuse négligence de sa part.

Se munissant du téléphone, elle composa le numéro de la boutique. La vendeuse répondit au bout de trois sonneries. Après quelques politesses d'usage, Mylène posa ses questions :

– À quelle heure était le rendez-vous ?

– Dix-sept heures il me semble, dit-elle, en feuilletant le carnet du magasin. Oui, c'est bien ça, dix-sept heures. C'est Alix qui a reçu Mme Muller. En fait, c'est toujours elle qui reçoit les représentants.

– Il s'agissait de commander de nouvelles marchandises ?

– Oui, des bijoux. Je vois qu'Alix a passé une commande de boucles d'oreilles, colliers, bracelets et bagues. Tout est noté dans le carnet.

– Ça a duré combien de temps ?

– Pfft…, soupira-t-elle, aucune idée. Je n'ai pas fait attention, je m'occupais de clients pendant ce temps.

– Comment qualifieriez-vous le rendez-vous ?

– Vous en avez de drôles de questions ?! s'étonna Liane Morlaix.

– C'est important, insista Mylène, réfléchissez.

– Je vous l'ai déjà dit, Alix ne pouvait pas l'encadrer. C'est moi qui ai insisté pour qu'elle lui reprenne des bijoux, car ils avaient un succès fou. Alors, je dirais tendu et peu cordial.

– Ensuite, Mme Muller est partie ?

– Oui… Et Alix aussi, fit-elle, surprise par ce constat qu'elle faisait à l'instant.

– Vous en connaissez la raison ?

– Je ne me souviens pas d'une raison particulière. Nous fermons à dix-neuf heures trente et il y avait encore un certain nombre de clients dans la boutique.

– L'avez-vous revue ensuite ?

– Pas ce soir-là. Je suis restée chez moi. Une vilaine migraine me faisait souffrir, alors j'ai préféré me coucher tôt.

L'officier de police qu'était Mylène eut le sentiment qu'elle lui tendait la perche, alors elle prit le parti de l'attraper au vol et de confirmer ses suppositions.

– Vous avez une liaison avec Alix Moucron ?

– Euh… Oui, admit naturellement la jeune vendeuse.

– Ça fait longtemps ?

– Trois ou quatre ans.

– Vous ne vivez pas ensemble ?

– Non, nous conservons chacune notre appart. C'est surtout moi qui squatte chez elle la plupart du temps. C'est plus spacieux. Alix a un peu de mal à s'engager après l'échec de son mariage.

– Je comprends, répondit Mylène en signe d'assentiment.

*

Trois quarts d'heure qu'il poireautait dans la salle d'interrogatoire du poste de police. Sur les consignes de Marcus Kubiak, Suzie Loison l'avait installé seul dans cette pièce grise et glaciale, avec un café fumant, une touillette en plastique et un carré de sucre. Cette mise en scène avait pour vocation de faire grandir la tension chez le suspect. Ce qui ne manqua pas, car Melvil Lemarchand, agacé d'être traité ainsi, fulminait intérieurement. Déjà le coup de téléphone du policier l'avait contrarié. On l'invitait à se rendre au poste pour préciser certains points de détail. Le lieu était sinistre. Une odeur d'humidité poussiéreuse accrochait la gorge. Et le café trop clair était imbuvable. D'ailleurs, il renonça à le boire. Il était trop nerveux pour avaler quoique ce soit. Entre son index et son pouce, il fit tourner compulsivement la chevalière argentée qu'il portait à l'annulaire de la main gauche. Prenant conscience de ce qu'il faisait, il blêmit instantanément, s'empressa de la retirer et la glissa dans sa poche de pantalon. Puis, redressant la tête, il chercha machinalement des caméras dans la salle. Était-il filmé ? Non ça semblait peu probable, il n'était pas non plus dans un film américain à gros budget. Même pas de glace sans tain, juste des murs à la peinture écaillée. Il n'avait rien à craindre d'un petit commissariat de province.

Il soupira, puis frotta une tache imaginaire sur son pantalon en toile. Flavie lui apparut. Lors d'une de leurs balades nocturnes sur la digue, avec leur escale favorite en terrasse d'un hôtel-restaurant. Deux verres de vin blanc, les regards entremêlés, les pieds aussi sous la table, face à la mer et au soleil ployant prêt à disparaître derrière la ligne d'horizon. Le mois de mars dévoilait ses premiers beaux jours quand leur relation était encore harmonieuse, aimante. Avant de prendre la décision de mettre fin à leur histoire. Avant de s'amputer de l'amour de sa vie. La décision la plus douloureuse qu'il ait eu à prendre. Un crève-cœur odieux. Il l'aimait tellement, elle lui manquait atrocement. Elle n'aurait jamais dû mourir… Cette seule pensée *coupable* lui retournait les tripes. L'envie de vomir remontait dans sa poitrine, affleurait à ses lèvres. Pour chasser la peine, il se frotta les yeux en reniflant. Mais jamais il ne parviendrait à la refouler. Il le savait. Il avait eu aussi la vanité de croire que repartir de zéro était possible. Il n'en était rien et le prix à payer au-delà de ce qu'il pouvait endurer.

Soudain, la porte s'ouvrit sur Marcus Kubiak, suivi par Pépé Maclean. Le premier vint s'asseoir en face de lui après l'avoir salué. Le second s'adossa à un mur. Les visages étaient fermés. Polis, mais peu avenants, à l'inverse des deux premières rencontres dans sa villa. Lemarchand se redressa, percevant la tension des policiers qui s'ajoutait à la sienne. Il n'aimait pas la tournure prise par les événements, sa présence ici, leur arrivée.

Kubiak posa un dossier sur la table, l'ouvrit et fit glisser une photo vers Lemarchand.

– Je ne vous ai pas montré votre compagne, dit-il d'un ton détaché, qui contrastait avec l'attitude décomposée de Lemarchand.

Plus pâle qu'un linceul, Lemarchand ferma les paupières sur ses yeux exorbités. L'horreur du cliché était telle... Dévoilant Flavie sans vie, lacérée de coups de couteau, avec du sang partout. L'image restait gravée au burin dans sa mémoire. L'envie de hurler sa douleur incisive le saisit dans le ventre, mais bizarrement aucun son ne sortit. Seul son poing s'abattit de rage sur la table faisant valdinguer la photo et le dossier.

Marcus sursauta légèrement, en rattrapant les papiers. Il escomptait une réaction, ayant choisi sciemment une entrée en matière percutante. Mais celle-ci le surprit. Il percevait, *à regret*, un accent de sincérité dans la douleur qui étreignait Melvil Lemarchand. En même temps, il ne serait pas le premier coupable à souffrir *a posteriori* de la perte de l'être aimé qu'il avait assassiné. La conscience était complexe, impénétrable, paradoxale.

– À quoi jouez-vous ? fit Lemarchand d'un air menaçant.

– Je voulais réparer un oubli, fit Marcus, laconique, en remettant la photo dans le dossier.

– Vous me brutalisez. Ce que vous faites n'est pas humain.

– Nous ne sommes pas dans *La La Land*, monsieur Lemarchand, nous enquêtons sur le meurtre de votre compagne. Nous avons plusieurs suspects et vous en faites partie.

– Vous plaisantez ?! le coupa Lemarchand en grimaçant d'effroi. Jamais je n'aurais pu tuer ma compagne. C'est un monstre qui a perpétré ce carnage.

– Les monstres ne sont pas toujours hideux. Vous seriez surpris de connaître les meurtriers auxquels nous avons affaire. À certains, on donnerait le Bon Dieu sans confession.

L'œil noir, Melvil Lemarchand prit sur lui de se taire afin de voir où il voulait l'emmener avec ces menaces, à peine voilées. L'autre flic, immobile, silencieux, ne le quittait pas des yeux. Une cigarette fichée sur l'oreille. Ils avaient dû répéter leur savant numéro de flicaillons pendant les quarante-cinq minutes où il avait mariné dans son jus. Mais il ne tomberait pas dans le panneau.

– Vous n'avez plus votre chevalière ? s'enquit Marcus en pointant du menton ses mains posées sur la table.

Lemarchand se crispa puis, machinalement, lorgna les angles de la pièce. Aussitôt, il se refréna. Il s'en voulait de tant de fébrilité. Surtout conserver son flegme et faire front. Ils tentaient juste de le bousculer. C'était évident.

– Il n'y a pas de caméra, si c'est cela que vous cherchez. Une qualité essentielle du policier est d'avoir un sens de l'observation aigu. À chaque fois que nous nous sommes vus, monsieur Lemarchand, vous aviez une chevalière à la main gauche. Et, là, vous ne l'avez plus.

La répartie lui avait coupé la chique. Kubiak laissa courir un silence glacial entre eux afin de lui permettre de mieux saisir le sens de ce qu'il lui disait. Il n'avait rien à son encontre, pas le début d'une preuve ni même l'esquisse d'un indice, il devait donc le faire trébucher en le brusquant ou en le surprenant. Et pour l'instant son plan se déroulait à merveille.

– Elle me provoque des démangeaisons. Alors je l'enlève un peu.

Guère convaincu, Marcus marqua un temps d'arrêt. Il affûtait son sang-froid, cherchant à l'impressionner, à le faire vaciller. Lemarchand fixait un point invisible devant lui. Laissant riper les soupçons sur sa carapace.

– Savez-vous que certains hommes portent une chevalière à la place d'une alliance afin qu'il ne soit pas clairement explicite qu'ils sont mariés ?

Pas de réponse. Sa respiration résonnait dans l'atmosphère empesée de la pièce. Marcus fit tourner son stylo entre son pouce, son index et son majeur à l'instar d'un insupportable étudiant qui cherchait à mettre les nerfs en pelote de son professeur.

– Avec qui êtes-vous marié ?

– …

– Épargnez-nous une perte de temps à rechercher cette information…

– …

– que nous trouverons bien évidemment…

– Alix Moucron, dit-il d'une voix sourde.

– Ça alors ? siffla Marcus, surpris. Lors d'une précédente discussion, je vous avais demandé de me décrire la nature de la relation que vous entretenez avec Alix Moucron. Vous m'aviez alors répondu « professionnelle ».

Melvil soupira de dépit.

– Avouer cela me fait aussitôt passer pour un coupable en puissance ?

– Hum…

– Vous pouvez arrêter ce truc horripilant avec votre stylo ? demanda Lemarchand.

– Bien sûr. Et depuis combien de temps ?

– Trois mois. Nous nous sommes mariés le 10 avril.

– Vous pouvez m'expliquer ? le pressa Marcus. J'ai bien peur de ne pas comprendre.

L'air devenait irrespirable dans la pièce exiguë. Lemarchand éprouvait l'envie de dégrafer un bouton à son col de chemise alors que des rougeurs auréolaient ses tempes. Maclean s'éclipsa, puis revint avec un verre d'eau que Lemarchand porta à ses lèvres desséchées. Il s'exprima laconique :

– Ça ne fonctionnait plus avec Flavie. Son désir d'enfant. À sens unique. Ses sautes d'humeur. Nos prises de bec récurrentes. Son sentiment d'avoir fait le mauvais choix de tout quitter pour moi. J'avais eu une liaison avec Alix et nous avons renoué…

– Vraiment ? Jusqu'à vous marier en douce ?! Alors que les valises de Flavie étaient encore chez vous.

– Oui, j'avoue que ce n'est pas glorieux, mais l'amour vous fait faire des choses étranges parfois…

– C'est le moins qu'on puisse dire.

Marcus n'aurait su dire, mais l'intonation de sa voix sonnait faux, comme s'il récitait une leçon apprise d'avance.

– Pourquoi ne pas lui avoir dit la vérité ?

– J'ai essayé, mais elle ne voulait rien entendre.

– Elle était devenue un chewing-gum sous la semelle d'une chaussure, reprit sèchement Marcus, d'un ton accusateur. Difficile de s'en dépêtrer. Collé, englué. Forcément, elle avait tout quitté pour vous et vous la mettiez soudainement à la porte. Dur à encaisser. Alors, finalement, la tuer est apparue comme une option sérieuse. Cinq coups de couteau qui crucifient la menace blonde. Faire place nette à un avenir sans nuages et à une vie avec votre nouvelle dulcinée.

– Mais vous délirez complètement ? s'écria Lemarchand, horrifié du réquisitoire du policier. C'est exactement pour éviter ce genre de raccourci *stupide* que je ne me voyais pas vous parler de mon mariage avec Alix.

Marcus l'asticotait encore avec l'objectif de le faire craquer, mais en vain, Lemarchand s'enfermait dans un mutisme crispé. Néanmoins, la révélation de son union avec Alix

Moucron apportait un éclairage différent aux relations du trio de potentiels coupables inscrits en haut de leur liste.

Dans son dos, Maclean se mit en mouvement avec raideur. Il bascula d'une jambe sur l'autre. L'arthrose irradiait dans ses jambes, après être resté trop longtemps debout. Puis il s'approcha, posa ses mains à plat sur la table et demanda.

– Vous êtes au courant de ce qui est arrivé à votre mère ?

– Oui, la résidence m'a averti, répondit-il, désappointé. J'en suis atterré.

– Avez-vous une idée des raisons qui auraient poussé quelqu'un à vouloir attenter à ses vieux jours ?

– Aucune, vraiment aucune, répéta Lemarchand en secouant la tête de droite à gauche. Franchement, ma mère ne présente aucune menace. C'est une histoire de fou. En fait, je me dis que celle ou celui qui a tenté de l'étouffer avec l'oreiller s'est tout simplement trompé de victime.

– Qui pourrait en vouloir à votre mère selon vous ?

– Personne.

– Et à vous ? Une tentative de meurtre indirecte visant à vous atteindre.

Lemarchand ne répondit pas. Il paraissait fouiller sa mémoire à l'affût d'un début de réponse. Un tressautement agita sa paupière. Infime, mais suffisamment accrocheur pour la prunelle observatrice de Marcus. Il n'aurait su dire, mais ce genre de signe, quasiment invisible pour le commun des mortels, s'inscrivait au fer-blanc dans sa mémoire (parfois même à son insu) et ressurgissait, telle une balle rebondissante, dans une réflexion ultérieure. Alors soudain, l'obscurité s'illuminait d'une criarde évidence.

– Alors ? répéta Maclean, insistant.

– Non. Je ne vois pas, soupira Lemarchand, en gigotant sur son siège.

– Nous ne vous retenons pas plus longtemps, conclut Marcus en se levant. (Il coupa court à l'interrogatoire de façon aussi abrupte qu'il l'avait entamé.) Restez bien en ville, à la disposition de la police. Nous aurons certainement besoin de revoir certains points avec vous.

Le soulagement détendit les muscles du visage de Lemarchand. Il ne demanda pas son reste, sortit aussitôt en les saluant poliment.

Les deux policiers étaient satisfaits. Le coupable n'était toujours pas clairement identifié, mais certaines pièces du puzzle *king-size*, étalées sur la table, se mettaient en place. Des recoupements se dessinaient, même si les raisons ou les motivations restaient encore bien nébuleuses. Ils progressaient enfin dans l'investigation. Ça leur mettait du baume au cœur, car ils avaient le sentiment de faire du sur-place.

50

Un jappement joyeux l'extirpa de ses pensées. Sumo dandinait son arrière-train musclé. Ce chien en faisait toujours des tonnes pour témoigner son affection. Sortant la tête de son ordinateur, Zoé découvrit sa mère. L'air apaisé, elle l'observait puis se tourna vers Lison. Aimantée par l'oiseau vulnérable de la fratrie. L'angoisse n'était jamais bien loin depuis toutes ces années. Constater la tranquillité ou appréhender l'agitation. En permanence sur un fil, fragile équilibriste, le cœur suspendu à un cri, un tremblement, un spasme. La puissance d'un amour maternel inébranlable étincelait. Cette évidence animale, malgré toutes les difficultés et la dureté de la vie, rendait Zoé admirative de sa mère, héroïne des temps ordinaires.

Accroupie sur le tapis en bouclette, Lison s'affairait à crayonner dans son cahier à spirale. Calme. Silencieuse. Elle n'avait pas perçu l'arrivée de leur mère, malgré la légère senteur acidulée qui embaumait l'atmosphère. Celle-ci s'approcha, plus discrète qu'une patineuse.

– On rentre à la maison, ma puce ?

Ramassant à la hâte son cahier à spirale et sa boîte de crayons de couleur, Lison se tenait raide comme un i. Zoé attrapa un gilet et le glissa sur ses frêles épaules.

– Ça va maman ? se hasarda-t-elle.

– Oui, ma chérie. J'ai repris du poil de la bête. Cette pause m'a fait le plus grand bien. Tu sais ce que c'est. Besoin de souffler un peu.

– Ne souhaites-tu pas prolonger ? Je peux garder Lison encore quelques jours.

– Tu es gentille, répondit-elle d'une voix douce. Tu as tes occupations, ton boulot. J'ai rechargé mes batteries. Et puis, Léa prendra Lison ce week-end. Donc tu vois, tout va bien, ne t'inquiète pas.

– D'accord.

Elles se saluèrent d'un baiser. Sa mère et Lison s'éclipsèrent par la baie vitrée restée grande ouverte. Sous un rayon de soleil. Un léger vent marin vint chahuter leurs mèches de cheveux. Sumo, assis sagement à l'entrée, couinait de tristesse de les voir s'éloigner.

De nouveau seule et libre, Zoé décida d'aller partager ses dernières découvertes avec son flic préféré. Surtout ne plus se la jouer solo. Elle espérait regagner sa confiance et bâtir une relation. Elle irait ensuite acheter la jolie robe verte qui lui avait tapé dans l'œil l'autre jour en vitrine des *Belles Fringues*.

*

– Attendez, attendez, répéta Marcus en appuyant fort son smartphone contre son oreille, cherchant à occulter les conversations bruyantes et parasites autour de lui, à l'accueil du poste de police.

Le visage creusé d'inquiétude, il s'isola dans son bureau et prit l'appel. Mme Leblanc, sa voisine, bafouillait des mots décousus. L'angoisse dans le timbre de voix était amplifiée. Haletante, elle peinait à reprendre son souffle entre chaque tirade.

– Eulalie, dit-il fermement. Calmez-vous, ce n'est pas bon pour votre cœur, et expliquez-moi.

En arrière-fond, la voix agacée de son mari répétait en boucle « Mais dis-lui donc ! C'est terrible ! Dis-lui à la fin ! ». Il ne faisait aucun doute que quelque chose de grave s'était passé.

– Eulalie ! cria-t-il brusquement pour stopper ce flot incessant de propos incohérents.

Aussitôt, un silence contrit plomba la conversation. À percevoir les piétinements des fourmis sur le parquet ou entendre le bruissement des ailes des papillons pris dans les filets.

– Il nous a retrouvés, Marcus.

– Qui ? interrogea-t-il.

– Ce monstre de Capelle[1].

Un coup de fouet claqua à l'écho de ce nom, qui charriait des souvenirs pénibles, s'agglutinant dans les laisses de mer consécutives à une tempête dramatique.

– Impossible, il est fiché par Interpol et recherché par toutes les polices de la planète. Aux dernières nouvelles, il avait été reconnu sur des caméras de vidéosurveillance de l'aéroport de Bruxelles, en mars, où il aurait pris un vol à destination de Cuba. Depuis, sa trace a été perdue. Mais ce

1. Référence à l'enquête menée par le même personnage dans *Un bien bel endroit pour mourir*.

qui est sûr c'est qu'il n'est pas en France ni en Belgique, sans doute plus en Europe, non plus. On nous aurait signalé son retour et il aurait été cueilli par un cortège de flics.

– Je vous assure. Il est ici.

– C'est impossible, Eulalie…

– Si, si, je vous assure. Il est ici. Il a déposé une carte postale sous la porte d'entrée de la maison de pêcheur où nous logeons à Sarzeau. La photo représente une plage de Cuba justement avec inscrit au dos « Mienne pour la vie. Ton Jack ». Sans timbre ni affranchissement. Louisa a reconnu son écriture. Cette carte n'est pas arrivée *ici* par l'opération du Saint-Esprit. Elle a forcément été glissée par quelqu'un. Ça ne peut être que ce monstre.

Le policier n'en croyait pas ses oreilles. C'était invraisemblable. Il y avait forcément une réponse rationnelle à ce mystère. Des flash-back se bousculèrent dans son crâne. Il se remémora certains épisodes douloureux de l'ancienne enquête. La violence sournoise de ce mafieux, de ce maître chanteur, de ce trafiquant d'êtres humains, de cet assassin, de celui qui avait fait ployer sous le joug de son odieux chantage la (*tristement*) sublime Louisa. Derrière les murs de la belle villa bourgeoise, à un jet de pierre de chez lui, le pire s'était déroulé, sans que quiconque s'alarmât. Avant les premiers meurtres puis l'enquête hallucinante qui avait permis à son terme de délivrer cette femme sous emprise et de lui restituer son fils. Depuis les Leblanc s'étaient pris d'amitié pour eux et tentaient de les aider à repartir dans la vie.

– Et puis, ce n'est pas tout, reprit Eulalie, toujours aussi fébrile. Gustave a trouvé sur le siège de la voiture une fléchette ventouse – *un truc de gosse* – avec un bout de papier enroulé autour où était inscrit de la même écriture « Pan, pan, le vieux, t'es mort ! ».

– …

– C'est terrible, Marcus, que doit-on faire ? Louisa et Adam ne sont plus en sécurité ici. Nous sommes pétris de peur. Il menace même de tuer Gustave. Ce type est un psychopathe.

Sidéré, Marcus restait sans voix. C'était en effet à prendre au sérieux. *Comment cet enfoiré de Capelle parvenait-il à faire un truc pareil ?* De l'intimidation à distance. Car il restait persuadé que si ce truand était à nouveau dans l'hexagone, il aurait été serré à sa descente d'avion.

– Marcus ? implora Eulalie à l'autre bout du fil.

La vieille dame lui rappelait sa défunte grand-mère. Elles étaient amies du temps de sa jeunesse. À son arrivée sur la Côte d'Opale, après la mort de son épouse, Géraldine, et alors qu'il n'avait déjà plus ses grands-parents, elle s'était sentie investie d'une mission. Elle l'avait couvé du coin de l'œil, prodiguant à son égard tendresse et bons petits plats mijotés, s'assurant qu'il remontait doucement des tréfonds douloureux du deuil. Inconsciemment, il s'était pris en retour d'une douce et indéfectible affection pour elle et son mari. Alors, les savoir menacés de la sorte le rendait fou furieux. Ça lui paraissait impensable de vouloir s'en prendre à un couple inoffensif de retraités bienveillants. Mais les monstres sans scrupules avaient des écailles métalliques plantées à la place du cœur.

D'un geste déterminé, il attrapa son calepin, tourna les pages jusqu'à mettre la pointe de l'index sur un nom et un numéro de téléphone. Il avait bien une idée.

– Attendez un instant, Eulalie. J'appelle un collègue policier à Vannes.

Marcus passa un coup de fil, mettant en attente sa voisine. Après quelques rapides explications, il raccrocha et reprit la conversation.

– Bien, Matteo Brunet saute dans sa voiture et sera chez vous dans trente minutes. C'est un ancien collègue lillois. Il va rester chez vous le temps que vous fassiez vos valises pour rentrer à Wimereux. Il vous escortera. Je pense plus sage d'être ici, à mes côtés. Je pourrai veiller sur vous.

– D'accord, répondit Eulalie Leblanc, soulagée par la proposition. On va rassembler nos affaires. Je vais lui préparer le canapé-lit dans le salon. On partira demain matin alors.

– C'est parfait. Je pense que Capelle cherche uniquement à jouer avec vos nerfs en distillant ses messages menaçants. L'effet est réussi. Étant à l'étranger, il ne me semble pas en capacité d'être dangereux. Il a dû dénicher un sbire qui a joué le postier.

– Vraiment ?

– Je vous envoie une photo de Matteo par SMS pour que vous sachiez à quoi il ressemble. N'ouvrez à personne d'autre et calfeutrez-vous dès maintenant. Portes et fenêtres fermées à double tour. Surtout, donnez-lui bien la carte postale et la fléchette avec le bout de papier.

– D'accord. Merci, Marcus, murmura la vieille dame, chamboulée, mais rassurée par les solutions proposées.

À peine avait-il mis fin à la communication téléphonique que Pépé Maclean passait une tête ébouriffée par la porte. Son sourire dévoilait des dents jaunies par la nicotine.

– Je vais faire un saut rapide chez moi voir si Laure va bien. (Puis il reprit en percevant la lourdeur empesée de l'atmosphère :) Y a un problème ?

Marcus lui raconta les derniers événements en se frottant le menton. L'ancienne affaire ne serait pas clôturée tant que Capelle ne serait pas sous les verrous.

51

Sur le bas-côté de la route nationale, Allumette et moi, nous marchons. En rythme, l'allure calée l'une sur l'autre. Les pouces dressés vers le ciel fièrement, en guise de volonté affirmée de prendre la route vers la mer du Nord. Très vite l'évidente nécessité de faire du stop s'impose. Trop de kilomètres pour rejoindre les côtes des Hauts-de-France. Notre vie enfouie dans un gros sac à dos aux lanières qui s'enfoncent dans la chair des épaules. Mais l'espoir est infini dans nos cœurs et sur l'asphalte qui se déroule sous nos pieds. La savoir à mes côtés, ma jumelle spirituelle, est une force qui décuple tout en moi ou sur notre passage. Le merveilleux se niche partout. Dans les brins d'herbe qui se courbent, les insectes qui grouillent dans les gravillons, les pépiements des oiseaux dans les buissons. Les bornes kilométriques blanches et jaunes sont une invitation au voyage. J'ai presque envie de balancer Baudelaire et son spleen dans un champ, en contrebas, mais j'y suis tellement attachée que ça m'est impossible. Alors je souris à la vie et à nos lendemains. Je n'ai plus peur. La solitude est martelée par mes semelles.

Soudain, un puissant klaxon rauque retentit. Un camion bleu, immatriculé en France, nous frôle, fait une embardée devant nous et s'arrête dans un nuage de poussière. La tête sympathique d'un chauffeur routier apparaît à la fenêtre de la portière passager. La trentaine joyeuse, son accent ch'ti retentit et rassure.

– Vous allez où les filles ?

– À la mer du Nord, je réponds.

– Punaise, tu sais que c'est vaste la mer du Nord.

– Est-ce que j'sais moi, je fais en me renfrognant, vexée de sa répartie. Si vous pouvez nous rapprocher de la côte, ensuite on verra.

– OK, je vais à Calais et ensuite je dois pousser jusqu'à Anvers. Vous me direz. Allez, montez !

Visiblement ravi d'avoir de la compagnie, Félix – c'est ainsi qu'il se prénomme – est un véritable moulin à paroles. En moins d'une heure, nous savons tout de sa vie, de son enfance, de sa chérie, Alice, rencontrée au collège, de leur premier enfant, Enzo, et de son boulot sur les routes d'Europe. Il n'est pas désagréable, mais j'aimerais qu'il la mette un peu en veilleuse. Il parle trop et son accent à couper au couteau me déplaît finalement. La tête penchée en arrière, je ferme les paupières, faisant semblant de dormir. Allumette entre nous deux fixe la route en silence et serre les bras le long de son corps filiforme. Je me dis qu'il parle (peut-être) autant juste pour tuer le temps, car la route est longue entre chaque escale. Il a chargé la cargaison du camion près de Poitiers. Il faut bien s'occuper pendant que l'asphalte se déroule à vive allure sous les roues. Plus de neuf heures de route en évitant les autoroutes pour économiser les taxes des péages.

– Tiens, dit-il à Allumette qui soupire mollement. Prends ma tablette dans la boîte à gants. Tu tapes « Mer du Nord » dans le moteur de recherche. Tu vas voir, c'est vaste !

Elle s'exécute alors que je fais toujours mine d'être assoupie. Une carte colorée apparaît sur l'écran. Elle s'illumine en même temps que son rêve prend forme.

– Tu vois, reprend Félix, c'est immense la mer du Nord. Depuis la Manche, sur les côtes françaises, pour déboucher tout au nord sur l'océan Atlantique et la mer de Norvège. Ça en fait des pays à parcourir. Belgique, Pays-Bas, Allemagne, Danemark, Suède et Norvège. Sans oublier de l'autre côté, le Royaume-Uni.

– Mouais, en effet, minaude-t-elle, dépitée. (Puis extirpant la vieille photo de la poche de sa veste, elle la lui colle sous le nez.) C'est là qu'on veut aller. Tu connais ?

Subitement silencieux, le routier scrute la plage somme toute assez banale, plantée de cabines en bois blanc et bleu, avec dans le coin droit un bunker recouvert de miroirs. Il opine du chef, persuadé d'avoir reconnu le lieu.

– Malo-les-Bains, ça ne fait pas un pli !

– C'est où ?

– C'est la plage de Dunkerque. J'en suis quasiment sûr. Et ce truc de dingue, un ancien blockhaus de la Seconde Guerre qui est au bout, au début de la plage de Leffrinckoucke. Un artiste illuminé l'a complètement recouvert de miroirs. Le béton a disparu. Ça reste un mystère, car personne ne sait qui a fait ça, mais c'est censé nous faire réfléchir. Miroir – réfléchir ? Tu comprends l'astuce ? Ça intrigue, c'est plutôt beau, alors des tas de curieux ou de touristes viennent le voir de plus près.

D'un œil entrouvert je regarde la photo que je connais par cœur. Étrange. Le seul fait de mettre un nom rend familier quelque chose qu'on pensait irrémédiablement étranger.

– C'est là qu'on veut aller, conclut Allumette, en remettant la photo dans sa poche.

– Y a une raison ?

– Faut une raison pour aller quelque part ? je soupire.

– Non, pas forcément…

Percevant leur envie de rester silencieuses, il s'efforce de la respecter. C'est vraiment de drôles de filles. Des sœurs, des bonnes copines ou bien des lesbiennes ? Il s'interroge en lorgnant l'horizon au-dessus du bitume et des forêts. Après tout, les sentir à ses côtés est réconfortant. Il aime bien son boulot, mais parfois la solitude que lui impose la route s'avère pesante. Surtout depuis qu'Enzo a pointé le bout de son nez deux ans auparavant. Il désirerait être plus présent au quotidien pour le voir grandir et graver à l'encre indélébile dans sa mémoire les victoires de son jeune âge.

Apercevant au loin une station d'essence, il décide qu'ils vont faire une pause. Pisser un coup, se rafraîchir le visage, boire un café, manger une connerie et passer un coup de fil chez lui.

52

En sortant du poste de police, Melvil Lemarchand fulminait de rage tout en remontant le quai Hazebrouck. L'envie d'en découdre avec la terre entière le démangeait, mais par-dessus tout avec Alix. Finalement, tout était sa faute. Pas au départ bien sûr, quand il avait fait un certain choix de vivre ici, par accident. Mais depuis plusieurs mois, ses tentatives répétées de renouer avec lui. Elle se collait à lui, lui attrapait l'entrejambe d'une main, cherchait à l'embrasser, avec fougue et brutalité. Parfois même Flavie était dans la pièce d'à côté. Plusieurs fois, il l'avait alors repoussée sans ménagement. Elle lui parlait de leur flirt *d'avant* tout ça, d'avant Flavie, son départ à Avignon. Qu'est-ce qu'il en avait à foutre *d'avant* ? Mais elle ne renonçait pas. Sous ses dehors de bourgeoise, une inquiétante animalité se dégageait d'elle. Elle était flippante.

Puis, il y avait eu la rencontre par hasard avec Anne-Charlotte Muller, dans la boutique, au printemps. Une vieille copine oubliée, qui lui rappelait ses années de célibataire. Depuis, tout avait dérapé. Dénichant instinctivement la faille, Alix Moucron l'avait exploitée, tirant délicatement la ficelle de la pelote de laine, orchestrant son savant chantage. Il avait cédé à son plan machiavélique : sortir Flavie de son cœur, se marier avec Alix, ainsi sa vie d'ici et aujourd'hui serait préservée. Personne ne saurait rien. Mais le prix à payer était trop lourd. Beaucoup trop lourd. Perdre Flavie à jamais s'avérait une blessure dont il ne se remettrait pas. Tout l'argent de la famille Lemarchand n'en valait pas la peine.

« Restez bien en ville, à la disposition de la police. Nous aurons certainement besoin de revoir certaines choses avec vous », avait dit le policier. Pfft… Sa valise était prête depuis un moment, un compte en banque off-shore rempli, et il venait *enfin* de trouver le courage de partir. De repartir. Après moult hésitations, l'Irlande serait le lieu idéal pour se fondre dans les terres sauvages et battues par les vents du Connemara, ses prairies vallonnées creusées de tourbières et de lacs, cerclées de murets de pierres recouvertes de mousse grisâtre et bordées de falaises à pic. L'île d'Émeraude ne parviendrait pas à panser ses plaies, la perte de Flavie, mais l'adoucirait à la bière Guiness ou à l'irish whiskey. C'était ce qu'il avait de mieux à faire. Ici, ça devenait irrespirable.

Melvil Lemarchand ruminait son plan en arrivant chez lui. L'air soucieux et une détermination revigorée à reprendre le cours de sa vie. Grimpant les marches à vive allure de la villa normande, il ne vit pas la fenêtre crochetée entrouverte. Il déverrouilla la porte d'entrée, s'engouffra à l'intérieur. Il ne vit pas non plus la silhouette tapie sur le côté ni la batte de baseball qui vint lui fracasser le crâne. Le choc violent le stoppa net. Du sang gicla de son arcade sourcilière. La douleur fulgurante le foudroya instantanément. Il s'écroula.

*

Penché sur l'écran de son ordinateur, Hugo Gressier fit glisser le curseur à gauche à l'aide de la souris pour remettre la vidéo au début.

– T'es prête ? dit-il à l'intention de Mylène Lambert qui s'asseyait sur le coin de la table de bureau. Approche-toi un peu plus, tu ne verras rien sinon, l'image est fort sombre.

Aussitôt, il accompagna ses propos d'une main sur l'épaule. Elle frissonna et se raidit instantanément.

– Non, ça ira, je vois bien, t'inquiète ! fit-elle sèchement.

– Quelle mouche te pique ?

– Rien, c'est bon, soupira-t-elle en se concentrant sur l'écran. Vas-y, fais défiler la vidéo.

La mine renfrognée, il appuya sur « marche ». Une silhouette fluette, vêtue de sombre de la capuche aux chaussures, sortait précipitamment de l'ascenseur principal à l'entrée de la résidence du « Paradis des Dunes blanches », traversait le hall en courant et s'envolait à l'extérieur. Impossible de discerner son visage, même en faisant un arrêt sur image. La capuche recouvrait les cheveux, le front et lui tombait sur le nez. Seul un menton imberbe contrastait sur la noirceur de l'ensemble. Un banal survêtement de sport et des baskets.

– Un jeune ? fit remarquer Hugo. Je dirais dans les « un mètre soixante-cinq ».

– Ou une femme, répliqua Mylène, en pleine réflexion.

– Elle n'a pas beaucoup de poitrine dans ce cas.

– Peut-être ceinte par un bandeau serré pour se faire passer pour un mec. Je trouve sa démarche résolument féminine.

– Hum…

Se repassant la bande plusieurs fois d'affilée, ils en restèrent à ces conclusions peu encourageantes. Autant dire qu'ils n'avaient pas grand-chose à se mettre sous la dent.

Suzie Loison cogna doucement à la porte du bureau. Elle glissa un visage poli. Ses montures de lunettes étaient orange et vert, toujours aussi pointues sur les côtés. Un look déroutant, mais qui lui seyait à merveille.

– Mylène, dit-elle. Léo est à l'accueil. Il voudrait te voir.

– Ah ? s'exclama Mylène inquiète, en sortant précipitamment.

– Suzie ? Attends, s'il te plaît, demanda Hugo en faisant un discret signe de la main pour qu'elle s'approchât de lui.

Triturant sa question dans sa tête, il hésitait tandis qu'elle attendait sagement, les mains croisées sur son ventre rebondi. Sa gourmandise se révélait dans ses courbes aux formes généreuses qu'elle assumait pleinement. Jamais l'idée d'un régime ou de séances de sport ne lui avait traversé l'esprit. Elle resplendissait de bonhomie.

– Mylène est vraiment bizarre avec moi, marmonna-t-il à voix basse.

– Bizarre ? C'est-à-dire ?

– J'ai l'impression troublante que je la mets mal à l'aise. Elle est aussi sacrément lunatique.

– Laisse-lui un peu de temps, Hugo. Elle a été bouleversée par l'arrestation de notre ancien collègue, Stevie. Elle lui vouait une confiance entière. Ils faisaient équipe la plupart du temps. Alors quand on a découvert qu'il était schizophrène et qu'il était mouillé jusqu'au cou dans la sordide affaire de trafic d'êtres humains au printemps, elle a été dévastée. Stevie allait tuer la journaliste, Zoé Rousseau, quand Mylène, arrivée sur les lieux, l'a désarmé. C'est elle qui a vu son vrai visage en premier.

– Quel rapport avec moi ? s'étonna-t-il, ne voyant pas trop où elle voulait en venir.

– Elle redoute sans doute de te faire confiance, de peur d'être une nouvelle fois abusée.

– Vraiment... Tu crois ?

Guère convaincu, il se frotta le nez, puis repartit dans ses dossiers. Tout ça lui semblait tiré par les cheveux ou largement exagéré. Sa coéquipière était tout simplement changeante. Percevant son scepticisme, Suzie soupira pour ponctuer sa sortie.

*

De retour dans son appartement, Pépé Maclean trouva Laure douillettement installée dans le canapé du salon. En chaussette, emmitouflée dans un vieux plaid en laine. Sa chevelure bouclée oscillait de gauche à droite, au rythme des pages de l'album photo qu'elle tournait. Un film de vacances passait à la télévision, sans le son. Parfois, elle y jetait un œil curieux. Du rap anglais ronronnait de son smartphone.

Maclean grimaça en reconnaissant les images de son récent séjour en Corse avec son autre fille, Julie. Pourtant, il lui avait proposé de se joindre à eux, mais elle avait refusé. Il resta ainsi plusieurs secondes interminables à observer la scène. Elle dut percevoir sa présence dans son dos au bout d'un moment, car elle se retourna, les yeux arrondis sous des sourcils haut perchés.

– Ah, t'es là ?

– J'venais voir si tu n'avais besoin de rien. Ça va mieux ?

– Mouais, ça va.

– Tu n'as pas trop chaud avec cette couverture en plein mois de juillet ? Il fait plutôt chaud, non ?

– J'suis bien. Ça avait l'air chouette la Corse…

Pépé encaissa sa remarque avec stupeur, mais tenta de n'en rien laisser paraître. Surtout ne pas la brusquer, savourer cet échange si rare et espéré tant de fois ces dernières années.

– L'île est magnifique. Depuis le temps que je rêvais d'y aller. Tu nous as manqué…

– Maman m'a dit, si souvent, que tu lui avais promis de l'emmener en Corse, sans jamais prendre le temps.

– C'est vrai. J'ai fait beaucoup de promesses.

Les yeux perdus dans la nostalgie des souvenirs, Laure semblait vouloir prolonger la discussion. Elle referma l'album, le tenant serré contre sa poitrine. Hésitante, elle se lança après avoir pris sa respiration.

– J'ai été virée de mon boulot et mon copain m'a larguée.

– Ah…

– Je l'ai bien mérité. J'suis qu'une idiote !

– C'est toujours le sentiment qui nous envahit quand on est en galère. C'est pour ça que tu as bu l'autre soir ?

Elle acquiesça, en remontant les bords du plaid contre son cou. Pour conjurer le mauvais sort en se blottissant dans le moelleux rassurant de l'étoffe en coton.

– Ce n'était juste pas le bon mec, ni le bon boulot, conclut Pépé en s'asseyant à ses côtés sur le canapé. Mais il ne faut pas oublier de prendre un peu de recul pour voir les trucs que tu aurais pu faire de travers. Et idéalement ne pas les répéter.

– J'ai piqué des fournitures au boulot, avoua-t-elle, honteuse, les yeux braqués sur le plancher.

– Des fournitures ? s'étouffa Pépé, qui n'en revenait pas. Mais des fournitures de quoi ?

– Ben, des fournitures, quoi ! Tu vois… Des cahiers, des ramettes de papier, des stylos, enfin plein de trucs à la con que j'ai mis dans mon coffre de bagnole. Et je me suis fait gauler à la grille de l'usine…

– Punaise, t'as volé des fournitures, bafouilla-t-il.

– Je sais c'est stupide.

– …

– En plus, j'suis ridicule en apprentie délinquante…

– Mais pourquoi t'as fait un truc pareil ?

– À cause de Jérémy.

– C'est qui ce Jérémy ?

– Mon copain.

– Un enfoiré ! grogna Pépé. Pourquoi t'a-t-il demandé ça ? Et diable, Laure, pourquoi l'as-tu fait ?

– Parce que je suis conne, répondit-elle du tac au tac, mais sans animosité alors qu'il regrettait son ton de remontrance pouvant briser net la conversation qu'ils avaient enfin. Et amoureuse…

– Ce n'est pas de l'amour, Laure. Il ne te mérite pas. Et ton employeur a porté plainte ?

– Non, le directeur m'a virée sur-le-champ, mais il n'a pas fait de dépôt de plainte. Je m'en tire pas trop mal. Je crois qu'il avait pitié de moi… J'ai honte…

À ces mots, elle enfouit son visage dans le plaid en gémissant.

– Tu pleures ? s'inquiéta Pépé, car les larmes étaient un truc qu'il ne savait pas gérer, subitement en équilibre sur le fil de la gaucherie paternelle avec ses filles dont il comprenait rarement le mode d'emploi.

– Nan ! rétorqua-t-elle penaude, j'ai juste envie de me baffer et de m'arracher les cheveux tellement je suis conne…

*

– Saloperie ! gueula-t-il. Il pèse une tonne cette ordure !

Saisissant Melvil Lemarchand, inconscient, par les chevilles, il le tira sur le carrelage. Des traînées de sang dans son sillage. En ahanant, tandis que la sueur ruisselait sur son front et dans son cou. Crachant ses jurons, il le tractait. On aurait dit un fou furieux.

– Tu fais moins le malin, *connard* ! J't'avais bien dit que tu ne l'emporterais pas au paradis.

En passant la porte du salon, un peu étroite, le crâne de Melvil cogna le montant. Brutalement. Il rebondit bizarrement dans un bruit d'os brisé heurtant une surface dure. Toujours aucune réaction. Les paupières closes, la bouche ouverte. S'il n'était pas mort, il n'en semblait pas loin.

Reprenant son souffle, il le saisit sous les bras, le hissa sur l'immense canapé, puis remonta ses pieds à l'autre bout. Attrapant la corde qu'il avait glissée à sa ceinture, il entreprit de le ligoter fermement. Puis le bâillonna à l'aide d'un torchon.

– À présent, on va s'amuser un peu, siffla-t-il, sarcastique.

53

Allumette ne veut pas descendre du camion à la station essence. Un air connu de David Bowie passe à la radio, alors elle le fredonne et claque ses doigts en rythme. Je suis à distance Félix jusqu'à la boutique. Il part direct aux toilettes. Pendant ce temps, je déambule entre les rayonnages. Je choisis un truc à manger. Sucré ou salé, j'hésite. Les deux en fait. J'attrape deux sandwichs, un paquet de biscuits au chocolat, une bouteille de soda et des bonbons. Je jette un coup d'œil rapide aux gros titres des journaux pour voir si un corps n'aurait pas été repêché de l'étang. Mais rien sous le soleil. Je respire, nous pouvons poursuivre notre cavale sans crainte d'être rattrapées par la police. Je règle à la caisse et je retourne au camion. Nonchalante.

– Il aurait pu se garer plus loin, fait Allumette par la vitre ouverte alors que Lennon chante Give Peace a Chance *sur les ondes. Ce fichu camping-car s'est collé trop près. Tu n'vas pas pouvoir ouvrir la portière !*

– Tiens, je fais en lui tendant le sac de courses.

– T'as pas pris de yaourt à boire ? glousse-t-elle dépitée en lorgnant l'intérieur de la poche en papier.

– Mince. J'y retourne. Il bougera son camion et je pourrai monter.

– T'es cool, fait-elle en me décochant son sourire à faire fondre un océan d'icebergs.

En repartant, je croise Félix avec ses achats qui se met à pester, à son tour, contre le chauffeur du camping-car. Ce dernier en fait autant. Un vieux type dégarni vêtu d'un marcel blanc constellé de salissures.

– Vous n'pouviez pas vous garer ailleurs ! hurle le vieux. Comment je fais moi pour faire le plein ?

– J'vais bouger, répond sèchement Félix en réalisant le fond du problème. Vous auriez pu attendre que l'on revienne. On vous aurait cédé la place, plutôt que de vous coller ainsi. J'espère que vous n'avez pas endommagé le camion sinon j'vais être en bisbille avec mon patron !

– J'sais conduire, jeune homme. Je n'vais pas attendre la Saint-Glinglin pour faire mon plein…

Félix s'agace. Il grimpe dans la cabine et entreprend de démarrer le camion, au moment où le vieux enfonce le pistolet dans la coupelle de remplissage puis verrouille fermement le mécanisme.

Je suis à la caisse et j'aperçois Allumette qui fait des grimaces, par la vitre grande ouverte. Elle se moque du vieux râleur à la retraite. Je le regarde aussi et je souris. Il appuie sur le bouton pour démarrer le remplissage en GPL. Une violente détonation retentit à perforer les tympans, à souffler les vitres des voitures et de la station essence. Puis, l'explosion embrase instantanément le camping-car et le vieux type devenu torche humaine. Ses hurlements sont inhumains. Je ne réalise pas bien ce qui est en train de se passer sous mes yeux. Je me suis baissée et je fixe Allumette prise au piège dans la cabine en flammes à son tour. Une colonne immense de fumée noire s'élève, elle disparaît, engloutie par les flammes, la terreur se lit sur son visage dévoré par le feu. Je suffoque. Prostrée, je suis en état de choc. Ses yeux qui m'appellent à l'aide sont incrustés au scalpel dans mon esprit.

54

Le regard pétri d'angoisse, Mylène Lambert déboula à l'accueil du poste de police. La carcasse immense de son mari Léo prenait toute la largeur de la porte d'entrée et obturait le soleil qui tentait d'infiltrer les lieux. L'apercevant, il lui sourit timidement. Elle se contracta plus encore alors qu'une décharge d'adrénaline lui cisaillait le creux des omoplates. Elle n'aimait vraiment pas le savoir ici.

– Que se passe-t-il ? Un problème avec les filles ?

– Non, tout va bien, la rassura-t-il à mi-voix en cherchant à l'attirer à l'écart pour avoir une conversation discrète.

– Ah… Que fais-tu là alors ?

– Tu m'avais dit que tu pouvais partir plus tôt alors me voilà. Je t'embarque !

Jetant des coups d'œil mal à l'aise autour d'elle, Mylène cherchait à comprendre quelle mouche avait bien pu piquer son colosse de mari et lui inoculer cet étrange virus.

– J'ai prévu le programme suivant, ma chérie, s'empressa-t-il de réciter en extirpant un bout de papier de sa poche de pantalon. Voyage parfumé aux Caraïbes, saveur fruit de la passion…

– De… De quoi parles-tu Léo ? s'inquiéta Mylène en s'approchant de lui pour lui parler à l'oreille après avoir reniflé son haleine. Tu as bu ? C'est ça ?

– Non, parbleu, *pas encore*, s'amusa-t-il. Je t'emmène au spa. Un soin en duo nous attend, ensuite on va dîner et, là, je prendrai une coupe de champagne. On devrait faire ça plus souvent, c'est toi-même qui le dis…

– Ah ?! Où va-t-on ?

– À l'Atlantique.

– Mais ça coûte un bras…, bafouilla-t-elle. Tu n'es pas sérieux ?

– Si, résolument sérieux. J'ai déposé les filles chez ma mère pour la nuit, j'ai réservé pour l'ensemble. Nous sommes attendus dans quinze minutes pour « l'expérience ` deux ». Écoute un peu, exfoliation, accès au sauna et au hammam, modelage du corps aux pierres chaudes. Trois heures de *papouillage*. Et une fois que nous serons irrémédiablement zen et détendus, un dîner gastronomique nous attend avec vue sur la mer.

– Waouh… Ça a l'air chouette, admit-elle en le couvant d'un regard amoureux.

Derrière son comptoir d'accueil, Suzie Loison n'avait pas perdu une miette de la discussion. L'air de celle qui classait les dossiers, vaguement. Elle fit signe à Mylène qu'elle n'avait pas d'autre choix que d'accepter l'invitation romantique de son mari.

– Vas-y, une telle proposition s'accepte sans réfléchir. Ou alors je prends ta place…

– Mais y a du boulot ?

– Ça peut bien attendre demain. Les morts sont *définitivement* morts et les coupables *bientôt* sous les verrous.

Pétrie d'indécision, Mylène jeta un œil de l'un à l'autre. Stoïques, ils étaient suspendus à sa décision. Elle rêvait de ces délicates attentions. Si fréquentes aux premiers temps de leur rencontre puis de leur mariage. Souvent imprévisible, Léo s'était avéré un amoureux prévenant et audacieux. Les surprises ou les cadeaux spectaculaires n'avaient aucun secret pour lui. Les plus mémorables étaient le vol en ULM dans le Massif central, la chevauchée fantastique dans la vieille deudeuche décapotable, la nuit dans un hôtel igloo ou au sommet d'un arbre gigantesque niché dans une cabane à la vue panoramique. Le quotidien d'une vie à deux avait ensuite grignoté la folie. Puis la cruauté de ne pouvoir avoir un bébé, suivie par la paperasse innombrable des multiples dossiers d'adoption, avait balayé le romantisme, émietté la fièvre dans le ronron de la routine.

– Allez, encouragea Suzie, dépêchez-vous ! Vous allez être en retard au spa.

Une bouffée de joie jaillit en Mylène, illuminant son teint diaphane, sous ses mèches blondes. L'envie de crier engluée dans la gorge, elle sautilla sur place en se frottant des mains moites. Redevenue gamine lâchée seule dans un magasin de jouets mirifiques. C'était trop beau, trop puissant. Léo était si dingue. Elle lui murmura qu'elle l'aimait et se précipita à son bureau, attrapa son sac et sa veste. Sa vie de flic pouvait bien se mettre sur pause, le temps d'une parenthèse inattendue avec son amoureux. Le reste attendrait le lendemain.

*

Le poste de police basculait dans un calme relatif, d'entre-deux, de début d'après-midi. Un moment suspendu dans la frénésie de l'enquête, à prendre le temps de siroter un café noir ou un thé parfumé, confortablement installé dans un fauteuil, les pieds croisés sur le coin du bureau. Avec le discret claquement des aiguilles dans le silence assourdissant. Marcus en était là, les paupières lourdes à feuilleter une énième fois le dossier constitué sur l'enquête, la scène de crime, la vie des différents protagonistes ou potentiels coupables, à éplucher les comptes rendus et les interrogatoires. Son boulot était un sempiternel recommencement. Envisager les choses sous tous les angles et dénicher la faille dans le cuir lisse des événements. Le truc anodin qui, soudain, éclairait la piste à suivre pour dénouer l'intrigue.

Zoé déboula au moment précis où il piquait du nez de fatigue, sur le point de tomber de son siège. Son entrée fracassante le fit sursauter instantanément. Il se frotta les paupières. Toute contente, elle se planta en face de lui. Puis, le geste déterminé, elle extirpa plusieurs photos d'une enveloppe marron, les étala sur le bureau. Se calant en appui sur les paumes des mains, elle lui laissa le soin d'en prendre connaissance.

– Les chiens ne sont pas autorisés au poste, s'amusa-t-il en apercevant le bouledogue à sa suite, qui reniflait partout en se dandinant.

– Pfft… C'est juste Sumo ! Ce n'est pas vraiment un chien, plutôt un enquêteur sur pattes.

D'un hochement de tête, il désigna les clichés.

– C'est quoi ?

– Je crois avoir trouvé quelque chose.

– Vraiment ?

– Regarde bien.

Intrigué, il attendait des précisions, car rien ne lui sautait aux yeux sur les gros plans de Melvil Lemarchand.

– Au jeu des différences, j'étais incollable, gamine. Bon là, j'avoue avoir un peu lanterné à en dégoter une. Mais il y en a bien *une*.

Les secondes s'égrenaient. Marcus examinait en détail les photos. Le front plissé, l'attention décuplée malgré la lassitude. Que devait-il voir ? Que devait-il chercher ?

L'impatience grignotait l'enthousiasme qui l'agitait depuis sa trouvaille. Elle ne pouvait attendre plus longtemps et pointa un ongle impeccable sur le front du commerçant. Dubitatif, Marcus suivit son doigt puis compara avec les autres fronts. Soudain, il se raidit sur sa chaise et lui offrit un regard interdit.

– Sa cicatrice sur le front n'est pas au même endroit.

Sur l'un des clichés, la cicatrice était sur la bosse frontale droite alors que sur les autres, elle traçait une virgule au-dessus de la pointe de l'arcade sourcilière, sur le côté du crâne, à la naissance des cheveux.

– En effet, dit Marcus, perplexe. Tu as une théorie ?

– Oui, Melvil Lemarchand n'est peut-être pas celui qu'il dit être !

– Carrément ?

– Lors d'une discussion avec sa mère à la maison de retraite, à un moment, elle me parlait de son fils, elle a mentionné un certain Yarol à la place de Melvil. J'ai pensé qu'elle s'emmêlait les pinceaux, d'autant qu'elle perd tout doucement la mémoire. Mais, avec cette cicatrice à deux endroits distincts, ça devient troublant. Je m'interroge… As-tu la possibilité de vérifier son état civil ?

Aussitôt, Marcus se connecta sur son ordinateur pour effectuer des recherches. Au bout d'interminables minutes, il grimaça de stupéfaction. Suspendue à ses révélations, Zoé trépignait en face de lui, se dandinant d'une jambe sur l'autre. Espérant au tréfonds d'elle-même que son intuition était juste.

– Alors ? l'interrogea-t-elle, impatiente.

– Léonie et Marceau Lemarchand ont eu des jumeaux prénommés Yarol et Melvil.

– Évidemment… *des jumeaux* ! Puisqu'ils sont si ressemblants.

Attrapant les piles de dossiers sur son bureau, il farfouilla pour dénicher celui de l'intéressé. Suzie Loison avait fait un topo complet sur Melvil Lemarchand ainsi qu'il lui avait demandé dès le début de l'enquête. Elle mentionnait bien un frère jumeau, Yarol Lemarchand. Comment avaient-ils pu éluder ce détail qui n'en était pas un ? En revanche, il n'y avait plus trace de lui depuis plus d'une trentaine d'années. Ils avaient fréquenté le même lycée à Lille. L'idée de le contacter pour prendre des informations le tarauda. En savoir plus sur ce double et découvrir où il avait bien pu passer.

Il composa le numéro de téléphone du lycée en question, expliqua que la police locale souhaitait des informations sur les fils Lemarchand. La standardiste prit l'initiative alors de lui passer Pierre Corbier.

Directeur adjoint, trente-cinq ans d'ancienneté, la voix pincée de celui qui sait, il se souvenait très bien des fils Lemarchand. Aux antipodes l'un de l'autre, Yarol était charismatique, séducteur, sportif et tête brûlée. Bagarreur, voire « un sale petit con » selon son expression. Yarol se plaçait en position dominante vis-à-vis de Melvil, à le malmener, à le brimer même. Tyrannique. Il avait arrêté l'école en première et était parti, sac à dos, à l'aventure en Amérique latine ou aux États-Unis, il ne savait plus bien. Ses parents l'avaient même aidé en ce sens, soulagés qu'ils étaient de le savoir loin de *leur préféré*, du commerce et du tiroir-caisse. Yarol leur faisait peur. Il n'était pas fait pour cette vie de boutiquier, tout le contraire de son jumeau. Sous des dehors renfermés, sinistres, psychorigides, Melvil paraissait plus chétif et anxieux. Mais il était doué pour les chiffres et le négoce. Son père voyait en lui son digne successeur. L'héritier qu'il devait former pour la reprise du magasin.

Zoé écoutait religieusement les propos de Pierre Corbier, sur haut-parleur. Soudain, elle arracha un bout de papier et griffonna d'une écriture agitée : « Yarol est Melvil ! »

*

Sur l'immense canapé du salon, Melvil Lemarchand reprenait ses esprits. Mollement. Entravé par des liens serrés qui lui cisaillaient la peau, il tentait de se redresser. L'engourdissement gagnait ses bras et ses pieds alors qu'une douleur lancinante lui tenaillait la boîte crânienne. Il y avait du sang partout, y compris en plaque séchée sur son visage. Un bâillon l'empêchait de parler et de respirer normalement. Étirant le cou pour dégager ses narines du tissu et aspirer de profondes bouffées d'oxygène, il écarquilla des yeux angoissés autour de lui. Que se passait-il ? Que lui arrivait-il ? Pourquoi était-il ligoté ? Impossible de se mouvoir ou de se lever. Une crise de panique monta en lui, atteignant son paroxysme au moment où il croisa le regard démentiel de son geôlier, qui l'observait depuis de longues minutes en silence, rencogné dans le fauteuil.

Melvil parvint seulement à grogner en gigotant. Aucune phrase intelligible ne pouvait trouer le bâillon. Son cœur s'accéléra en apercevant l'impressionnant couteau à viande que son agresseur tenait dans la main. Tout ça ne lui disait rien qui vaille.

– Alors, vociféra Gabriel Robert tout en pointant la lame tranchante à la base de la gorge de Melvil. Je t'explique comment je vois les choses. Puisque la police fait fausse route, je m'y colle et je vais faire la basse besogne. Au moins, ma femme sera vengée du monstre qui l'a assassinée.

Melvil comprit qu'il allait le tuer. Le poignarder. Des sueurs d'effroi suintaient de tous ses pores, agglomérant ses cheveux par paquets sur le front. La pointe du couteau glissa sur sa clavicule. Les battements de son cœur retentissaient alors qu'il haletait. La terreur s'inscrivait au scalpel dans ses rétines, il était conscient de vivre ses derniers instants.

– Cinq ! C'est le nombre de coups de couteau que tu lui as assenés, salaud. C'est aussi le nombre de coups de couteau que je vais t'enfoncer dans le bide. Ça va être douloureux. Une lente et pénible agonie. Ça va aussi pisser le sang partout. Une boucherie en perspective. Mais avant, je vais marquer les endroits où je vais te saigner. Ensuite, je te saignerai. Surtout ne bouge pas, sinon j'enfonce direct la lame…

La folie avait quitté le visage de l'ex-mari de Flavie pour laisser la place à une pâleur oppressante. De la pointe du couteau, il trancha la peau en surface sur le pectoral gauche. Un filet de sang s'écoula alors que Melvil se forçait à encaisser pour éviter le moindre mouvement. Néanmoins, la douleur saisissante était étrangement supportable. Gabriel Robert réitéra ses marquages à quatre autres endroits.

– Il faut toujours préparer son travail !

Il attrapa un verre de whisky qu'il s'était servi un peu plus tôt, pendant que Melvil Lemarchand était dans les vapes. Humectant puis trempant ses lèvres dans le breuvage ambré, il contempla son ouvrage sur le torse de Melvil. L'air impitoyable du prédateur qui tenait sa proie à sa merci, attendant le bon moment pour presser les crocs acérés dans le cou et briser les cervicales. Visiblement, l'envie de prendre son temps l'accompagnait alors qu'il sirotait son verre.

– Tu vas souffrir avant de mourir. Et ça me réjouit, connard !

55

Allumette est partie en fumée et j'ai le cœur plus aride qu'un désert de pierres. Son visage désespéré dévoré par les flammes dans la cabine du camion me hante nuit et jour. J'en perds l'appétit, l'envie, la transparence, la légèreté. La noirceur réinvestit mon corps alors qu'une glaciale solitude tétanise mes muscles, gangrène mes chairs, suce mon sang et aspire mon souffle.

Après maman, mon double n'est plus là, alors que moi je resplendis dans ma douleur à vif. Pauvre misérable hère à la peau tailladée. Je suis un astre arraché à la voûte céleste, bazardé dans la fosse à purin. J'entends les groins malveillants qui fouillent et me cherchent dans la boue. Ils veulent me bouffer les entrailles et la cervelle.

Pas d'autre choix que de poursuivre ma route vers la mer du Nord.

Aurai-je seulement le cran d'aller jusqu'à Leffrinckoucke et son bunker aux miroirs ? Je ne sais pas. Sans Allumette, à quoi bon. Vivre ses rêves n'a plus la même saveur. Je ne sais pas. Je verrai quand je serai à portée de mer. Je sens que ça peut être ma bouée de sauvetage par vents forts et tempêtes.

Ou bien la possibilité ultime de me jeter à l'eau, me noyer au milieu des navires de marchandises. Le corps déchiqueté par le bal des hélices. La fureur de vouloir en finir affleure à mes lèvres desséchées. Le goût du sang dans la gorge, je me dis à quoi bon avancer, si on m'enlève systématiquement ma raison d'être. La petite flamme qui éclaire ma route.

Avec mon baluchon sur le dos, Baudelaire et son spleen à la main, je fais du stop de station essence en station essence. Le littoral approche doucement. Le gris du ciel ploie sur l'horizon, plus lourd qu'un sac de charbon. Une fine bande couleur d'opale borde la côte avant qu'une mer sombre n'apparaisse. Je soupire, plus par réflexe d'arriver près du but, mais en ayant perdu le trésor en route.

– C'est beau, je murmure en serrant plus fort Baudelaire dans ma main. Il aurait fallu que tu voies ça, Allumette… Ça t'aurait grave plu !

Je fais signe au type à la camionnette de me déposer sur la route littorale, près d'un panneau de signalisation qui annonce la ville côtière. Avant de continuer vers le centre, je veux voir la mer. Je veux la toucher. Alors, je prends sur la falaise, je coupe à travers une prairie sauvage percée d'argousiers, je marche deux cents mètres, puis dévale une dune plantée d'oyats chevelus. L'air doux de l'été indien me chatouille le nez. La mer frisotte à la surface alors que des paddles glissent presque immobiles. Soudain, la plage à marée haute s'ouvre dans le creux d'une baie sauvage. Je retire mes chaussures, les accroche aux lanières de mon baluchon. Je retrousse le bas de mon pantalon et j'enfonce mes orteils puis mes pieds dans l'eau et le sable mou. C'est étrange, humide, mais très vite agréable, car la température est tiède. Alors, j'arpente la côte, l'eau à mi-mollet, en lorgnant le fond. Les coquillages, les poissons minuscules en rangs serrés, les crabes. Et l'odeur d'iode me remplit les poumons. L'espace d'un instant, je me dis que peut-être…

Mais les absences d'Allumette et de maman sont terribles.

Les larmes me prennent à la gorge tellement c'est beau, tellement j'aurais aimé pouvoir le partager et le vivre avec elles. Mes larmes s'enroulent en billes de grenaille, se dessèchent, et me plastiquent l'estomac.

Je décide de rester encore, ne sachant où aller. Blottie dans le creux d'une dune, à l'abri des vents frais, je grignote un biscuit puis je m'endors. Son visage rongé par le feu, sa peau qui coule et se troue et ses prunelles terrorisées m'apparaissent derrière mes paupières fermées. Cette vision m'obsède. En boucle.

56

Marcus Kubiak regardait alternativement Zoé Rousseau, plantée devant lui, et le bout de papier où elle avait griffonné « Yarol est Melvil ! ». En théorie, cette hypothèse pouvait s'entendre, mais en réalité, elle lui paraissait saugrenue, tirée par les cheveux et ardue à conceptualiser. D'autant que si Yarol avait pris la place de Melvil, alors où était passé le vrai Melvil ? Et pourquoi faire un truc pareil ?

– Je sais ça paraît dingue ! conclut-elle. Mais ça collerait aussi avec le courrier médical sur le test d'effort qui était dans l'enveloppe. On prescrit plutôt ce genre de choses à quelqu'un qui a un souci de santé ou une difficulté physique (Melvil) qu'à une personne en pleine forme (Yarol). Enfin, si ce que Pierre Corbier nous dit est exact.

D'une main décidée, il attrapa un autre dossier dans la pile sur son bureau et relut à voix haute un extrait de l'interrogatoire du gérant de la boutique de fringues du Touquet. Régis Dupain indiquait : « En fait, il s'était apaisé, alors qu'avant il était angoissé, obnubilé par le boulot, ses affaires et le fric, à nous mettre une pression de dingue, tous les jours, faire du chiffre et du fric. C'était un boss vraiment exigeant. À son retour, il avait réorienté ses priorités du domaine professionnel (exclusivement) au champ personnel. Un virage à 360 degrés. Avec Flavie et pour Flavie. Il s'était même mis au footing, à la musculation, lui qui n'était pas sportif pour deux sous. J'ai halluciné, vraiment. Ils mangeaient bio, des graines de chia et tous ces trucs à la mode. Et, ils partaient souvent en voyage en Europe ou ailleurs, alors qu'avant il était casanier et près de ses sous. Voyager était d'une extrême frivolité. Déjà partir à Avignon était étrange. Hum… l'amour quand ça vous prend les tripes et le cœur de cette façon, ça vous transforme un bonhomme. »

– Tu vois ! Nous sommes bien en présence de deux personnalités très différentes, poursuivit-elle, persuadée d'être dans le vrai. Régis Dupain s'en est rendu compte. Difficile de s'alarmer dans la mesure où son boss est parti trois ans. Les souvenirs s'émoussent quoi qu'on en dise…

Marcus sauta quelques lignes jusqu'à la dernière phrase : « Vous lui avez connu des compagnes ? Des aventures ? Non. J'ai cru un moment qu'il se passait quelque chose avec Alix Moucron la gérante de son autre boutique. Mais en fait, je ne crois pas. »

– Elle en revanche, fit Zoé, subitement dubitative, elle s'est forcément rendu compte de quelque chose si elle a eu une liaison avec lui. Quand tu touches à l'intime, les nuances sont plus visibles à l'œil.

Sceptique, Marcus réfléchissait toujours en refermant le dossier. Un grognement de plaisir retentit sous le bureau, à ses pieds. Sumo n'avait rien trouvé de mieux que de renverser la poubelle pour lécher un emballage de brownie. Souriant, Marcus l'observa se délecter, puis il planta un regard profond dans celui de l'intrépide journaliste. Force était de constater que l'intuition était une deuxième nature chez elle.

– Imaginons un instant que Yarol soit bien Melvil, dit-il. Pour quelles raisons fait-il ça ?

La bouche en cœur, elle admit ne pas vraiment avoir de motif à invoquer.

– L'argent ? Le pouvoir ? Le sexe ?

À ces mots, son minois se colora. Accrochée au souvenir de leurs parties de jambes en l'air, elle se trémoussa, les mains devenues subitement encombrantes au bout des bras, sexy en diable dans sa robe en jean bleu délavé. Marcus peinait à la quitter des yeux. Le décolleté laissait entrevoir la naissance d'une poitrine menue qui pointait fièrement sous le tissu. Elle ne portait pas de soutien-gorge. Son rythme cardiaque s'accéléra. Pétrifiée en face de lui, Zoé cherchait par où reprendre la discussion. Mais surtout sortir de ce chamallow de sensualité et des *chabadabadas* qui grenouillaient à ses oreilles. Elle n'en eut ni le temps ni le loisir. S'extirpant de son siège, Marcus contourna le bureau et la prit par la taille. Avec une douce fermeté. Elle se laissa faire, une bouffée de chaleur remontait le long de son corps des pieds à la tête, à la vitesse d'un tsunami dans l'océan. L'attirant vers lui, délicatement, il l'embrassa. Après un court instant, Zoé capitula et lui répondit avec une intense ferveur.

Des semaines qu'elle en rêvait. Des semaines qu'il l'espérait.

*

Assis sur la chaise en formica de la cuisine, les mains à plat sous les cuisses pour mieux se tenir droit, Billie écoutait les explications de Mme Dumilly. Son regard noir fixait la pointe de ses chaussures. Il reniflait par intermittence. L'air du gosse coincé dans le couloir des grands à expier ses probables bêtises. D'expérience, il savait qu'il n'avait rien à attendre de positif de ce genre de personnes, alors il se refermait sur lui-même. Elle n'était pas la première et ne serait sans doute pas la dernière. Il n'y avait donc pas de raison que ça change. Même si cette dame offrait une apparence plus engageante, malgré l'austérité de sa mise. Elle esquissait parfois un léger sourire, mais aussitôt se reprenait, l'effaçait de ses lèvres, de peur de l'indisposer ou d'être hors de propos. Délicatesse singulière.

L'assistante sociale l'interrogeait, en présence discrète de Pépé Maclean, afin de statuer sur son placement en famille d'accueil. Ses parents évoquaient des difficultés financières et familiales pour parvenir à s'occuper dignement de lui. Ils envisageaient de renoncer à leur autorité parentale. Une décision lourde de conséquences. Ils souhaitaient le placer chez quelqu'un de plus à même de prendre soin de lui, de lui construire un avenir. Ses parents proposaient Suzie Loison, qui l'avait recueilli quelques nuits. Mais lui ? Que pensait-il de cette dame ? Depuis combien de temps se connaissaient-ils ? Comment s'étaient-ils connus ? Quelle était la nature de leur relation ? Comment vivait-il le renoncement de ses parents ? N'était-il pas triste ? Déstabilisé de ne plus être dans son quartier, son immeuble, chez lui, dans sa chambre ? Parvenait-il à dormir ? À s'alimenter ? Les questions pleuvaient. Billie avait envie de se boucher les oreilles ou d'écouter en boucle les mélodies joyeuses de Charles Trenet, si rassurantes finalement, à l'instar du visage de Suzie, de son être potelé, bienveillant.

Enfonçant son cou dans ses épaules, il ferma les paupières.

Percevant le repli du garçon, Mme Dumilly marqua une pause alors que Pépé entrouvrait une fenêtre pour aérer. L'air empesé devenait irrespirable. Tournant le visage à l'affût d'une amorce de discussion, elle aperçut l'épais livre de recettes, jalonné de bouts de papier en guise de marque-pages. À côté, une pile de moules à gâteau et biscuits de toutes sortes.

– Tu fais de la pâtisserie, à ce qu'on m'a dit ?

Une pupille scintilla par la fente d'un œil mi-clos. L'âme de Billie pétillait, vivante. Surtout ne pas brusquer le petit animal apeuré sur la route. S'approcher doucement, prudemment, l'amadouer, se connecter. Saisir le filin permettant d'échanger avec vérité. Mme Dumilly aimait particulièrement son métier et tous ces gosses malmenés par la vie. Même si elle laissait à penser le contraire, sous ses dehors revêches.

– Je voudrais être pâtissier, bredouilla-t-il, surpris du son de sa voix.

– C'est un beau métier.

– Suzie m'apprend à faire des tas de desserts. Elle pense que je pourrais prendre des cours…

– Elle a l'air sympathique cette dame.

– C'est bien la première qui s'intéresse à moi.

Maclean enfonça ses poings dans ses poches. Dieu seul savait pourquoi il songeait à ses filles à ce moment-là. Sans doute la culpabilité du père défaillant, éternel absent, qui refoulait sous sa poitrine, charriait le bois flotté où s'accrochaient en chapelet des cordons d'algues de remords. En même temps, il se refusait à tous les parallèles avec cette famille de barjos. Il ne fallait pas non plus exagérer.

À la fin de l'entretien, Mme Dumilly indiqua qu'elle devait encore enquêter afin de statuer sur son placement. Néanmoins, elle admettait que Suzie Loison offrait de réelles garanties de sérieux pour accueillir le jeune garçon. Alors, Billie pouvait rester temporairement chez elle.

*

Enlacés, les langues entremêlées, leur baiser n'en finissait plus. La saveur acidulée d'un bonbon d'antan, avec à l'intérieur de la soucoupe une délicieuse poudre crépitante. Même l'insouciance des colorants d'alors pétaradait en bouche. Les mains couraient sous les vêtements à la recherche d'un bout de peau, de sa tiédeur, de sa douceur. Les corps se touchaient, se caressaient, se pressaient, se retrouvaient. Les battements de cœurs assourdissaient les tympans.

On frappa à la porte du bureau, d'un coup sec.

Marcus et Zoé sursautèrent.

La magie se brisa net alors que les esprits embués se fixaient au travers de pupilles dilatées de délice. Ils se regardaient, empourprés, les veines gonflées d'une subite fébrilité sous le derme piqueté de décharges d'adrénaline, amants surpris par la puissance et la fulgurance de leur baiser. L'envie de poursuivre et de s'aimer les taraudait. Mais ce n'était ni le lieu ni le moment.

Suzie Loison apparut dans l'embrasure de la porte. L'atmosphère était déconcertante.

– Je vous dérange ? fit-elle.

Le regard fuyant, Zoé tira doucement sur le bas de sa robe en jean. Elle se dandina d'une jambe à l'autre, à la recherche d'un semblant de contenance ou d'un sujet de conversation pour faire diversion.

– Non, bien sûr que non, bredouilla Marcus Kubiak en se recoiffant par acquit de conscience.

– Hum…, reprit Suzie, à moitié convaincue. Je voulais te dire que l'autre folle qui a bavé des horreurs dans la presse à scandale vient de sortir du poste de police.

– Pourquoi ne m'as-tu pas appelé ? s'étrangla-t-il. Il ne fallait pas la gérer toute seule.

– Aussi surprenant que cela puisse paraître, elle était calme et polie. Incroyable !

– Que voulait-elle ?

– Nous informer d'un message laissé par son amie la suicidée, Anne-Charlotte Muller, sur son smartphone. Elle avait fait une fausse manipulation et, du coup, elle n'a vu le message que ce matin. Bref, Anne-Charlotte Muller disait sur le répondeur qu'elle avait retrouvé à Wimereux une *vieille connaissance* de sa période américaine à Key Biscayne, en Floride. Un de ses anciens amants, un Casanova de première. Il avait refait sa vie et semblait mal à l'aise de la revoir. Il a très vite coupé court à d'éventuelles retrouvailles, en enlaçant sa nouvelle chérie. Visiblement, son amie s'en fichait (*normal, les hommes, elle les affiche à son compteur comme d'autres les kilomètres*). Elle était, en revanche, persuadée que ça lui servirait à négocier de grosses commandes de bijoux. La femme d'affaires ne perdait pas le nord.

En concentration extrême, Marcus n'en revenait pas. Il jeta un œil vers Zoé, cherchant un assentiment muet. Serait-ce l'indice qui permettrait de les conduire sur la piste du jumeau, Yarol Lemarchand ? Si leur théorie un brin tirée par les cheveux avait une chance de se révéler exacte, ça valait le coup de creuser cette piste. Et à présent, il savait où orienter les recherches.

– Tu veux bien regarder si un certain *Yarol* Lemarchand aurait vécu à Key Biscayne ou en Floride ? demanda Marcus, puis il lui expliqua par le menu les conclusions auxquelles ils étaient parvenus en découvrant que sur une des photos récentes Melvil Lemarchand n'avait plus sa cicatrice au même endroit sur le front.

– Oh ben merde alors, s'exclama-t-elle, stupéfaite.

– Mais si nous avons raison, reprit Zoé, alors que Sumo, plus lourd qu'un poids mort lui brûlait les bras, et que Yarol a pris la place de Melvil, alors où est Melvil ? Disparu ? Mort ? Dans ce dernier cas, qu'a-t-il bien pu faire de son corps ? Ça ne se dissimule pas aisément un cadavre…

Soudain, le visage de Marcus s'éclaira d'une lueur. Sans doute la même qui percutait le chercheur d'or au moment jouissif de la trouvaille âprement prospectée, des heures durant, en remontant la rivière, de l'eau à mi-cuisse. Lorsque la pépite d'or luisait enfin dans le tamis.

– J'ai ma petite idée, fit Marcus.

57

Le whisky enfilé par rasades entières floutait les yeux de son geôlier. Les rétrécissait en fentes reptiliennes angoissantes. Il ne semblait plus en prise avec la réalité. Son front en sueur agglomérait les boucles blondes. La peur envahissait Melvil Lemarchand, suintant de tous ses pores. Impossible de bouger, les liens lui taillaient les chairs et l'entravaient, l'ankylose envahissait ses membres. Allait-il se voir mourir ou bien finirait-il par tomber dans les vapes ? C'était sans doute le mieux qui pouvait lui arriver compte tenu des circonstances.

La pointe du couteau à viande appuya sur la première estafilade qui se remit à saigner. Un mince filet. Melvil grimaça, mais la peur surpassait la douleur.

– Elle était mienne… Ma femme… L'amour de ma vie… Tu n'avais aucun droit de me l'enlever… d'enlever une mère à son petit garçon… Avec ton fric, tu te crois tout permis… Et là maintenant, ton pognon ne t'est d'aucune utilité… Tu vas crever avec lui, connard ! Un corbillard d'oseille !

Subitement, le tortionnaire enfonça le tranchant dans la plaie.

D'un coup net et brutal.

Pour le ressortir aussitôt, la lame larmoyait son chagrin écarlate.

Une souffrance intense irradia dans la poitrine de Melvil, le sonna quand la tentaculaire fulgurance se propagea dans tout son corps. Un râle vint mourir dans le chiffon qui lui obstruait la bouche. L'envie irrépressible d'apposer ses mains, d'empêcher le sang de couler à flots. Mais ça lui était impossible, les bras ligotés dans le dos.

Les paupières mi-closes, Melvil cherchait un second souffle pour refaire surface dans la monstruosité du supplice. Bizarrement, l'autre vint recouvrir d'un énorme pansement la coupure qui gargouillait de sang.

– Tu ne vas pas mourir, pas tout de suite... Ce ne serait pas juste pour Flavie ni pour moi... Le temps que je te perce le corps de cinq trous... Les premiers ne sont pas dans les parties vitales. Ensuite, j'enlèverai les rustines et vlan ! Tu te videras, *gros porc* !

Un sourire sardonique lui déformait les lèvres. Ses yeux brumeux peinaient à rester ouverts. Trop de whisky ingurgité. Sa voix ramollie et les mots pâteux s'engluaient dans sa bouche, imbibée d'alcool, ça allait finir en carnage.

Melvil aurait aimé pouvoir lui parler. Ça n'aurait pas attendri sa détermination à vouloir le tuer, mais ça aurait *peut-être* permis de temporiser afin de chercher une issue de secours à ce drame qui se jouait. Dans l'indifférence absolue des touristes qui déambulaient dans la rue, derrière les murs de sa villa. La bien nommée « Bella Luna ». Verrait-il seulement la lune ce soir ? Ou serait-il téléporté là-haut, audelà du ciel nuageux, à tutoyer les planètes ? Dans ce cas, il espérait retrouver Flavie, dans l'entrepôt des personnes assassinées par armes blanches. Il la chercherait parmi les spectres blafards. Il verrait alors si les plaies étaient symétriques. Faire ainsi se rejoindre leurs cœurs par les interstices pour ne plus jamais les séparer. Puis les coudre ensemble. Pouvait-on de deux cœurs n'en faire qu'un seul ?

Il était en apesanteur dans ses divagations moribondes, lorsque la lame lui transperça la peau une seconde fois, dans le pli de l'aisselle, au même endroit, mais de l'autre côté, à l'extérieur de la cage thoracique. Le souffle coupé, il faillit perdre conscience. Un long gémissement enfla dans sa gorge. Les yeux révulsés sous les paupières, le corps de Melvil s'affaissa sur le côté. Étrange animal emmailloté et ficelé. Le sang ruisselait de partout, malgré les pansements. Melvil n'arrivait plus à réfléchir, conscient que des rivières rouges se déversaient hors de son corps, à gros remous. La vie s'étiolait, ne laissant qu'une carapace charnelle desséchée, prête à se putréfier, à s'émietter en poussière fine. Puis, le vent gronderait, le nuage cendré s'éparpillerait dans l'atmosphère. Pfuit… Une âme envolée… Pas une belle âme, mais une âme tout de même. Il s'était toujours demandé si, le jour du grand départ, il saurait qu'il était en train de mourir. Les paupières plus lourdes que deux vantaux en bois dur, la nécessité de s'oublier l'anesthésiait.

*

Dans le jacuzzi bouillonnant d'écume, l'eau leur chatouillait le menton. Mylène faisait face à son colosse au cœur d'or. Elle le dévorait des yeux tout en caressant ses mollets poilus de la plante des pieds. Les yeux fermés, la nuque en appui sur la têtière, Léo décompressait. En total lâcher-prise.

À la limite de somnoler. Un sourire énigmatique lui étirait le bas du visage alors que la mousse blanche lui dessinait une barbe de père Noël.

Elle avait décroché le gros lot en amour. Elle avait conscience de la chance merveilleuse qui était la sienne. Sa vie avec Léo, ses filles, elle ne pouvait rêver mieux. Comment avait-elle pu douter ne serait-ce qu'une seconde de tout ça ? S'émoustiller devant les œillades troublantes de son collègue ? Avoir envie d'être désirée par un autre homme ? Mettre en péril son équilibre vital ? Elle ne se reconnaissait pas dans les étranges réactions qui l'avaient chamboulée ces derniers jours. À présent, seule comptait l'envie de les refouler au loin. De se recentrer sur l'essentiel.

Elle sourit à son tour, saisissant l'urgence de la situation dont elle était témoin. Si elle n'agissait pas vite, Léo allait se mettre à ronfler. Il était assez prévisible. De la pointe des pieds, elle remonta le long de sa cuisse puis glissa vers l'entrejambe. Ses orteils serrés tentaient de se frayer un chemin vers sa protubérante virilité, moulée dans un slip de bain. Il avait tout prévu dans la valise d'une journée. Y compris les maillots de bain. Le sien était un peu vieillot et lui rentrait dans les fesses. Elle s'activait, mais il restait stoïque. Sans doute l'amorce de la somnolence. Redoublant de souplesse, Mylène s'enfonça encore plus dans l'eau, le pied en vadrouille. La moitié du visage immergé, la tâche n'était pas aisée. Forcément, elle but la tasse au moment où elle bascula en arrière. Son pied s'enfonça dans ses parties intimes. Il fit un bond hors de l'eau en hurlant de douleur, estomaqué par ce coup bas. Cherchant à reprendre son souffle tout autant que l'équilibre, Mylène coula sous l'eau pour en ressortir trempée, les cheveux blonds en paquets et le maquillage dégoulinant.

– Mais qu'est-ce qui te prend ? rugit Léo, les mains en protection sur son entrejambe.

– J'essayais une technique de drague.

– La vache ! C'est une méthode de mercenaire. J'te préfère plus douce, ma chérie.

– Excuse-moi, Léo.

Ayant repris ses esprits, tout autant que sa respiration, elle s'approcha de lui. La tête fendant la surface de l'eau, elle affichait sa repentance. Se blottissant contre lui, elle se répandit en excuses.

– J'vais m'assurer que je n'ai pas abîmé la marchandise, plaisanta-t-elle en glissant une main sous l'eau.

– Il ne faudrait pas se faire prendre la main dans le sac…

– Trop tard.

*

À regret, Zoé Rousseau quitta le poste de police, laissant Marcus œuvrer à ses investigations et mettre au parfum l'ensemble des collègues de leurs récentes trouvailles. Pour lui, nul doute que Yarol Lemarchand et Alix Moucron étaient en cheville. Ils avaient ourdi et perpétré ce meurtre sordide, *ensemble*. Les mobiles restaient à creuser afin de faire se corréler la chronologie des faits. Mais la pelote de laine se déroulait enfin sans trop de nœuds.

Le goût de leur baiser en bouche, Zoé souriait. Les souvenirs remuaient un cœur endormi depuis plusieurs semaines. D'une main douce au lever du soleil. De celle qui glissait ses doigts dans les cheveux emmêlés et caressait tendrement. La léthargie nocturne s'extirpait. Des papillons joyeux bruissaient dans le creux du ventre. La nostalgie de ses rares et précieuses nuits avec lui affluait tel un ressac lent, mais puissant. Irréversible. Un nectar délicieux pour lequel elle se damnerait. Hum… Un seul petit baiser avait ravivé tout ça. D'un claquement de doigts. Comme par magie.

Cette fois-ci, il ne fallait pas rater le coche.

Ce type lui plaisait décidément beaucoup. Plus qu'aucun autre homme ces dernières années. Plus qu'un potentiel scoop journalistique aussi. Était-il d'ailleurs nécessaire de devoir choisir entre amour et métier ? Ne pouvait-on concilier les deux après tout ? D'autant que leurs univers n'étaient finalement pas si éloignés l'un de l'autre. Les passerelles s'avéraient encore présentes sur cette nouvelle enquête. Alors, pourquoi *diable* devait-elle toujours tout compliquer ? La vie était bien trop courte pour accepter les tergiversations, les renoncements, les temporisations. Le destin tragique de la solaire Flavie Robert le prouvait. Elle se promit de cesser ses sempiternelles manies d'emmerdeuse hors normes, de chasser les doutes, et de faire sienne la devise « *carpe diem* ».

Dans la rue, sur le bord du Wimereux, elle hésita à rentrer chez elle. Son livre, laissé en plan, l'attendait avec ses notes éparses. Un sentiment d'inachevé ne la quittait pas cependant. Bizarrement. Ou de vide. De celui qui s'abattait sur un dimanche interminable d'ennui. Que pouvait-elle faire d'autre ? Parvenue à élucider la mystérieuse inscription « Qui es-tu ? » au dos des photos de Yarol, elle avait fait le boulot. Résolu l'enquête confiée par Flavie. Tardivement bien sûr. Elle ne saurait jamais si, en dénichant ces informations plus tôt, elle aurait changé le cours des choses. Cela aurait-il pu sauver la vie de Flavie ? Zoé soupira. Un frisson d'amertume la saisit. Elle ne saurait jamais. Il lui faudrait vivre avec. Accepter les remords. Les surmonter.

Fouillant du regard les alentours, en quête de son intrépide bouledogue, elle l'aperçut sous un banc. Affairé à renifler les gravillons, la truffe en rase-mottes. Il pissa sur une touffe de pissenlits. Claquant sa langue dans sa joue, elle le héla puis rejoignit sa voiture, le chien sur ses talons.

Les quais fourmillaient de passants ou de touristes. Un soleil voilé jouait à cache-cache malgré la douceur de juillet. La mer se retirait au large, emportant avec elle l'eau de la rivière, découvrant les berges, charriant le bois flotté. L'envie de se baigner la titilla, malgré la fraîcheur des eaux de la Manche en été. Enfiler un maillot de bain, délaisser la combinaison en néoprène de demi-saison, et plonger dans les vagues. Nager dans le courant. Sentir l'eau glisser sur sa peau. Parfois la chance mettait sur sa route des phoques. Extirpant une tête curieuse à la surface, à l'instar de lémuriens malicieux, pour replonger et ressortir plus loin. Le chassé-croisé pouvait durer ainsi, ils suivaient sagement, à distance sur des centaines de mètres de côte. Les pêcheurs s'en plaignaient, car ils empiétaient sur leurs plates-bandes alors que les baigneurs se réjouissaient de ce spectacle unique.

Le soleil perçait la couche nuageuse, elle irait piquer une tête en fin de journée.

58

Dans un creux de la dune, sous un paravent d'oyats touffus, ondoyants sous la brise, je reste plusieurs jours et nuits, dans ma solitude brûlante, à observer au loin les paquebots traverser le détroit vers la mer du Nord. Vers d'autres horizons, vers la Scandinavie. À suivre les nuages passer ou s'étioler au rythme des courants et des marées. Toute cette agitation incandescente est douloureuse. Je la repousse au loin, tout en érigeant une carapace solide autour de mon existence de moineau écrabouillé dans la main d'un géant. Parvenant à isoler les bruits alentour ou les parfums iodés pour me retrouver au milieu d'un silence de mort.

L'amertume d'une vie misérable, orpheline, m'étreint la gorge. Je serre Baudelaire contre ma poitrine, la couverture usée, griffée, les pages jaunies, cornées. Je récite quelques vers dans ma tête, en agitant machinalement les lèvres.

« Sans cesse à mes côtés s'agite le Démon ; il nage autour de moi comme un air impalpable ; je l'avale et le sens qui brûle mon poumon et l'emplit d'un désir éternel et coupable. »

À quoi bon, « la destruction », je songe, alors que mes yeux n'ont plus de larmes. « Moi, mon âme est fêlée », disait le poète. La mienne est fissurée par le mal qui depuis toujours grisaille mon existence. Maman. Allumette. Et maintenant le néant.

À quoi bon, la destruction… Peut-être ne suffit-il que de resserrer la cotte de mailles, de verrouiller l'armure pour ne pas se laisser toucher, happer, emporter par les sentiments violents. Les laisser-faire des ricochets à la surface d'une mer d'huile infinie. Imperturbable. Impénétrable.

Je n'ai pas le cran d'aller jusqu'à Leffrinckoucke et son bunker aux miroirs. Sans Allumette, ça n'a plus de sens. Ses rêves ont cramé dans les flammes, avec elle. Impossible d'oublier ce brasier. Il me hante en permanence. Et puis voir ma gueule dans les mille facettes scintillantes me déplaît. Pire me débecte.

Que vais-je faire aujourd'hui, demain, après-demain ? Sans doute rester sur ce bout de côte. Ici ou ailleurs, ça n'a pas vraiment d'importance. J'aime la couleur opaline de la mer. Sa beauté sauvage. Ses nuages, sa brume, son crachin, le vent qui tourbillonne même en plein été. Je me décide enfin après avoir englouti mon dernier biscuit, le ventre affamé, à rejoindre le centre-ville, derrière la digue où les villas sont restées dans leur jus de la Belle Époque. Je me dis que c'est peut-être trop clinquant pour moi, ici. Mais la faim me tenaille.

Je tombe au bon moment. Par hasard, alors qu'il s'époumone contre un énième candidat de l'agence d'intérim qui lui fait faux bond. Tous des bons à rien ! D'un hochement de tête, il me dévisage. La tête de l'emploi. Je présente bien. J'inspire confiance. Je ne moufte pas. Je parle peu ou par monosyllabe. Le bistrotier me prend à l'essai, faute de mieux. Ce n'est pas des plus sympathiques, mais je suis bien heureuse de pouvoir tenter ma chance et gagner un peu d'argent. J'enchaîne les petits boulots dans différentes enseignes et commerces de la station balnéaire. En centre-ville ou sur la digue. Je ronge mon frein, je bosse, je me tais. Les années passent, mon cœur se fait silence, mon âme se flagelle avec les mots de Baudelaire.

Je survis plus que je ne vis.

Et un jour, je croise son regard. Elle ne me voit pas, mais moi je ne vois qu'elle. Belle et inspirante. Inaccessible et envoûtante. Même si j'ai verrouillé ma vie, ma cuirasse se fissure et mon cœur se remet à battre. Lentement, mais puissamment.

59

Au troisième coup de couteau, dans le gras du bide, Yarol gémit. La mort se répandait, en lui, autour, mais il s'agrippait au monde des vivants. Pissant le sang, malgré les pansements appuyés n'importe comment par son bourreau. La respiration ralentie. Un râle essoufflé accroché à un fil d'oxygène effiloché, prêt à se briser net. Ses pensées égrenaient les minutes restantes jusqu'à son dernier souffle. Ce compte à rebours, vain, lui permettait de résister, malgré tout, encore un peu. Dernière bravade…

La souffrance altérait sa perception visuelle. Un flou de kaléidoscope brouillait ses yeux éreintés. Néanmoins, il aperçut son tortionnaire, saoul, pathétique, qui larmoyait à présent en se racontant Flavie, son grand amour, sa vie heureuse d'avant le drame. Il ressassait l'amertume, la souffrance, la vengeance.

Soudain, Gabriel Robert arracha son tee-shirt, dévoilant un torse à la blancheur imberbe. Yarol flottait entre deux eaux, à la limite de basculer dans l'inconscience. Les yeux hagards, le bâillon enfoncé dans la bouche, la tête vacillante perchée sur un cou flasque. La douleur était telle, inhumaine, qu'il en espérait l'ultime estocade. La mise à mort finale. Mais l'alcool, mêlé de désespérance, faisait que l'autre se lacérait lentement la poitrine, aux cinq mêmes endroits que Flavie, que Yarol. Se tatouer pareils stigmates. Appareiller vers une mort commune.

Yarol n'en pouvait plus. Il était exsangue. L'agonie devenait intolérable. L'espoir de survivre n'était plus une option. Il avait jeté l'éponge.

– On va crever tous les deux, sombre connard, marmonna le mari déchu, la voix chargée de whisky. Je vais me cramer… Après t'avoir suicidé…

Ces propos étaient incohérents. La virulence de sa haine éclatait dans le salon. Si lumineusement clair en temps normal. Si sanguinaire à présent. La violence décalée, décuplée, irréelle. La mort rôdait alors qu'un soupçon de vie remuait imperceptiblement en lui. Une flamme vacillante sur le point de s'éteindre. L'air se raréfiait. Ses narines se gonflaient. Sa trachée l'oppressait. Ses paupières plus lourdes que deux enclumes peinaient à ne pas se clore définitivement. Il n'en pouvait plus.

– Mais d'abord, je grave les marques à l'encre rouge indélébile, continuait l'autre.

Soudain, Yarol Lemarchand se laissa choir sur le côté, lourdement, et roula au sol. À un moment, le corps supplantait définitivement l'esprit. La souffrance devenue intolérable implosait. L'épuisement incommensurable se diffusait. Le souffle de vie s'étiolait. Le barrage cédait, délivrant des tonnes d'eau puissantes dans la vallée de la mort, emportant tout sur son passage.

Derrière ses yeux clos, Flavie lui souriait. Même s'il avait tout gâché, elle lui souriait. Son merveilleux teint de lait sous ses boucles blondes. S'il la suivait vers ce soleil incandescent, la fin serait plus douce. Une dernière inspiration et son esprit bascula dans un abysse vertigineux. Yarol perdit connaissance.

*

La boutique était déserte. On entendait juste un fond musical de pop électro. Après une hésitation, Zoé Rousseau entra. Liane Morlaix ou Alix Moucron allaient forcément sortir de l'arrière-boutique. Elle se hâta. Il lui fallait retrouver la jolie robe qui attendait sagement sur son cintre d'être achetée, l'essayer et passer à la caisse. Furetant dans les rayonnages, caressant les étoffes, faisant glisser doucement les triangles en bois sur les portants, elle finit par apercevoir l'objet de sa convoitise. Tout compte fait… À bien y regarder, la robe semblait plutôt faite pour sa sœur Léa. Un vert amande, parsemé d'une pluie de minuscules coquelicots. Pas grave, Zoé pouvait la lui offrir. Agrippant d'une main sa trouvaille, Zoé s'engouffra dans une des deux cabines d'essayage. Refermant le rideau en velours épais, elle s'empressa de se dévêtir, essaya la robe. Sa sœur était plus ronde et pulpeuse, mais avec une taille en plus, ça fonctionnerait à tous les coups. Le reflet dans le miroir lui souriait. Cette robe ferait un malheur sur Léa. Le décolleté mettrait joliment en valeur sa poitrine généreuse. Voilà, son choix était fait ! Elle entreprit alors de se déshabiller et remit ses vêtements. Assise sur le tabouret, elle enfilait ses sandales quand soudain des éclats de voix retentirent. Par-delà la musique d'ambiance, en provenance du fond du magasin. De plus en plus fort. Une dispute. La curiosité aiguisée, Zoé tendit l'oreille. Ça ne se faisait pas d'écouter aux portes, ou derrière un rideau. Mais on ne se refaisait pas et son métier de journaliste n'avait pas atténué ce vilain défaut. La robe dans les bras, Zoé s'immobilisa jusqu'à suspendre sa respiration. Il y avait de l'eau dans le gaz entre les deux vendeuses.

Furieuse, Alix Moucron venait de débouler derrière le comptoir. Elle fouillait avec vigueur dans les tiroirs qu'elle ouvrait puis refermait bruyamment.

– Arrête de gueuler, s'agaçait Liane mollement. Tu as de la chance qu'il n'y ait personne dans la boutique…

– N'essaie pas de faire diversion ! hurla Alix, en poursuivant ses recherches et en claquant tout ce qu'elle touchait.

– Et puis arrête tout ce bazar que tu fais… Ça ne rime à rien…

– Tiens ! Le voilà !

– Quoi ?

– Ce que je cherche depuis tout à l'heure…

– Et alors ?

– Et alors !?

– Ben oui, quoi, et alors ?

– Tu oses ! s'époumona-t-elle, alors que Zoé était de plus en plus gênée.

À présent, avec tous ces cris, Zoé regrettait de troubler leur intimité. Se rapetissant sur le tabouret, serrant contre elle la robe verte, elle réfléchissait à la façon de sortir honorablement de la cabine d'essayage. Elle pouvait afficher un naturel désinvolte, poser son achat sur le comptoir l'air de rien, ou alors opter pour l'embarras avec un sourire contrit. Hum… Le dépit l'envahissait d'autant qu'elle connaissait bien Liane et ne voulait pas la mettre en porte-à-faux. Ce qui ne manquerait pas d'arriver. Et en plus, sa patronne ne pouvait pas la souffrir… Bref, c'était merdique, quelle que soit la solution choisie. Alors, elle procrastina et se recroquevilla dans le coin de la cabine. Priant pour qu'elles repartent dans l'arrière-boutique, aussi rapidement qu'elles en étaient venues.

– Ce bloc-notes a une particularité, argumenta Alix Moucron. Une particularité reconnaissable entre toutes. Enfin pour l'œil observateur.

– Bordel ! Mais de quoi tu parles ? J'ai du boulot, alors tu me lâches avec tes inepties…

– Des feuilles de papier blanc de format A4 qu'on croirait ordinaires, mais sur la partie supérieure, en haut à droite, il y a une fine tache noire. On pourrait même y voir une étoile.

– C'est quoi cette histoire ?

– J'ai vu la même feuille arrachée de ce bloc au poste de police. Dessus, tapés à l'ordinateur, ces quelques mots : « Ton mari te trompe avec cette salope de Flavie Robert. »

Une décharge d'adrénaline saisit Zoé des pieds à la tête. Elle vacilla. Elle déglutit lentement avec la sensation horrible que ses battements de cœur claquaient comme des pétards dans la poitrine. Et l'envie effroyable de se terrer, minable, dans un trou de souris pour disparaître de la surface de la terre. D'un claquement de doigts.

– Je n'ai rien écrit de la sorte, renchérit Alix Moucron avec amertume. Ça ne peut être que toi qui as rédigé cette lettre anonyme.

Un silence de mort retentit malgré l'exquise mélodie de Billie Eilish qui ronronnait. *Mais que diable suis-je venue faire dans cette galère ?* songea Zoé en grimaçant d'effroi. Surtout ne pas bouger, ne pas respirer, faire le moins de bruit possible, mais ça semblait tout bonnement impossible, même ses pensées résonnaient dans un écho incroyable, rebondissant sur les parois de montagnes himalayennes. Tout en elle retentissait un craquement dans la nuque, le crissement des dents. L'odieuse sensation d'être dans un caisson qui amplifiait le moindre son. Et, *pire que tout*, d'être prise au piège.

*

Les dix-neuf heures rougissaient à l'horloge numérique de la salle de briefing. Marcus reprenait point par point l'enquête depuis ses débuts, tournant les pages de son calepin, méthodiquement, et mettant en exergue les avancées notables qui éclairaient autrement ce drame.

Maclean et Marcus convinrent d'aller cueillir Yarol Lemarchand au saut du lit, le lendemain matin, pour le cuisiner sur l'existence ou plutôt l'absence d'existence de son frère. Et comprendre les tenants et les aboutissants. Les recherches de Suzie Loison étaient troublantes. Pendant l'enfance et l'adolescence, on trouvait des traces des deux frères dans les dossiers scolaires. À la majorité, bizarrement, Yarol s'était volatilisé. Puis après ce vide d'une vingtaine d'années, Yarol Lemarchand reparaissait à Key Biscayne, en Floride. Il y avait passé une quinzaine d'années. Où tout du moins des traces l'attestaient. Un appartement loué à son nom, un boulot chez un grossiste en import-export et un retour dans l'hexagone, trois ans plus tôt, *justement*. Leur chance était que Yarol Lemarchand avait eu des déboires avec la police de Floride, pas de gros délits, mais suffisants pour être fichés par les Américains.

– Bon, les jeunes, conclut Marcus en s'étirant. On va en rester là et passer la nuit là-dessus. Demain, il fera jour et nous aurons les idées plus claires.

Tout le monde se salua et quitta la pièce, laissant Marcus rassembler les dossiers. Il se frotta la nuque de fatigue. Le couple Yarol et Alix restait bien mystérieux, un élément fort de l'enquête. Elle savait forcément. Alors Alix cochait toutes les cases pour être la meurtrière de Flavie. Le mobile ? La jalousie ou la crainte d'être détrônée ? Cependant, un truc ne collait pas : *son alibi parisien*. Elle n'était pas là au moment du drame. Soudain Marcus fut saisi d'un éclair de génie. Aurait-elle pu faire un aller-retour ? Ça paraissait dingue en termes de durée de trajet, mais pourquoi pas. Il devait creuser ce point de détail.

Il repoussa ses pensées à plus tard. Saisissant le smartphone, Marcus composa le numéro de Zoé. L'envie de la revoir le titillait. Un apéro, un dîner ou plus… Hum, oui surtout plus… Un sourire coquin glissa sur ses lèvres alors que la sonnerie n'en finissait pas de retentir, pour basculer en messagerie. Il retenterait sa chance un peu plus tard.

60

Le corps de Yarol Lemarchand gisait au pied du canapé. Ligoté. Recroquevillé sur le flan. Le visage tuméfié. Le torse nu troué de coups de couteau. Une mare de sang se formait sous lui.

Immobile, il restait plus silencieux qu'un cadavre à la morgue.

Était-il mort pour de bon ou seulement dans les vapes ?

Avachi dans le fauteuil, Gabriel Robert s'interrogeait. Les trop nombreux verres de whisky avaient eu raison de sa lucidité. Grimaçant pour faire la mise au point alors que son corps tanguait au milieu d'un océan tempétueux, il ne discernait qu'un flou intégral. Un satané mal de mer lui tordait l'estomac. Rouge écrevisse sous sa tignasse blonde emmêlée, il suait à grosses gouttes. Dès qu'il esquissait un mouvement, l'envie de vomir l'étreignait alors il choisit de rester le plus stoïque possible. C'était d'autant plus aisé qu'une lassitude prégnante engourdissait tous ses membres, les uns après les autres. L'envie de sombrer dans un trou noir de solitude ne lui déplaisait pas. La bouteille d'alcool tourbé pesait une tonne dans sa main. Elle finit par lui glisser des doigts, se brisa en mille morceaux sur le carrelage du salon. Mais même ces bris de verre ne lui occasionnaient plus de réactions. Son esprit avait déserté son corps. Sa poitrine lacérée, conjuguée à son expression d'alcoolique minable, lui conférait un air de tragicomédie.

Soudain, il se mit à ronfler doucement puis, au fur et à mesure que sa bouche s'agrandissait, plus bruyamment.

*

Quand le téléphone vibra dans son sac, Zoé faillit défaillir d'une crise cardiaque. Blême, la respiration suspendue sur le fil de l'angoisse. Aussi immobile qu'un caméléon en camouflage sur la branche d'un arbre, elle se décomposait. Néanmoins, elle se félicita d'avoir eu la présence d'esprit de couper la sonnerie. Peut-être serait-ce suffisant pour ne pas se faire repérer. Les paupières mi-closes, un début de soulagement se diffusait dans ses veines. Surtout ne faire aucun bruit, même celui d'un imperceptible battement de cils. Zoé concentra son énergie à se rendre invisible. Les jambes ankylosées à force de maintenir la position, genoux serrés, en appui sur la pointe des pieds.

– OK, rétorqua Liane, à bout. Je vais fermer la boutique. On va éviter de se donner en spectacle devant les clients.

– De toute manière, vu l'heure nous n'aurons plus personne !

La vendeuse mit le panonceau « fermé » sur la vitre de la porte d'entrée, puis tourna la clé plusieurs fois dans la serrure. Un chien aboyait dans une voiture garée sur le trottoir.

À cet instant, Zoé se sentit définitivement prise au piège. Une envie de pleurer affleurait à ses paupières. Puis de déchiqueter cette satanée robe qui l'avait conduite dans la tanière du loup.

Liane fit ensuite glisser des portants chargés de vêtements pour les ranger en les alignant contre le mur. Bruyamment, en résonnance avec son exaspération. Les mains sur les hanches, Alix ne décolérait pas et attendait qu'elle avoue être l'auteur de la lettre anonyme. Elle la fixait avec animosité.

– Tu vas cracher le morceau à la fin ?!

Liane Morlaix leva au plafond des yeux excédés. Elle ne pourrait pas faire l'impasse sur des explications. L'évidence s'imposait dans l'atmosphère pesante.

– Alors ?

– Oui, oui, oui… C'est moi, avoua-t-elle. Qu'est-ce que ça peut bien te faire ?

– Mais pourquoi faire un truc pareil ? Je ne te comprends pas. En fait, je ne te comprendrai jamais. Depuis toujours, tu es tordue…

– Je suis tordue ? répéta Liane, estomaquée.

– Oui, tu es tordue, répéta Alix, folle de rage. Y a un truc qui ne tourne pas rond chez toi !

– …

– C'est bien ce qu'on voulait, que cette salope aille voir ailleurs et qu'elle déguerpisse de la vie de Melvil et du coup de la nôtre. Non ?

– Ce que *toi*, tu voulais. Tu joues sur tous les tableaux. Impossible de te satisfaire de notre histoire. Mais non ?! Il te faut Melvil Lemarchand… Ce gros connard !

– Son pognon.

– Ben voyons…

– C'est son argent qui m'intéresse et je te l'ai déjà dit. Je fais tout ça pour nous deux !

– Y compris t'envoyer en l'air avec lui ? Tu te moques de moi.

– Tu ne sais qu'être jalouse… Je n'ai pas d'autre choix que de payer de ma personne…

– Des conneries ! Tu t'imagines faire partie d'un triangle amoureux où tu serais le pivot, sans te soucier des dommages collatéraux…

– Arrête !

– Mais le plus pathétique, coupa Liane d'une voix glaciale, c'est que je sais tout ça et que je l'accepte. Ta gêne à me tenir la main dans la rue, les rendez-vous cachés dans ton appartement, ton besoin de te faire sauter par Melvil, tes envies de fric et de respectabilité à Wimereux. Cette boutique ne t'appartient pas et pourtant elle semble être la tienne. Pour toi, je suis prête à tout accepter. Je t'aime, *mais* je ne laisserai personne nous séparer. *Même si* je suis tordue, comme tu dis… *Même si* je n'ai droit qu'à la part d'ombre que tu daignes m'octroyer à tes côtés. *Même si* c'est lui que tu épouses. *Même si* c'est lui sur les photos. Du moment que tu ne me rayes pas de ta vie… Balance-moi les rognures ! Je me satisfais des miettes. J'ai le sentiment de n'être qu'un vulgaire pigeon. Ou une saloperie de rat d'égout.

– …

– Ça me rend dingue. J'en pleure, j'enrage. J'ai envie de t'arracher les yeux, de lui couper les couilles et de t'enchaîner à moi. C'est… C'est l'histoire de ma vie de toujours être *celle d'à côté*. Celle qu'on entrevoit sans jamais vraiment la voir. Celle qui ne compte pour personne.

– Oh, Liane…, s'attendrit Alix en s'approchant d'elle. Tu te trompes. Tu occupes une place essentielle dans mon cœur.

C'est vrai que j'ai un peu de mal à assumer mes orientations sexuelles. Je l'avoue.

– C'est peu dire.

– Je suis bisexuelle. J'en suis sûre à présent. Car j'aime faire l'amour avec lui, mais c'est physique et *totalement* intéressé. Je te le promets. C'est toi qui comptes plus que tout…

– Tu te sers de moi, tu te sers de lui. Tu es égoïste.

– Non, c'est archifaux, dit-elle en l'enlaçant par la taille, avec une subite et étrange douceur. Mais, dis-moi, pourquoi cette lettre anonyme alors ?

– Pour renforcer la culpabilité de Jonas.

La phrase de Liane retentit. Un vibrato sonore en équilibre sur un fil tendu entre les murs de la boutique alors que la musique chuchotait *Youngblood* de Angus et Julia Stone.

Une intensité angoissante résonnait.

Zoé était au bord de l'évanouissement. La bouche sèche, les lèvres crevassées, l'air se raréfiait dans ses poumons. Les doigts crispés dans l'étoffe verte de la robe, elle sentait la panique monter dans la cabine d'essayage exiguë.

*

De retour chez lui, Marcus tenta une nouvelle fois d'appeler Zoé. Les sonneries se répercutaient dans le vide. Que faisait-elle ? Pourquoi diable ne répondait-elle pas ? La perspective de la soirée avec elle se faisait la malle. Elle avait visiblement d'autres plans qui ne l'incluaient pas. Il devait temporiser, freiner tout emballement excessif, même si le baiser enflammé de l'après-midi lui tournait encore la tête.

Il se dirigea à l'arrière de la maison, sur la terrasse qui s'ouvrait sur le golf puis les dunes et la Manche. La vue était époustouflante. Des voiles blanches minuscules dessinaient des virgules à la surface de l'eau. La marée était haute. Les baigneurs devaient s'agglutiner sur la plage, dans la baie de la pointe aux Oies, entre Wimereux et le fort d'Ambleteuse. Plus sauvage que la plage bondée bordant la digue en ville. Un drapeau triangulaire flottait mollement sur le green. La température était douce. La soirée s'annonçait agréable. L'envie de la voir et de la serrer dans ses bras était horripilante. Il lui fallait se raisonner, se changer les idées. S'occuper. S'éloigner du chant des sirènes.

Alors, il grimpa dans la chambre d'amis, à l'étage, où s'entassaient les affaires de Géraldine, sa défunte femme. Une fine couche de poussière recouvrait l'ensemble. Depuis trois ans, il n'avait pas trouvé le courage ni l'énergie de faire le tri. Persuadé que seule la souffrance ressortirait en ouvrant les cartons. L'obsession douloureuse de la voir dans chaque objet. Respirer les souvenirs de leur vie avortée brutalement. Il l'aimait tellement.

À l'époque, Jonas et Lotte avaient tout empaqueté. Lui, dévasté, n'était plus qu'une loque terrée dans sa détresse muette. En arrivant ici, les cartons et les boîtes s'étaient empilés dans cette pièce. Il n'y mettait jamais les pieds. Lotte se voulait rassurante. Elle lui disait que le moment venu, il ferait ce qu'il avait à faire. Le temps devait lui laisser faire son deuil. Il saurait quand il serait prêt.

Bizarrement, Marcus n'avait plus l'appréhension de pénétrer dans cette chapelle de la mémoire. Jetant un regard circulaire, il aperçut les tableaux de Géraldine posés le long du mur, face cachée. Une quarantaine de toiles, de formats différents. Celui qu'il cherchait était de petite taille. Il en retourna plusieurs jusqu'à trouver ladite toile. Une peinture à l'huile représentant un tigre blanc dans une mangrove marécageuse. Réalisée un peu à la façon naïve du Douanier Rousseau. En croisant la petite Lison, l'autre soir, avec sa passion du dessin, cette œuvre lui était revenue en mémoire. Et, il avait eu l'envie de la lui offrir, tout simplement, plutôt que de la laisser moisir dans cette pièce.

Marcus comprit enfin ce que Lotte Becker tentait de lui suggérer à demi-mot depuis plusieurs mois. Avec délicatesse, sans le brusquer. Faire revivre le talent de Géraldine et exposer ses toiles. Il y avait un bel espace culturel sur la digue avec une lumière incroyable.

À présent, il se sentait prêt.

Une boule d'émotion lui noua le ventre. Les yeux embués, il réfléchissait et une fierté toute nouvelle éclairait son visage. Il verrait avec Lotte une fois que l'enquête aurait abouti et que Jonas aurait surmonté cette horreur.

*

– C'est diabolique !

– Tout autant que toi…

– Mais non.

– Et la bonne femme des bijoux ?!

– Quoi ? De quoi parles-tu ?

– Tu sais très bien. Je t'ai suivie. Tu es diabolique !

Les voix s'emmêlaient dans le crâne de Zoé, embourbées dans la dramatique épouvante qui lui clouait les jambes, lui crevait le cœur, lui brouillait les idées.

Elle allait mourir.

Elles étaient folles.

*

Bouleversée, Alix frémissait de la tête aux pieds. L'adrénaline se diffusait dans le corps, océan tentaculaire qui piquetait tout d'un froid polaire sur son passage. Les os, les muscles, les veines. Les yeux incrustés dans ceux de Liane, son âme troublée lui faisait écho. Si belle, mais si torturée. Si terrifiante. D'aussi loin qu'elle remontait dans ses souvenirs. En miroir avec la sienne. Liane était un livre ouvert dans lequel elle lisait. Enfin le pensait-elle alors. Sa jumelle de cœur s'érigeait devant elle. Celle capable de livrer sa vie pour la sienne. Celle capable de faire couler le sang, d'en découdre envers et contre tous. Celle qu'elle cherchait depuis toujours… Celle qui fichait la trouille aussi. Une terreur que la nuit ne pouvait plus jamais apaiser. Toujours sur le qui-vive. À se dire qu'un rien pouvait tout faire basculer. Y compris à son égard. Car la folie n'avait pas de limite.

Le jour où on réalisait cette « absolue vérité », la violence des émotions emportait tout et l'avenir se remplissait d'une inquiétude permanente. Étaient-elles si unies dans leurs sentiments ?

Se tenant par les mains, du bout des doigts, elles tremblaient, hésitaient. Elles se voyaient pour la première fois, dans le fond de leurs âmes noires et cruelles. La force de l'amour explosait. L'attraction était puissante. Dévorante. Mais les terrifiantes révélations ébranlaient les fondations. Elles chancelaient. Elles s'enlacèrent, s'embrasèrent, avec défiance et appréhension.

*

La seconde vibration de son smartphone l'avait convaincue de faire quelque chose, sinon elle allait finir par être démasquée.

Assise sur le tabouret plus dur et inconfortable que la pierre de granit, en position si figée que les douleurs lui brûlaient les articulations, elle tentait de réfléchir. Mais la peur altérait sa lucidité. Fermant les paupières à moitié, forçant sa concentration, elle ralentit sa respiration, pour la rendre plus douce, plus régulière.

Zoé cherchait quoi faire.

Desserrant les doigts de la robe verte en chiffon, elle tenta d'une main de prendre le téléphone dans la pochette de son sac à main. Lentement. Surtout ne faire aucun bruit. Elle les entendait s'embrasser et se frotter l'une à l'autre avec force et vigueur. La voix étrange de Kate Bush susurrait sa mélodie en fond sonore. Les aboiements retentissaient toujours, mêlés aux moteurs des voitures qui passaient dans la rue Carnot. Autant d'agitation dehors et personne capable de venir à son secours. C'était bien sa veine.

Son cœur faisait un raffut de tous les diables dans sa poitrine, jusqu'à venir lui frapper les tempes, lui marteler les tympans. C'était assourdissant. Avec la sensation d'être visible de tous, malgré l'épais rideau de la cabine.

Parvenant enfin à saisir le smartphone, elle se hâta d'écrire un SMS à Marcus, mais ses doigts ripaient sur les mauvaises touches. L'appréhension d'avoir à faire vite l'entravait. Elle ne parvenait pas à écrire ce qu'elle voulait lui dire. Et cette satanée correction automatique qui dénaturait tout… Et puis merde… Elle s'y reprit à deux fois, mais ne parvint pas à finir son message, zut, elle n'avait plus de batterie. De rage, elle tapa sur envoi le bout de message. Il ne saurait pas où la trouver, mais il savait qu'elle était en détresse. Elle le glissa alors dans l'une des poches à pression de sa robe en jean. Dans l'autre, elle glissa un canif à lame rétractable qu'elle avait toujours dans le fond de son sac.

Une sonnerie retentit.

Un courant électrique lui déchira la nuque.

61

La vue sur la mer était magique depuis la terrasse du restaurant étoilé. La marée basse dévoilait une plage immense, percée de bâches humides. Avec au pied de la digue, en son milieu, la fameuse *piscine*, retenue d'eau créée par un arc de cercle de roches pour les tout-petits et leurs parents, qui réapparaissait à chaque fois que la mer reprenait le large. Les uns et les autres profitaient de la douceur de la soirée. Les dernières fois avant que le soleil ne ploie à l'horizon laissant la part belle à la nuit. Dernières baignades, dernières glisses sur les planches de Morey, dernières parties de ballon sur le sable, dernières courses-poursuites en s'aspergeant d'eau salée ou d'algues, dernières retouches aux constructions éphémères, châteaux en tout genre. Les cabines de plage, blanches et bleues, s'agitaient. On s'affairait, se séchait, se changeait, se peignait. On discutait le bout de gras, en français, en flamand, en anglais. On sortait la glacière et les pliants à l'heure de l'apéro. Les terrasses des brasseries prises d'assaut bruissaient.

Mylène adorait cette saison où l'effervescence joyeuse enflait sur la Côte d'Opale. L'insouciance colorait les sourires, hâlait les carnations. Sans la touffeur accablante du sud qui empêchait de se mouvoir ou de profiter des extérieurs à tout moment de la journée. Sans les hordes de moustiques et leur vrombissement horripilant. Par ici, un filet de fraîcheur tiède s'invitait toujours, nécessitant un pull léger en début de journée ou en fin de soirée.

– Tchin-tchin ! fit Léo en la couvant d'un regard amoureux. Alors ça te plaît cette escapade improvisée à deux pas de la maison ?

– J'adore, mon chéri.

Elle lui prit la main tout en portant délicatement un toast. Encore groggy par le jacuzzi, puis le délice des soins, Mylène était apaisée, heureuse. Et ce n'était pas le « menu dégustation » du restaurant gastronomique qui allait percer la bulle de bien-être dans laquelle elle se lovait depuis quelques heures.

*

Maclean s'apprêtait à sortir avec Laure pour profiter du soleil de juillet en terrasse. Il n'était pas peu fier d'être parvenu à la convaincre de passer un moment ensemble, un *moment ordinaire* entre un père et sa fille. Après être restée enfermée toute la journée dans son appartement, à réfléchir à cet enchevêtrement de déconvenues, Laure admettait qu'un bol d'air lui ferait le plus grand bien. Se dégourdir les jambes, s'aérer l'esprit, tout en repoussant le moment du départ. Elle n'aurait su dire ce qu'elle ressentait. Les émotions étaient confuses. Cependant, elle comprenait à demi-mot qu'un truc étrange passait entre eux. Impossible à définir précisément, mais ça n'était pas désagréable, plutôt inespéré. Même si des épines de rancœur défendaient encore son cœur, son père avait, comme qui dirait, coincé un pied dans la porte entrebâillée. Pire, elle réalisait qu'il n'était pas si *abruti* qu'elle avait toujours voulu s'en persuader. C'était sans doute ça qui la déstabilisait le plus. Découvrir un père qu'elle s'était toujours refusé de voir autrement que sous une apparence alcoolisée. Il se révélait si différent de ce qu'elle pensait.

Au moment de fermer à clé la porte de l'appartement, le téléphone sonna, Pépé décrocha. Tarek Chamli, le patron des *Bains de Minuit*, s'exprimait d'une voix soucieuse :

– Vous m'aviez dit de vous appeler si jamais un truc important me revenait, dit-il, alors que Pépé se concentrait sur ses paroles. C'est ce qui s'est passé, tout à l'heure, en discutant avec un de mes employés, Hector. Vous savez, il fume. Du coup, il sort fréquemment sur le trottoir s'en griller une pendant le boulot. Il se met toujours à l'entrée du bar, sur la droite et un peu plus loin, près de la porte cochère du voisin. Je déteste qu'il enfume les clients à la porte…

– Tarek ?! le tança Maclean, qui rongeait son frein. C'est quoi le truc important dont tu veux me parler ?

– Oui, j'y viens, dit-il, agacé. Le soir du drame, où la jolie blonde a été assassinée, Hector fumait en retrait et il a vu la voiture qui a pris Jonas et la victime, Flavie Robert. Celle que je pensais initialement être un taxi. Maintenant, entre nous, je me demande bien comment j'ai pu penser que c'était un taxi ?

– Tarek ?! s'impatienta-t-il.

– En fait c'était un Kangoo gris foncé. Elle était stationnée sur le trottoir d'en face.

– On est au courant pour le Kangoo.

– Ah… Il s'agit de la voiture partagée par les trois commerçants d'à côté. J'imagine que vous le savez aussi ?

– Oui.

Pépé se remémorait la déposition du jeune Arthur dans l'après-midi, venu apporter le portefeuille de Jonas Becker.

– A-t-il vu qui conduisait ?

– Une femme, il en est sûr.

– Mais laquelle plus précisément ?

– Alors, c'est là que ça se complique, il n'est pas sûr.

– Pas sûr ? répéta Pépé, stupéfait.

– Une des nanas de la boutique de fringues…

– Laquelle ? s'empressa de demander Pépé Maclean, l'attention subitement plus affûtée qu'un rasoir de barbier.

– Ben… Il ne sait pas… Il les confond. Enfin, moi, je ne trouve pas qu'elles se ressemblent tant que ça toutes les deux. Mais lui n'est pas fichu de me dire laquelle. Faut dire qu'il est amoureux de la nana de la boutique de thé alors il ne voit pas les autres filles.

Chamli recommençait à s'éparpiller, c'était insupportable pour quelqu'un qui aimait l'esprit de synthèse. Agacé, Pépé Maclean éloignait le téléphone de son oreille. Ce qui provoqua un sourire amusé sur le minois de sa fille, qui l'observait du coin de l'œil faire son boulot de flic.

– Et la voiture les attendait ?

– Oui, mais eux ne semblaient pas attendre de voiture. Jonas et la blonde allaient repartir à pied quand la fille dans le Kangoo leur a parlé à la fenêtre. Surtout à Jonas, car la blonde semblait à l'ouest. Enfin toujours selon Hector. Elle vacillait sur ses hauts talons, sans doute bourrée. Cela étant, ils sont montés dans la bagnole et voilà. La suite, on la connaît.

Maclean le remercia d'avoir appelé. Il envoya un SMS détaillé à Marcus et partagea ces bonnes nouvelles. Puis, se tournant vers sa fille, il lui proposa d'aller boire et manger un bout en terrasse sur la digue.

– Je préfère autant l'intimité de la rue Carnot en soirée, grimaça-t-elle en secouant sa tignasse bouclée. Si on peut s'éloigner des hordes de touristes bruyants, ça m'arrange.

– OK, c'est toi qui vois, conclut-il.

L'appréhension de la brusquer le taraudait en permanence, alors qu'un semblant de relation avec sa fille s'était réamorcé. Il en était tout étonné, prêt à voir s'effondrer, au moindre moment et d'un seul tenant, le pont érigé en carton-pâte entre eux deux. La vie offrait parfois des instants de magie qu'il fallait accueillir, sans trop réfléchir, et savourer.

Côte à côte, ils descendirent en centre-ville, vers l'artère principale. Sans un mot, le pas en rythme, avec une certaine délicatesse mêlée de gêne. Mais le silence n'était pas toujours encombrant. Là, en l'occurrence, il s'avérait même réconfortant, enveloppant, rassurant. Leur silence s'apparentait à une bulle de marshmallow qu'ils mâcheraient avec gourmandise, les paupières closes.

*

La toile pour Lison dans les mains, Marcus redescendit dans l'entrée. Son smartphone oublié sur la console retentit, annonçant l'arrivée d'un SMS. Il prit connaissance du message de son collègue. Il le relut attentivement pour être bien sûr d'intégrer les nouvelles données. En conclusion, Pépé pointait clairement du doigt Alix Moucron. Elle s'avérait être une coupable idéale.

Ravi de la tournure de l'enquête, Marcus répondit par SMS à Pépé Maclean qu'il appelait de ce pas afin d'en avoir le cœur net et le tenait au courant. De toute façon, il n'avait rien de mieux à faire puisque l'intrépide journaliste préférait le faire lanterner.

Il s'installa sur la terrasse, au soleil, avec une bière. Un couple de golfeurs marchait en direction d'un nouveau trou alors que le drapeau triangulaire flottait par à-coups. La vue était inspirante.

Feuilletant son calepin, Marcus parcourut ses notes et décida de rappeler le couple de commerçants chez qui Alix Moucron disait avoir logé, dans le quartier de Montmartre, rue Lepic. Nathalie et Georges Dupont, des antiquaires. Cet alibi paraissait inattaquable. Presque trop parfait. Il lui fallait gratter. Il devait forcément y avoir une faille.

Il composa le numéro de téléphone.

Après de rapides présentations, il expliqua vouloir revoir avec eux le déroulé de la soirée avec Alix Moucron. Il rappela qu'un *faux alibi* était passible de poursuite judiciaire. Donc, il leur fallait être *très* précis. Cette introduction faite, il perçut de l'embarras dans la voix des Dupont. C'était madame qui s'exprimait. Son mari lui chuchotait à l'oreille des recommandations inaudibles, mais Marcus eut le sentiment qu'il cherchait à éviter les embrouilles avec la police.

– Redonnez-moi exactement le déroulement de la soirée ?

– Euh… Nous avons pris un verre au salon avec une planche de charcuterie, vers dix-neuf heures, il me semble.

– Tous les trois ?

– Oui. Ça faisait un moment que nous ne nous étions pas revus, alors vous savez comment ça se passe. Beaucoup de choses à se dire. Enfin surtout nous deux. Georges un peu moins. D'autant que ce n'est pas un grand bavard.

– Combien de temps êtes-vous restés ensemble ?

– Jusqu'à vingt heures trente. Environ.

– Et après ?

– Mon mari se couche tôt alors il est allé au lit. Alix s'est plainte d'avoir mal au crâne… ou au ventre… je ne sais plus bien, elle s'est aussi retirée dans sa chambre. Du coup, j'ai suivi le mouvement. Je suis allée dans mon lit regarder une série policière sur Netflix. Je mets toujours le casque sur les oreilles pour ne pas perturber mon époux qui dort à mes côtés. Je prends des précautions sans doute superflues, si j'en juge par l'intensité de ses ronflements.

– Donc, madame Dupont, vous n'avez pas dîné très tard, contrairement à ce que vous nous aviez indiqué la dernière fois ?

– Non, bredouilla-t-elle, mal à l'aise. On a dû s'emmêler les pinceaux. Oui, je ne vois que ça… Mais à présent je suis sûre.

– Mme Moucron était venue vous voir par quel moyen de locomotion ?

– En TGV.

Marcus marqua sa surprise.

– Vous avez une voiture ?

– Oui, une BMW, au garage. On s'en sert peu à Paris, on utilise surtout le métro. On prend la voiture pour partir en week-end ou en vacances.

– Il vous arrive de prêter votre voiture à Mme Moucron ?

– Oui… C'est déjà arrivé… de la lui prêter si ça peut la dépanner… D'ailleurs, la clé est dans l'entrée…

Étonnamment, la femme devançait presque les questions à présent. L'angoisse de poursuites judiciaires faisait son petit effet, Marcus était ravi. Pas besoin d'être trop insistant, elle déroulait les faits sans se faire prier.

– Il est donc possible – je dis bien « possible » – qu'elle ait pu emprunter votre voiture ?

– Oui, dit-elle après d'interminables secondes de réflexion. D'autant que sa chambre est au-dessus du garage et nous sommes au deuxième et dernier étage. On n'entend pas forcément très bien… Mon mari a le sommeil lourd et ronfle si fort que j'ai besoin de mes comprimés pour trouver le sommeil…

– OK. Vous avez revu votre amie à quel moment ?

– Le lendemain au petit-déjeuner, à huit heures.

– Avez-vous remarqué quelque chose ?

– C'est-à-dire ? Je ne suis pas sûre de saisir, bafouilla-t-elle, de plus en plus perturbée par l'amoncellement de questions et comprenant que l'alibi avait bien des failles indéniables.

– Était-elle étrange ? Différente de la veille ?

– Non, dit-elle spontanément. Elle semblait même reposée.

Marcus en avait assez entendu, il les remercia pour leur témoignage et raccrocha. En dehors de la dernière phrase qui le chagrinait, tout concordait. Un départ en BMW de Montmartre vers vingt heures trente avec une arrivée rue Carnot à Wimereux avant vingt-trois heures. Dans son scénario, Alix Moucron changeait alors de voiture. Au volant du Kangoo, elle les guettait, garée sur le trottoir d'en face, de l'autre côté de la rue. Elle se proposait de les déposer sous un prétexte quelconque. Les embarquait, déjà drogués, jusqu'à la garçonnière de Jonas Becker, assassinait sauvagement Flavie Robert de cinq coups de couteau, disposait sa mise en scène macabre, effaçait ses traces, remettait le Kangoo à sa place, puis repartait au volant de la BMW à Paris. La voiture de ses amis remisée au garage, elle se mettait au lit au plus tard pour deux heures du matin. Ni vue ni connue, l'affaire était rondement menée.

En dehors du fait qu'elle aurait dû être claquée au réveil et du changement de voitures qui demeurait un mystère. Reprendre le Kangoo n'était pas une mince affaire. Il restait encore à creuser ce détail. Avec ce stratagème, elle éloignait les soupçons de sa personne et braquait les projecteurs sur Jonas Becker. Un pauvre bougre qu'on avait savamment saucissonné dans le costume du meurtrier idéal. L'effet escompté était réussi, tout du moins au début. Sans doute qu'un autre policier que lui serait tombé dans le panneau. Il fallait admettre que c'était une aubaine de cueillir la victime et son tueur sur les lieux du crime. Même Zalesny avait plongé tête la première. Cette femme, Alix Moucron, semblait bien tordue et capable d'échafauder un plan aussi machiavélique.

Bref, Marcus en conclut qu'il en avait assez pour aller l'arrêter.

Il adressa un SMS explicatif à Pépé Maclean, Hugo Gressier, Suzie Loison et leur chef. Il omit Mylène Lambert. Elle méritait sa soirée en amoureux. Ils étaient bien assez nombreux. Ils se débrouilleraient sans elle. L'objectif était de mettre la main sur Alix Moucron et de la ramener au poste de police, menottes aux poignets, dès que possible.

En rédigeant ses SMS, il aperçut celui de Zoé. Zut ! il n'avait pas entendu de sonnerie. Il cliqua dessus et l'ouvrit. Les trois mots lui explosèrent au visage. Telle une déflagration brutale brisant une vitre en mille morceaux.

62

La sonnerie de téléphone retentit plusieurs fois dans la boutique de fringues, avant que les deux femmes ne se décollent l'une de l'autre. D'abord leurs bouches, les regards hagards, puis les corps et enfin les mains, jusqu'à faire glisser leurs doigts pour ne plus ressentir que le vide. Ébouriffées et emportées par le désir irriguant la moindre parcelle de leurs êtres, le retour sur terre s'avérait décevant.

Et cette sonnerie stridente qui n'en finissait pas de hurler. À en devenir dingue, songea Zoé, en se bouchant les oreilles. Leurs voix se recouvraient et s'unissaient dans ce brouhaha malfaisant.

L'une d'elles décrocha, écouta puis raccrocha. Elle devait partir. L'autre pesta de la voir s'éclipser ainsi, alors que le moment intense était jouissif.

– Attends encore, viens là…

Elles s'enlacèrent à nouveau dans une dernière étreinte.

*

Elle avait vu tellement de choses dans son regard. De l'amour bien sûr, de l'attirance, du désir, mais aussi cette peur irrationnelle. La même lueur déplaisante que celle de sa mère. Écœurée, elle comprit qu'elle n'aurait aucun répit sur cette terre. Une violence grondait en elle. Celle du désespoir. Elle la serra contre son corps, avec tendresse, puis plus fort.

– Je t'aime, murmura-t-elle.

*

À l'extérieur de la boutique de fringues, un fracas diffus grondait, mélangeant les moteurs de voitures et de motos, les voix des passants, notamment un type qui râlait après les aboiements du chien. Puis, un bruit sourd retentit dans la boutique. Comme un choc, Zoé ne sut discerner de quoi il s'agissait, puis un claquement vers l'arrière-boutique. Était-ce le choc ? Ou bien une porte qu'on ouvrait brutalement ? Sans doute que l'une des deux femmes était partie…

Celle qui restait balança un portant de vêtements d'un coup de poing. Puis se mit à soupirer. Il lui fallait tempérer sa colère. Son regard se figea soudainement. Un truc la chagrinait depuis tout à l'heure. Elle n'aurait su dire, mais quelque chose clochait, ou n'était pas à sa place. D'autant qu'elle n'avait pas son pareil pour ranger. Le front plissé, elle scruta autour d'elle à la recherche du détail qui la mettrait sur une piste.

En voyant l'épais rideau de velours tendu de toute sa largeur sur l'une des deux cabines d'essayage, elle comprit. Après chaque passage de vêtements et de cliente, elle rouvrait les rideaux et les pliait sur le côté gauche, systématiquement. La tenture recouvrait le sol, impossible donc de voir s'il y avait quelqu'un à l'intérieur, mais à cet instant son sixième sens sonnait l'alerte. Rarement il se trompait.

*

À présent, ils remontaient la rue Carnot. Un attroupement s'était formé autour d'une voiture. Pépé fronça les yeux, cherchant à comprendre quelle était la raison de cette concentration d'individus. Quatre personnes. Un vieux type s'époumonait, criant son énervement à grand renfort de gestes. Il reconnut assez vite l'agent immobilier qui travaillait à l'angle, un peu plus haut. Un fouteur de merde qui adorait s'exhiber. Et là visiblement, il s'en donnait à cœur joie.

Il reçut alors le message de Marcus. Il grimaça d'embarras. Il se faisait une telle joie de passer la soirée avec sa fille. C'était bien sa veine. L'air rembruni, il lui expliqua devoir bosser.

– Je peux venir avec toi ?

– Euh, bredouilla-t-il, surpris par cette demande qu'il n'avait pas anticipée. Si tu veux...

Au moment où il acceptait, il se douta que l'idée n'était pas des plus fameuses, mais l'envie de ne pas briser l'harmonie de ce moment de complicité tout simple était bien plus forte que la raison.

– Mais avant de partir arrêter notre suspecte, je vais aller voir ce rififi sur la voie publique.

*

La sensation d'être prise au piège la terrassait. Elle ne parvenait plus à raisonner, tant la terreur embrumait ses neurones.

Irrationnelle.

En panique.

Les murs de la cabine et le rideau tanguaient. L'espace s'amenuisait. L'impression d'étouffer, de manquer d'air, de suffoquer. Un voile embrumait son champ visuel. Son cœur balbutiait en arythmie permanente depuis toutes ces minutes, enfermée dans ce cagibi, à attendre…

À attendre quoi en fait ?

Zoé Rousseau ne voyait aucune issue à ce guêpier. Elle avait bien tenté de retourner la situation dans tous les sens. Le danger rôdait dans cette boutique, elle le savait, et elle était venue (stupidement) se jeter dans la gueule du loup. C'était insupportable cette manie qu'elle avait de se trouver toujours au mauvais endroit au mauvais moment. Sa mère le voyait comme une malédiction, son rédacteur en chef le considérait au contraire comme une intuition redoutable.

Le rideau en velours se replia d'un coup sur la droite.

Violemment.

Leurs regards se percutèrent de plein fouet. L'adrénaline lui perfora le corps au moment même où la masse s'abattait sur elle. Zoé roula au sol, l'étoffe de la robe verte toujours serrée dans les doigts crispés.

*

« À l'aide ! Je suis piégée dans la… »

Quelques mots que Marcus se repassait en boucle en ramassant ses clés de bagnole. L'inquiétude dans la poitrine, il s'arrêta sur le perron de sa maison, il s'en voulait d'avoir pensé qu'elle jouait la diva avec lui, à le faire mariner, alors qu'elle s'était fourrée dans des ennuis.

Mais où diable pouvait-elle bien être ?

De plus en plus agacé par le manque de perspective, il tenta de se remémorer leurs derniers échanges au poste de police, un peu plus tôt. Dans la mesure où elle avait mis en évidence que Yarol était Melvil, il n'était pas impossible qu'elle soit allée le voir pour confronter ses hypothèses. Peur de rien, cette nana, même d'affronter le grizzly dans sa tanière. Cette option était plus que probable.

– Merde…, couina-t-il, forcément elle est là-bas !

Pressant le pas, il sauta dans sa voiture et fila à toute allure vers la villa « Bella Luna », en contrebas de la station balnéaire. La circulation se densifiait en se rapprochant du centre-ville et des abords de la digue nord. Il passa l'information à ses collègues par SMS, malgré l'interdiction absolue de ce genre de pratique au volant. C'était, en l'occurrence, une question de vie ou de mort. Devant un tribunal ça tiendrait la route, ironisa-t-il, en croisant une mitraillette de reproches dans les yeux d'un passant.

Il bifurqua à droite, prit une ruelle qui amenait à la rue Jeanne-d'Arc depuis le haut de Wimereux. Un raccourci bien utile, permettant d'éviter de s'agglutiner dans les embouteillages estivaux. Il accéléra en descendant puis se gara à califourchon sur le trottoir. Coupa le moteur, claqua la porte et courut jusqu'à la porte d'entrée. Il cogna fortement de son index recourbé trois coups bref. S'attendant à voir la silhouette de Steve Jobs s'afficher devant lui, il tressaillit en réalisant que la porte n'était pas fermée. Elle s'était ouverte de moitié. Ce qu'il vit lui fit monter un haut-le-cœur instantané. Du sang nappait le sol, le tapis et les murs. Il y en avait partout. Un carnage s'était déroulé dans cette maison, dès l'entrée.

Aussitôt, il trembla pour Zoé.

*

Dans la boutique, à présent, elle tractait Zoé inerte en la tenant fermement sous les aisselles. Zoé était lourde, *elle aussi*. Ahanant, suant sous l'effort. Heureusement, elle était musclée et bien entraînée ces derniers temps. Les pieds traînaient sur le parquet, se coinçant sur les arêtes des vieilles lattes abîmées. Elle pestait à chaque accrochage qui rendait plus ardue sa besogne. Une des sandales glissa et s'échoua contre la roulette d'un portant à vêtements. Passant par l'arrière-boutique, elle la déposa sans ménagement contre un mur. La journaliste était ainsi bizarrement assise, la tête sans vie penchée en avant. La voiture était stationnée derrière sur le trottoir. Le coffre étant plein, elle ouvrit la portière du passager. Autant la rue Carnot grouillait de monde, autant la ruelle derrière était déserte. Une aubaine. Elle repoussa le siège passager vers la banquette arrière au maximum, fit rentrer Zoé dans la cavité au pied. Bon sang, elle pesait son poids. La roulant en boule, la poussant même pour qu'elle rentre, puis elle la recouvrit d'un plaid fleuri. Elle referma la portière sur un pan de robe en jean, qui flottait sur le trottoir. Elle s'en fichait. Elle devait se hâter. Surtout déguerpir d'ici au plus vite.

Le visage ravagé, elle n'était plus elle-même. Possédée par la douleur inéluctable de sa vie. Les tourments grondaient dans son bide, lui rongeaient les viscères, lui tordaient les boyaux. Ce malaise enfoui ne l'était pas vraiment. À peine, une bourrasque de vent et les lambeaux de peau s'arrachaient, mettant la chair à nu sur un cœur exposé, exsangue, inanimé.

Elle revoyait les flammes, Allumette qui cramait, elle revoyait l'oubli, sa mère qui l'avait abandonnée. Elle revoyait tout de sa vie d'avant. La solitude, le renoncement, l'amertume, la peur, Baudelaire et son spleen.

Pleine de haine, elle démarra la voiture en trombe.

*

La démarche altérée par l'arthrose, Pépé Maclean accourut vers l'attroupement qui s'était formé sur le trottoir. Il extirpa sa carte de police et la brandit bien haut. Il haussa la voix, en réalisant que personne ne semblait l'avoir remarqué. Puis tenta de capter l'attention en effectuant des moulinets avec les bras.

L'agent immobilier hurlait, excédé, et tapait du pied dans la portière de la voiture.

– Faites-moi taire ce chien ! Il aboie depuis plus d'une heure. C'est insupportable !

– Calmez-vous, ordonna Maclean, en reprenant son souffle. Et arrêtez immédiatement de dégrader cette voiture !

– Vous tombez bien, *vous* ! Je souhaite porter plainte contre le propriétaire de cette bagnole. Pour tapage diurne, d'une part, et maltraitance animale, d'autre part. Regardez-moi ça ! Il est enfermé dans ce pot de yaourt et ne fait qu'aboyer… C'est épuisant ! J'ai les nerfs et les tympans en pelote. D'ailleurs, je deviens dingue !

– Ça n'est pas en fracassant la portière que ça va le faire taire, le réprimanda-t-il vertement. Au contraire, ça l'excite encore plus !

– J'voudrais vous y voir vous, depuis le temps que ça dure…

– Monsieur, cessez tout de suite de donner des coups de pied dans la portière !

– OK, capitula le type.

– Merci.

– La police va nous régler ça en deux temps trois mouvements, ironisa-t-il du bout des lèvres, alors que Maclean, las de ces incivilités, faisait mine de n'avoir rien entendu.

Tournant la tête vers l'objet de la grogne, il reconnut le chien et la voiture. Le bouledogue noir s'agitait à l'intérieur de la Fiat 500, remuant tout sur son passage, jappant furieusement, grattant la vitre pour s'extraire de l'habitacle.

– Tout doux, tout doux, dit-il en inspectant les alentours à la recherche de la propriétaire. Où pouvait-elle être ?

Mais rien de bien évident. Les boutiques sur le trottoir étaient toutes fermées, grilles descendues sur les devantures.

*

Dans l'entrée de la villa de bord de mer, Marcus avançait prudemment, prenant soin d'éviter de marcher sur le sang. Ne pas perturber la scène de crime, car ça ne pouvait en être autrement. Un nouveau drame s'était produit. L'avancée s'avérait difficile sur le sol rouge écarlate. Les battements s'accéléraient dans la poitrine. L'esprit focalisé sur Zoé. La retrouver saine et sauve pour unique obsession. Intérieurement, il se surprit à prier.

Il se souvenait bien des lieux, mais suivit scrupuleusement les traces d'hémoglobine, qui le conduisirent au salon. Le carnage prit alors toute son intensité dramatique. La nausée revint hanter ses intestins. Lui retourner les tripes. À la limite de défaillir, il enveloppa son bras sur son nez et sa bouche, cherchant dans l'odeur de sa peau une once de réconfort face à la brutalité choquante de la scène.

Gisant au sol dans une mare de sang, Yarol Lemarchand, ligoté, était plus inerte qu'un cadavre refroidi par une nuée d'abeilles métalliques. La poitrine nue trouée de coups de couteau. Le visage tuméfié. Il était méconnaissable.

Du bout des doigts, Marcus appuya sur la gorge et vérifia le pouls. S'il était vivant, ça s'apparenterait à un miracle. Mais il n'en était rien.

Sur le fauteuil, Gabriel Robert paraissait lui aussi sans vie. La tête basculée en arrière, les yeux révulsés, les bras ballants de chaque côté. Un ronflement monstrueux s'échappait de sa bouche ouverte. Ses lèvres frémissaient comme une friture d'éperlans. C'était pathétique. Il était ivre mort. Le torse nu lacéré à cinq reprises. Des entailles *a priori* superficielles. Les coupures, quasiment symétriques, faisant froid dans le dos. Tout laissait à penser qu'il avait voulu reproduire le calvaire de Flavie. Le couteau sur les genoux établissait clairement qu'il était responsable de l'état de Melvil, tout autant que du sien.

Marcus se saisit de l'arme du crime après avoir glissé sa main dans un sachet plastique, qu'il avait toujours sur lui. Gabriel Robert n'irait pas bien loin dans cet état d'inconscience alcoolique. Il se pressa d'inspecter les autres pièces du rez-de-chaussée à l'étage, passant par la cour intérieure, puis revint au bout de plusieurs minutes, soulagé de ne pas avoir trouvé d'autres victimes. Mais inquiet de ne pas savoir localiser Zoé.

Où diantre pouvait-elle bien être ?

*

Face aux aboiements du chien et aux mimiques excédées du type de l'agence immobilière, Maclean appela Marcus. Il avait forcément le numéro de téléphone de la journaliste. Il fallait la faire rappliquer *illico* récupérer sa voiture mal stationnée et son satané clébard. Maclean admettait qu'un tel raffut n'était pas tolérable dans le centre-ville. Ça allait finir en pugilat.

Sa fille, restée en retrait, observait la scène avec attention et même une pointe de fierté de voir son père prendre en main la situation. Elle l'avait vu tant de fois démissionner, renoncer, fuir ou s'effondrer. Dans ses cauchemars, elle le traitait d'abruti, de chiffe molle, de pourriture, d'ordure… Les noms d'oiseaux fleurissaient dans sa bouche. C'était sa mère le superhéros, lui n'était rien, un moins que rien. Un pincement aux coins des lèvres, elle se demandait s'il était vraiment possible de changer d'avis sur quelqu'un au bout de tant d'années.

– Putain, elle ne répond pas, fit Marcus, désespéré. Elle a dû couper son téléphone, car ça bascule directement en messagerie. Et avec son SMS où elle demande de l'aide, je suis fou d'inquiétude… Bordel, elle a dû se fourrer dans un sacré merdier. D'autant qu'ici dans la villa de Melvil Lemarchand c'est une tuerie sans nom… Il faut la retrouver au plus vite !

Il lui relata les faits, lui demanda de prévenir Hugo Gressier, l'équipe scientifique et les secours pour qu'ils viennent sur les lieux au plus tôt.

– J'arrive, reprit Marcus, affolé, alors qu'il repartait en courant, le téléphone collé à l'oreille. Elle ne doit pas être bien loin de sa voiture.

– OK, je t'attends. Aurais-tu une idée pour faire taire ce chien ? Il fait un vacarme de tous les diables et j'ai un riverain qui est en train de péter un câble.

– Sors-le de la voiture… et laisse-le se dégourdir les pattes.

– T'es marrant… Comment ?

– Elle ne ferme jamais la porte quand son chien est à l'intérieur. Il aboie si fort qu'il donne l'impression d'être féroce. Sa voiture est un vieux modèle, il n'y a pas la fermeture centralisée quand tu sors du véhicule.

– Ah… d'accord… Ça se tente ! dit-il en mettant un terme à la conversation téléphonique.

Joignant le geste à la parole, Maclean saisit la poignée. Incroyable, songea-t-il, il fallait juste y penser… Il tira vers lui tout doucement, car le bouledogue collait déjà sa truffe dans la jointure de la portière, prêt à bondir hors du véhicule.

– J'espère qu'il ne mord pas…

Arc-bouté et penché en avant, Maclean se positionna de sorte à capturer le chien au premier jaillissement. La scène était cocasse. On aurait dit un « première ligne » prêt à plaquer le « demi de mêlée » lancé tel un obus vers la ligne d'en-but. Laure en eut des spasmes moqueurs.

– Bon, dit-il, avec le plus grand sérieux. Mettez-vous autour de moi, prêts à attraper ce clébard si jamais il m'échappait.

– Et puis quoi encore, pesta l'agent immobilier. Vous ne pouvez pas appeler les renforts ?

– Pour un chien ? Vous plaisantez ! renchérit Pépé, en tournant le visage vers lui, le front plissé d'ironie. On est en restriction budgétaire ces derniers temps. Et puis, on doit pouvoir se débrouiller avec la participation citoyenne des riverains. Ce n'est pas le tout de vouloir s'exprimer et donner son avis sur tout, faut aussi mouiller un peu le maillot et faire le boulot, messieurs.

– Ah bon…

– Je peux compter sur vous ?

– A-t-on vraiment le choix ? tenta un autre type.

– Non, claqua sèchement le policier. Tenez-vous prêts, j'ouvre la portière.

À ces mots, le massif bouledogue jaillit hors de la voiture, cherchant à éviter les mains et les bras tendus pour s'échapper et leur filer entre les jambes. Maclean parvint à le saisir fermement par le collier. Puis chercha une laisse dans l'habitacle. Zoé Rousseau avait la fâcheuse manie de ne jamais l'attacher. Néanmoins, il fureta dans la voiture, retourna les papiers, ouvrit la boîte à gants, où il dénicha une vieille laisse. Une fois attaché, le chien se remit à aboyer de plus belle en fonçant sur la porte d'entrée d'un magasin.

– Saloperie de clebs ! pesta l'agent immobilier, en croisant des bras rageurs sur sa poitrine. On ne va pas en finir de ces aboiements ! Vous n'avez pas une seringue hypodermique avec un anesthésiant, qu'on le terrasse une bonne fois pour toutes ?!

Ne prêtant aucune attention aux riverains excédés, Pépé suivit le chien devant la devanture des *Belles Fringues*. Il était intrigué par son attitude. Et puis, la coïncidence était trop énorme pour être fortuite. Il s'approcha de la vitrine, la laisse dans une main. L'autre en visière, il cherchait à voir à l'intérieur, après avoir tenté en vain d'ouvrir la porte. C'était bel et bien fermé, il n'y avait personne à l'intérieur. Une sandale gisait au sol, à côté d'un portant chargé de vêtements soigneusement rangés. Tout était ordonné dans la boutique, rien ne traînait. Alors cette sandale orpheline interrogeait, d'autant plus qu'elle ressemblait à celle que portait la jeune femme lors de son passage au poste dans l'après-midi. Cette seconde coïncidence confirma son intuition de flic.

– Il y a un autre accès, affirma Pépé en se souvenant de la voiture partagée par les trois boutiques, garée dans la ruelle derrière. Comment peut-on y aller rapidement ? Sans faire le tour du pâté de maisons.

– On peut passer par l'agence, concéda l'agent immobilier de mauvaise grâce. J'ai aussi une porte qui donne sur l'arrière.

– Alors on y va ! répliqua Maclean en tirant le chien par la laisse alors qu'il semblait vouloir faire le pied de grue à la porte du magasin.

Le vieux type les fit entrer dans l'agence immobilière d'à côté. Ils ressortirent par l'arrière, en file indienne. Parvenus devant l'étroite porte en bois de la boutique, Maclean tenta d'ouvrir, mais elle était fermée à clé. Le chien tirait sur la laisse, excité par une odeur qui prenait naissance sur le pas-de-porte puis flottait sur le trottoir.

– Punaise, ponctua Pépé. Ce chien a un fichu tempérament. Il flaire sa maîtresse.

– Tu crois ? questionna Laure qui l'avait rejoint.

– Ça semble plus qu'évident. Il a dû sentir qu'elle était en danger, c'est la raison pour laquelle il n'arrêtait pas d'aboyer dans la voiture. Les animaux ont un sixième sens. Enfin pas tous, mais celui-là a l'air d'avoir identifié une piste. Ça vaut le coup de la suivre.

Avant de s'élancer derrière lui, Maclean passa la consigne à l'agent immobilier d'aller surveiller la voiture qui était désormais ouverte et d'attendre la venue de ses collègues.

Le type s'exécuta de mauvaise grâce, mais n'osait pas se rebeller contre les forces de l'ordre. Pépé informa ensuite Marcus et Hugo Gressier de ce qu'il s'apprêtait à faire. Une pure folie, il en avait bien conscience, surtout après ce que lui avait révélé Marcus du drame survenu dans la villa « Bella Luna ». Il ne pouvait pas attendre du renfort pour agir. Il devait y aller. Sachant qu'il n'avait aucune idée de là où le conduirait le chien ni de la durée que tout ça prendrait. Pas trop l'espérait-il, car la nicotine avait eu raison (depuis longtemps) de sa forme physique. À part pour fanfaronner, il n'était plus capable de courir plus de trois cents mètres sans cracher ses poumons.

– Je viens avec toi, fit Laure d'un ton qui n'envisageait pas la contradiction.

– Alors, on y va !

Pépé lâcha du mou au bouledogue qui s'élança aussitôt dans la rue, ventre à terre, la truffe collée en rase-mottes.

– Waouh ! Une petite bombe alors qu'il est si dodu.

– Tout moi ! ironisa Maclean.

– Hum…, railla gentiment sa fille. Il est tout en muscles, *lui.*

– Pfft, si ça dure trop longtemps, il va m'achever…

– Ne parle pas, économise-toi.

Le seul truc réconfortant était d'être tracté par le chien. La course s'avérait ainsi facilitée, notamment dans la côte. Même si le souffle manquait, les jambes se déroulaient et suivaient le rythme effréné impulsé. Laure courait à ses côtés, prenant garde de vérifier s'il pouvait traverser la rue sans craindre de se faire renverser. Bientôt, ils coupèrent à droite, puis dans une autre venelle, bifurquèrent encore à droite. La ruelle, étroite et sombre, était clairsemée de vieilles maisons, penchées, délabrées, vétustes, aux murs noircis et fissurés.

La plupart paraissaient inoccupées, frappées d'une vie figée par une violente déflagration, de celle qui dévastait les quartiers en temps de guerre.

Soudain, le chien stoppa sa course.

Il se mit à tournoyer sur lui-même à l'affût de l'odeur tenace qu'il pistait depuis le début. L'avait-il perdu ou était-il devenu dingue... Pépé espérait qu'il s'agissait bien de celle de Zoé Rousseau et pas d'une chienne en chaleur ou d'un os itinérant. Ça serait bien leur veine sinon. Le clébard finit par se stationner au pied d'une porte de garage, en gémissant et en grattant. D'un autre temps, le bois était rongé et troué. L'air marin y était sans doute aussi pour quelque chose. La peinture écaillée laissait à penser que plusieurs couches de marron et de jaune s'étaient superposées, avant de partir définitivement à vau-l'eau.

– Laure, fit son père à voix chuchotée, en lui tendant la laisse et le chien tenu à deux mains. Peux-tu l'embarquer un peu plus loin ? Tu lui parles, bref, tu essaies de le rassurer. Mais surtout, fais-le taire.

– Et toi ? Que vas-tu faire ? s'inquiéta-t-elle en prenant dans ses bras le bouledogue qui pesait son poids.

– Je ne sais pas.

– Je peux rester là...

– Non, s'il te plaît, va un peu plus loin.

– Mais...

– Laure, tu ne devrais pas être là, dit son père avec autorité. Alors, s'il te plaît, mets-toi en sécurité un peu plus haut dans la rue.

À ces mots, il se dressa sur la pointe des pieds, lorgna à travers les rectangles vitrés en haut de la porte de garage. Il ne lui fallut pas longtemps avant de reconnaître le Kangoo garé. Vide. Fronçant les yeux, il convint qu'il était bien au bon endroit. Ça ne faisait plus de doute. Un bout d'étoffe bleue était sur le sol.

Il lui aurait fallu du renfort, mais entre le carnage dans la villa de Yarol Lemarchand et Zoé qui courait un grave danger, sans doute derrière ces murs, il allait devoir improviser. Ils n'étaient pas nombreux au poste de police de Wimereux et le temps que les collègues des autres villes rappliquent, un temps précieux serait gâché.

Il recula et observa la minuscule maison. Étroite et bancale, sur deux étages. La pierre usée était souillée de crasse. Ça empestait même la pisse. Une porte d'entrée abîmée se tenait sur trois marches de perron défoncé. Une seule fenêtre par étage, tendue d'un moche rideau marron, s'ouvrait sur un balconnet où une seule personne pouvait tenir. Un endroit qui ne donnait pas envie, mais plutôt la nausée.

Un coup de fil à Marcus afin de lui donner l'adresse. Il lui précisa aussi qu'il allait tenter quelque chose. Il ne savait pas trop quoi encore, mais il ne pouvait pas poireauter de la sorte alors qu'elle était en danger. Un appel au secours adressé à Marcus, suffisamment explicite pour ne pas rester planté, les deux pieds dans le même sabot, sur le trottoir, à tergiverser.

Percevant l'inquiétude grandissante de sa fille dans son dos, il se tourna et lui fit un clin d'œil qui se voulait rassurant. Puis, muni de son arme de service, il l'arma et se glissa le long du mur. En haut du perron, il posa une main prudente sur la poignée de porte. C'était fermé. Délicatement, il crocheta la vieille serrure avec un passe qu'il avait toujours sur lui. Le mécanisme fonctionna en douceur. Fort heureusement, aucun grincement. Une entrée sombre, à la tapisserie vieillotte, apparut.

Un silence pesant l'enveloppait au fur et à mesure qu'il pénétrait à l'intérieur. Une étrange odeur de brûlé lui chatouillait les narines. L'inquiétude le saisit.

*

Étendue sur le lit, dans sa robe en jean dont un pan était arraché, Zoé écarquillait des yeux terrorisés. Les bras et les jambes en croix, ses poignets et ses chevilles étaient attachés au rebord métallique du lit. Un chiffon sale lui bâillonnait la bouche. L'envie de gerber rivalisait avec la terreur de mourir calcinée.

Toutes ces bougies allumées déposées partout, sur les meubles, sur le sol, sur le lit, entre ses jambes, près de son corps. Ses lueurs vacillantes la pétrifiaient. Autant de lucioles fantomatiques avec leurs reflets d'horreur au mur. Des lettres tracées au marqueur rouge.

Maman. Allumette. Baudelaire. Les Fleurs du mal.

Et encore…

Maman. Allumette. Baudelaire. Les Fleurs du mal.

Des dizaines de fois.

Avec des cœurs et des têtes de mort dessinés ou bien tagués à donner le tournis. Des fleurs plantées de clous énormes. Ça ressemblait plus à un mausolée qu'à une chambre. La puanteur était violente, mélange de moisissure, d'humidité, de poussière terreuse, de pisse et d'excréments de rats. Même si l'odeur âcre de bougie consumée prenait le pas.

La chaleur des flammes léchait sa peau par endroits, brûlait le duvet sur la peau.

Les larmes fleurissaient à ses yeux, de douleur, mais aussi d'impuissance, constatant l'emprise totale dont elle était victime, depuis qu'elle avait repris connaissance. Malgré le téléphone et le canif dans les poches à pression. Ça lui faisait d'ailleurs une belle jambe. L'hystérie s'emparait d'elle, tout autant qu'une angoisse viscérale.

Elle ne voulait pas mourir.

Non, elle ne voulait pas mourir.

Et partir dans les flammes était pire que tout. Brûler vive. Une horreur absolue. Une monstruosité inhumaine.

L'autre folle avait quitté la pièce subitement, mais elle allait revenir. Il y avait deux portes, dont l'une donnait sur un escalier, à en croire les marches qu'elle discernait depuis le lit, la tête inclinée sur le côté.

Zoé tirait sur les liens. Elle tentait de se détacher. Celui de la main droite semblait plus lâche alors elle se concentra sur celui-là. Tentant de faire glisser sa main dans la boucle. Par rotations successives. La corde lui cisaillait les chairs, mais la douleur était moins vive que la morsure des flammes sur le mollet, et elle se brûlait en gigotant. Elle insista, insista encore et tira de toutes ses forces, tout en faisant pivoter sa main, la rétrécissant au maximum, les doigts serrés et tendus. Se désarticuler, se désosser la main, la rendre molle et souple. Il ne restait pas grand-chose pour qu'elle se libère.

Une lueur d'espoir revint se poser sur son visage.

D'un seul coup, la résistance céda. Elle avait réussi. La main libre, Zoé retira son bâillon écœurant, s'empressa de se saisir du canif, puis trancha les liens les uns après les autres, en commençant par sa main gauche. Elle s'extirpa doucement du lit en prenant soin de ne pas se brûler avec les innombrables bougies.

Soudain, son cœur fit un bon dans sa poitrine en percevant des bruits de pas dans l'escalier, puis des voix. L'autre devait revenir. Zoé se jeta le long du lit. Planquée, elle haletait de frayeur.

*

Enfin parvenu sur les lieux, Marcus s'entretint avec Laure pour bien comprendre la nature des événements. Le chien dans les bras, elle semblait en obtenir un certain réconfort.

– Papa est entré par là, dit-elle en montrant la vieille porte d'entrée entrouverte. Je suis morte d'inquiétude…

– OK, alors je vais voir s'il y a une issue par l'arrière. C'est souvent le cas dans ces vieilles bâtisses.

*

– Alors connard ! Tu viens affronter ton destin ?

Les bras nus scarifiés et tatoués lui conféraient un air tribal des plus angoissants. Elle était cagoulée. Dans la pénombre de l'escalier, elle se tenait debout les jambes écartées, plusieurs marches au-dessus de lui, une bougie dans chaque main. Les ombres dansaient sur elle et accentuaient son air démoniaque. Il ne parvenait pas à la reconnaître. D'autant que sa voix s'était durcie.

Pépé marqua un temps d'arrêt. Il devait analyser la situation. Son arme dans la main cachée dans le dos, il hésita puis tenta une amorce de dialogue.

– Il est encore temps d'arrêter tout ça. Je viens chercher Zoé Rousseau. Elle est avec vous ?

– Oui, elle attend sagement la fin.

– Je vais monter…

– Je ne vous le conseille pas, monsieur l'agent.

Il percevait de l'ironie dans le timbre de voix métallique. La folie se mélangeait à des accents de lucidité.

– Personne ne me prendra ma raison d'être… Trop de fois par le passé… Je ne veux plus. Je ne l'accepte plus. C'est au-dessus de mes forces et ça n'est pas juste.

Merde… Mais qu'est-ce que c'était que ce charabia ?

– De quoi parlez-vous ?

Il cherchait à gagner du temps. Discourir dans un escalier brinquebalant et sombre n'était pas des plus séduisant. Sa position en hauteur avantageait cette femme. Ses cervicales le tiraillaient dès qu'il relevait la tête. La vieille machinerie brinquebalait et couinait de plus en plus. Il avait passé l'âge des scénarios à la *Starsky & Hutch*. Il lui fallait tenir le coup.

– On me les a prises l'une après l'autre. Maman. Allumette.

– Quel rapport avec Zoé ?

– Elle avait qu'à pas fourrer son nez dans mes affaires. C'est une fouille-merde ! Elle n'a que ce qu'elle mérite. Elle n'est rien au regard des autres. On ne me prendra pas mon nouveau trésor.

– De quoi parlez-vous ?

– De qui vous savez…, s'amusa-t-elle en sifflant le « s ». C'est *moi* à présent qui ai droit de vie ou de mort sur vous tous. C'est *moi* qui décide, je ne veux plus subir et pleurer dans ma solitude misérable.

– Je vais monter, reprit-il, en réalisant que l'absurdité de leurs paroles ne mènerait à rien de plus que la violence.

Il percevait la détermination et l'effroi. Elle exultait dans ce moment de toute puissance, où elle dominait *enfin*, tenant les autres dans le creux de sa main. Il fallait agir et faire vite.

Collant son revolver contre sa cuisse, il fit glisser sa main le long du corps, vers l'avant, tout en se hissant d'une marche, lentement.

– J'ai dit non !

– Écoutez…

– NON ! hurla-t-elle.

Une expression de folie furieuse dans le regard, elle laissa tomber les bougies sur le vieux tapis effiloché qui enveloppait les marches en bois. Maclean grimaça en réalisant que ça sentait définitivement le roussi.

Le feu prit très vite dans les fibres, la poussière et le bois rongé. Les flammes se dressèrent alors qu'elle s'échappait par une porte dérobée, sur le palier de l'escalier. Pépé redressa son arme et tira plusieurs coups de feu dans sa direction.

Mais elle avait disparu.

N'écoutant que son courage, Pépé gravit les marches puis traversa les flammes adolescentes sur le palier. Des dizaines de bougies s'accumulaient, éparses. L'incendie était peut-être l'unique objectif de cette mascarade. Son regard fouilla la pièce qui apparaissait sur la droite, à la recherche de la journaliste. Une autre porte était fermée. Il la délaissa pour se concentrer sur le lit. Quelqu'un avait été étendu là. Ça ne faisait aucun doute. Les liens, les bougies, les fresques macabres sur les murs. Autant d'ombres chinoises qui accentuaient le glauque de l'endroit.

L'assaillante était complètement cinglée. Il ne l'avait pas reconnue, mais forcément c'était l'une des deux femmes de la boutique de fringues. Pépé restait interdit face à une telle violence. Quels étaient les mécanismes qui métamorphosaient ainsi un être humain ? D'ordinaire si normal.

Des frissons le secouaient, car les flammes grandissaient dans l'escalier, se propageant à l'étage. Des langues jaunes ondulaient, léchaient de leurs pointes les murs. Un souffle grondait avec des craquements intempestifs de vieux bois qui brûlait. Une chaleur incandescente rendait l'air de plus en plus irrespirable.

Il ne fallait pas traîner.

Faisant le tour du lit, il faillit buter sur Zoé, recroquevillée au sol. Pétrifiée. Incapable du moindre mouvement. La peur avait chassé le sang de son visage. Elle paraissait en apnée. Elle leva vers lui des yeux noyés d'effroi.

Lui prenant la main, car le moment n'était pas à l'atermoiement, il l'entraîna à sa suite. Elle se laissa faire, lui agrippant les doigts comme si sa vie en dépendait. S'approchant de la fenêtre, il pesta. Il était plutôt déconseillé de faire un appel d'air dans ce genre de circonstances. Mais, quand il fallait sortir, rien ne valait une porte ou une fenêtre. Alors, Pépé n'hésita pas longtemps et l'ouvrit.

Sur l'étroit balcon de la largeur d'un homme, ils enjambèrent l'un après l'autre la rambarde pour rejoindre celui de la maison d'à côté. C'était vétuste et brinquebalant, prêt à se briser et s'effondrer au moindre surpoids. Il fallait faire vite. Une fois sur l'autre balcon, Maclean brisa la fenêtre d'un coup de crosse de revolver. La maison était tout aussi inhabitée, mais plus hospitalière. Ils pénétrèrent puis dévalèrent l'escalier jusqu'à ressortir par la porte d'entrée.

L'air frais leur fouetta le visage.

Zoé inspira violemment, ses poumons la brûlaient. Mais la sensation d'être en vie la foudroyait. La lumière du jour la chavirait, à en tomber dans les pommes. Les doigts crochetés dans ceux de Pépé. Impossible de le lâcher. Pas encore. Pas tout de suite.

L'épaisse fumée s'extirpait par les orifices de l'habitation vétuste. La sirène des pompiers retentit, de plus en plus près, de plus en plus fort. Le camion déboula à vive allure, vint se stationner dans la ruelle et lâcha les soldats à l'assaut du feu.

Alertés par Laure dès les premières flammes, les secours avaient fait vite.

– Ton collègue est passé par-derrière, lui dit-elle, soulagée de le voir en chair et en os, à ses côtés.

– Bon, je vais aller voir, répondit-il courageusement. Tu vas surveiller Zoé, elle est sacrément secouée…

– Papa, couina-t-elle, terrorisée. Tu ne vas pas y retourner. C'est trop dangereux et tout va s'écrouler.

– J'peux pas laisser Marcus… Cette femme est une folle furieuse ! Je dois aller l'aider…

– Regarde ! fit-elle en pointant un index.

Un passage entre les bâtiments laissa entrevoir deux silhouettes enfumées qui s'approchaient. Pépé cligna des yeux soupçonneux, prêt à ressortir son arme et à faire feu. Marcus poussait la femme, les mains dans le dos et les bracelets métalliques aux poignets. Elle boitait, du sang s'écoulait d'une plaie à la cuisse. Pépé avait visé dans le mille, ça le réconforta. D'autant qu'il n'avait pas beaucoup d'occasions de tirer, en dehors des exercices d'entraînement. Il ne s'en plaignait pas, mais en situation réelle, ça pouvait s'avérer un handicap pour neutraliser les malfrats.

Maclean se saisit de l'assaillante alors que Zoé lui lâchait la main. Se jetant dans ses bras, elle enfouit son visage dans le cou de Marcus. Blême, les stigmates des coups sur la pommette et le front, elle fondit en larmes. Sans doute le contrecoup d'être encore vivante alors qu'elle n'avait pas donné cher de sa peau. Marcus lui embrassait les cheveux en serrant fort son corps secoué de sanglots.

– C'est fini, murmura-t-il du miel dans la voix. Va falloir arrêter cette fichue manie que tu as de te mettre systématiquement dans le pétrin. D'autant que je n'arrive jamais le premier pour te sauver. Heureusement que mes collègues sont là !

*

Les pompiers attaquaient le feu lorsque la voiture de Gressier se gara sur le trottoir à distance, et que les premiers badauds, sans doute alertés par les fumées opaques, s'approchaient, s'indignaient tout en s'extasiant à grand renfort de « ah !? » et de « oh ! ». Le même sentiment partagé étreignait bizarrement les spectateurs d'un brasier ou d'une catastrophe qui ravageait tout sur son passage.

D'un pas pressé, Hugo se fraya un chemin jusqu'à leur hauteur.

– Aucune trace d'Alix Moucron. Je l'ai cherchée partout. Chez elle. J'ai questionné ses voisins d'immeuble, les commerçants qui bossent à côté de sa boutique, à la salle de sport… Elle est introuvable ! L'autre vendeuse aussi d'ailleurs.

Soudain, il plissa les yeux, observa le visage de la prévenue, toujours maintenue fermement par Maclean. Il lui avait ôté sa cagoule noire.

– Bordel ! mais c'est…

– Tu l'as dit, répondit Maclean.

Malgré un visage grimé par le khôl, le rouge à lèvres et des cheveux hirsutes, il reconnut très vite Liane Morlaix. Transfigurée et abattue d'avoir été capturée. La malchance l'avait une nouvelle fois rattrapée pour la faire trébucher. Le désespoir gonflait dans sa poitrine. L'envie de hurler et de cracher au monde des horreurs. L'envie de tuer encore. Ne pas retomber dans sa solitude et le mal-être qui l'étouffaient depuis toujours.

– Elle sait peut-être où est Alix Moucron ? dit-il en s'approchant d'elle, la démarche menaçante du policier qui voulait en imposer et faire éclater la vérité.

Son regard mauvais fixait le vide, droit devant elle. Elle n'offrait qu'une carcasse lisse et hermétique. Coquillage oublié sur une langue de sable par une mer aspirée au loin. Absente et aux antipodes de la folle furieuse qui avait incendié la vieille bâtisse, cherchant à tuer coûte que coûte.

– Alors ? répéta Maclean. Tu sais où elle est ta copine ?

Aucune réaction.

– Ton nouveau trésor ? se hasarda-t-il en se remémorant les paroles surréalistes qu'ils avaient échangées dans l'obscurité oppressante de l'escalier. Tu m'as parlé de ta mère. D'une autre aussi, une certaine Allumette. Alix Moucron est bien ta copine. Ton nouveau trésor ? On sait que vous fricotez ensemble.

– Il est où ton nouveau trésor ? insista Gressier, en bombant le torse.

À ces mots, une réaction se produisit sur son teint. Un souffle de désarroi lui déchira la gorge. Elle redressa le visage. Elle était cadavérique. Puis, lentement, elle se tourna vers la maison en flammes.

Les prunelles humides, elle se mit à pleurer.

– C'est votre faute si je suis encore là ! dit-elle en gueulant. Je devrais être avec elle, là-dedans. Ensemble à tout jamais.

Les policiers en frémirent de terreur. Laure mit la main sur sa poitrine, saisie d'un haut-le-cœur. Marcus hurla aux pompiers de s'activer, de fouiller la bâtisse et d'essayer de sauver une autre victime.

63

Héroïques, les pompiers avaient tout tenté, mais la maison délabrée s'était consumée vite. Les vieux matériaux vétustes, les conditions de délabrement n'avaient pas arrangé leur combat contre les flammes. Déversant des litres d'eau et de courage pour contrer la fatalité d'une lutte inégale, ils n'avaient jeté l'éponge qu'une fois l'incendie circonscrit. Sans propagation aux autres maisons. Seuls des murs calcinés et un toit troué vers le ciel subsistaient.

Dans les cendres, le corps d'une victime fut retrouvé. L'autopsie révéla qu'il s'agissait bien d'Alix Moucron. Elle avait péri carbonisée dans une chambre contiguë à celle où était maintenue prisonnière Zoé. Pépé Maclean revoyait la porte qu'il n'avait même pas envisagé de franchir, obnubilé par sa quête vitale pour dénicher Zoé. La retrouver était son ultime Graal et ensuite s'extirper, ensemble, du brasier pour survivre. Il lui était cruel d'imaginer qu'il aurait pu la sauver. Peut-être... Peut-être aurait-il pu *au moins* aller voir et s'assurer qu'il n'y avait personne. Peut-être aurait-il dû... Peut-être... Il ne saurait jamais. Le mal était fait. Il aurait cet échec sur la conscience.

Personne ne l'accablait d'ailleurs, bien au contraire. Zoé l'appelait tendrement « son sauveur au balcon ». Sa fille, Laure, le regardait avec admiration. Ça le changeait des semi-remorques de reproches et c'était précieux.

L'interrogatoire de Liane Morlaix fut probant. Elle ne se retrancha pas dans le silence. Au contraire, elle fournit des réponses aux innombrables questions.

*

Je déballe tout. Enfin pas tout de suite. Après.

Une fois que le vieux flic dégage, car sa seule vision me débecte. Il me rappelle que j'ai foiré ma sortie, qu'Alix n'est plus là. Le dégoût afflue, me tord les intestins, me ronge de l'intérieur. Si je pouvais lui faire la peau, venger ainsi ma stupidité de m'être crue supérieure.

Une fois aussi qu'ils posent Baudelaire et ses Fleurs du mal *sur la table d'interrogatoire, juste devant moi. Je ne dois pas y toucher. Mais il est là. Ils l'ont rapporté de la fouille de mon appartement. J'en ai des frissons de haine de les imaginer retournant les parcelles de ma vie. Mais j'aime le retrouver, mon compagnon tourmenté, celui qui ne m'a jamais trahi. Il m'apaise, moi qui n'ai plus de répit.*

Je déballe tout ou presque. Repartant du début. Tout du moins de mon arrivée sur la Côte d'Opale, cet Eldorado qui sera finalement mon Alcatraz.

J'évoque du bout des lèvres maman, Allumette, ma vie de souffrance, mais surtout ma rencontre foudroyante avec Alix. Même si mon cœur est enfoui dans un trou d'amertume et de désespoir. Bien profond. Soudain… Je gratte la terre de mes ongles lorsque mon opposée m'apparaît. Nous sommes à des années-lumière l'une de l'autre. Mais qu'importe, l'évidence me suffit. Je suis envoûtée, elle pas vraiment. Tout du moins pas au début. Ça vient avec le temps. Il me semble… Oui, il me semble qu'elle m'aime. Pas autant que je l'aime. Mais suffisamment pour me rendre heureuse. Une fois qu'elle accepte ses penchants lesbiens aussi.

Mais je ne lui suffis pas…

Je comprends vite qu'elle est obsédée par l'argent. Elle convoite la fortune de Melvil Lemarchand, depuis toujours, depuis qu'il est aussi vieux garçon. S'imaginant dans une vie confortable de notable à Wimereux et aux commandes de ce joli commerce. Cette boutique est la sienne.

Alix veut l'attraper dans ses filets, lui passer la bague au doigt et ensuite, nous ferons ménage à trois. Nous ne serons pas les premiers ni les derniers, me répète-t-elle à l'envi. Et à nous la belle vie !

Je réalise alors que notre relation est toxique, car entre nous il y a Melvil (toujours) et tous ses rêves à la noix. Mais je l'aime. J'oublie mes promesses. J'ouvre mon cœur, j'écarte les écailles, je me mets à nu, je la respire à pleins poumons. Je me sens prête à tout pour Alix, même si la minute d'après l'envie de m'écarteler ou de me cogner contre un mur me torture. Je me damnerais pour elle. À la vie à la mort.

Même barré à Avignon à faire son break, Melvil l'obsède et me fait chier. Elle me casse les oreilles à me parler de lui tout le temps. Et, en même temps, j'avoue, ces trois années sont douces. Une parenthèse où je suis plus présente pour elle, où je me sens mieux aimée.

Tout change brutalement quand il revient avec sa nouvelle chérie dans ses valises. Flavie Robert. Un canon cette fille ! Alix lui aurait arraché la tête. C'est pénible, car elle sombre dans un état dépressif, voyant ses projets se briser en mille morceaux. La voir dans cette irascibilité permanente m'est devenu insupportable. En plus, elle n'arrête pas de me dire que Melvil n'est plus le même. Il est bizarre, différent. Il a changé. Pas en bien. Et il la snobe. Au début, je me dis qu'elle déraille, mais en fait, je réalise à mon tour que ce n'est plus le même homme.

C'est là que j'échafaude mon plan machiavélique.

Exaucer ses rêves de princesse. La faire mienne ensuite. Lui colorer les lèvres, les yeux.

« J'ai plus de souvenirs que si j'avais mille ans[1], je déclame alors qu'un sourire éreinté éteint mon visage. Je suis comme le roi d'un pays pluvieux, riche, mais impuissant, jeune et pourtant très vieux. » Les deux flics me regardent avec un air ahuri. Je leur réclame un verre d'eau. Parler m'assèche le gosier. Et puis, faire une courte pause m'ira bien. Et si ça ne leur plaît pas, qu'ils aillent au diable. Je n'en ai cure.

Puis, je reprends dans le silence de cette salle d'interrogatoire, aussi minuscule que mon avenir de fourmi. Alors, je déroule mon stratagème meurtrier.

Il y a eu l'arrivée inopinée de cette femme. Anne-Charlotte Muller. Et une scène surprenante à la boutique. Ces deux-là se connaissent d'avant. Il y a un truc. Et puis, avec Alix, on a remarqué la cicatrice au front qui n'est plus au même endroit. Ce n'est décidément plus le même homme. Un autre. Alix en a eu confirmation en allant voir Léonie Lemarchand, en la questionnant et en feuilletant l'album de famille où on voit clairement les deux frères jumeaux. Alors, pour éviter de tout faire capoter, elle suicide Anne-Charlotte en la poussant

1. Charles Baudelaire, « Spleen », *Les Fleurs du mal.*

du haut du pont sur la voie de chemin de fer. Elle fermera sa gueule à tout jamais. Amen. Au début, Alix voulait juste parlementer, mais quand elle a perçu un début de chantage, son sang n'a fait qu'un tour. Et hop, une pression sur l'épaule, une bascule depuis le pont et le sujet était clos en silence.

Ensuite vient le moment de faire chanter Yarol. Il se sait démasqué, manipulé. Alix ne se fait pas prier pour faire le boulot, coucher avec lui et se faire passer la bague au doigt et faire main basse sur sa fortune, les boutiques et la maison. Il s'exécute, alors qu'il est fou amoureux de Flavie, et jette le trouble dans son esprit, contraint et forcé.

Puis, j'éloigne Flavie de Yarol. La tension entre eux est palpable. Les mots, les non-dits, les regards. Elle souffre de plus en plus. L'absence de son fils lui pèse. Elle se pose mille questions alors que Yarol se fait distant. Elle devient jalouse, subodore la présence d'une autre femme. Elle veut se venger de lui, le faire souffrir comme elle souffre. Manigancer leur rencontre avec Jonas Becker est un jeu d'enfant. Je les connais tous les deux. Le coureur de jupons ne se fait pas prier pour draguer la splendide blonde en pleine crise existentielle.

Il devient alors mon coupable idéal.

Je prends mon pied à les droguer aux Bains de Minuit, *discrètement, à les attendre dans le Kangoo en fin de soirée, à proposer de les ramener. Avec le champagne au frais dans la glacière. Flavie est complètement partie, mais Jonas est même prêt à une partie de jambes en l'air avec moi. Un sacré connard. J'ai foutu la dose de rohypnol et j'ai tué Flavie. Voilà ! Je m'en suis donné à cœur joie. Cinq coups de couteau. Une merveilleuse délivrance ! Je n'arrivais plus à m'arrêter. Flavie symbolisait la vie de merde qui était mienne depuis toujours. Alors les incisions exhalaient un délicieux poison salvateur.*

Étrangement, la police pense qu'Alix est revenue dans la nuit de Paris et que c'est elle la meurtrière. C'est dire si mon plan est imparable ! Même si… loin de moi l'envie de la faire accuser. C'est son air revêche qui la rend plus coupable que moi. J'y peux rien.

Tout aurait dû fonctionner à merveille. Mais Alix a fait chier avec la lettre anonyme, à gueuler, alors que mon plan est d'incriminer Becker. Elle est pénible à vouloir tout maîtriser. Et puis cette enquiquineuse de Zoé qui fouine partout, en ville, à la maison de retraite de la vieille Lemarchand. Une plaie cette fille !

Oui, j'ai tenté d'étouffer la vieille, mais une infirmière m'a surprise. J'ai dû déguerpir. Fais chier !

Putain, j'ai tenté de maîtriser les choses, mais j'ai définitivement perdu le contrôle quand Alix a réalisé que j'avais tué. Jusqu'alors, elle me pense un peu barrée, mais pas bien méchante. Non, elle pense qu'elle domine tout le monde, Melvil, Yarol, moi. Mais quand elle comprend… La terreur se mélange dans ses yeux à l'amour. Mais la terreur est plus forte. Ça me glace les sangs. Je sais alors qu'elle me repoussera, comme maman l'a fait par le passé. Ce n'est plus qu'une question de temps.

Et puis cette salope de journaliste est encore intervenue. Alors, je veux en finir. Jeter l'éponge, une bonne fois pour toutes. J'aurais déjà dû le faire. Me crever le cœur. Ne plus souffrir. Ne plus endurer. Ne plus espérer. Ne plus respirer. La vie n'a jamais rien eu de bon à m'offrir depuis toujours. Je le sais. J'ai eu l'arrogance de l'oublier, d'y croire. Mais quand on ne naît d'aucune espérance, on y retourne forcément un jour ou l'autre. Happée par le mal qui gangrène à l'intérieur, qui ruisselle dans les larmes du désespoir.

Alix n'a pas souffert.

C'est ma seule consolation.

Je lui ai serré le cou de mes mains dans la boutique au moment de notre dernière étreinte, jusqu'à l'étranglement fatal. Puis, je l'ai embarquée dans la voiture, enfouie dans le coffre et hissée à l'étage de la vieille maison macabre. En même temps que la journaliste. Je lis leur surprise dans les yeux de ces policiers. Trop maigrichonne pour transporter ces deux femmes évanouies. J'ai envie de leur cracher au visage leur sexisme à la noix. Espèce de connards ! Faut sortir de ces clichés à la con qui impliquent qu'une femme est moins costaud qu'un homme. La preuve. L'essentiel réside dans la pratique et la technique. Avec les exercices de musculation que j'effectue depuis des années, je suis capable de rabattre son caquet à une paire de testostéronés à « l'épaulé-jeté debout ». Et ce malgré mon apparent poids plume.

Cette habitation désaffectée est devenue mon mausolée depuis longtemps. Un squat découvert par hasard. Un changement de serrure. Et puis, j'ai crayonné mes errements sur les murs quand ils étaient trop violents, trop douloureux. Je savais qu'elle serait ma tombe, le jour où ça n'irait plus, le jour où je déciderais de mettre fin à ses jours, emportant bien malgré elle Alix.

Je suis psychologiquement fragile. J'emmerde les toubibs et leurs grands airs savants. Mes scarifications, sous mes manches longues, sont les traces que j'ai bien été vivante.

À présent, Alix est morte.

Je suis là.

Alors que je n'aspire qu'à crever. Je n'ai plus de larmes, mais un océan de haine.

Ma main sur Les Fleurs du mal. *Je descends en enfer y chercher mes fleurs. Retrouver maman, Allumette, Alix.*

« Ô douleur ! Ô douleur ! Le temps mange la vie,
et l'obscur Ennemi qui nous ronge le cœur
du sang que nous perdons croît et se fortifie[1]. »

Plus un mot. Je ne dis plus rien. Recroquevillée dans ma coquille de noirceur.

*

Miraculeusement, Yarol Lemarchand survécut à ses blessures, malgré un pouls quasiment inexistant à l'arrivée des secours. Il mit du temps à avouer. L'équipe scientifique, dotée d'un équipement high-tech, parvint à sonder la terrasse en béton de sa villa, coulée trois ans auparavant. Marcus avait eu du nez. Le cadavre du *vrai* Melvil fut découvert, contraignant Yarol à se dénoncer. Il avoua n'avoir rien prémédité. Il s'agissait d'une mort accidentelle. De retour de Floride, il avait sollicité de l'aide et de l'argent auprès de son frère pour repartir à zéro en France, après ses déboires judiciaires américains. Mais Melvil n'avait rien voulu rien entendre. Le ton était monté, ils en étaient venus aux mains comme du temps de leur jeunesse. Yarol avait bousculé Melvil, qui était tombé en arrière et s'était fracassé le crâne contre l'angle d'un meuble. Paniqué au début, il avait ensuite entrevu la possibilité de se refaire une nouvelle vie.

---

1. Charles Baudelaire, « L'ennemi », *Les Fleurs du mal.*

Se glisser dans la peau de son frère, ni vu ni connu. Surtout que ce dernier avait prévu de partir à Avignon, le timing était parfait. Personne ne remarquerait quoi que ce soit, la ressemblance physique était si troublante et puis, en mettant du temps entre le moment du départ de Wimereux et celui du retour, les proches n'y verraient que du feu. D'autant que sa mère, Léonie, l'avait rayé de sa vie depuis longtemps, lui reprochant son instabilité, sa violence aussi. À côté du fils prodige, il ne faisait pas le poids.

Malheureusement, Alix l'avait démasqué très vite parce qu'elle avait eu une courte liaison avec Melvil par le passé, *idem* pour Liane, ou encore cette femme, Anne-Charlotte Muller, réapparue de sa vie américaine et qui l'avait reconnu dans la boutique. Rien ne s'était passé comme il l'avait imaginé. Ils auraient dû tout plaquer avec Flavie et partir courir le monde ensemble. Au lieu de cela, elle était morte par sa faute.

Gabriel Robert avait été arrêté. Après avoir dessaoulé, il se terrait dans un mutisme terrible. Accru par la souffrance de savoir que « Yarol » avait survécu. Le petit Barnabé, confié à ses grands-parents paternels, à Amiens, avait perdu beaucoup dans ce drame. La vie semait des graines d'injustice sur le chemin de certains.

64

Wimereux. Station balnéaire de la Côte d'Opale
Le 20 juillet. Neuf heures

Étendue contre lui, le menton enfoui dans son cou, Zoé s'éveillait mollement. Elle savourait le nectar de ses nuits avec Marcus. Ces derniers jours étaient merveilleux. Une délicieuse guimauve à sucer lentement, pour faire durer la saveur sucrée sur la langue, dans la gorge. Un répit sans doute aussi intense que celui que devait éprouver le naufragé qui parvenait à s'échouer sur une île déserte après avoir bravé l'océan tempétueux, les requins voraces, les nuits glaciales, accroché à un rondin de bois, chahuté par le remous.

Elle s'était vu mourir dans cette vieille baraque, cramée, brûlée vive. Liane Morlaix, copine de yoga et de bavardage, était folle. Et Zoé n'avait rien vu venir.

Ces quelques heures avaient changé à tout jamais son état d'esprit et son cœur aussi. Il n'était plus question de temporiser avec Marcus, ou de le faire lanterner. Il était même urgent de donner un vrai départ à leur histoire. Elle s'était installée chez lui, car les cauchemars restaient trop prégnants, les bougies, l'incendie, la voix démoniaque de Liane Morlaix, les coups de feu, l'échappée par le balcon. Elle s'extirpait de ce sommeil douloureux, en sueur, des larmes de terreur sur le visage, des frissons sur la peau, des tremblements dans le corps.

Du temps serait nécessaire pour atténuer les cauchemars.

Mais, dès que Marcus apparaissait, le visage de Zoé s'apaisait, s'éclairait. Elle se sentait revivre.

Tous les soirs, ils allaient à la pointe aux Oies. La balade sur la falaise, puis dans la baie ou par les dunes, s'apparentait presque à une thérapie pour elle. Réapprendre les choses simples, la mélodie des vagues, le ballet des oyats ondulant sous le vent marin, avec cette vue à couper le souffle sur les falaises blanches anglaises ou le fort d'Ambleteuse. Sa main si douce, si chaude dans la sienne. Son regard protecteur qu'il lui jetait en coin, l'air de rien.

Et si soudain, le bonheur avait le parfum des embruns ?

Elle avait tenu sa promesse et appelé Valentine Puscian, la vieille dame, voisine de Flavie à Reims, pour l'informer de l'issue de l'enquête. Puis elle avait repris l'écriture de son livre, pendant que Marcus bossait au poste de police, afin de finir les investigations et la paperasse.

La saison battait son plein. Les touristes s'agglutinaient dans la ville, sur la digue et les plages alentour. Les drames, les vies fauchées, tout semblait oublié, effacé. La marée montante engloutissait les châteaux de sable et les souvenirs qu'on croyait gravés à jamais. Le feu d'artifice avait été un succès. Zalesny et le maire se congratulaient, soulagés du dénouement d'une affaire des plus sordides qu'ait jamais connue la station balnéaire. Le poste de police et ses locataires étaient repartis dans la routine de juillet.

65

Wimereux. Station balnéaire de la Côte d'Opale.
Plusieurs mois après, en soirée.

Plusieurs coups retentirent à la porte d'entrée. Une voix paniquée appelait Marcus. Il ouvrit la porte. Collée dans son dos, Zoé regardait par-dessus son épaule l'objet de ce remue-ménage.

La respiration haletante, la voisine était épuisée par les trottinements effrénés depuis sa maison. Mais ce n'était rien au regard de l'effroi qui habillait les rides de son visage pâle.

– Eulalie, fit Marcus, inquiet, en s'empressant de la soutenir de peur de la voir s'effondrer sur le seuil. Eulalie, calmez-vous. Que se passe-t-il ?

– C'est Adam !

Elle reprit son souffle.

– Il a disparu.

Remerciements

Avec *Dernier été sur la Côte*, l'aventure « polar » se poursuit sur la Côte d'Opale avec mes personnages fétiches. Jamais je n'aurais imaginé pouvoir écrire un polar, puis un second, avec ce plaisir infini et ce petit grain de folie à imaginer des histoires troubles, mais profondément humaines. Et demain, j'espère, un troisième opus…

Merci à mes premiers lecteurs, à ma sœur de plume, à ma famille et mes amis pour leur indéfectible soutien. Merci à mes éditeurs de m'accorder leur confiance, Ambre Rouvière, Jean-Laurent Poitevin, à leurs équipes, à Prisma Media et aux Nouveaux Auteurs. Merci à vous tous de m'accompagner, de me lire, de m'offrir, de faire vivre mes histoires.

Rosalie Lowie

Rosalie Lowie vit sur la Côte d'Opale. Elle est l'autrice de *Un bien bel endroit pour mourir*, couronné du Grand Prix Femme Actuelle 2017, *Quand bruissent les ailes des libellules*, aux Éditions Nouveaux Auteurs, et coautrice de recueils de nouvelles *Quelques mots à vous dire*, *Un hôtel à paris*, aux Éditions BOD. Vous pouvez la suivre ou la contacter sur Facebook (@Rosalie Lowie) ou Instagram (@Lowie Rosalie).

Achevé d'imprimé en France par
CPI Brodard & Taupin
pour le compte des éditions

NOUVEAUX AUTEURS 2

Dépôt légal : septembre 2021 – N° d'impression : 3043719

Directeur des éditions Nouveaux Auteurs : Jean-Laurent Poitevin
Pour les éditions Prisma :
Responsable éditoriale : Ambre Rouvière
Assistante éditoriale : Lara Gastellier
Correction et composition : Nord Compo Multimédia
Conception graphique de la couverture : Nord Compo Multimédia
Illustration de couverture : © Shutterstock/Helene D

ISBN : 978-2-8195-0661-4